京極夏彦

集英社

書楼弔堂《しょろうとむらいどう》 待宵《まつよい》

書楼弔堂

しょろうとむらいどう

待宵

まつよい

目次

装画　オーブリー・ヴィンセント・ビアズリー

装幀　菊地信義
＋水戸部功

書楼弔堂

待宵

探書拾参

史乗《しじょう》

寒いので火鉢を引き寄せた。

些細《ちっ》とも暖かく感じない。今年の冬はひと際冷え込みが強いように思う。何と云っても兵隊が大勢凍死する程寒いのだから、この国中が寒いのだろう。

寒さで死ぬと云うのはどう云う気分か。

どれ程侘《わ》びしく惨《みじ》めな気持ちなのだろうと思う。

こうして生きていても、躰《からだ》が冷えれば気は萎《な》える。飢えていたなら尚更《なおさら》である。人を、人とする多くの何かが失われてしまうような気がする。そのまま死んで行くのだ。水に落ちた犬の子のような気分だろうかと思う。

——兵隊なのになあ。

戦って死ぬ気でいたか。

行軍訓練中に命を落とすなんて、情けないことである。辛《つら》い気持ちになったのだろうか。

——いや、そんなことはねえか。

死ぬのに変わりはない。

斬られて死のうが、鉄砲で撃たれて死のうが、爆裂弾で吹っ飛ぼうが、いずれも同じことである。くたばることに変わりはない。死ねば終わりだ。そこまでだ。そう思う。そう云う暮し方をして来たからだ。

火鉢の中を覗《のぞ》き込む。

燠《おき》がもう白くなっている。ふうと吹くと、その刹那《せつな》は赤くなるがすぐに白くなる。灰が舞うだけだ。

炭を足すしかないか。

もう、燃えさしなのだ。

自分と同じだ。もうすぐお役御免になる。そうなれば、もう塵芥《ごみ》のようなものである。

手がかじかんだので幾度か擦《す》り合わせ、燃えさしの炭の上に翳《かざ》す。暖かいことはないが、熱は伝わって来る。裏返して手の甲を暖めつつ、眼を細めて掌《てのひら》を眺める。

皺《しわ》と瑕《きず》。

老い髑《さらば》えた、汚い手。

矢張《やは》り凍死は厭《いや》だと思う。

凍死は時がかかるのだ。痛くも苦しくもないのかもしれないが、うそ寂しい気持ちが体中に沁《し》みて、沁み渡って死ぬのだ。

どうにも冷える。

寒いからこんな気弱なことばかりに気を巡らせるのだ。

肩に手を当ててみると、死人のように冷え切っている。このままでは感冒を引き込んでしまうかもしれない。熱でも出ようものなら難儀になるだけだ。

うっそりと立ち上がり、寝床の脇に丸めてあった草臥《くたび》れた毛布《ケット》を拾い上げ合羽《かっぱ》のように纏《まと》うと、また同じ場所に座った。

炭を足すのは億劫《おっくう》である。

もう店を閉めて寝てしまうが良いかもしれない。商売をする気など疾《と》うに失《う》せている。そもそも火を落としてしまったのだ。

火の気がなくなったから寒いのである。

何もかも冷めてしまって、売り物にはならぬ。客が来たとて売るものがない。

どうせ客など来ない。

来ないのだが、来るかもしれぬ。

売るのも面倒なのだが、来た客を断るのはもっと面倒だ。

毛布を躰に巻き付けたまま再び立ち上がる。

筋が固まっているのか節が凝《こご》っているのか、酷《ひど》く動き難《にく》い。冷えているのだ。

くたばり損ないの耄碌爺《もうろくじじ》はこの程度の寒さでも凍えるか。そんなことを思う。

戸締まりをしようと土間に降りて外に目を遣《や》ると、坂の下からほうほうと白い息を吐き散らして利吉《りきち》が駆けてくるのが見えた。

何を渡世《とせい》としている男か知らぬが、まだ三十前で、能《よ》く店に立ち寄る。

三日にあげずやって来る。日に二度寄る日もある。書生のような身態《みなり》をしているが、書生と云う齢《とし》でもない。ぶらぶらしているのだろう。

こんな粗忽《そこつ》な若造がふらふら生きて行けるのだから、そう云う意味では良いご時世だと思わぬでもないが、考えてみれば旧幕の頃より益体《やくたい》もない暮らし振りの遊び人などは掃いて捨てる程に居た訳だから、取り分け当世風と云うこともない。

どんなに酷《ひど》い時世でも、そう云う苦労知らずの奴等《やつら》は何処《どこ》かしらに蔓延《はびこ》ってのうのうと暮らしているものなのだ。そしてどんな時世であっても、そう云う族《やから》はろくな死に方をしないものなのである。

利吉はこちらに目を向けて、オウと妙な声を上げ、それから弥蔵《やぞう》さんよ大ごとだ大ごとだと云った。

「大ごとだよ」

目の前に来たので何が大ごとだと問うてみた。大したことではなかろう。

利吉は店の真ン前で止まると両膝に手を突いて前屈《まえかが》みになり、はあはあと荒い息をした。

「いいや、参った。この坂ァ漫《そぞ》ろ歩きにゃ緩いが駆け登るにはきつい」

いい若いもんが何をほざくよと云って幡《はた》を仕舞おうとすると、利吉は両手を突き出して待っておくれよと云った。

「未《ま》だ早いじゃないか。陽も高いてェのに店仕舞いかね」

「客が居ねえもの、仕舞うさ」

今日は開けておきなよと云って利吉は縁台に座った。

「何でだよ」

「これから大勢来るかもしれないじゃないか。年寄りは諦めが早いよ」

「お前さんこそどう云う料簡《りょうけん》だよ。うちの縁台は公園のロハ台じゃあねえんだぞ。勝手に座るんじゃあない」

——それに。

「大ごとだとか叫んでおったじゃないか」

「そうさ。だから店を開けておけと云うているのさ。それより寒いじゃないか。どうかしているのじゃあないかい、この冷え込みは。甘酒をおくれよ」

「寒いが先かい。ならろくな大ごとじゃあねえな。悪いが甘酒はもうねえのさ。いや、鍋にはあるが、もう冷めているよ」

火を落としてしまった。

芋《いも》もないかと云うのでないと云った。

「売れねえ。

「売る気が失せたから、矢ッ張《やっぱ》り冷めっちまった。こんなもなァもう売れねえ。自分《てめえ》で喰えるだけ喰うて、後は捨てて、もう寝てしまおうと思うていたのだ」

商売する気がないね爺さんと利吉は愉快そうに云った。

「多少冷めていても一向に構わないから芋を分けてくんない。熱くないから負けてくれとも云わないよ。鼻から下がお寒くて敵《かな》わない」

銭《ぜに》は要《い》らぬ勝手に喰えと云って、木蓋《きぶた》を取った。まだ結構残っている。利吉は鍋を覗き、温め直しなよと云った。

「今日は客が来るかもしれないよ」

「執拗《しつけ》えなあ。見ろよ、犬の子一疋《いっぴき》居ねえじゃねえか。兵隊が死ぬ程寒いのだぞ」

八甲田山《はっこうださん》の騒ぎかねと利吉は芋を齧《かじ》り乍《なが》ら云う。

「あれは雪山の話じゃないか。しかもずっと北の方だよ。それに、今日の話じゃないじゃあないか。もう十日も前のことだろうに」

「俺はさっき知ったんだよ。焚き付けにしようとしてた客の読み棄《す》てを読んだんだ。昨日も今日もねえ。今年はずっと寒いじゃねえかよ」

寒いから売れるんだろうにと利吉は云う。

その通りである。

「そもそも、目抜き通りでも何でもねえこんな半端な坂の途中で甘酒屋開くンだから客が少ないな承知のことなんだろう。ならこう云う寒い日こそが売り時だ。端《はな》から少ない通行人もつい寄っちまおうってものじゃあないかね」

「そうかな」

あまり興味がない。

儲ける気などない。

「ここは、ずっと手遊《てあそび》屋だったんだ」

利吉は云う。

「玩具《おもちゃ》売ってた頃は、それでも坂下から坂上から親子連れが来ていたけどねえ。親爺《おやじ》さんが卒中で西向いてね。突然だったんだね。あれも寒い時期だったと思うけれども、寒いてえと、年寄りは危ないね」

「危ねえよ」

だから店を閉めようと云うのだ。でも弥蔵さんは平気だと利吉は云った。

「何故《なぜ》」

「陸蒸気《おかじょうき》に轢《ひ》かれたって死にそうにはない面《つら》だよ。丈夫そうだ」

そう見えるか。

あちこち傷《いた》んで来ている。そう長くはないだろう。

老い先短かろうと思ったからこそ、無理してこの地所を買ったのだ。殺風景でうら寂しくて終《つい》の住み処《か》には丁度良《ちょうど》かった。移って来た時はただの荒れた空き家でしかなく、いずれ商売《あきない》をしていた風ではあったのだが、何の渡世かは考え付かなかった。

ただ、訳の判らないものの欠片《かけら》や屑《くず》があちこちに落ちていた。後に、以前は玩具屋だったと聞き知って、あれは壊れた張り子やら土人形だと思い至った。

――どんな店だったのか。

玩具屋など行ったこともないから想像も付かない。長く生きているのだから前を通るぐらいはしているのだろうが、気にして見たことなどない。

妻も子も居ない。もう、居ない。

子が居たなら、この利吉よりも齢は上だろう。もう孫も居たかもしれぬ。

もう一度掌を見た。

汚れは落ちない。

懐かしいねえと利吉は云う。

「あたしも子供《がき》の時分は、ここで面なんか買って貰ったものさね。鍾馗《しょうき》様だったか金太郎だったか――」

「今も餓鬼じゃあねえか。尋《き》くがな」

お前さん渡世は何なんだと問うた。

「親の脛齧《すねかじ》りだろ」

「齧れる脛は齧り尽くしちまったてぇろくでなしさァね。いいや、働く気概だけは十分にあるんだよ。ただ、あれこれ試してるが長続きしないのさ。先だっても俥夫《しゃふ》の口があったんだけれども、どうにも非力なもんで、空俥《からくるま》さえ引けない。一念発起して去年は噺《はなしか》家に弟子入りしたのだが、三月《みつき》で破門されてね。今は物書きにでもなろうかとあちこち巡っておるところさね」

「何故巡るよ。物書きになりてえなら書けばいいじゃねえか」

悪態を吐《つ》く。

そうは行くかいと利吉は芋を頬張《ほおば》る。

「この芋、未《ま》だ結構温《ぬく》いやな。あのね弥蔵さん。あんたに云うても始まらぬことだろうけれどもね、雑誌や新聞の記事を書くには、同人や社員にならなきゃいかん。操觚《そうこ》者《しゃ》ってのは、なりたいからって勝手になれるものではないのさ。小説家だってそうさ。有名な文士先生の書生になって、お世話をしてだね、そうして引き上げて貰って、後押しをして貰って、漸《よう》く文壇の門てのは開くものなのさね」

芸人と変わらねえなあと云った。

「そんなに大したもんでもねえと思うがな。それこそピンキリじゃあねえのか。赤新聞なんかは、下世話な話ばかり書くのだろうに。誰それに妾《めかけ》がいるの浮気をしたのと、下衆《げす》な痴話《ちわ》話ばかりだろう」

「そうでもないわさ」

そう云って利吉は噎《む》せた。

芋が閊《つか》えたのだろう。冷えた蒸《ふ》かし芋など旨《うま》いものではない。

「赤新聞てな『萬朝報《よろずちょうほう》』でしょ。あれとて昔とは違うのさ。まあ、一面飾ってた蓄妾《ちくしょう》の実例欄なんぞは下世話だったけれども、あれだってお偉方しか取り上げなかったからね。簡単、明瞭、痛快の社会改良だ。しかも廉《やす》い」

詳しいなと云うと入社希望で行って来たなどと云う。行ってどうしたと問うと、洟《はな》も引っかけて貰えなかったと云う。

「ほぼ門前払いですよ。厳しいんだなァこの世界も」

どの世界だよと云った。

「幸徳秋水《こうとくしゅうすい》先生や内村鑑三《うちむらかんぞう》先生なんかと机を並べて働けると思ったんですがね。何と云ってもあたしは黒岩涙香《くろいわるいこう》先生の『幽靈塔《ゆうれいとう》』の愛読者だから。ずっと読んでましたよ欠かさずに。そう云ったんだけれどもねえ」

何のことだかさっぱり判らない。

「好きだからってなれるてえものじゃねえさ。豆腐が好きで毎日喰うからと云って豆腐屋になれる訳じゃねえだろう。作るのと喰うな別だ。読むのと書くのも別だろ」

齢《とし》の功だね良いこと云うねえと利吉は戯《おど》けた。

「断られたその足で『二六新報《にろくしんぽう》』に行ったんだけれども、こっちはこっちで紛乱《ごたごた》と忙しそうで取り次いでも貰えない。ま、萬と二六は商売敵《がたき》、我乍《なが》ら節操がないとも思うけどもねえ」

「節操も何も関係ねえだろ」

人を見るのよ、人を、と云った。

「見られたのかねえ、人を。二六の方は門番だったが、あたしゃ番兵にまで見下されるかね」

「甘酒屋の爺に見透かされるぐれえだ。棒突《ぼうつき》にだって見下げられらあ」

立っているのも何だが、利吉が居るので裡《なか》にも入れず、仕方がないので縁台に座った。もっと早くに片付けておけば良かったのだ。利吉はこちらを眺める。

「何だね。流行《はや》りのインバネスかと思うたら、そりゃあ毛布かね」

「郷里《いなか》出る時に持って来た赤毛布《ゲット》だよ。もう三十年ものだ。元は赤かったのよ」

「赤じゃないやね。その色は時代が付いてるのかい。これはお見逸《みそ》れした。人も古けりゃ毛布も古いと来たかい。しかし、三十年といえば御一新《ごいっしん》の直《す》ぐ後じゃあないかね」

「直ぐじゃあねえよ」

郷里で四五年は過ごしている。

弥蔵さんこそ元は何者だねと利吉は尋いた。

「ずっと甘酒屋じゃあないんだろ。徳川《とくせん》の頃は何をしていたのかね。煮売屋渡世か何かかね」

昔のことは忘れた。

――いや。

忘れた訳ではないが。

真逆《まさか》二本差しじゃあないだろねと利吉は云う。

「何だ。二本差しだと何だよ」

「いやあ、あたしはご覧の通り明治生まれですからね。お侍と云うものを知らないのだよ。家業は酒屋だが、親父と云うのが元は京都の酒屋にいた人で、まあ、そりゃ恐ろしい目にあったそうでね」

「恐ろしいたあ、何だ」

「御一新前は怖かった、いつ殺されるか判らなかったと、まあそう云うことを云うのさね。町人なんだから斬られやしないだろと云うとね、新選組《しんせんぐみ》だの見廻《みまわりぐみ》 組だのは何だって斬るんだと云う。二本差しは怖いと云うのさ」

「新選組かい。ありゃ、半分くらいは百姓町人だったと思うぞ」

はあ、と利吉は顔を歪《ゆが》めた。

「連中は二本差してはおったし、まあ、沢山《たくさん》人を斬ったがな。でも元からの武士ばかりじゃあねえ。近藤勇《こんどういさみ》も百姓だ」

「詳しいね」

「別に詳しくはねえ」

刀など。

二度と持ちたくはない。

「それよりもよ」

話の矛先《ほこさき》を変える。昔を突《つつ》かれるのは厭である。

「大ごとと云うのは何だったたんだよ」

「あ」

利吉は芋を口から離した。

「それそれ。それさね。さっきね、そこの下の鰻屋《うなぎや》に、徳富蘇峰《とくとみそほう》が居たと云うんですな」

鰻屋には何度か行ったが、その徳富何某《なにがし》とか云う人物は知らない。

誰だいそれはと問うた。

「何を云ってるんですかい。名士じゃないですかね。ほら『國民新聞《こくみんしんぶん》』の。『國民之友《こくみんのとも》』の」

「また新聞か」

「いやいや。そう、『不如帰《ふじょき》』の徳富蘆花《とくとみろか》の兄上」

何のことだか判らない。偉いのかと尋くと偉いでしょうと利吉は答えた。

「総理大臣ともお付き合いがあろうてえお方ですぜ。内務省の参事官もなさってた」

「そうかい」

甘酒屋には関係ない話だ。

偉い奴は嫌いだよと云った。

「俺はなあ、もう長くねえ。しかも人間が古いのさ。いまだに瓦斯燈《ガスとう》も、電気燈も好きじゃあねえ。髷《まげ》こそ落としたが、洋服も着たことがねえ。そんな時代遅れの爺なのだよ。自由も民権も解りやしねえし、知ったところで世間様のお役には立てねえ。いいや、俺自身、この先この国がどうなろうと余り関係がねえのさ。間もなく死ぬんだからな。俺は、甘酒作って芋蒸かす外《ほか》に何もすることたあねえし、したくもねえ。死ぬまで息が継げるならそれでいいのさ。だから総理大臣だか太政大臣だか、そう云う偉いお方は、俺の暮らしに関係ねえのだ。俺が考えることと云や」

——どうやって死ぬか。

死に様だよと云った。

「だからよ。凍え死には厭だなと思うたのだ。寒いな嫌いだからな」

南の生まれかと尋かれたので、逆だよと答えた。

「俺は北の産だわな。陸奥《みちのく》だ」

「訛《なま》りはないね」

郷里は捨てたからなと答えた。

「何もかも捨てた。だから、寒いな敵わないのよ」

思い出すからか。

雪なんざ大嫌いよと云った。

「地べたが白くなるともう厭だ。あれは惨めで、辛《つれ》えものだ」

「そうかなあ。まあ、弥蔵さんが好きか嫌いかは兎《と》も角《かく》ね、德富先生は、内閣総理大臣桂《かつら》太郎《たろう》子爵様とも交流があろうてえ大したお方でござんすからね、独《ひと》りで居るなんてこたあないだろうと、そう思ってね。なら取り巻きも大勢居るのだろうさ」

——桂か。

奥羽《おうう》鎮撫《ちんぶ》総督府《そうとくふ》参謀《さんぼう》添役《そえやく》だ。

「なら何だ」

「いや、そのご一行様がこの坂ァ登って来たならば、まあこの辺で一息吐《つ》くかもしれんでしょうに。それにこの寒さだ。熱い甘酒の香りがプンとすりゃ、一杯お呉《く》れと云うことにもなろうよ。だから」

だから何だよと云って、幡を仕舞う。

「オヤオヤ仕舞うのかいな。火を入れ直したらどうなんだね。客が来るかもしれんと云うてるじゃないか」

「来るかよ」

「来ようさ。なら稼ぎ時じゃあないか。それを報《しら》せに来たのさね」

「ご親切なこった。あのな、鰻屋にその何とか云う」

徳富蘇峰さんと利吉は云う。

「その蘇峰さんとやらが本当に居たとして、だ。その取り巻きとやらが鰻屋の外にぞろりぞろりと門前市を成していたのかい。そんな筈《はず》はねえだろ。何処のお大尽《だいじん》かお殿様か知らねえけどな、今時そんな大名行列があるかい。いいや、百歩譲って居たとして、だ。それが何だってこんな坂ァ登って来るよ。この上には何もねえ。隣町に用があるなら直接隣町に行くだろう。この坂を使うのは、下に住んでる者だけだろ」

「いやいや」

利吉は両袖を抓《つま》んで左右に引いた。

「まあ、取り巻きの話はやや大袈裟ですけどね。坂を登って来るのは間違いない。これは太鼓判ですな」

「何でだよ。お前さん、八卦見《はっけみ》にも弟子入りしていたのかい」

そう云うと、それも良いですなと呆《ほう》けた口を利く。

「ありゃ誰に習うのかいね。学校でもあるのかね。いや——それはそれとして、ですよ。徳富先生が此処《ここ》を通ることだけは確実ですぜ。何故なら先生は鰻屋で道を尋ねられている。鰻屋の女将は無学ですからな。先生のことなんざ知らないもんで、まあ例に依《よ》ってぞんざいな口の利き方で道を教えた。そこの角を曲がりいの、その先の橋を渡りいの、それで大きなだらだら坂を登って——」

「何処へ行く気だ。その先生」

「へい」

書舗《ほんや》でござんすよと利吉は答えた。

「本屋だと。本屋ってのは何だい」

「本屋は本屋ですよ。本を売っている」

「貸本屋か」

「貸しませんよ、売るんだもの。最近じゃあ本は売りますぜ。何処の家だって雑誌くらいはある。何故あるか。買うからでしょうよ」

「本をなあ」

とんと縁がない。

新聞は読む。買って読みはしないが、読み棄てを読む。

「世間の人は本を読むかい」

「そりゃあ読みましょう。昨今、三等車両なんかは益々《ますます》煩瑣《うるさ》いそうで」

「何だと」

「乗客がみんな本を読んでるんですわ。銘銘が違う本を読むもんだから、話が混じって大変だそうさ」

「声出して読むか」

「まあ読むでしょう。黙読すんな学のあるお方でね。無学な者は音読ですよ。字を憶《おぼ》えたてだから一文字ずつ読むんでしょうかな。まあ、本は読みます。流行ですぜ」

そんな状況は想像も出来ぬ。

陸蒸気には二度乗った。二回とも混んでいた。がたがた轟轟《ごうごう》と喧《やかま》しかった覚えがある。あの乗客どもが、窓を流れる景色を見もせずに、挙《こぞ》って下を向き、本を誦《よ》んでいると云うのか。

奇異だ。

「まあいいや。世の中がそんな妙な具合になってるとして——その本屋ってのは、八百屋や小間物屋みてえに、本を並べて売るかい。そりゃ版元じゃあねえのか」

「版元は本を刷るとこでやしょう。いや刷るのは印刷屋かね。まあ作るのが版元ですよ。版元は卸《おろ》すんです。本屋は、小売り渡世だね。酒蔵と板看板みたいなもんさ。まあ造り酒屋もありましょうけどね」

「ふうん」

随分と時勢は変わったものだ。

昔は版元が刷っていた。それを貸本屋が買い受けて、巡回していた。買うことも出来たのだろうが、買う者など居なかった。

錦絵やなんかは買っていたけれども。

「で、その本屋がこんな処《ところ》にあるかい。そりゃ何だ、町の方にはねえのかい」

ありますぜと云って、利吉は腰を上げ甘酒の鍋の蓋を取って、甘酒も未《ま》だあるじゃないかいと云った。

喉が詰まったか。

「町にゃ大きなお店《たな》が幾らでもありますよ。書店と云うんですかね。そりゃまあ立派なもんですぜ。出版会社もみんな町場にありますからね、便利なんでしょうな」

会社なのか。

「弥蔵さんも雑誌ぐらいはお読みな。小説は面白いですしね。徳富先生のご本なんかはね、何てぇんですかね、明治人としての教養てえんですかね。そう云うのを養えますからね」

「あのな、利吉どん。もう一度尋くが、本屋は町にあるのだろ」

「ありますね」

「ならどうして、こんな僻処《へきしょ》まで来るんだよ。その徳富先生とやらは町に住んでねえのか」

「いいえ。先生の興した民友社《みんゆうしゃ》は京橋《きょうばし》ですよ。東京市のど真ん中。流石《さすが》は『國民之友』の版元、立派なとこで」

行ったなと問うと、へい行きましたと答える。門前払いかと重ねて問うと、ご明察と利吉は云った。

「茶汲み小使いなら小僧を雇うと云われましたがね。あたしは薹《とう》が立ち過ぎていたんですよ」

「お前さんの云うことは俺にはいちいち判らないよ。その京橋に本屋はないのか」

「あるでしょう」

「だから、だったら何故こんな便の悪い処まで来るんだと、俺はそう尋いているのだ。本ってのは何だ、野菜やなんかと一緒で、産地で買うが新鮮なのか。そうだとしたって、作ってるな此処じゃねえだろ。好きこのんでこんな処に来る奴は居ねえだろうさ」

利吉は柄杓《ひしゃく》で残った甘酒を汲み、勝手に茶碗に注いだ。口に含んで妙な顔をする。不味《まず》いのだろう。

元元そんなに美味《おい》しい甘酒でもないのだ。

「あのね、弥蔵さん。そこは特別なんだそうですよ」

利吉はそう云ってからこちらを見た。何処か人を小莫迦《こばか》にしているような顔付きである。

「何でも揃うと評判らしいですぜ」

「何が何でもなんだい」

「だから本ですよ。雑誌から洋書から、新聞に錦絵、果ては旧幕の頃の刷り物まで、何でも揃うてえ話さ。それも、和書漢籍、黄表紙合巻《ごうかん》は元より、刷り本以外の写本やら調べ書き、書付けの類《たぐい》まで、そりゃもう字が書いてあるものなら何だって置いてあって、しかも売ってくれると云うンだから、まあ本当なら大したもんですな。そんな書舗は国中どこを探したってないでしょうや」

——国か。

その昔、国と云うのはもっと小さなものだった。在所のことだったのだ。それが藩のことになり、その藩もなくなった。

この島は一つの国になった。

国が広がったのだ。

その広がった国の中で、一つしかないと云うことなのだろう。

「そんなもんが此処にあるか」

「あるらしいですな。あたしは知らないんだが、鰻屋の女将は知っていたらしい。偶偶《たまたま》、鰻屋で白焼き喰ってた風呂屋のドラ息子の平助《へいすけ》が聞いてたんですよ。でもって、徳富先生の鰻が焼き上がる前に、平助の野郎は店ェ出てあたしに報せに来たと云う寸法で。あの平助ってな、番台に乗っても本ばかり読んでるって、一寸《ちょいと》した高等遊民でね」

「そりゃ何だよ」

聞いたことがない。

「知らないだろうなあ。高等なんですよ。稼ぎゃしないんだけども、ただ遊んでる遊び人たァ違うんだね。平助の奴は、まあ、銭湯嗣《つ》ぐ気になったようだけども——そうでなきゃ一廉《ひとかど》の活動家になってたような野郎ですからね」

そう云うのが高等なのかと問うと下等じゃあないでしょうよと利吉は答えた。

「高尚なこと考えてるんだから。ただ額に汗するこたぁないんだけども」

「なら下等な方がマシじゃあねえか」

「ま、そう云う見方もありますかね」

お前さんも酒屋を嗣げよと云った。

「あたしンとこは兄貴が嗣いじまったから出る幕はないのサね。そんなことはどうでもいいでしょう。平助は、まあ徳富蘇峰に似た客が鰻屋に入って来て先《ま》ず吃驚《びっくり》し、本人らしいと知って二度吃驚、耳を欹《そばだ》ててあれこれ聞き付け、でも、湯屋《ゆや》の番はしなくちゃいけないし、白焼きは喰い終わっているしで、居座りも出来ず、でもって同じ高等遊民であるあたしにね」

「お前さんのどの辺が高等なんだよ。ただの穀潰《ごくつぶ》しじゃあねえか。お前さんのことなんざどうでもいいが、本当にそんな――本屋か。そんなもんがあるとは思えねえがな」

それに就《つ》いてはあたしも同感ですと利吉は云った。

「こんな鄙《いなか》にそんな文化の香りはしやせんからね。ま、なくてもいいんですよ。徳富先生はあると思ってる。で、女将は道を教えてる。なら此処は通りましょうぜ」

「そこ捕まえて雇って貰おうてえ料簡ならそれは都合が良過ぎるぞ利吉どん。世の中そんなに甘かねえ。そんな巧《うま》い話はねえよ」

「ないかね」

「ねえね」

そうさねえと、利吉はつまらなそうにした。

「まあ、いい暇潰しにはなったが、お前さんの与太に付き合《お》うてこれ以上寒風に曝《さら》されるなあ御免だ。店は閉めるから今日は去《い》んでくれ。今日の勘定は要らねえ。残り物だからな」

「そうかいな」

利吉は晩飯を喰い損ねた童《がき》のような顔になって、悪いなあと心にもないことを云った。最初からお代を払う気などなかったのだろうに。じゃあ引き上げて小説の続きでも書こうかいなどと一端《いっぱし》の文士気取りで云うと、利吉は所在なげに踵《きびす》を返す。

「おい」

「何ですよ」

「その」

書舗か。

「その店があるとして、そこには何でもあるのかい」

「扠《さて》ねえ。平助の話ですからね。でも、あたしも噂だけは聞いている。その昔、お旗本が贔屓《ひいき》にしてたとか、今も文士やら官吏やらが足繁く通っているとか、そう云う話は聞いたねえ。でも、いずれ巷《ちまた》の流言だから話半分ですけどね。でも、まあ新聞一つ取っても瓦版《かわらばん》から地方新聞まで――古い読み棄てが役に立つたあ思えませんが、何年分だって揃うんだとか、大きな書店にも置いてない異国の本もあるんだとか、昔昔の書き付けやら、そう、旧幕の頃の奉行所の調べ書きまで売っているとか――まあ、そう云う」

「そんなものまでか」

「だから噂ですよ。風聞。近在の者は誰も行かないんだから。行かないと云うか、知らないでしょうに。あるんだとすれば、相当大きなもんでしょう」

「まあな」

じゃあ帰ンなと云って、下ろした旗竿を店の中に仕舞った。

引き止めておいてこの言《い》い種《ぐさ》はないようにも思うが、どう云おうと同じことだ。

利吉はとぼとぼ帰って行った。

追い返したようなものである。

調子の良い男だが、嫌いではない。嫌いではないが、友達とも思わない。愛想《あいそ》のないのは平素のことである。

そもそも客商売に向く性質《たち》ではないのだ。贔屓にされても邪険にしか出来ぬ。それはどの客に対しても同じことである。

それでもあの男は通って来るのだ。果たして何処を気に入ったものか、余程暇なのか、兎《と》に角《かく》来るのだから仕方がない。来ればああして、のべつ無駄口を叩き倒して帰るのだ。

それでも愛想良くは出来ない。

気分を害して来なくなったとしても、それは仕方がない。それまでの縁である。

でも多分、あれはまた来る。

来ると思う。

——それにしても。

そんな場所があるのか。

——なら。

暫《しばら》く寒空を見ていた。完全に冷え切ってしまった。風邪を罹《ひ》く。

我に返って動こうとすると、小雀《こがら》の声が響いた。

四十雀《しじゅうから》は能《よ》く啼《な》くが、小雀はあまり聞かない。

顔を上げて、また暫く聞いていた。

啼き声はすぐに止んだ。

店の裡《なか》に視軸《しじく》を投じる。

火鉢の熾《おきび》は、もう灰になっていることだろう。今のうちに炭を足せばまだ暖を取れるか。消えてしまうと後で面倒になる。

その前に縁台を片付けてしまった方が良い。

すっかり片付け戸締まりをして引き籠る。寒い日はそうするに限る。

縁台に手を掛け、土間に引き入れようとしたその時。

「申し」

と、落ち着いた声がした。

「申し、ご老体。片付けの最中、実《まこと》に申し訳ないことだが、少少お尋ねしたきことがあるのだがね」

振り返ると立派な身態《みなり》の男が立っていた。否《いや》、別に特別な出で立《いた》ちではないのだが、立派と見たのは佇《たたず》まいである。姿勢や物腰に威厳が満ちている。そうしたことは云わずとも知れる。

――大違いだな。

胸を張っている壮年と、背を丸めた老人と。片やインバネスコート、片や色の褪せた赤毛布である。

縁台を下ろし、のろりと向き直って何でしょうと云った。

「失礼ですが、この店舗《みせ》のご亭主とお見受けするが――」

「如何《いか》にもこの襤褸《ぼろや》家の爺ですが」

肉厚の大作りな顔。切れ長の大きな吊り目。

四十過ぎ――くらいだろうか。悠然としているのだが、威圧は感じない。

「いや、お尋ねするのは、この辺りに寺はないかと云うことです。私は先程、この先に寺へ通じる径《こみち》があると聞いて来たのです。参道だと云う。しかし見たところそれらしきものは見当たらない。いや、径は幾筋もあるのだが、最初に入った道は行き止まりでして、凡《すべ》ての枝道を確認し乍《なが》ら登る訳にも行かず、扨《さて》、どうしたものかと思うておったのです。道を尋いた者も判り難《にく》いと云ってはおりましたが――」

「寺かい」

「寺院の名は知らぬと云うておったが、道の右側だと云っておりましたな」

寺は――。

寺はこの坂からは見えないでしょうなと答えた。

「葬列もこの前を通るし、檀家も坊主も通るから、あるこたぁあるようだが、あっち側、だから右側だな。でも見えねえなあ。かなり奥まっているんでしょう。俺は此処に棲み付いて未《ま》だ二年だから、地縁はねえし、行ったこともないが――それでも大体の見当は付くけどもね」

そうですかと、紳士は嬉しそうな顔をして云った。

「何本目の径でしょうかな」

「いや、そう云われてもな、逆に道が幾筋あるのかは憶えていねえです。大方は畑なんかに通じる行き止まりの小石道ばかりだが――あんた」

寺に行くのではないねと云った。

「はあ」

「こっちこそ失礼なことを尋くが、あんた様ァ、徳富とか云う名前の先生様じゃあねえかい」

「何」

紳士は怪訝《けげん》そうにした。

警戒している。

「そう怖がるこたあねえです。俺はただの甘酒屋の爺で、身分の保証こそねえが、見た通り非力で貧乏な年寄りだ。先生様が恐れるような立派なもんではねえ」

「いやしかし――」

紳士が言葉に詰まる。

申し合わせたように小雀が啼いた。

「ナニ、種を明かせば、客が最前あんた様の噂話をして行ったのだよ。鰻屋に居たのだろ」

「居ましたが――」

「壁に耳あり障子に目ありと謂《い》うが、名の知れた御仁《ごじん》はもっと用心深くしなくちゃあいけねえのさ。先生様ァ、身分のあるお方だ。世間にゃ敵も多かろう。なら慎重にすることだよ。世が世なら、命がねえよ」

はあと、男は大きく息を吐き出した。

「ま、正《まさ》にその通りです。仰《おっしゃ》る通り私は徳富だ。いや――」

お恥ずかしいと云って紳士――徳富蘇峰は汗もかいていないのに額を拭《ぬぐ》った。

「町場の割に長閑《のどか》な処と油断しておりましたな。仰《おお》せの通り、どのような場所でも用心は肝腎《かんじん》です」

「なに、鄙《いなか》こそ話の広がる足は速《はえ》え。田舎雀《すずめ》は口さがねえし、また能《よ》く囀《さえず》るものだ」

心得ましょうと徳富は云う。

「あんた、慥《たし》か——その」

書舗《ほんや》か。

「本屋に行きてぇとか云う話じゃあねぇのですか」

「そうです、そうです。そこまで伝わっておりましたか」

徳富は苦笑して頭を掻いた。笑うと多少人懐こい顔付きになる。

「何でも揃う本屋だとか聞いたが」

「そう、そうなんですよ。ご老人、それもご存じか」

いいや、と云って首を振る。

「こんな見窄《みすぼ》らしい爺が本なんざ読みやしませんよ。縁がねえ。でも」

そんな処があるなら。

——調べ書き。

調べ書きか。利吉はそんなことを口走っていたが、真逆《まさか》そんなものはあるまい。

先《ま》ず手に入るまい。

でも。

あるなら。

行ってみてえと思ってねと云った。

「書物をお探しですかな」

「いや、学がねえ。老い先短《みじけ》え身で後学のためにてえのも可笑《おか》しいが、まあ——弥次馬《やじうま》根性ですわい」

寸暇《ちょいと》待っていてお呉れと云って、再び縁台に手を掛けた。

透《す》かさず徳富が手を伸ばした。

「おいおい、偉い先生が——」

「いやいや、その偉いとか先生とか云うのはお止《や》めください。今は私人として此処に居《お》るのですから、ご親切なご老人を手伝うのは当然のことで」

「なら、あんたも老人老人呼ばんでくれませんかな。慥《たし》かに俺ァ爺だが、改めてそう呼ばれると気が萎《な》える。俺は弥蔵と云う名前です」

拾った名である。

姓はない。

それでは弥蔵さんここは私がやりましょうと云って、徳富は縁台を持ち、土間に入れてくれた。火の気はもうない。

戸締まりをして——と云っても鍵も何もないから戸を閉めただけなのだが——坂を登った。

案内と云う程のことはない。

ほんの少し登るだけで横道はある。後は多分、寺まで一本道だと思う。片側は山で片側は畑だ。奥の方は知らない。

並んで歩いた。

「あんた――偉い人のようだが」

疎《まば》らな雑木の向こうに、貧弱な畑が覗いている。地面も凍《い》て付いているのか、荒れ地にしか見えない。

「悪いが、俺は無学な上に物知らずで、あんたがどれだけ偉いのか知らん。内務省がどうとか云う話だったが――」

偉いと云うのはどうですかなあと德富は云う。

「身分がどうのと云う時代は、昔のことでしょう。私は肥後《ひご》の郷士の息子です。まあ代官職にはあったが、郷士ですからね、半農ですよ」

「肥後か」

「色色とやって来ましたがね。まあ、本を書いたのも、新聞を出したのも、勅任参事官を引き受けたのも、皆、世の中を少しでも良くしよう、国を富ませ民の役に立とうと云うつもりでしたことで、立身や出世を望んでしたことじゃないのですよ。偉いとか、卑しいとか、そう云う区別はない」

「そりゃあ」

ご立派な心掛けだと云った。

国のため――ずっと昔、そう云う気持ちになって、そうした志《こころざし》を立てて――。

また掌を見る。

煤《すす》が付いていた。店を片付けた時、鍋底にでも触ったか。

「本も書きますか、先生様は」

「ああ、書きます」

それだけでも偉いよと云った。

「俺は文字書くこともないからね。若い時分にはそれでも手紙くらいは書いたが、不得手だった。二行三行書くだけでもう嫌になるからね。瓦解《がかい》後は筆すら持ったことがないです。本なんてのは何百何千と字を綴るのだろうに。本を書くと云うな大変なことだと思うがね。何を書きます。どうして書きますか」

徳富は暫く考えて、

「私の書くのは、小説のようなものではなくて、思想――いや、意見ですかな。己の考えたこと、主義主張を、まあ世間様に知って戴くと云うことでしょうか」

と、答えた。

「主義主張ですかな」

「そうです」

自信があるのですなあと云った。

「自信――ですか」

「はいよ。その、主義かい。それが正しいと云う自信がなくちゃあ、主張とやらも出来ねえでしょうや」

「そう——かもしれませんが」

「俺はね、先生。若え頃《わけ》、もう随分と前——幕府方だったんだわい。幕府のために戦った、賊軍です。悪いことをした憶えはひとつもないし、それこそ国のためと思うていたら——国賊になった」

それ以来——。

「自分の考えておることに自信が持てないのですわ。天子様《てんし》を敬い、将軍様を守《も》り立てて、攻めて来る異国を打ち払うことが正しきことと、そう考えていたのだがね。国のためと信じていた。頭が悪いのか、そう固く信じていたが」

信じていたから。

「でも、間違っていたからな」

徳富は口をへの字に結んだ。

「それは——間違ってはいませんよ」

「いいや。間違っていた。官軍は薩摩《さつま》長州《ちょうしゅう》で、俺達は賊軍だ。負けたんだから」

大勢死んだ。

否。殺した。

「戦うことが正しいと思うていた」

今はどうですと徳富は問うた。

「今かい。今ァ、戦争はあまり好かんね。いいや戦争はいかんのだろうさ。良いことはひとつもねえよ。あの頃のことを思うとね、どうも、胸ェ張って相手が悪いと云い切れねえし、こっちが正しいとも思えねえのだ。そうなら、殺し合いなんか出来やしねえ。どうも昨今、時流は違うようだがなあ」

「なる程」

徳富はまた考え込んだ。

「私も自信はない」

「ないかい。でも、先生様ァ本に書くのだろう。本は、世間に知らしめるために書くのではねえのかい」

「その通りですよ。私は、政治を改良し社会を改良し、文芸も、宗教も改良したいと思っております。それは、それらが未《ま》だ最良の形になっていないからです」

「いいねえか」

「なっていれば万民は幸福でしょう。でも——そうではないでしょう。だから意見をするべきだし、それで改良出来れば良いと思うのですよ。しかしね、弥蔵さん。私は私の意見が正しいとも思わない。そう云う意味では自信なんかないですよ」

「そんな——間違ったようなことを本に書くのかい」

間違ってはいませんよと徳富は云う。

「時代が変われば正しいことも変わるのでしょうし、立場が違えば別の意見もあることでしょう。私もね、幼い頃は尊王攘夷《そんのうじょうい》、それしかなかった。若いうちに基督教《きりすと》に触れましてね」

「きりすと——そりゃ、耶蘇《やそ》教のことですかな」

徳富は何やら外国の言葉で説明したのだが、全く判らなかった。

「ですから、明治になってからは自由民権です。私は平民主義を説いたが、今は」

「変わったのかい」

徳富は苦笑いをした。

「どうですかなあ。今は——主義や思想こそ変わっていないつもりなのですが、また別なことを云っていますよ。今はそう云う意見を云うべきだと思っているからです。多くの意見を擦り合わせ、間違っているなら正し、より良くしていけばいいと思う。でも意見を表明せねば、違うと云うことも判らぬでしょう。ですからね」

「だから本を書くですかい」

徳富は再び黙った。

そして暫くしてから、書くのが好きなんですなあと、肩透かしなことを云った。

「好きですかね」

「そうですね。好きだから書く、それが一番正直かもしれんですなあ。書きたいのですよ。でも、その時その時で考えなくてはいかんことが変わる。ですからねえ――そうですなあ、私の場合、本は世間に向けた手紙のようなものかもしれない」

「手紙――か」

「手紙は近況だの気持ちだの、考えていることだのを、特定の人に向けて、伝えるために書くのでしょう。書簡と云うのは、だから書いた人のその時、そのままのものですよ。私は、それを不特定の人人に向けて書いている。そう云うことなんでしょうかなあ」

偉い人とは思えねえような云い方だなあと云うと、だから別に偉くはないんですよと徳富は答えた。

「偉ぶる方が良い場所では偉ぶることもありますが、それは振りですよ。まあ、私は文を書くのが好きなのです。小説はまた違うのでしょうけれどもね」

「違うかい」

文芸はまた別ですよと徳富は云う。

「もう随分前になるが、文学者を集めて会合を開いたりもしましたし、今でも交流がありますが、私の立場とは違いますね。弟は――小説を書きます」

「ああ」

利吉もそんなことを云っていたか。

名前だの題名だのまで云っていたと思うが、忘れてしまった。

忘れる以前に右から左である。戯作《げさく》の類は読んだことがない。

道の先には何もなかった。

「このまま一本道で寺に行き着く筈ですがな。そんなもなァ見当たらんね」

慥《たし》かにそうですなと云って徳富は立ち止まった。ただの噂かもしれんなあと云うとそうかもしれませんなどと云う。

「噂を信じてこんな処まで来たかね。思うに、あんた忙しい身じゃあないのかね」

徳富は上の方を見ている。

空ではなく、樹を見ているのか。

「何見てる」

「鳥ですな。あれは何と云う鳥かな」

「鳥なんか観《み》てていいのかい」

「ああ。まあ、こんな景色を観ることなんか、ないですからなあ」

見上げると、青鳩が留《と》まっていた。だから青鳩だと云った。

「鳩が、あんなに綺麗な色なのか」

「ま、別に珍しかない。山鳩ですよ。夏には北に渡る」

徳富は、ほうと感心したような声を発した。

「まだまだ知らぬことが多い。私は慥《たし》かに忙しいのですが、忙しくしていると忘れていることも多い」

「そうかね。俺なんざ、忘れたいことしかないがね」

「まあ、私はこれで癇癪《かんしゃく》持ちのところがありましてね。もういい齢《とし》だから多少は気も練れたけれども、気鬱《きふさ》ぎなことが続くと苛苛《いらいら》してしまう。そう云う気持ちは、抑え込んでも消えはしないし、多忙に紛らわせて忘れてしまうよりないのだけれど」

「いいじゃないかね。忘れるのだろう」

忘れると云うのは消えてなくなるのとは違いますよ弥蔵さんと、徳富は云った。

「蓋をしているだけだ」

「そう――かな」

そうかもしれぬ。忘れたと云うのは已に対する釈明《いいわけ》でしかない。それは、ただ思い出したくないことであるに過ぎない。

どうあっても――。

消えはしない。

「でも、こうやって鳥なんかを眺めていると、憤懣や悲愁も消えてなくなる気がします。気の所為《せい》なのだろうがねえ」

気の所為さと云った。

「でも、そんな気になれるだけ、あんたは真っ当だと云うことだ。鳥なんか見ないでも仕事で紛れるンなら、そら幸せだよ」

紛らわせるだけ忙しくない。

あんな店、開けずにいようと苦情は出ない。通って来るのは利吉くらいである。

青鳩が啼く。

妙な声である。

もう戻ろうかと云った。

「俺なんかは、起きてようが寝てようが世の中に何の変わりもねえ、生きてても死んでても構わねえ世に棄てられた爺だが、あんたは違うだろう。あんたの一挙手一投足が大勢の人に影響を及ぼすんじゃないのかね。あんたがこんなとこで鳩なんざ眺めてるのは、何だ、社会の損てえ奴じゃあねえかい」

私はもう少し探してみますよと徳富は答えた。

「噂ですぜ。根も葉もねえかもしれねえ」

「そんなことはないと——私は思っています。弥蔵さんはどうぞ、お好きにしてください。私は寺までは行ってみますよ」

徳富は歩き出した。

「あんた、誰から聞いたね」

「何年か前に鬼籍に入られた——勝《かつ》先生ですよ」

「勝海舟《かいしゅう》かね」

「ええ。晩年、何度かお話を伺いに氷川《ひかわ》まで行きました。傑物と云うのはあのような方のことを謂うのでしょう」

「勝海舟がその、何でも揃う本屋とやらのことを知っていたのかね」

思わず前に回った。

「あの、勝安房守《あわのかみ》が」

「はあ、知っていると云うか、何度も通われたらしいですが。そこのご主人とは古いお付き合いだと——」

——勝海舟が。

この道を通ったと云うのか。

来た道を振り返る。

涸れた道だ。

鳥の羽音がした。

さっきの青鳩が飛んだのだ。飛ぶ鳥の影を追って身体《からだ》を返し、道の先に顔を向けると——。

小柄な少年がいた。

少年と云うより青年だろうか。

本朝ニテ銀鳩ト云 長生鳩 南京鳩
銀鳩 白子鳩 本国鳩 尺八鳩
孔雀鳩 紅《ベニ》ガラ鳩 牛鳩 暹羅鳩
蠟觜 觜ツマリ 其外又多シ

徳富は小走りに進んで、その青年に駆け寄った。

「すみませんが――」

そう話し掛けた後、徳富はちらと横を見て言葉を詰まらせた。

何か見付けたのか。

のそのそと歩み、徳富の見ている方に顔を向けた。

「ここは――」

櫓《やぐら》か。

違う。陸燈台《おかとうだい》だ。

いや、燈台よりもうんと大きい。

入り口には簾《すだれ》が提《さ》げられており、そこには半紙が貼ってある。その半紙には――。

「弔」

「はい。ここは書楼《しょろう》弔《とむらい》堂《どう》でございます」

青年はそう云った。

綺麗な顔の青年だ。白衣に浅葱《あさぎ》の袴。神社の禰宜《ねぎ》のような出で立ちである。服装が違っていたなら、年齢どころか性別さえもはっきりしない。

「書楼と云うと、ここは書舗かな」

「はい。本を売っておりましょう」

徳富はこちらに顔を向け、

「あった。ありましたよ弥蔵さん」

と云った。

「噂は噂ではなかった。嘘でも幻でもありません。これ、こうして目の前に――」

徳富は興奮気味にそう云うと、青年に向けて、君はここの人かなと問うた。

「はい、左様《さよう》で御座《ござ》いますが」

「私は徳富猪一郎《いいちろう》、いや、蘇峰と申す者ですが、その――ご主人は」

「主人のお客様で御座いますか」

「いや、私はだな」

「俺は――」

帰る、と云おうとした。

誰の紹介でもない。甘酒屋には関わりのない場所だ。買う銭もない。場違いも甚《はなは》だしい。そもそも入れて貰えそうにもない。

どうぞ裡《なか》へと少年とも青年ともつかぬ小僧は云った。

「そちらのお方も、さあどうぞ」

「俺も――かい。俺は」

徳富はちらりとこちらを見て、弥次馬なのでしょうと云った。

小僧はすいすいと進み、簾を上げて戸を開けた。中は暝《くら》い。

徳富は、前屈みになって戸を潜ると、その曚《くらがり》に吸い込まれた。

酷《ひど》く気後れしたが、小僧がいつまでも簾を上げたままでいるので、今更帰るとも云えず、その後に続いた。

まるで。

あの日の、あの時のようだ。

裡《なか》は真っ暗だった。

徳富の背中しか見えない。

その背中も、やがて見えなくなった。

直《す》ぐ後ろで小僧が戸を閉めたから外光が遮断されたのだ。

毛布の下で——反射的に左手と右手を腰の左側に持って行く。

勿論《もちろん》、そこには何もない。脚使いも、体勢も——。

習性《ならい》が抜けぬのだとして。

もう、滑稽《こっけい》なだけである。

そう思った途端に気は散じて、張っていた筋は弛緩《しかん》した。同時に小僧が動く。前に回ってお客様ですと声を張る。

「徳富——蘇峰様と、お連れの方が」

連れではないと云うべきか。道行きを共にし一緒に這入《はい》ったのだから、連れは連れなのである。それ以上の関わりがないと云うだけだ。

目は直ぐに馴れた。

暗闇ではない。徳富に遮られていただけで、ちゃんと燈《あかり》はあるのだ。

二列、何本もの蠟燭《ろうそく》が点《とも》されている。

朦朧《ぼんやり》と、地蔵盆の万燈会《まんどうえ》を思い出す。

何処でいつ観たのか憶えていない。

故郷ではない。ならば京で観たのか。違うかもしれぬ。信心は浅いから、観ただけだ。

中空が蒙《もう》としている。

淡い光が、本来は闇となるべき辺りの色を薄めている。蠟燭の光ではない。そこまでは届かないし、色合いも違う。光源は上にある。咄嗟《とっさ》に見上げる。

——天窓か。

遠い。屋根はかなり高い。塔でもない限り、こんな建物はない。否、二階三階と吹き抜けになっているのだ。

他に窓のようなものはない。

——裏口はあるのか。

そう云うことばかりが気になる。奥に階段があった。

その前は帳場か。そこまで見極めて——。

「噫《ああ》」

声を出してしまった。

四方を囲むのは壁ではない。凡てが。

「本か」

徳富が声を漏らす。

「これが全部、本ですか。いや、これは帝國圖書館《ていこくとしょかん》よりも、貴族院圖書館《きぞくいんとしょかん》よりも数が多い。造作はまるで違うけれども、そう、大英図書館のようだ。いいや、その」

これが売り物ですかと徳富は問うたが小僧はもう何処かに居なくなっていた。

「先生よ」

呆れた。

「世の中には——こんなに本があるか。これが全部読める本なのか。こん中にびっしり字が書いてあるかね」

「それはそうだろうが」

「これじゃあ、まるで」

霊廟じゃあねえかよ。

「その通りで御座います」

落ち着いた張りのある声が響いた。

――また。

身構えてしまっている。

帳場に白い人影が浮かんだ。

「徳富蘇峰様――民友社の徳富様でございましょうか」

「そうです。徳富です。ええと――こちらは」

徳富は横に移動した。

「道案内をして戴いたお人で、弥蔵さんと仰る」

「甘酒屋です」

そう云った。

「ようこそいらっしゃいました。私は、この弔堂の主人で御座います。本日はご本をお探しでいらっしゃいましょうか」

す、と身を引く。

物音がしたからだ。

見れば最前の小僧が椅子を持って突っ立っていた。壁面の本に目を奪われていたため気付かなかったのだが、奥から持って来たのだろう。

「どうぞお掛けください」

若者はまだ青臭さの抜けぬ声でそう云うと、椅子を二脚設《しつら》えた。

椅子に座ることなど殆《ほとん》どない。徳富が有《あ》り難《がと》うなどと云い乍《なが》ら座る。座りたくはなかったのだが、倣《なら》った。

上《あが》り框《かまち》や縁台よりも丈が高いから、どうにも尻の据わりが悪い。

「弥蔵様は、あの、坂の甘酒屋さんで御座いますね」

座る際に小僧はそう云った。

オウと短く答えた。

もし、この小僧が此処に住んでいるなら、店の前を過《よぎ》ることは多いだろう。坂下に行くなら必ず横切ることになる。通いであるなら尚更である。知っていても不思議はない。

お芋を戴いたことがありますと小僧は付け加えた。

客だったか。

「扠《さて》、何をご用意致しましょう。徳富様は現在、国論を一つに纏めることにご腐心されていると聞き及びますが、何か入手し難い資料でもおありでしょうか」

「いや」

徳富は手を翳《かざ》した。

「そうした話は、本日はあまり関係がないのです。否、まるで関係がないと云うこともないのだが――」

主《あるじ》はすたすたと近寄って来てぴたりと止まり、失礼致しましたと低頭した。動きに隙がない。

「あんた、元武士か」

そう問うと、僧にございますと云って主は再び頭を下げた。

「還俗《げんぞく》致しましたが」

「ああ。勝先生もそんなことを仰っておられた。禅僧でいらしたそうですな」

「はい」

坊主の足運びとも思えない。

「それでは、徳富様は勝様の」

「ええ。紹介——と云ってももうご他界されてしまいましたが。あの方と、ご主人は懇意にされていたと伺った。果たしてどう云うご関係ですか」

主人は何故か笑った。

小僧と同じ白衣だが着流しで、慥《たし》かに僧に見える。

剃髪していないと云うだけである。

「勝様の剣の師匠であらせられる、島田《しまだ》様は、我が師と同門——」

「島田——と云えば、直心影流《じきしんかげりゅう》の達人、島田虎之助《とらのすけ》のことですか」

それは幕末三剣士とまで謂われる剣豪である。ならば。

「そうで御座います。私の云う門は剣術の門ではなく、禅の門で御座います。島田様は筑前《ちくぜん》で禅の修行をされていらっしゃるのです。島田様が禅を学ばれたのは、安国山聖福寺《あんこくざんしょうふくじ》。住持は仙厓義梵《せんがいぎぼん》。我が師は仙厓義梵禅師の弟子なので御座います。ですから勝様と私は、師匠同士が兄弟弟子《きょうだいでし》の間柄、畏《おそ》れ多いことで御座いますけれども、勝様と私は従兄弟弟子《いとこでし》――これは勝様が仰せになったことなので御座いますが、勿論軽口かと存じまする。そのような言葉は御座いませんし、勝様は禅の修行をなされたと云う訳では御座いませんから、正確にはほぼ関わりのない間柄――とお考えくださいまし」

本当だろうか。

徳富はなる程と云った。

納得したのか。

いや、明治育ちには判るまい。この男は徒者《ただもの》ではない。それだけは判る。

主を観察する。

あのお方らしいですなあと、徳富は云った。

「いや、勝先生はご存じの通り気さくな御仁でしたから、ざっくばらんにお話をしてくださった。そして最後に」

そこで徳富は言葉を止めた。

主は黙って聞いている。

「最後に、お前のような人間は必ず行き詰まる、実に俺がそうだったからだ――と仰せになった。全く以《もっ》て意味が解りませんでしたがね。勝先生と私では、何もかも、まるで違いましょうから。でも勝先生はこう続けられた。行き詰まったら」

書舗に行けと――。

「本屋に、で御座いますか」

「お前のような男には丁度好《よ》いと」

「ハテ」

主人は顎《あご》に手を当てる。

「あのお方は、本を読むのは嫌いだと仰せで、一冊も買ってくれませんでしたが」

徳富は力なく笑った。

「ご方便でしょう。能《よ》く通っていらしたとお聞きしました」

そうなのか。

店を見渡す。

この書舗に勝安房が居たか。もしかしたらこの椅子に座っていたのか。

この椅子に座って、この奇態《きたい》な景色を観ていたか。

――勝が。

椅子を見た。

「あの御前《ごぜん》は、いらしては何だかんだと愚痴を垂れ憎まれ口を利かれて、私めはハイハイとお聞きするだけで御座いましたけれどもね――」

懐かしそうな眼をする。

勝安房との想い出は、この男にとって棄てたい昔ではないのだろう。

幾歳《いくつ》なのか。

小僧以上に年齢が読めぬ。

そうしますと――と、主は仕切り直すかのように云った。

「その徳富蘇峰様が、我が舗《みせ》にお出《い》でになったと云うことは――それは、甚だ失礼な物云いでは御座いますけれども、蘇峰様が――行き詰まられた、と云うことなので御座いましょうか」

「行き詰まりか」

徳富は眼を細め、口を一文字に結んだ。

「そうですなあ」

「私辺りには、天下の徳富蘇峰様が行き詰まっているようには感じられませぬが。私めはご覧の通り、憂き世と離れ隠宅に棲《す》む墓守故、政治は何より門外漢。知った口を利くことも出来ませぬが――」

「いやあ。行き詰まったと云うのなら、もう何年も前に行き詰まっていますよ。『國民之友』を廃刊にしたのは四年も前のことですよ」

一部で不買運動が起きたのでしたかと主人は云う。

そんなことがあったのか。

「ああ。十二年も続けたんですがねえ。雑誌そのものの質には自信があったし、執筆陣も一流で、社会に於《お》ける位置付けにも、それなりに自負があったのですが、あれは私自身の問題なのです。どうもね、変節と取られてね。売れなくなった。世評と云うのは力を持っている。忤《さから》えない」

「しかし、慥《たし》か同時に『家庭雑誌《かていざっし》』も『歐文極東《おうぶんきょくとう》』も廃刊にされてしまったのではありませんでしたか」

背に腹は替えられませんと徳富は笑う。

「記事が悪い、姿勢が悪いと云うのではない。『國民之友』がいかんと云うよりも、社主である私の姿勢こそがいかんと云うのですから、どうにもなりません。結果、私が関わる雑誌いずれもが売れなくなったのですよ。『歐文極東』は元元『國民之友英文之部』でしたから、まあ一蓮托生です。『家庭雑誌』もね、婦人の地位向上や家庭の改良を旨《むね》としていた訳だけれども、基本は同じ、平民主義です」

「蘇峰様が平民主義をお棄てになったが故に廃刊にされた——と云う訳ではないので御座いますね」

棄てちゃないですと徳富は云った。

「まあ、棄てたように見られた。私は変節漢と謗《そし》られた。それはいいです。他者が私をどう見ようと、どう評そうと、それは構わないです。私は、日本人として、一人の男として為《な》すべきと信ずることをするだけですからね。でも、売れぬ雑誌を出し続けることは出来ませんよ。経済的に破綻してしまったと云う意味ではありません。資金繰りだけなら出来たでしょう。それ以前の問題なのですよ。売れないと云うことは読まれないと云うことだ。読まれぬ雑誌に書くと云うのは、誰にも届かぬ手紙を出し続けるようなものでしょう。それでは、切手代が嵩《かさ》むだけですよ」

徳富はまた笑った。

「だから新聞一本に絞ったんだ。『國民新聞』は、売れない訳ではなかった。何しろ御用新聞の誇りを受けましたからな。国民的膨張主義に基づく三国干渉への反応が、国家主義と受け取られましてね、それ以降は、藩閥に掏《す》り寄り軍部に掏り寄る、恰《あたか》も政府の広報紙のように謂われている。でも本意不本意に拘《かかわ》らず売れはするんですよ。売れぬものに拘泥《こうでい》するよりは、売れるものに書いた方が良いでしょう。言論は読まれなければならない。私は為政者《いせいしゃ》の言いなりに書いている訳ではないです。書くことで変えることも出来る。良い方向に導くことも出来るかもしれない。今も申し上げたが、世評と云うのは力を持っています。それを誘導するのが報道機関でしょう。私は報道者としての矜《きょう》持《じ》は持っているつもりです」

主人は首肯《うなず》く。

「とはいえ、経営者としてはどうなのかと問われたならば、主力雑誌を三誌も潰してしまった訳ですし、それも、雑誌自体に責がある訳ではなく、私の姿勢が非難されたことに由来するのですからな。ならば私個人に責があることになる。まあ、私の不徳の致すところ——と云うことにもなるのでしょう。行き詰まったと云うなら、その段階で行き詰まっております」

「ちょっと待ってくれ」

口を挟んだ。

「俺は、通り縋《すが》りみてえなもんだし、ここの旦那より更にものを知らねえ。あんたの名前聞いても何も判らなかった。こちらの旦那は世の中ァ棄てたようなことを云うが俺は世の中に棄てられた爺だ。だから本当《ほんと》に何も知らねえ。知らねえから尋くが、あんたの云う、良い方向てのは、何だね。聞けば変節したように謂われているらしいが、何がどう変わった。変わってねえのなら、何が変わったように思われてる、話の腰折っちまったなら謝るが、こうして横に腰掛けてるもんでな——気になるのよ」

徳富はううん、と唸《うな》った。

主人が口を開いた。

「ご本人様の口からは語り難いことでも御座いましょうから、代わりに申し上げまするが、繰り返しますが私の言はあくまで外から聞こえて来る話、それこそ世評で御座いますから、異論や誤認が御座いましたら仰ってくださいませ」

徳富は苦笑いをする。

「徳富猪一郎様は、そうですね、この現世に神の国をお造りになろうと発心されたと聞き及びますが」

「神の国だぁ」

思わず声を上げてしまった。

「あんた、この国で神と云やあ、ただ御一柱《おんひとはしら》しか御坐《おわ》さねえだろうよ。いや、でも、そう云えばあんたは耶蘇教だったよな」

「はい。私の記憶が正しければ、徳富猪一郎様は同志社英學校《どうししゃえいがっこう》時代、創立者である新島襄《にいじまじょう》様より洗礼を受けられた、と聞き及びますが」

「新島――と云うのは、慥《たし》か、勝手にメリケンに渡った男じゃなかったか」

弔堂は微笑んだ。

「まあ、そうですが、駐米公使として赴任された森有礼《もりありのり》様が正式にお認めになっておられますから、その時点で密航者ではなくなっておられます」

「そうかもしれんが――待てよ。手助けしたのが箱館《はこだて》の船大工と、それから――そうだ、剣客で拾った時計を売っ払って箱館に遁《に》げた、宮司のくせに禁教を布教して捕まった男。あれは」

誰から聞いた、その話。何故そんなことを知っている。

山本。

「山本――」

沢辺《さわべ》琢磨《たくま》様ですねと主人は云う。

「沢辺様は慥か、箱館神明宮《はこだてしんめいぐう》の宮司の入り婿。幼名を山本数馬《やまもとかずま》様と承《うけたまわ》ります。沢辺様は武市《たけち》瑞《ずい》山《ざん》様とも縁続きで、坂本龍馬《さかもとりょうま》様の従兄弟の」

坂本――。

そうか。

そうだ。自然に手が上がる。また、掌を見ている。暗いので。

真っ黒だ。

「――弥蔵様の仰せの通り、沢辺様は回心され、洗礼を受けられて基督教徒になられた。これも仰せの通り、当時は基督教は禁教で御座いましたから、公言された沢辺様は邪教信徒として迫害され、伝道中に捕縛されて投獄もされていらっしゃいます」

「そうかい」

坂本のことが気になったから。

尋いたのか。否、聞かされたのだったか。

弥蔵様はお詳しくていらっしゃると弔堂は鎌を掛けるようなことを云った。

「昔、人から聞いたんだ。あんたこそ何でも能《よ》く知っているじゃねえか。じゃあ、あんたはその、沢辺の手引きで密航した新島から、何だ、伝法だか引導だか」

洗礼ですと徳富は云う。

「それを受けたか」

「沢辺司祭は日本ハリストス正教会の正教徒でいらっしゃるが、私はプロテスタントですよ」

徳富はそう云った。何処がどう違うのかは判らぬが、念仏宗と法華宗の違いのようなものだろうと考えて、納得した。

「横井小楠《よこいしょうなん》と縁続きだったこともあって、父は儒学漢学を能《よ》くした人です。私も、幼い頃は真面目に学びましたよ。『四書』だの『五經』だの、随分と本を読みましたしね。でも、洋学校で聖書に出合った。変節したと云うなら、まあその時ですよ」

「そうですか」

それが貴方《あなた》様の一冊で御座いますねと主は意味の判らぬことを云った。

徳富も何のことだか判らないようだった。

「いや、まあ、ご主人の仰せの通りですよ。聖書と出合って、私は変わったんでしょう。その結果、この国を改良したいと思った。神の国を造ると云うのは、基督教の精神に則《のっと》って、神の国と云いますか、天の王国とでも云いますか――要は万民が幸福になれる国ですな。そうした国を造ろう、理想の国家を造り上げよう――そう云う意味ですな」

「ふうん。俺は信心のこた判らねえが、聞く限りは、悪いことじゃねえな」

「そうですねえ。まあ、理想を掲げるのは正しいが、現実は儘《まま》ならないものです」

「上手《うま》く行かなかったかい」

「いや、理想はあっても方法を持たなかった。だからまあ、模索しました。理想と云う看板を下ろした訳ではない。それを実現するために学び、道筋を考えた、いや、今だってそうしているのですよ。考え続けている」

「徳富様はその後、同志社を退学され、操觚者を目指されたのですね」

「それは、何だ、新聞や何かに記事を書く者のことだな」

今の利吉と同じか。

「なれませんでした」

「あんた程の人がですか」

理想もあり、学もあり、志も高く意欲もある。何よりもこの男は文を書くのが好きだと云っていた。そんな男でもなれぬものなのか。

簡単ではないですよと徳富は云った。

そうなのだろう。

「私は、結局自由民権運動に参加した。結社に入って活動した。しかし、まだまだ勉強が足りませんでしたな。痛感した。運動をすることは良い。すべきだと思う。だがそれは――今思えば、未《ま》だ青かったのでしょうな。言論人として身を立てると云う気概と、世の中を変えようと云う熱意が」

空回りしていたように思いますよと徳富は云う。

「だから郷里に戻って学び直そうと考えたんです。民権私塾を開き、塾生と一緒に学んだ。父にも漢学を講義して貰い、私も経済や文章術などを教えたが――いや、教えていると云う感覚は余りなく、皆で知識を蓄え、西洋自由主義を実践しようと云うような、そう云う集まりだった。弟も参加して一緒に学んでいましたしな」

「なる程」

主はどこか含みある相槌《あいづち》を打った。

「そこで――」

主は左側の書棚から二冊の本を抜き出した。

「こちらの、『第《だい》十九世紀《せいき》日《に》本《ほん》ノ青年《せいねん》及《および》其《その》教育《きょういく》』をお書きになり、そして、こちらの『將來《しょうらい》之日本《のにほん》』を出版された」

徳富が書いた本か。

あるのですなと、著者は驚いた。

これだけの数があるのだ。あっても別段怪訝《おか》しいとは思わない。何でもあると云うのは本当なのだろう。

「名著として大変に売れましたから」

「いや、『將來之日本』は兎《と》も角《かく》、そちらは、自費出版ですぞ」

どのような形であれ出版されてはおりましょうと主は答える。

「ところでこの『將來之日本』の出版前の原稿を板垣退助《いたがきたいすけ》様にお見せしたと云うのは真実のことで御座いますか」

「ああ、板垣先生――」

板垣。

「それは土佐《とさ》の乾《いぬい》退助か。薩土《さっと》密命を結んだ――迅衝《じんしょう》隊《たい》総督の、あの板垣か。甲州《こうしゅう》で新選組を潰した」

その板垣伯爵ですと主人は云った。

「今は政界からは引かれておりますが、自由民権の指導者としていまだに庶民にも親しまれていらっしゃる」

そうなのか。

ならば、知っている男とは別人だ。

いや、同じ男ではあるのだろうが。

「私が高知を訪れた時は、丁度前《さき》の自由党を解党された後で、叙爵も拒否されていらした時分だから――まあ、暇潰しに目を通してくださったのでしょうな」

「最初の読者ですか」

光栄なことですよと徳富は云った。

「そしてあなた様は、やがて平民主義を掲げられました」

「平民は判るが、平民主義は解らねえ」

そう云った。

知ったか振りは性《しょう》に合わない。

弔堂が云う。

「特権階級による貴族的欧化ではなく、平民が欧化を受容することで起こる近代化こそが真の近代化である——と、云うことでしょうか」

まあそうですと徳富は応える。

「欧化と云うこと自体は大きな問題ではないのですが、近代化はすべきだと考えました。そのためには、諸外国の長所は取り入れなければならん訳だけれども——当時の政府が掲げた欧化主義と云うのは、どうも戴けない。かと云って、反発すれば国粋主義となる。これも戴けないでしょう。国は大事だが、国民あっての国ですからな。一部の階級が主義主張を押し付け、特権的にあり続けると云うのはいかんと思う」

それはそうだなと云った。

「貧乏人が割喰うなァ、癪《しゃく》に障るしな」

「いや、その貧乏人と云うものを、そもそもなくさなくちゃいけないんだ。平等でなくてはいかん。人の尊厳は等しく認められるべきで、それが自由です」

夢みてえな話だなあと云った。

「貧乏人が居ねえ世の中なんざあるか」

「今はない。過去にもなかったかもしれない。しかしね、弥蔵さん。世の中と云うのはこうあるべきだと云う、まあ理想を形にして、それを理解するなら、こうするべきと云う道も見えて来るでしょう。貧富の差だの、身分の差だの、そう云うものはない方が良い。なら、なくす道を探すべきですよ。そうでしょう。あって当たり前、あるのが普通と考えたなら、それは決してなくなりませんぞ」

「まあそうだがな」

「社会主義と云うのも、そうした模索の中から生まれた一つの形ではあるのですよ。不自由な印象があるが、平等、自由、博愛、そうした背骨があって出来ておる。あの頃は、国中が富国強兵に沸いていた。徴兵制が敷かれ軍備が増強され、それでいて上流の連中は鹿鳴館《ろくめいかん》で舞踏会をしていたのですよ。慥《たし》かに欧化ではある。だが、それのどこが正しい在り方なのか。列強と並ぶために、国民が犠牲になっている。そして犠牲になっている者がそれを讃えている。おかしい。そう思ったから、そう発言した」

「俺なんかは、その欧化ってのを先《ま》ず受け付けねえよ」

人間が古いからなと云うと、それは古いからではありませんよと徳富は云った。

「そうかね。古くなって頭が固くなっちまった所為《せい》だと思うてるんだがな」

「古いも新しいも関係ないですよ。どんな人であろうと、上から押し付けられた思想など受け付けられずとも当然ですよ弥蔵さん。あなたのような人が、先ず暮らし易《やす》く生き易くするために欧化する、と云うなら判る。それが――まあ、平民主義ですよ」

それは平和主義でもありましたと弔堂は接《つ》いだ。

「そうですね」

徳富は首肯《うなず》く。

「貴族よりも平民が、武備よりも生産が優先することは間違いないのです。腕力世界より平和世界の方が将来的だ。貴族は平民に克服され、武力は経済に克服される。ならば、最終的には平和がある。そうではないですか」

「そらそうだよ」

戦《いくさ》のためにに平和があるのではない。

平和のために戦はあるのだ。戦いは、終わらせるためにするものだ。終わった後に何かが変わり、始める前よりも良くなると信じるからこそ、戦う。戦える。いや、戦えた。

そうだった。

そう信じたからこそ。

――何でも出来たのだ。

弔堂は一度こちらに視軸を向けて、続けた。

「そして――あなた様の平民主義は大勢に支持されたのです。論壇でも大いに注目された。のみならず、あなた様は言論人として大衆に働き掛けられた。政府を批判するだけではなく、過激な国粋主義者に対しても警鐘を鳴らし、平民的急進主義を提唱された」

　そうです、と德富はまた首肯いた。

「まあ、弟を始め力強い味方も大勢居《お》りましたからな。國木田《くにきだ》君も、山路愛山《やまじあいざん》も居たしね。手応えは大いに感じていました」

「なる程。蘇峰様は、この『將來之日本』で、この国は平和主義を掲げ、更に、平民的且《か》つ生産的な国家を目指すべしと断じられている。その後に出された雑誌『國民之友』も、論調はそのままだったかと、存じまするが」

　今もそうですよと德富は云った。

「そうあるべきだと思います。勿論、論も説も時流に応じて進化はしています。しかし根底は変わりません」

「そう――でしょうか。前《さき》の戦争をあなた様は支持された」

「はい。『國民之友』に、内村君――内村鑑三さんの『Justification of the Corean War』と云う論文を載せたりしてね。彼とは東京英語學校で一緒だったんです」

　あの人はある意味で天才だと思うと德富は云った。

　その名前は利吉も口にしていたように思う。

「内村君の意見は刺激的だった。彼は敬虔な基督教者ですし、我が意を得たりと云うところはありました」

「その内村様も、今は」

「ああ」

　徳富は口をへの字にした。

「これは世評です。私の意見では御座いませんのでご承知ください」

　ああ構わないと徳富は小声で云った。

「蘇峰様の本心がどうであれ、その意図が何であれ――それまで一貫して軍備縮小を唱え、平和主義を掲げていた貴方様が、戦争を支持する側に回られたことは間違いのない事実に御座います。それは、外から見れば真反対で御座いましょう」

「それはねえ――」

「そンじゃあ支持してた奴は離れるぜ」

　そう云った。

「戦争は戦争だよ。平和のための戦争ってなァ、どんな小理屈付けたって詭弁だぜ。先生様に向けて甘酒屋の爺が生意気なことを語るなァ、どうかと思うがな。それでもな、どうあれ殺し合いを許す平和主義者なんてものは、居ねえさ」

「いや、それは弥蔵さんの――仰せの通りです」

徳富は苦そうな貌《かお》をした。

「先生よ、戦争で死ぬのも殺すのも大将じゃねえ、兵隊だ。平民じゃあねえか。あんたがそれまで平民持ち上げて平和説いていたんなら、戦争に賛成すんなァ、その平民によ、突然死ねと云ったようなものじゃねえのか。掌返《てのひらがえ》しと普通は思うよ」

ご尤《もっと》もなご意見ですと徳富は云った。

「慥《たし》かに、私はそれをして急激な転向と謂われておるのです。だが、しかし、私にそんなつもりはないのですよ。突然に――突然に戦争支持に変節したつもりはない」

存じておりますと主は云った。

「それは、突然ではない。自由民権運動がその成果を見せる前に崩壊してしまった――と云うこととも関係しているのでは御座いませぬか」

「ほ、崩壊はしていないでしょう」

「そうでしょうか。自由民権運動から生まれた民党と、藩閥政治を支持し続けた吏党は、云わば水と油。それが対外政策に於《お》いては歩み寄り、それを契機に板垣伯爵の自由党と大隈《おおくま》伯爵の立憲改進党も民党連合を解き、結果自由党を除く六会派が大連合することとなってしまったのではありませんか。所謂《いわゆる》、対外硬六党派、硬六派《こうろっぱ》は、もう――国家主義以外の何ものでもなかろうと云えませぬかな」

「そうだが――」

「自由党とて、藩閥政党と組むことに難色を示しての離反なのであって、結局伊藤《いとう》内閣と組む形で妥協したので御座いましょう。つまり、体制側に付くと云う恰好《かっこう》で落ち着いたと云うことです。既にして、そこに自由も、民権も、平和主義もないのではありませんか」

徳富は腕組みをした。

「貴方様は、硬六派に接近された。対外強硬路線を選択された。世間はそう見ております。しかし、そう云う訳ではないのでしょう」

「掏り寄ったのではないですよ」

「ええ、違いましょうね。貴方様も含めた自由民権と云う運動自体が、徐徐にそうした形へと変質して行った、その結果なのだ——と、諒解《りょうかい》致しますが如何《いかが》でしょう」

「うん」

徳富は吹っ切るように顔を上げた。

「その理解は、まあ単純に過ぎる気もするが、間違ってはいないと思います。決して平和主義を棄てた訳ではないのだが、国権を論じる上では、戦争を視野に入れずには解決出来ぬ問題もある——のです」

難しいもんだなと云った。

「どうしたって戦わなきゃならねえかい」

「戦わずに済ませられるなら、当然戦わぬ方が良いのですよ。しかし」

民に潤いを齎《もたら》すには国を富ませるよりないのですよと徳富は云った。

弔堂はそんな徳富を見据える。

「それ故に、貴方様は朝鮮出兵論を声高に叫び、政府を批判し続けたのですね。そうしているうちの開戦でした。前《さき》の戦争は勝利しましたが、三国干渉に対する政府の弱腰の姿勢に、貴方様は再び失望されたのですね」

「失望――しましたな。遼東《りょうとう》の還付は、屈辱的だった。あれでは、何のために戦争をしたのか、何のために血が流されたのか判らない。何がいけないのか。この国は、旧幕時代に縮小を続けて来たのです。実に、三百年に渡って縮み続けていた。清国《しんこく》との戦争は、それを膨張へと転じる絶好の機会だった。それなのに、結局は鳶《とんび》に油揚げです」

「国家膨張論――今の貴方様の主張で御座いますね」

「そうです。国土を拡張し国力を増す、そのための戦争だった。にも拘《かかわ》らず横槍が入ると腰砕けになる。私は政府にも失望したが、同時に言論人としての己の力不足にも失望した。力の無い正義公道は、どれだけ正しくとも無価値です。そう実感した」

「それで海外視察に行かれたのですね」

「そうです。英国から和蘭陀《おらんだ》、独逸《どいつ》、東欧を経て仏蘭西《ふらんす》、ああ、露西亜《ろしあ》にも行った。そして英国に戻り亜米利加《あめりか》にも渡った。五年前です」

「貴方様は、日英同盟を主張されていらっしゃった」

「そうです。英国は手本になる。手を組むには相応《ふさわ》しい相手です。そのために根回しもしました。言論によって政治を変える、それは有効だと、まあ今も思っています。だから新聞社に働き掛けた。繰り返すが、力なき正義は無価値なのです」

「そらどうかな」

　徳富は驚いたようにこちらを向いた。

「何も――変わってねえように俺には思えるがな。そら、何だ、進歩なのかい。近代化なのかい、徳富先生」

「変わっていないとは」

「俺は甘酒屋だからな。能《よ》く判らねえのだがね。日英同盟ってな、薩長《さっちょう》同盟みてえなものじゃあねえかよ。何だか知らないがお前さんがしてることは四十年前の倒幕派の連中がしてることと、変わりがねえ気がするがな。志は高邁《こうまい》なのかもしれねえが、結局は殺し合いすんだろ」

　好かねえよと云った。

「同じだよ。膨張ってな、領土広げるってことだろう。いいかい、取ったら、取った方は広がるが、取られた方は減るのよ。なくなっちまうんだ。地べたの広さァ変わらねえんだぜ。なら取り合いじゃねえか。幕府が倒れて、漸く国が一つになって。くだらねえ取り合いがなくなったと思ったら、今度は外に取りに行くのかい」

「それは――」

「繰り返すがな、戦うのは大将じゃねえ、兵隊なんだって。四民が平等になった今、死にに行くなァあんたの云う平民じゃあねえか。俺は年寄りだからお役御免だが、若くたって」

——もう御免だ。

「勝つためにゃ殺さなくちゃいけねえ。負けたなら、死ぬんだぜ。いいや負けたら国を取られるんじゃねえか。膨張どころじゃねえじゃねえかよ。戦争ってな、平民の命とこの国の地べたカタにした、博打みてえなものじゃないのかい。いや、違ってるのかもしれねえが、学のねえ爺にはそう思えるって話だ。違ってたら謝るよ」

「それは——」

「弥蔵様のご意見が——野《や》の者の正直な感想かと存じます」

弔堂はそう云った。

「あなたもそう思われますか、ご主人」

「仏家《ぶつけ》は殺生《せっしょう》を認めませせぬ故」

徳富は口を一文字に結んだ。

「だから私は——嫌われたのですかな」

「貴方様が嫌われたとは思いませせぬが」

「そうですか。慥《たし》かに戦争が最善の策でないことは火を見るよりも明らかですよ。私はそれを推したのです。ならば民に背かれても——」

「それは少少心得違いかと拝察仕《つかまつ》ります。貴方様は、ご自身が仰《おっしゃ》る通り突然反戦から好戦へと変節なさった訳ではない。例えば前《さき》の戦争に到る前、朝鮮出兵を唱えられていた時分も、貴方様は今と同じように感じられましたでしょうか」

「いや、それは――」

「貴方様の云う世評が貴方様から離れたのは、国家膨張主義を唱えられたからではなく、貴方様が内務省勅任参事官に就かれたからでは御座いますまいか。平和主義であれ、国家主義であれ、外遊されるまで貴方様はずっと反政府側にいらしたのです。それが、突如体制側に付かれた。だからこそ、不買運動が起きたのでは御座いませぬか」

「そう――ですかな」

「ええ。何故なら、弥蔵様のようなご意見は、普通は為政者側に向けられる批判、だからで御座いますよ」

「何ですと」

「戦争を始めるのは為政者です。民に戦争をしろと命じるのは政府なのです。野にある者が何を云おうと、それはただの意思表示。勿論賛成する者も反対する者もいるでしょうから議論にはなるでしょうが、批判されることはない。でも、今の貴方様は違うではありませんか。戦争をせぬ政府に戦争をせよと云う批判を浴びせるのと、国務を預かる者が戦争をせよと云うのでは、まるで違いましょう」

なる程と徳富は首肯いた。

「それもまた仰せの通りなのやもしれませんな。しかしご主人。野にあって騒いでいてもどうにもならぬのです。否、どうにもならなかったのですよ。だが、実際に国政に携わる者に働き掛けられれば――そう考えたからこそ」

「ええ。しかし世間はそうは見ますまい。貴方様の働き掛けで何かが変わったとは、決して見ない。艦隊増強案も、あなたが桂内閣を支援しているのだろう、権力者を持ち上げているだけだろうと、そう見るので御座いましょう」

それで御用新聞かと徳富は苦笑した。

「実《まこと》に儘ならぬものですな。まあ、そのように映るのでしょうなあ。慥《たし》かに皆、そう云って私から離れて行きましたよ。『萬朝報』の堺利彦《さかいとしひこ》は力の福音に屈服したと云い、田岡嶺雲《たおかれいうん》は説を変じても変節はするなと云った。幸徳秋水も、疾《と》うに去った。何よりも、あの内村君が私を痛烈に批判している」

「内村鑑三様は、貴方様が若い頃に思い描かれた、天の国を現世に造ると云う望みを今も捨てておられませんからね」

「私とて」

捨ててしまった訳ではないのだがと徳富は云う。

「私なりの遣り方を模索しているだけ――なのですがね」

「どうであれ、いずれ権勢を利用しようとする者は、その志《こころざし》如何《いかん》に依らず、蔑《さげす》まれる傾向にあるのが世の習いか――とも存じますが」

「そう云うことなんですかなあ」

そらそうだろうと云った。

「それにね、大臣だか政府だか知りゃしねえが、伊藤俊輔《しゅんすけ》も山縣有朋《やまがたありとも》も、あれは長州の中間《ちゅうげん》ですぜ。身分で云えば足軽以下だ。身分なんざどうでもいいことだが、要は武芸一つで世に出た連中、戦で名を上げた野郎ばかりじゃねえかい。桂だって、秋田庄内戦争で奥州《おうしゅう》叩いた奴だ。みんな、軍人だ。そんなのばかりが偉くなって、刀ァ捨てて軍艦だの大砲だの造ってるんだ。先生はそれを後押ししてるんだろ。何とも思わねえ方がどうかしてるよ」

「戦争はしたいからすると云うものではない。しなければならなくなる時勢と云うのがあるだけですよ」

「そうだとしても――だ。露西亜と戦うことが正義なのかよ。国のためになるのかい。ま、甘酒屋が云うことじゃねえがな」

徳富は肉厚の顔を歪めた。

「露西亜の南下は防がねばならない。大国の侵攻を許してはいかんでしょう。蹂躙《じゅうりん》され征服されてしまっては天の国も神の国もあったものではないですよ。この国の安全のためには、朝鮮半島は手中にしておくべきだ。私はそう思う。そのためには、艦隊の増強は不可欠です」

「そうかね。他国に侵略されたくねえから、そのために他国を侵略する――そう聞こえるがなあ。そりゃ理屈が通らなくねえかい、先生様」

「侵略ではないんですよ。大国の覇権主義的な暴走を食い止めるためには、この国はもっと大きくならなくてはいかんのです。国力、軍事力の格差を減らすことが出来れば、均衡が保てるでしょう」

「ふうん」

そんなものかねと云った。

「どうやら弥蔵さんにも嫌われてしまったようですな。まあ――仕方がない。私は信じる道を進みますよ。そこでご主人。ご相談だが」

「扨《さて》、本日は」

どのようなご本をご所望でしょう――と主は云った。

「ああ。私はね、九十年前の、露西亜の祖国戦争の資料を戴きたいのです。どんなものでも良い。経緯も、動機も何もかも、細かく詳しく知りたい」

「それは、ナポレオンによる仏蘭西帝国の露西亜侵攻の記録――と云うことで宜《よろ》しいのでしょうか」

「そうです。露西亜語の文献でも仏蘭西語の文献でも構いません。英語でも良い。この先、露西亜と戦わざるを得なくなった時に備えるために――」

「徳富様」

弔堂は徳富の言葉を止めた。

そして。

「その理由は――嘘では御座いませぬか」

と、云った。

「嘘だと」

「ええ」

「な、何故そのようなことを」

「書物と云う依《よ》り代《しろ》に籠められた数多《あまた》の過去を祀《まつ》り、守り、弔うが我が宿世《すくせ》。巡り合うべき人と本を結ぶことこそが私めの仕事に御座います。偽りの理由では――残念乍《なが》らお売りすることは出来ませせぬ」

「何が、何が嘘だと云うのですッ」

徳富蘇峰は腰を浮かせた。

主は悠然として、云った。

「レフ・ニコラエヴィチ・トルストイとお会いになりましたね――露西亜で」

「会ったが――」

主人は徳富の前に進んだ。

そして『Война и мир』と云った。

外国語のようだった。

「寧《むし》ろ『War and Peace』と云った方が宜しいでしょうか。そのまま訳せば、『戦争と平和』となりましょうし」

「それ――が何か」

「レフ・トルストイの傑作。正に露西亜の祖国戦争を描いた作品です。蘇峰様、貴方様はこの作品を、もっときちんと読み解きたいと、そうお考えなのではありますまいか」

「いや、それは」

何を議論されましたと弔堂は問うた。

「議論と云うと」

「トルストイと議論をされたと聞いております。議論は丸一日、ずっと――止《や》まなかったと聞き及びますが」

「それは――文学の話です。私は報道機関に身を置く言論人だが、文学にも強い憧憬を持っている。以前は森鷗外《もりおうがい》や坪内逍遥《つぼうちしょうよう》などと」

それは関係ありますまいと主人は冷淡に断定した。

「健次郎様《けんじろう》――では御座いませぬか」

「え――」

徳富は切れ長の眼を見開いた。

「貴方様がここに来たその理由は、行き詰まったからでもないし、孤立したからでもない。況《まし》て、来たるべき日露開戦に備えた敵国の分析などであろう筈もない」

徳富は答えない。

「先《ま》ず、貴方様は行き詰まってはいないではありませんか。行き詰まったのは、貴方様ではなく、この国の自由民権運動です。徳富蘇峰の言論を讃え、貴方様が世に問うた説に乗った者の多くが――貴方様が見据えた方向とは異る方へと傾《なだ》れ込んで行っただけのこと。しかし貴方様にとっては、それも算盤《そろばん》のうちであった筈」

「そんなことは」

「いいえ。貴方様は、世論を操作し大衆を煽動《せんどう》し、言論で世の中を変えたい、良くしたいと仰せになる」

「そう望んでいます」

「望んでおられる――と云うことは、つまりそれが簡単には出来ぬことと御存じだと云うことで御座いましょう。特に、国事、更に諸外国を巻き込んだ戦争の如き場では、個人の発言で天下の動静が引っ繰り返ることなどない。それはもう、誰よりも貴方様が知っていること」

「出来ぬことではない。出来ぬと諦めている訳でもない」

「はい。理想としてはある。貴方様はそれを捨てられてはいない。だが、こと戦争に関しては民草《たみくさ》が声を揃えて反対したところで阻止出来るものではない。過去の例を見る限りはそうでは御座いませぬか。いいえ、そうした時、寧ろ民草は戦の方へ傾きがちになるもの――」

だからこそと主は声を張り上げた。

「だからこそ貴方様は、言葉の矛先を国事に携わる人人の方に向けられた。徳富蘇峰は、時流に乗ったのでも権勢に掏り寄ったのでもないのです。ご自分の言葉で、論で、世の中を変えて行くために、標的を変えたに過ぎない。慥《たし》かにそれは変節ではない」

貴方様は言論の力をずっと信じているだけで御座いましょうと、弔堂は云った。

「ですから、貴方様は孤立などしていない。貴方様の周りには常に人が居る。内村鑑三様とても、貴方様と袂《たもと》を分かった訳ではない。貴方様は――それを能《よ》くご存じの筈だ。意見が違えば批判し合うのは言論人としては当たり前のことに御座います。貴方様もそうするでしょう」

「ああ」

「清国との戦争に勝利することで、世界地図に塗られる色は、多少なりとも塗り替えられる筈だったのです。その後のことは、その塗り替えられた地図を見て考えるよりない。何よりも国力を拮抗《きっこう》させることが平和への道。ところが、仏、独、露の干渉で地図の色は大幅に変わることがなかった。勝利は無駄になった。だから貴方様は大いに失望され、そして」

「桂だの何だのに近寄ったのかい」

そう云った。

「そう——もう、直接国事に関われる立場になるしかなかったのです。貴方様はこの先本当に戦争が起きるのか、戦わずに済ますことは出来ぬのか、それを確かめるために海外視察に出られたのでしょう。もう一度お尋きします」

トルストイとは何を議論されたのですと主は問うた。

徳富は答えなかった。

ただ、唇を咬《か》んでいる。

「戦わずに勢力図を塗り替えるには同盟を結ぶよりない。そして海に囲まれたこの国を護《まも》るには、艦隊を増強するよりない。こうなってしまった以上」

限られた条件の中で最良の策を考えるよりない——と主は云った。

「刀も鉄砲も持たぬ貴方様に出来るのは考えること、書くこと、語ること、人と会うこと。戦うことではない。国家膨張主義は平民主義の延長にある。理想を実現するために徳富蘇峰は策を講じているだけ。貴方様に後悔などない」

それは仰せの通りだと徳富は云った。

「そうならば、今更露西亜の、しかも九十年も前の戦の資料を検分して、どうなると云うのですか」

「それは」

「貴方様はもう、先の先を見越していらっしゃる。貴方様の仰せの通り世評と云うのは恐ろしいもの。先程の弥蔵様のお言葉は、正にこの国の民の本音で御座いましょう。しかし同時に多くの民にとって戦争が他人ごとであることも事実。自分は殺さない、自分は殺されないと、誰もが思っておりましょう。特に、前《さき》の勝ち戦は多くの人の目を曇らせてしまいました。今や世論も好戦に傾きつつあるようです。こうなれば最早《もはや》――止められぬ。止められぬのなら、勝つよりない。だから勝つためにしなければいけないことを、貴方様は考えている。そうしなければ――平和は来ない」

でも――。

「貴方様にはひとつだけ大きな苦悩がおありだ。それが実弟健次郎様――徳冨蘆花様のことなのでは御座いませぬか」

徳富は下を向いた。

「それは、思うに言論人としての苦悩では御座いますまい」

あなたの云う通りです、と力なく云って徳富は苦渋の表情を見せた。

「弟は――ずっと私と共にあった。ジャーナリズムからは離れ、文学の道に進んだが、それでも互いに、良き理解者であり、掛け替えのない肉親でもあった。その弟が、私から離れた。離れてしまった。他の者達とは違う。違うのです」

弔堂は手に持っていた二冊を棚へと戻した。

「しかし、この状況で意見を変えることは私には出来ない。それは出来ない。それこそが変節です。私にも言論人としての矜恃がある。雑誌はまた作れるし新聞も出せる。しかし国が傾けば、他国に侵略されてしまっては、どうすることも出来ない」

「いいじゃねえか」

そう云った。

首が挿《す》げ替《か》わるだけだ。時代は変わったが、それは徳川が宮様に替わったからではない。誰が天辺《てっぺん》にいようと変わるものは変わる。ならば、異人が上に居たとて同じではないのか。

「いや――今はまだいかん。まだ」

「その方がいいかもしれんぞ」

あんたの神様は異人だろと云った。

「その、神の国だかが出来るかもしれねえぞ。判らねえじゃねえですかい」

徳富は一層顔を顰《しか》めた。

「あのな、肉親との溝は簡単に埋まるものじゃねえよ先生。赤の他人なら兎《と》も角《かく》、離れちまった兄弟はもう」

戻らねえよと云った。

「だから――」

「徳冨蘆花様はレフ・トルストイに強く傾倒されていると聞きます。貴方様がトルストイと何をお話しになられたのかは判りませぬが、貴方様がトルストイを糸口に蘆花様との溝を埋めようとなさっていることは想像出来ます。そのための——資料なのでは御座いませぬか」

「ああ。何もかもお見通しなのですな。その通りです。弟をもっと知り、弟にもっと知って貰うため、学び、考えようと——そう思ったのです」

無駄に御座いますよと、主は冷たく云い放った。

「無駄と仰せか」

「弥蔵様の仰せの通り。近しい者には情がありまする。血縁のあるなしに関係なく、近しき者との間には、必ず情が御座います。そして、知は理《ことわり》で通じまするが」

情は理で繋がるものではないと考えますと、弔堂は云った。

「そうか。そうかもしれませんな」

既にどうにもならぬのかと徳富は力なく云った。

「お諦めになることはない。私は言葉を弔う者ですが、貴方様は言葉を生み出すことを道と定めたお方。ならば言論人として進むしか道はありますまい」

「書け——と仰せか」

「お前さん、文を書くのが好きだと云ってたじゃあねえか。書きてえのだろ」

「そうだが——」

主は店の奥の方に進み、別の本を一冊だけ持って来た。

「蘇峰様。いいえ、猪一郎様。貴方様は幼くして多くの書を読まれたと聞きます。漢籍のみならず、当時学を修めるために読まねばならぬ書物と云う書物を凡て読破され、師を困らせたのだとか――」

主は本を翳した。

「これは――」

「子供の頃、お読みになりましたね。頼山陽《らいさんよう》が記した『日本外史《にほんがいし》』です。二十二冊の大部ですが、これはその一冊目」

「随分と前に読んだが――これが何か」

「貴方様のなさっていることは、こうして、歴史の中に収まって初めて評価が定まるものでは御座いませぬか。功罪は、そこで決まる」

「功罪と仰せか。私の行いに罪がありますか」

「未《ま》だ判らぬこと、と申し上げております。誰しも悪しき事態を招こうと欲して何かをする訳では御座いませぬぞ。良かれと判じて行うのです。しかし、それでも行いは時に凶事を招くことがある。その時は正しくとも、長い歴史の中に据えて見れば間違いであった、と云うことも往往にして御座います。違いましょうか」

「そうしたことはあるでしょうが、だが」

「私は還俗しても仏家。戦は認められません。そちらの弥蔵さんもそう仰せだ。しかし、だからと云って次の戦は止められぬものなのかもしれません。止められぬのだとしたら、貴方様のようなお方が、考え、書き、話して少しでも良き方向に導くと云うのは、必要なことなのかもしれない。でも、そうして導くことが善きことなのか否かは、今の段階では判らぬことなのです。貴方様の示す道は間違っているのかもしれない。間違っていれば正せばいいとお考えなのでしょうが、その道を行くことで死んだ者は戻らぬし、滅んだ国も甦りはしないのです。だからこそ恐れる。判らないからです。貴方様がご自分のお考えを信じるのなら――」

史乗《しじょう》に位置付けることですと、弔堂は云った。

「今は無理でしょう。しかしいずれ結果は出る。繰り返しまするが、功として位置付けられるか、罪として位置付けられるか、それは結果が出るまでは判らぬことに御座いますぞ。自信がおありなのなら――記すべきでは御座いませぬか」

「歴史を記せと仰せか」

「はい」

「私が、自分でか」

「はい。しかし、自伝、自史ではいけない。通史の中に位置付けるのでなくては意味はないかと考えます。出来るだけ正確に。微細に。私情を挟まず、誇張をせずに記すのです。近世のこの国の、国民史を」

「国民史か」

「そこで、貴方様のお考えや行動が、正しく国民のためになった、平和のためになったと位置付けられるなら、その時初めて弟御、健次郎様は」

徳冨蘆花様は、貴方様の方を向く。

健次郎、と徳富は呟いた。

「時間は掛かるでしょう。しかしそれは仕方がない。どうであれ貴方様は戦争をせよと主張しているのです。通じぬ者には通じません」

「歴史――か。いや、しかしそれは、書くと膨大なものになる。ご主人の云う通りにしようとするなら」

「書くのが好きなんだろ」

この男はそう云っていたのだ。

「なら書きゃいいじゃねえですか。書くのが好きなんだし。歴史ってな、あんたの言葉で云うなら、後の世に向けた手紙――ってことになりゃしねえかい、徳富先生」

「後の世に向けた手紙か」

善《よ》き喩《たと》えかと、と主人は云った。

「貴方様は、ご自分の一冊をもう手に入れていらっしゃいます。こちらの本はもう何十年も前に読まれている。ですから」

「いや。これを買う」

徳富蘇峰はそう云って立ち上がり、その本を買った。

勝先生が通った理由が判りましたよと、去り際に云った。

「自分《てめえ》の一冊ってな何だ」

そう問うと、それはいずれまた、追追《おいおい》お話し致しましょうと弔堂は答えた。

また来ると——見透かしているか。


徳富蘇峰は、その十六年後、『近世日本國民史』を書き始めた。いつ完結するのか何冊になるのかは判らぬと云う。ただ完結の暁には百巻にも至ろうと云う噂である。

それ以外にも、蘇峰は書いて書いて書き捲《まく》った。生涯に何冊の本を出すものか、これも知れたものではない。

絶縁していた弟、蘆花は『近世日本國民史』の完結を待たずに早世した。

しかしその死の床で、兄弟は漸く和解したのだと——。

聞いたような気もするが、知ったことではない。

探書拾肆

統御《とうぎょ》

もう芋《いも》は売れない。

風が温《ぬく》い。しかも何かが生きる匂いがする。

草が生え蕾《つぼみ》が膨らみ虫が涌《わ》く、そんな匂いだ。

春なのだ。

これだけ老い耄《ぼ》れて、節節《ふしぶし》から死臭が漏れる程に草臥《くたび》れても、春になると肚《はら》の底の方で何かが芽吹くような気がするから可笑《おか》しなものだ。

枯れている。今更《いまさら》芽吹くものなどない。

夏場に向けて何か別のものを売るべきなのだろう。去年もそう思っていたが、ずるずると夏前まで芋を売り続けた。

芋は秋から冬に穫《と》れるものだ。掘ってから二月三月《ふたつきみつき》置いておくのが好《い》いと云う。今は未《ま》だ良いが、夏前の芋など残り滓《かす》のようなものなのだから、旨《うま》い訳がない。旨かったとしても蒸《む》し芋など暑い時期に喰うものではないのだ。

芋は冬場の喰いものなのだ。

甘酒の方は寧《むし》ろ夏場に能《よ》く売れるものであるが、買って飲もうと思ったことは生涯に一度もない。滋養に良い等《など》と云うし、そう云って売ってもいるのだが、そもそも甘酒は不味《まず》い。

己で作り己で売っているのだが、己で飲んで美味《うま》いと思った例《ためし》がない。美味い美味いと飲む者の気が知れぬ。

甘酒は、酒と云う名が付いてはいるが、酒ではない。所詮《しょせん》は薄めて寝かせただけの酒粕なのだ。だからどれだけ飲んでも酔いはしない。どんなに不味かったとしても、濁酒《どぶろく》ならば悪酔いくらいはするだろう。

その方が数倍ましである。

どうせ酒ではないのだと思い直し、ならば米から作ってみようと試してみたが、矢張《やは》り同じように不味い。一夜酒《ひとよざけ》と云うくらいだから直《す》ぐに出来るのだが、どうも腐っているような気がしてしまうのだ。粥《かゆ》のまま喰った方が美味いのではないか。醸《かも》されるのだかどうなるのだか知らないけれど、傷《いた》んでいるような気がしてならないのである。思い込みに過ぎぬのだが。

そんなものを客に出しているのであるから、商人としては失格だろう。

売れ残った芋は腹の足しになるから不味くても喰うが、甘酒は捨てる。

飲みたくない。

甘酒屋なのだが。

見れば客も不味そうに飲んでいる。

銭《ぜに》を払ってまで厭厭《いやいや》飲んで何が愉《たの》しいのか。

美味いと感じないのなら飲むのを止《や》めればいいのだ。銭を出した以上は味が悪くとも飲み切らねば損だとでも考えているのだろうか。損と雖《いえど》も廉《やす》いものだろうに。

飲むにしても、不味いなら不味いと文句の一つも垂れたら良いのだ。

そもそも、先《ま》ずこんな小汚い襤褸《ぼろ》店を選んだ方が悪いのだ。客を選んで味を変えている訳ではないのだから、どんな感想を持たれても謝る謂《いわ》れはない。

我慢されるぐらいなら金を返せと云われた方が未《ま》だ気が楽だと思う。

勿論《もちろん》思うだけで何も云わない。代金さえ貰えれば、客がどんな気持ちでいようとも、それは知ったことではないからだ。

客は、実に厭そうな顔をしている。

悪い身態《みなり》ではないが、着熟《きこな》しが悪い。落ち着きもない。そわそわしているわりに動きが緩慢だ。尻の据わりが悪いと云った素振りである。何かを気にしているのか。喰いかけの芋に手を伸ばし、また引っ込めたりする。

不味くて喰わぬと云う訳でもないのか。

いずれにしても蒸し芋はそろそろ止《よ》そうと、そんなことを考え乍《なが》ら客の前に出る。背中だの横顔だの、もう見飽きたからである。

傾いた幟《のぼり》を直す振りをして回り込んでちらりと顔を観《み》る。

——何だ。

白目を剝《む》いているのかと刹那《せつな》息を呑んだが、どうもそうではなく、妙な客は前を向いたまま背後に眼を向けようとしているのである。

「何だい。加減でも悪《わり》ィかい」

問いかけたが返事はない。

別に世話を焼かなければならぬ義理などないから構わない。ただ面倒ごとに関わるのは御免だと云うだけである。

幟に手を掛けようと前を過《よぎ》ると袖を引かれた。

「何だ」

「ちょ、ちょ」

寸暇此方《ちょいとこちら》に座ってお呉《く》れと客は小声で云って、不自然な仕草で縁台を示した。

齧《かじ》った芋が置いてある。

「何だよ」

幟から離れ芋を除《よ》けて腰を下ろした。

「芋が不味いかい」

そうじゃあないそうじゃあないと、前を向いたまま男は小声で答えた。

「じゃあ何なンだよ」

「後ろ」

見ようとすると腿《もも》を押さえられた。

「何すんだ」

「だから見ないでお呉れ。実を云えば私はね、ずっと妙な男に跡を付けられているのさ」

男は頬《ほほ》を攣《つ》らせ口角に皺《しわ》を寄せてそう云った。

厭な表情である。どうにもいけ好かない男だ。

「気の所為《せい》じゃあねえのか」

「だからさ。気の所為かと思うて、この店に寄ったんだ。気の所為なら遣《や》り過ごすだろう。そしたら」

あの楡《にれ》の樹《き》の処《ところ》——と男は顎《あご》で示す。

「あの後ろに隠れて動かないんだ」

「ふん」

顔を向けずに横目で観たが、慥《たし》かに誰か潜んではいるようである。否《いや》、潜んでいると云うよりも、見えている。

お粗末な隠れ振りである。

素人だ。

何のことはない、この男は甘酒が美味かろうが不味かろうがどうでも良かったのだ。

「何か心当たりでもあンのかい」

滅相《めっそう》もないと男は云ったが、そうは思えないのだった。気は漫《そぞ》ろだし息は乱れているし、何よりも一向に視軸《しじく》が定まらない男の瞳の奥には、何か薄暝《うすぐら》いものが凝《こご》っているように思えた。

その昔、能《よ》く見た眼だ。

――それに。

かなり薄れてはいるものの――微《かす》かに残ったこの臭《にお》いは何だ。

春の匂いとは程遠い。

正反対の――。

「お前さん、何を為《し》た」

「何も為ておらん。私が何を為たと云うのかね。私はね」

「煩瑣《うるせ》え」

このいけ好かない男が何を為ていようと、そんなことは知ったことではない。

関わりないことである。

楡の樹に目を遣る。

裾だの袂《たもと》だのが食《は》み出ている。そもそもそんなに太い樹ではないし、後ろに隠れられると思う方がどうかしている。考えが浅いと云うより目先のことが何も見えていないのだろう。

それにしても。

――あれは。

「あのな」

「だから私は何も為ていない」

「いいから黙れ。俺はこれから彼処《あそこ》に居る野郎を捕まえるからな。お前《めえ》はそんな不味いものは飲まねえでいいから、さっさと何処《どこ》にでも消えな」

男は実に厭そうな顔をした。扶《たす》けてやると云っているのだから、こんな顔をされる覚えはない。悪態でも吐《つ》こうかとも思ったが、呑み込んだ。どうもこの不快な感じはこの客の本性なのだろう。

気にせずに立ち上がって、楡の樹の方に歩を進めた。

腰を浮かせるなりに客はそそくさと身体《からだ》を返し、がたがたと縁台を鳴らして駆け出した。

途端に木陰からも男が出て来た。

捕まえる。

案《あん》の定《じょう》、隠れていたのは馴染《なじ》み客の利吉《りきち》だった。

「一寸《ちょいと》、何をするんだね」

「何するじゃあねえよ利吉どん。お前さんこそ何為ていやがる」

遁《に》げっちまうじゃあねえかいと利吉は手を伸ばした。

「逃がしたンだよ莫迦《ばか》野郎。こそこそ付け回しやがって、何だ、あの野郎の懐中でも狙っていやがったかい。到頭《とうとう》そこまで落魄《おちぶ》れたのかい」

「何を云い出すんだい人聞きの悪い。噫《ああ》ほら、もう居なくなっちまったじゃあないかね。実に敏捷《すばしこ》いねえ」

地動波動《じたばた》するのじゃあねえと云って肩を押さえ付ける。

老い髑《さらば》えているとは云うものの、こんな青瓢箪《あおびょうたん》に負けることはない。

「何てえ遁げ足の速い男だ。脱兎《だっと》の如してえのは、ああ云うのを云うんだ」

「何を語ってやがるか。来い」

襟首を摑むと引き摺《ず》るようにして店の前まで移動し、縁台に座らせた。

利吉はまだ男の行方《ゆくえ》を気にしている。

両手を縁台に突いて、臀《しり》を浮かせている。

この期《ご》に及んでまだ追う気でいるのだろう。

「いい加減にしろ。坂ァ登りきっちまったら、もう追い掛けるな無理だよ。一体《いってえ》何がどうしたてェんだよ。あの男は何者《なにもん》なんだよ」

知りませんよと利吉は答えた。

「知らねえ者の尻《けつ》ゥ追い掛けて何が愉《たの》しいんだよ。何の遊びだ。それは何だ、その、高等遊民とやらは、そう云うことするもんなのか」

参ったなあと云い乍《なが》ら、利吉は頭を掻き、漸《ようや》く尻を落ち着けた。それから何でそんな力ァ強いんだねと続けて、自《おの》が肩を撫《な》でた。

「江戸の生まれは強いね」

「お前さんが弱《よえ》ェだけだ」

惜しいことしたなあと利吉は坂上を見る。

「何が惜しいかよ」

「話せば長いって話なんだけどね。あのねえ、弥蔵《やぞう》さん。打ち明けるなら、あたしは探偵してたんですよ、探偵」

「探偵だと。官憲でもねえのに何が探偵だ」

「探偵は探偵さね。まあ、妙に疑《うたぐ》られても困るから云うけどね。しかし、何から話すかね。まあ甘酒一杯お呉れ」

こんな不味いもの能《よ》く飲むなと云うと売ってるのは亭主《とっ》つぁんじゃないかねと云う。尤《もっと》もな話ではある。不味いと承知で売っている。

最前の男と違って、利吉は旨そうに甘酒を飲んで、ああ生き返った等と云う。

「どうもね、慣れないことをしたものだから口が渇いちまってね。本当は水が飲みたいところだが、水じゃあ銭は取れねえと、まあ気を遣ったと云うね」

銭なんぞ要《い》らねえよと云った。

「探偵てえのは何だ、罪人を追い掛けるもんだろ。追い掛けて」

捕まえて――。

「あれは罪人か」

「そうじゃあない。判ってないねえ、旧幕時代の御仁《ごじん》はね。捕方《とりかた》だ地回りだてぇのとは違いますよ。探偵ってのはね、罪人を捕まえるんじゃあないよ」

そうなのか。

町中を見廻って。密告を受けて。

怪しい者を探り出して。見付けて。

縛《しば》り上げる。

否――斬る。斬り殺す。

そう云うものだったが。

何だか物騒《ぶっそう》な顔付きだなあと利吉は眉尻を下げた。

「探偵てえのはね、探るんですよ」

「探るって、何を」

「ですから、事件てえのかな、その何と云うんですか、ぴたりと合う言葉がないね。真相と云うんですかね。で、下手人が誰か、こう探るんだねえ」

「能《よ》く判らねェな」

本当に能く判らなかった。

「捕まえて白状させるのじゃあねえのかよ。昔はそうだったぞ」

「捕まえるったって、手当たり次第に捕まえる訳じゃあないでしょうに」

――いや。

そんなものだった。

そう云うと野蛮だなあと云われた。

「野蛮も何もあるか。別に怪しくねえ奴は捕まえねえよ」

「怪しいだけで捕まえるってのは野蛮じゃないかね」

「莫迦云え。怪しい奴ゥ捕まえねえでどうするんだよ。何かあるからこそ怪しいのじゃあねえか。だから怪しい奴を手当たり次第に捕まえてだな――」

「捕まえてって――弥蔵さん、そう云う渡世《とせい》だったのかい。そうは見えないがねえ。捕亡方《ほぼうかた》か何かだったかね」

そんなじゃねえよと答えた。

「俺の昔なんざ関係ねえだろ。じゃあ今のあの男は何かしたのか。下手人か」

「そうかもしれない、って話ですよ。そうじゃないのかもしれない。だからこそ探ってたんでしょうよ。こっそり跡付けて」

「こっそりなあ」

最初っから知れてたみてぇだぞと告げると、利吉は鳩が豆鉄砲を喰らったような頓狂《とんきょう》な顔をした。驚いているのだとしたら救いようのない間抜けである。

世が世なら、この極楽蜻蛉《とんぼ》はもう死んでいるだろう。尾行《つけ》ている相手が侍だったら――況《まし》て凶状持ちだったりしたなら間違いなく斬られている。この間抜けは佩刀《はいとう》が禁じられたことに感謝すべきだろう。

「気を付けていたのだけどねえ。勘の良い男だったんだね。まあ、そこまで用心深いてえことは、益々《ますます》怪しいと云うことになる訳だけどねえ」

どこに目を付けているのかと思う。

あの妙に気に障《さわ》る表六玉《ひょうろくだま》は、勘も鈍そうだったし、用心深いとも思えなかった。隙だらけでもあったし、所作《しょさ》を覧《み》ても足運びを覧ても何か心得があるとは思えなかった。

あの男も、世が世なら死んでいただろう。利吉が凶賊であったなら、一溜《ひとたま》りもない。あんな男はどんな三一《さんぴん》でも簡単に斬れる。身を護《まも》る術《すべ》など一つも持っていないだろう。

ただ――。

あの臭《にお》い。

「おい利吉どん。あの男は一体どんな悪さをした――いや、お前さんは彼奴《あいつ》に何の疑いを掛けておるのだ」

殺しですよと利吉は答えた。

「殺しだァ」

そうか。

あの微かに残った臭《にお》いは、腐臭——否《いや》、己の節節から染み出ているのと同じ、死臭だったか。

違う。殺された者の臭《にお》いではない。人殺しの臭《にお》いなのか。そうなのだとすると。

あの眼の奥の冥蒙《くらがり》は、人の倫《みち》を踏み外した者の抱える陰鬱であったのか。

だが、あんな腰抜けに人が殺せるものだろうか。そうは思えない。

「何かの間違《まちげ》えじゃねェのか」

「だからさ。間違いかどうかを探偵していたのじゃないかね」

「尾行《つけ》て何が判るよ。これから殺しに行くとでも云うのかよ」

「そうさねえ」

利吉は顎を擦《さす》り、甘酒をもう一杯くんないと云った。

「あたしが操觚者《そうこしゃ》になりたくって新聞社廻ったことは話したかね」

イヤと云う程聞かされた。

「実はね、ありゃアまあ、気紛《きまぐ》れ思い付きで廻ったって訳じゃあないのさ。亭主《とっ》つぁんは鏑木《かぶらき》清方《きよかた》って絵描きをご存じないかね」

知らない。

絵描きなどただの一人も知らない。

「知らんかね。あの泉鏡《いずみきょうか》花先生のご本の挿絵なんかも描いている、まあ画家ですがね。未《ま》だ若いんだが、これが大した腕前でねえ」

まるで話が判らない。繋がりも見えないし先も読めない。

其奴《そいつ》が殺されたかと云った。

「ば、莫迦なことを云うもんじゃあないよ。そんなことあるものか」

「だってよ」

まあ聞きな——と云って、利吉は縁台に残っていた喰いかけの芋に目を遣り、芋もお呉れと云った。

「喰うのか」

「銭は払いますよ。その、鏑木てえのがね、まあ未《ま》だ二十五六くらいだと思うが、もっと若いかね。でも、ありゃ名人だ。その名人が、まァあたしの朋輩《ほうばい》でしてね。こりゃ誉れだね」

「朋輩なのか」

「朋輩ってもね——自慢じゃあないが、あたしゃこれでも一時《いっとき》、狂言師になろうとしてたんでござんすよ。八九年くらい前までかねえ。舞台にゃあ一二度しか乗らなかったけどもね。筋は良かったと思うんだがね」

利吉は芋を持ったまま妙な動きをした。

何やらむにゃむにゃ云ったのだが能《よ》く聞き取れなかった。

能も狂言も観たことがない。

「何で止《や》めた」

「宗家が死んじまってお家が断絶、流派がなくなっちまったんで」

あたしゃついてないんだと利吉は芋を頬張った。

「で、まあそこで一緒だったのさ。鏑木清方とね。鏑木もね、一門だったんですよ。だから一緒に舞台に乗ったのさ。そう云う仲ですよ、あたし達ゃ。でね、まあ、その鏑木のお父上てぇのが、驚いたことにあの條《じょうの》野採菊《さいぎく》先生だ」

「驚かねえがな」

誰だか知らない。

それも画家かと問うた。

「何を云ってるんだか。幾ら甘酒屋の親爺《おやじ》だとて、ものを知らな過ぎじゃあないかね。旧幕時代は人情ものの戯作《げさく》で評判を取り、瓦解《がかい》後は『東京日日新聞《とうきょうにちにちしんぶん》』を立ち上げ、東京府会議員だの神田《かんだ》区会議員だのまで務めなすったお方だよ」

戯作者かと云うと、作家先生ですよと云われた。

「圓朝《えんちょう》や菊五郎《きくごろう》なんかともご懇意になされてたようだし、歌舞伎《かぶき》の台本なんかもお書きになってらした名士なんだからね。こりゃお近付きにならねえ法はねえやね」

「お近付きになったのかよ」

一度お会いしたねと利吉は云った。

「一度かよ」

「大事な一度ですよ。條野先生はね、『やまと新聞』の立ち上げにも関わったお方でもある訳ですよ。流石《さすが》に知ってるでしょうや。ほらあの、小《こ》新聞ですわ」

「何新聞だか区別はねえよ」

客が置いて行くのを読むだけで、読めば火にくべてしまう。

「そうかね。その昔は随分と売れて、あの月岡芳年《つきおかよしとし》描くところの大判錦絵が付録で付いてたりね、圓朝の口述文が載ってたりしたそうだから、まあ人気も出るでしょうや。で、あたしはそこに雇って貰おうと、そう考えた。まあ、息子の同門てえ誼《よし》みもあるしね」

細《ほせ》ェ伝手《つて》だなと云った。

「そんなもんで雇って貰えるなら大概《たいがい》は何とかなるだろ。いや、お前さんは結局こうしてふら付いてンだから、雇っちゃ貰えなかったてえことだな」

「そうでもないんだ。実は決まりかけたんですよ。嘘じゃあない」

「決まらなかったんだろ」

「あたしの所為《せい》じゃない。会社がね、左前になっちまって、身売りしちまったんですよ。それであたしの就職もおじゃんになった。條野先生も社主退かれて、残念なことに、ほれ、今年の一月の八甲田山《はっこうださん》の遭難騒ぎの頃にお亡くなりになられてね」

「ああ」

厭な事件だった。尤《もっと》も知ったのは少し経ってからだったのだが。

「そりゃあ判ったが、だから何なんだよ。俺にはまったく判らんよ。さっきの男はその條野とか云う人を殺した下手人なのか」

「違いますよ。まったく仕様がない人だねえこの爺様は。云うに事欠いて何てえ恐ろしいことを云うかねえ」

「お前さんの話が要領を得ねえんだ。画家だの作家だの次から次へと、何一つ関係ねえじゃねえかい。俺はさっきの男の話を尋《き》いてるんじゃねえかよ」

本当に――あれは死臭だったのか。

そうならば。

話には順と云うもんがあるんだよと利吉は云う。

「年寄りゃ気が短いったらないよ。いいかね、あたしが操觚者を志したなあ、その一件があったからさ。その出会いを契機にして、あたしゃ精進《しょうじん》したんだからね。でも、その細い伝手であるところの條野先生が亡くなられちまったもんだからさ、まあ、その後は何かと上手《うま》く運ばなかった訳だがねえ」

伝手は関係ない。

実力だろうよと云う。

「そんなこたァないんだ。でもね、伝手てえのは大事ですよ。あたしは、條野先生のお葬式に行きましたけどね、そこでまあ、以前先生とお会いした時に紹介されたお弟子筋の方と再会してね。その方もまあ、操觚者と云うか、劇作家と云うか、まあ日日新聞やら、彼方此方《あちこち》に顔の利《き》くお方でして――」

「今度ァ其奴《そいつ》を頼ったのか。仕様のねえのはお前さんだ、利吉どん。あのな、仕事ってものはな、ただ為《す》るもんだ。為《し》なきゃ飢え死にする。それだけだろ。恰好《かっこう》付けて選ぶようなものじゃねえよ」

　文明開化してねえね亭主《とっ》つぁんはと利吉は笑う。

「髷《まげ》ェ結ってた時分はそうだったのかもしれないけれどね。当世はそうじゃあないよ。渡世は自分で選ぶものさ。そりゃそうとして、だよ。まあ、そのお方てェのが、これが一筋縄じゃあいかない御仁なんだね」

　何だそりゃと問うた。

　もう、別にどうでも良くなっている。

　この男が聞きたくもない己の話を喋《しゃべ》くるのは、毎度のことなのだ。

「まあねえ、そのお方は相当に賢いんだね。その上、筋を通すのさね」

「良いことじゃねえか」

「ま、悪いことじゃあないんだが、厳し過ぎるんだねえ、あれは」

「筋ィ通すのに厳しくして悪いことなんざねえだろよ。腰が引けてちゃ筋なんざ通せねえ。厳しい方が良いに決まってるだろが」

半端《はんぱ》に通して通る筋などない。

「そりゃあそうだけどもねえ。何と云うのかな、なあなあてえのがお嫌いなんだなあ」

「なあなあってのは能《よ》く判らねえが、そんな柔《やわ》な筋ゃねえだろ」

「だからそうなんだけどね。でもね、ものにゃあ限度があるし、人にゃ愛想《あいそ》がある。世の中には情けがあるんだ。あたしなんかはね、まあ人様の機嫌取るのが身上《しんじょう》ですよ。相手に気持ち良くなって貰いてえと、そればかり考えてるような男だよ」

俺の機嫌は取れてねえよと云った。

「ああ、云われてみりゃあそうだねえ。と云うか、あたしは弥蔵さんの機嫌は取ろうたあ思わないからね。取ってない。だからまあ、此処《ここ》は居心地が良い」

利吉は縁台を叩いた。

「俺を煽《おだ》てても糞《くそ》不味い芋ぐれえしか出ねえからな」

「まあそうさね。でも、そのお方は芋どころじゃあない。宝物がくっ付いた蔓《つる》がずるずると繋がってますからね。あたしも座持ちに熱が入ろうってものさね。ところがどっこい、その御仁は、酒は飲まない郭《くるわ》にゃ行かない、遊び歩くのもお嫌いで。そもそも出歩かないと来た」

「出歩かねえのか」

「用事がなきゃあね」

俺と同じだと云った。

ほっつき歩くのは好まない。

出掛けるにしても買い物と仕入れ、後は湯屋《ゆや》に行くぐらいのものである。寄り道もしない。

「用事がなきゃ何処も行かねえよ」

「それで普通だと云うなァどうかと思うがね。そうだねえ。そうしてみると、あのお方ァ弥蔵さんとは話が――いや、合わないね」

「話なんてもンは、合わせるものじゃあねェだろう。俺はお前さんとだって話が合った例《ためし》がねえじゃねえか。まあ、俺はくたばり損ないの糞爺《くそじじ》だからな、何もかも擦《す》れっ枯《か》らしちまってるから誰とも話なんざ合わねえよ。大体、その男は若いんだろ」

「あたしよりゃ齢上《としうえ》だがね、未《ま》だ三十くらいだね」

そりゃ朴念仁《ぼくねんじん》だなと問うと、そうでもないのさと云われた。

「そうでもねえと云うのは能《よ》く判らねえな。世間じゃそう云うのを朴念仁と呼ぶのじゃねえのかい」

「いやいや、朴念仁ってのは野暮《やぼ》なもんだろうに。その人は、決して無粋なお方じゃあないのさね。寧ろ通人だ。何たって劇評をされるくらいだから」

「劇評ってなあ何だい」

「演劇の批評だよ。小新聞なんかに載ってるだろう。その人は、まあ辛口の劇評をなさる方なのさ。能ッく観てるのさね」

能く判らねえよと答えた。

「劇なんぞ批評してどうなるよ。あの役者ァ下手《へた》だとか、声が悪《わり》い面《つら》が拙《まず》いと書くのか。書いてどうなる」

そんなこたァ書かないよと利吉は益々困ったような顔になる。

人を小莫迦《こばか》にしているのだ。

「床屋《とこや》談義じゃあないんだから。いいかい弥蔵さん。この御時世、何だって改良が必要なんだよ。能く観て考えて、改良を加えなくっちゃア、列強に引けを取っちまうだろ」

「芝居だろ」

引けを取るも何もない。そうしたものは娯楽ではないのか。勝ちも負けもないだろう。観る者が面白ければそれでいいのだ。

そう云うと、そりゃあ心得違いだと云われた。

「何故《なぜ》ならね、観る方が進歩してるからさね」

「進歩だと」

「そうさ。いいかね亭主《とっ》つぁん。文明開化で民の目は啓《ひら》かれたんだ。ならそれに合わせて文化も改良しなくっちゃ」

「改良なあ」

良いことなのだろう。

尤《もっと》も、国中の者がその進歩とやらをしたのだとしても、自分だけは別だ。何も変わっていない。腰の刀を棄《す》てようと髷を落とそうと、陸蒸気《おかじょうき》が走ろうと瓦斯燈《ガスとう》が点《とも》ろうと、何一つ変わっていない。

民の目は啓いたのかもしれないが。

ずっと瞼《まぶた》は開けていない。

あの、昏《くら》い廊下から――。

一歩も出ていない。

「弥蔵さんは歌舞伎は観るかね」

利吉は突然そう云った。

「また話が飛ぶな。観ねえよそんなものは。俺は生まれてから此の方、芝居なんかにゃ縁がねえ暮らし振りよ」

「そうかね。そりゃ淋しいね。寄席《よせ》ぐらいは行った方が後生に良いだろうに。落とし噺《ばなし》ぐらいは聞いて笑いなよ」

「俺は御一新前《ごいっしんめえ》から笑ってねえ」

可笑《おか》しいと思うことがない。

芝居と云うのは、嘘だ。嘘だからこそ面白いのだろう。

顔を白く塗って派手な衣装を着て。切れぬ刀で、殺す気もなく、舞でも舞うように刃《やいば》を交える振りをして、斬られてもいないのに死んだ振りをする。まともではない。嘘だ。

その嘘を実《まこと》として観る、その素養がない。そう云う約束ごとが身に付けば面白く観られるのやもしれぬ、とは思う。

でも、無理だ。

刀は、切れる。

人も、斬れる。

斬れば血が噴き出す。

斬られた者は、死ぬ。

死ねば二度と生き返ることはない。終わりだ。

斬れば相手が終わる。斬られれば己が終わる。息を吸って吐《は》く、その一瞬が生死を分かつのだ。そして、その一瞬の積み重ねこそが己の人生だったのだ。

芝居が入り込む隙はない。

そう云う暮らしは徳川《とくせん》の瓦解と共に棄てた。否——。

——棄てられたのはこっちか。

世の中がこの時代遅れを棄てたのだ。

だが、棄てられた後も何か変わった訳ではないのだった。殺す理由と、殺される懸念がなくなったと云うだけで、張り詰めた生き方に変わりはない。

未《ま》だ昏い廊下に居る。

背後には屍《しかばね》が転がっている。

屍の下には血溜まりが広がっている。

澱《おり》だか穢《けが》れだか垢《あか》だか知らぬが、溜まったものは簡単に抜けはしないのだ。

抜けぬまま、何十年も経った。

だから、芝居は観ない。

観ても判らない。今更判ろうとも思わない。

どうせ、間もなく死ぬ。このまま死ぬのだ。

可笑《おか》しくもないから、笑わない。

笑いたいとも思わない。

そこのところは——もう擦り切れた。

仕方がないねこの年寄りはさ、と戯《おど》けて云って、利吉は苦笑した。

「あたしも歌舞伎はそんなに詳しかぁないんだよ。娘義太夫《タレギダ》なんかの方が性《しょう》に合っててね」

「俺は観ねえが、あんなもなァ瓦解前から古臭いもんだったぞ。仇《あだ》討《う》ちだ心中だってのばかりじゃあねえのか。それこそ当世風じゃないだろう」

「まあそうさ。歌舞伎てえのは大昔からそう云うもんだ。あれは、新作であっても座付き作者が台本書くのが決まりなんだね。だからおんなじようになる。そこでね、最近、梨園《りえん》たぁ関係ない劇作家が書くてえ試みがね、出て来たのさ。まあ演劇も改良だよ。で、そのお方は、その新歌舞伎を書いてるんだね」

「そうかい」

興味がない。

「條野先生のお弔いでお会いして聞いたんだけども、こりゃあ大したものさ。だから益々お近付きになろうとしたんだがね」

「朴念仁だろ」

だからそうじゃあないんだよと利吉はやけに強調した。

そこまで云うならそうなのだろう。

「聡明と云うかね、鉄壁と云うかね、取り付く島がない」

相手にされてねえだけだろうよと云うと、そりゃ当たってると利吉は答えた。

「素直だな」

「まあね、何と云いますかね、折り目正しくて物腰も柔らかいのだけれど、相手にされんのですな。どうもね、自分と対等に議論できる相手じゃあないと」

見下されるのかと問うと、それも違うんだねえと嘆くように云って利吉は腕を組んだ。

「そんな冷徹な感じじゃあない。驕《おご》り昂ぶってるなんてこともないのさ。昨今、うちの親父殿なんて、大して偉くもないのにあたしを随分と見下していますがね、あの人は偉いが、他人を見下すような人じゃない。何と云いますかね、良いものは良い、駄目なものは駄目。意見が違うなら納得行くまで議論しましょうと云う――」

「面倒《めんど》臭《くせ》え野郎だな」

「公正なのサね」

「公正てえのは何だよ」

知らぬことばかり云う。

「だからね、自分が間違ってるなら正したいから、議論したがるのだね」

「面倒じゃねえか」

「まあ、大概は正しいと思うたら自分の考えを他人に押し付けるもんさね。信じ込んでいるからね。あたしゃ活動家や運動家に随分と叱られた。でも、そのお方は叱ったり啓蒙《けいもう》したり、そう云うこたあしないんだね。だから、公明正大で、まあ好《い》いんだろうけどもさ」

「同じ土俵場にゃ立てねえか」

「その通り。だから肚ァ割って話すなあ難しいんだ。下戸だしね。芝居の他は好きなもんも見当たらない。で、だよ」

利吉は芋を甘酒で流し込むとこちらに向き直った。

「鰻《うなぎ》だ」

また判らないことを云う。

鰻が好物だと聞き出したんだよあたしはねと利吉は胸を張った。

「いや『萬朝報《よろずちょうほう》』にも『二六新報《にろくしんぽう》』にも袖にされて、もう後がない。だからまあ細くても切れそうでも伝手を辿ろうと必死になった訳で。そして摑んだ取って置きの話でね。あたしは早速、お誘いしてみた訳ですよ」

「誘ったって——坂下のあの鰻屋か」

「ええ。あの鰻屋さ。弥蔵さんは知らないだろうがね、彼処《あそこ》は構えは小さいし綺麗な店でもないけれど、御一新前からある老舗でねえ、知る人ぞ知る、旨い店なのさね。で、ものは試しとお誘いしてみたらば、それは喰うてみたいと、こう云うからね、ご都合をお尋きしてね、まあ午《ひる》をご一緒した訳で」

「また喰ったのか。稼ぎもねえ癖に能《よ》くあんな高価《たけ》えものを喰うな。ありゃ三十銭からするんだろうに」

蕎麦なら二銭で喰える。

うちの親の脛《すね》は齧り甲斐《がい》があると利吉は不埒《ふらち》なことをほざく。

「況《まし》てやこっちは人生がかかってるからね。先のこと考えれば、そのぐらいの出費は廉いものだよ。で——だ。まああたしとその先生は鰻を喰った。旨かった」

そりゃ良かったなと云った。

「あのな、お前さんの話は何一つ解らねえよ。鰻が旨くて良かったなと云えばいいのかよ。鰻の後《あと》じゃうちの芋はさぞや不味いだろうよ」

話を切り上げようと立ち上がった。埒《らち》が明かない。そもそもどうでも好《い》い話ではあるのだ。客は大抵通り縋《すが》りだ。あの男も二度と来はしないだろう。

待ちないと利吉は袖を引く。

能《よ》く袖を引かれる日だと思った。

「さっきの男もね、鰻屋に居たんだ」

「だから何だ」

「それがね、様子が変だった」

「変とは」

「挙動《ふるまい》がね」

鰻を前に陰鬱に頭《こうべ》を垂れている。扠《さて》、もの塞《ふさ》ぎかと思えば、忽《たちま》ち頭《かしら》を上げて今度は寂しそうに笑う。かと思えば呻《うめ》き、呟《つぶや》き、箸を縦横に閃《ひらめ》かすかと思えば、上下に振ったりした――と云う。説明の通りなら、かなり奇妙ではあるだろう。

「まあ、連れも居ねェでその振る舞いは少ォし怪訝《おか》しいだろうがな。何か思い詰めてたのじゃねえのか。それを誰かに見られてるとも思わないだろ」

「それがね」

卓をはたはた叩き出し、やがて床をどうどう踏み鳴らし始めたと云う。

「いかれてるな」

「流石《さすが》にねえ。変なのさ。鰻屋の姥《ばあ》さんも顔を顰《しか》めてねえ、どうしなすったなんて尋いたりするんだが、平気だ、大丈夫だと答えるんだね、これが。どう観ても平気じゃあないんだけどもねえ。まあ、その変な男の方が先に入店してたんだが、こっちの方が先に喰い終わってしまってさ。鬼魅《きみ》が悪いし、早急《さっさ》と帰ろうとするとね、止《と》めるんだね」

こうやって――と、利吉はまた袖を引いた。仕方がないので座った。

商売になりはしない。

誰も通らないのだが。

「でね、まあその、あたしの連れは云うのだね。あれは怪しい、と」

「誰が観たって怪しいじゃねえか」

「そうじゃあないのさ。どうも、見知った男のような気がすると云う」

「なら声を掛けりゃいいだろ」

「いや、それ程の仲じゃあない。そのね、番町《ばんちょう》に、ええと――野口寧斎《のぐちねいさい》とか云う大層な漢詩の先生が住んでるんだそうでね。さっきのあれは、そこの押し掛け婿《むこ》じゃあないかと」

「押し掛け婿ってのがあるのか」

「押し掛け女房の反対さ。まあ、その偉い漢詩の先生の亡くなったお父上ってのが内閣少書記かなんかだったそうで」

「偉《えれ》えのか」

「まあ、あたしや弥蔵さんよりゃ偉いさね。でもってあたしの連れのお父上ってお方がね、これ英吉利《えげれす》公使の通訳なんだそうなのさ」

「異国語喋るかい」

「元幕臣だそうだけどね。この英吉利国の公使館ってのが麴町《こうじまち》にある。そんな訳だから、その人のご自宅も麴町にあるんだよ。まあ番町と麴町だから、目と鼻の先だ。近いやね。ご近所さんって訳だよ。で――まあ官吏と通事《つうじ》で、お父上同士はその昔、多少は面識があったようだからね、息子の家の噂も耳に入っていたのさね。しかもご近所だからねえ、見掛けることもあった、と云うね」

「それで何だ」

「で――ですよ。あのね、その鰻屋の男はこう、雪駄《せった》でどうどうと」

利吉は足を上下させたが、下は土なので音はしなかった。

「こう、踏み鳴らしたんだね。あたしの連れはその一瞬を見逃さなかったんだ。大した観察眼だ。で、その人曰《いわ》く、雪駄が血らしきもので汚れていた――と云うのさね。汚れてただろ」

知らない。足許は見なかった。

そうだったかなと云った。

「まあ、並の人間なら見過ごすね。余程目端の利く人でなくっちゃ気が付きゃしないだろうからねえ。この、縁《へり》のとこと、それから底がべったり汚れてたと云うんだから。鼻緒も少し汚れていたんだそうだよ」

「だからって、それで殺しと云うなァどうだよ」

それは如何《いか》にも早計だ。血が付くことなど幾らでもあるだろう。そもそも殺しなら――。屍がある筈《はず》だ。

そう云うと、あったじゃないかと利吉は云った。

「いやあ、亭主《とっ》つぁんは知らないかねえ、あの、三日前だかの事件。大事件だよ。昨日の新聞に載ってたじゃないか」

「俺は何も知らねえよ」

世事《せじ》に疎《うと》いのも程があるねえと、利吉は呆れる。

「ほれ、麴町の臀肉《しりにく》切り取り事件さ」

「尻だと」

「まあ、これが目を覆いたくなる惨《むご》い話でね。麴町に住む活版屋の職工の息子さんがね、殺されたんだと云うのさ。これが、おっ母さんの手伝いに天狗煙草《てんぐたばこ》の紙巻き内職なんかして家計を扶けてる親孝行な息子さんでね、まだ十一歳だと云うから――」

「だから尻ってのは何なンだよ」

「いやさね、そのお子がね、湯屋の帰りにお遣いかなんかに行ってさ、そのまンま行方不明になっちまったのさね。こいつは心配だ。で、ご近所総出で捜したんだそうでね。で、ワン公が嗅ぎ付けたんだそうだが——見付かった時は無残な姿さね。死因てェのかい。そりゃあ圧死だそうだけど、このね」

利吉は腰を浮かす。

「この、臀のね、左右の尻っぺたの肉が、円《まる》く切り取られてたって云うんですな」

「何で」

そんなことをする意味があるのか。

「酷《むご》いことをするもんじゃないか。哀れですよ、利発なお子だったようだからね。あたしが親なら、もう悲しみと怒りで、気が触《ふ》れっちまいますよ」

それはそうだと思うけれども。

「だから何で」

「知らないよ。あたしゃ下手人じゃあない」

まるで意味が判らない。尻の肉など切ってどうする。

「どう云うことなんだよ。犬が喰ったとでも云うのかよ」

それぐらいしか思い付かない。

「違う違う。見付けたワン公は賢い飼い犬だからね、そんな野蛮なことはしやァしないさ。殺《あや》めた下手人が、刃物で抉《えぐ》り取ったんだ」

何のためうに。辱《はずかし》めるためか。

しかし頑是《がんぜ》ない童《こども》を辱める理由は簡単には思い付かない。そうだとしても息の根を止めた後に尻の肉など切って何がどうなると云うのか。呪《まじない》か何かか。

「それで、ですよ。そのあたしの連れ」

「連れ連れいちいち面倒だな。名前《なめえ》は何てえんだよ、その御仁は」

「ああ。筆名は綺堂《きどう》先生ですな。岡本《おかもと》さんと云う方なんだが――この岡本さんがね、まあ雪駄の血以外にも幾つかお気付きになってね」

「何だよ」

「持っていた風呂敷包みにも染みがあったんだそうさ。しかも風呂敷の中身は汚れた衣類、懐には短刀を呑んでたと云うんだね、これが」

「関係ねえだろ」

関係があるかもしれぬが、ないかもしれぬ。

いずれそれは邪推だ。刃物を持っているから人殺しと云うのなら、瓦解前は皆人殺しだ。武士は勿論、百姓までもが刀を持っていたのだ。

「勿論、だからそうだなんてェ簡単な話じゃあないのさ」

「どう云う話なんだよ間怠《まだる》っこしいな」

「あのね、その岡本先生曰く、漢詩の先生ってのは不治《ふじ》の疾《やまい》に冒《おか》されてるンだそうでね」

「それで」

「まあ、聞きない。あのね、人肉ってな薬効があるてえ迷信が——唐《から》だか天竺《てんじく》だか、いや日の本の迷信なのかね、まああるんだと云うのさ。特に臀だの腿だのの脂肪と踵《かかと》はね、興奮剤になると云う。気持ちが悪いったらないけども、あるんだから仕方がない」

「そう云う話はまあ、聞いた」

世襲で公儀御様《おためしご》御用《よう》を務めた山田浅右衛門《やまだあさえもん》は、自ら首を落とした罪人の胴体を払い下げて貰い、肝を抜いては人胆丸《にんたんがん》と云う薬にして売っていたそうである。

明治になってからも、斬首刑が廃止されるまでは売っていたと聞いている。薬効が有るのかどうかは知らぬが、売っていたと云うのだから買い手も居たと云うことだ。効き目があると信じられてはいたのだろう。

「そうかね。岡本先生は迷信だと云うておられたが、効くのかね。で——まあそのね、この尻の辺りってのはそれ以外にも、その野口某氏《なにがし》が患ってる病気の特効薬だと云う——これまた迷信があるんだそうでね」

「何だ。じゃあ、さっきのあの男は近所の子供殺して、その尻の肉を病人に喰わせたとでも云うのか」

「喰わせたんだか煎じて嚥《の》ませたんだか知りやしないけどね。どっちにしたって胸が悪くなる話だよ。まあ、これも岡本先生の話だが、あの男の連れ合いってのは野口先生の妹でね、その疾は遺伝するとか伝染するとか云う、これまた迷信があって——だから女房にも嚥ませたか喰わせたかしたのじゃあないかと」

噫《ああ》、厭だと利吉は肩を竦《すく》めた。

「厭だけれどもね、この、何故臀肉なんぞを抉り取ったのかてえのは、探偵上最重要の案件でしょうに。岡本先生の見立て通りなら、そこは解決だ」

「当て推量だろ」

「だから探偵してたんだ」

「探偵してたたって程のものか」

後ろにくっ付いていただけである。

先ずは確認、つまり尾行ですよと利吉は云った。

「もし下手人だったなら、こりゃ大ごとさね。でも、そんなね、当て推量だけで下手人だなんて決め付けるようなことを岡本先生がなさる筈ないだろさ。さっき云ったじゃないか。公明正大な方なんだ。色色厳しい人なんだ。だから——」

もう見えないよねえと利吉は間の抜けたことを云う。

「見える訳《わき》ゃねえだろ」

「いやあ、あの男、そもそもこんな僻処《へきしょ》に来るってのは妙だろう。番町と此処はそんなに近かない。真逆《まさか》、鰻を喰いに来たなんて訳もないし、そうだとしても帰り道に此方側《こっち》に来るのは変じゃあないか」

方角が違うのは事実だ。

「何か用事があったんだろ」

「この坂の上に何かあるとも思えないよあたしには。山じゃないか。隣町に行くなら番町から直接向かった方がずっと早いよ。だからね、あたしゃ人目のない処《ところ》であの風呂敷包みの中身を処分しようとしていたのじゃないか――と考えた。そりゃあ第一の証拠品だろうよ」

「そうだとして、だ。何でこんな処に来るんだよ。人気《ひとけ》のねえ処なんざ幾らでもあるじゃねえか。それに隠してえのならそんな手間のかかることしねェだろ。俺なら燃やすよ」

「まあねえ。でも短刀は」

「捨てたら却《かえ》って目立たねえか」

「そうなんだけどねえ」

利吉は更に腰を浮かせ、坂上の方に顔を向けて頸《くび》をウンと伸ばした。

「居ねえって」

「参ったねえ。証拠が摑めりゃ坊やの無念も晴れたかもしれないと、そう思うとねえ」

そう思うなら官憲に伝えろと云った。

「証拠もなしに通報なんか出来やしないよ。それじゃあ密告だろうに。もし無実だったら大変な名誉毀損《きそん》だからね。そんなことは出来ない。だからあたしが探偵を買って出て――」

「疑って後付いて回るのだって十分にその何とやらに当たるんじゃねえのか。もしあの野郎が無頼《ぶらい》だったら、お前さんの命がなかったぞ」

「そんな強そうには見えなかったよ」

「お前さんは人一倍弱いだろうよ、利吉どん。あのな、鰻屋での振る舞いがどうだったかは知らねえがな、路《みち》っ端《ぱた》じゃあお前さんの方がずっと怪しかったと思うぞ」

利吉は悔しそうに溜め息を吐《つ》いた。

「しかし、あたしの尾行が気付かれていたとはねえ。実に勘の好《い》い男だね。余程怯怯《びくびく》していたかね。益々怪しいね」

気付かない方が怪訝《おか》しいとは思う。

ただ、あの男の様子が変であったことも間違いない。そしてあの。

――死臭は。

「どうしようかね」

「だから居ねえって。お前さん、最前からもう四半刻《しはんとき》も此処でべらべら喋《しゃべ》っているんじゃねえか。こんだけ経ってれば隣町どころかもっと遠くに行っててらあ。それこそ犬っころみてえに地べたの臭《にお》いでも嗅いで捜すかよ」

困ったねえと利吉は立ち上がった。

「あたしはどうしたらいいかね」

「どうもこうもねえ。帰《けえ》れよ」

「帰れってね」

「家に帰れよ」

待たせているのさと利吉は云った。

「誰を」

「岡本先生だよ。鰻屋であたしの探偵の成果をね、お待ちなのさ」

「人を待たせて無駄話してたのか」

「弥蔵さんが尋くからさ」

「話せば長《なげ》ェとか云ったなァお前さんだろ。俺は別に聞きたくなんかなかったんだよ。お前さんが怪しいから捕まえただけじゃねえか」

「どうしよう」

「急いで戻って正直に云いな。あたしの探偵がヘボで遁《に》げられました、とな。そんな御仁なら嘘は簡単に暴露《ばれ》るぞ。有《あ》り体《てい》に云う以外に手はねェよ。序《つい》でにな、そんなあやふやな理由で人疑って、況《まし》て後尾行《つけ》させるような真似はあまり感心しねぇと伝えておけ」

まるで――昔の自分だ。

街で目を付けて付け回し、捕まえる。

斬る。証拠などは後付けだ。そんなものは故事《こじつ》付ければ幾らでも出て来る。あの時分、不逞《ふてい》の族《やから》と云うのはただ怪しい奴と云うだけの意味だったのだ。

何かする前に捕まえる。何か仕出かす前に殺す。それが仕事だった。ろくなものではないと思う。

「銭は要らねえからさっさと行け」

利吉は項垂《うなだ》れると、そうさねえと力なく云い、ひょろひょろと急ぎ足で坂を下って行った。

実《まこと》に無恰好な走り方であった。

実際、地に足の付かぬ男だと思う。

あんな男がうかうか生きて行けるようになったのだから、この国も少しは良くなったのかもしれぬと——思わないでもない。四十年前であれば、あんな男は息を潜めて死んだ振りをしているより他なかっただろう。浮かれていたなら殺される。

自分が殺していたかもしれない。

もし、人殺しを嗅ぎ付ける犬が居たとして、あの男が本当に人殺しだったとしても、犬はあの男を追い掛けはしないだろう。犬は必ず——。

此処で止まる。

死臭は、この身体から染み出しているに違いないからだ。

未《ま》だ陽は高いが、商売をする気は完全に失《う》せてしまった。

生きろ、生きろと云う春の微温《なまぬる》い風が当たる。でも、己から涌き出《い》ずるのは真反対の、死の香りである。動いているだけで、もう屍である。

鳥が飛んでいる。

燕《つばめ》か。

燕が啼《な》く。

土喰って虫喰って口苦い——そう啼くと聞いた。でも、ちゅっちゅと聞こえるだけだ。鳥の声なのだから意味はない。

半刻あまり呆《ほう》けていたが誰も通り掛からない。矢張《やは》り芋を売るのはもう止《よ》そうと決め、腰を上げ、序でに店も閉めてしまおうと幟に手を掛けると、もうお終《しま》いですかと声を掛けられた。

まるで気付かなかった。

気が緩《ゆる》んでいる。

振り向くと良い身形《みなり》の、長身の男が居た。面長で丸眼鏡を掛けている。

「甘酒を戴きたい」

「不味いぜ」

「そうですか。蒸し芋は食べるなと聞かされて来ましたが」

「あんた、岡本さんとか云う人か」

「はい。岡本敬二《けいじ》と申します。弥蔵さんと云うのはあなたですか」

「利吉が何か云ったかね」

弥蔵は俺だがねと云って、幟から手を離す。

「最前はご迷惑を掛けましたか」

「迷惑なンざ掛かってねえよ。利吉が間抜けだっただけのことだ。要らぬお節介をしたのは俺の方だよ」

「失礼だが、元はお武家——とお見受けしますが」

「昔話は好かねえ。元が何であっても今は不味い甘酒屋の爺だ」

岡本は微かに笑った。

「座っても宜《よろ》しいか」

「ああ。でも別に無理して甘酒なんか飲むこたァねえよ。旨いもんじゃねえ。縁台に座るだけならお代は貰わねえよ」

岡本は姿良く座った。

「私はどうもね、謎を謎のまま棚上げしておくのが、やや苦手なんです。だからと云ってあの鶴田《つるた》君に尾行を頼んだりしてはいないのですがね」

「鶴田ってな——利吉のことか」

そんな立派な姓があったのか。まああるのだろう。自分にもある。否、あった。

癇癪《かんしゃく》持ちなんだ私はと岡本は云った。

「そうは見えねえがな」

「身体が弱いのですよ」

「関係あるか」

「まあ、ない訳じゃあないです。私は納得の行かぬことがあると、納得が行くまで突き詰める癖《へき》がある。棚に上げてはおけないのですな。でも、中中満足の行く答えは求められない。相手が居る場合は、大抵相手の方が怒り出す」

「相手が癇癪持ちなんじゃねえかよ」

違うんですよと岡本は云った。

「相手は議論をする気がないんですなあ。己の考えを妄信《もうしん》している。だから己と異った意見には耳を傾けないし、時に否定されたと受け取って怒る。問うているだけで否定してはいないのですが。私の方はね、口論議論は好むところですよ。納得が行けば持論を引っ込める覚悟もありますしね、間違っておれば謝りますよ。寧ろ、説き伏せて欲しい。頭を下げたって構わないと思う。勝ち負けではなく、納得したいだけですからね」

公正な男だと利吉も云っていたか。

「しかしですな、そう上手くは行かないのですなあ。どうも世間には度量の狭い者が多いようで、話が咬《か》み合わぬ」

苛苛《いらいら》しますよと岡本は云った。

「話が通じないと云うのは、極めて牴牾《もどか》しいものですよ。通じないから言葉も荒くなる。相手は余計に怒る。畢竟《ひっきょう》喧嘩になる。解っていても、そうなることが多いんですな」

「あんたが癇癪起こしてるようには聞こえないがな」

「そうですか。いや、喧嘩になっても私の方は虚弱なので手は出ない。負けますから。だから余計に口が出る。言葉も愈々《いよいよ》きつくなる。先に火を着けるのは私なんです。だから——癇癪を起こすのは私だ」

「なる程な。でも筋目通すのは悪いことじゃあねえだろ。話が通じねえってのなら、相手のお頭《つむ》が悪《わり》いんじゃねえのか」

「通じないのは私の話し方が悪いのかもしれない。そのつもりはないが、挑み掛かるような顔付きになっているのかもしれない。いや、そうなのでしょう。解っているのだけれど、どうしても穏やかに話し続けることが出来ないのですよ。解り切ったことだから、答えを急《せ》いてしまうのですな」

「逆か」

あんたの頭が良過ぎるのかと云った。

「もの考《かんげ》えるのが早《はえ》えんだ。癇癪持ちと云うより、性急《せっかち》なんじゃねえのか」

江戸者ですからねと岡本は云った。

「江戸はもうないけれどもね。鶴田君には悪いことを為《し》たと思います。気になったことをそのまま告げたらば、駆け出して行った」

「あれも江戸っ子らしいぞ。凡《およ》そ粋《いき》でも鯔背《いなせ》でもねえがね。早呑み込みの下ッ引きみてェなものだな。合点《がってん》承知と行き先も聞かずに駆け出したんだろうぜ。あんたを目明かしの親分か何かと間違えたのじゃあねえか」

気にすることはねえよと云うと、私は岡っ引きの器じゃないですからなあと云って、岡本は笑った。

「何、鶴田君の人と為《なり》は健一《けんいち》君——ああ鏑木清方と云う画家ですがね、彼からも聞いていたのですよ」

「ん——その画家はあんたの師匠とかの息子とか云う」

「師匠——と云いましたか鶴田君は。まあそれでも好《い》いですが。清方君曰く、鷺《さぎ》流の同門に式亭三馬《ていさんば》の『浮世床《うきよどこ》』に出て来るような男が居たと——」

何のことだか判らなかったが、この男は予《あらかじ》め利吉がどれだけ迂闊《うかつ》な男かと云うことを知っていた——と、云うことなのだろうか。

「まあ、すると鶴田君は私と清方君の関係は知らなかったと云うことですか。私は当然知っているものと思っていたのだけれど——ならば、一体どう思っていたのか」

あの莫迦は、この男をただの世渡りの手蔓と思っていたようだが、そこは黙っていた。

「まあ鰻は好物なので、誘われて断る謂《いわ》れもないと思ったのですがね、余計な付録が付いていた。真逆《まさか》彼が飛び出して行くとは思ってもみず、気安く当て推量を語った私が軽率《けいそつ》でした」

お恥ずかしいと云って岡本は頭を下げた。

「止《と》めるにしても、私は余り走らないですから、追い付けやしない。普段から主《おも》に書斎に座っているだけで、動かないから」

「出歩かねえのかい」

出歩きませんねと岡本は云う。用がねえものなと云うと仰《おっしゃ》る通りですと返された。

「ふん。それにしたって、穏やかに話しているじゃねえか。癇癪持ちとは思えねえよ。俺なんかは相当に頭が煤《すす》けている筈だがな。話や通じ難《にく》かろう」

「そうは思えませんよ。大体、ちゃんと話は咬んでいます。それに、私は齢上の方とお話しをさせて戴くのが好きなんです。特に、江戸を生きた方のお話を聞くのは良い」

江戸か。

江戸に拘泥《こだわり》でもあるのかと問うた。

「父が御家人《ごけにん》でね」

「通事と聞いたが」

「違います。彰《しょうぎ》義隊《たい》の生き残りですよ」

「上野《うえの》で——戦ったのかい」

ない。
真逆《まさか》あなたもですか——と問われたので頭《かむり》を振った。上野には居たが彰義隊には加わってい
いですね」
「敗走して、そのまま幕軍として北上した。怪我してなければ箱館《はこだて》まで渡っていたかもしれな
「行かなかったのか」
「奥州《おうしゅう》で負傷して、戦うことが出来なくなって、已《や》むなく江戸に戻った。戻ったと云っても賊
軍ですからね。見付かれば殺されます。そこで、匿《かくま》ってくれたのが英国商人だった。維新後は
そのご縁で英国公使館の日本語書記官になったんです。その頃、父は英語を話せはしなかった
でしょうからね、通事じゃない」
今は多少話せますと岡本は云う。
「三十何年務めていますからね。私は子供の時分から習っていますから、まあ読み書きは出来
ますが、長じてから異国の言葉を覚えるのは大変ですよ」
「俺にゃ無理だな」
「難しいかもしれませんな。まあ、父は負傷していなければ蝦夷《えぞ》に渡っていたでしょう。そう
したら私は居なかった」
「蝦夷な」
茶番だった。

まともに戦えていたのは土方歳三《ひじかたとしぞう》くらいのものだった。行かなくて正解だったよと云った。

「あなたは――」

「俺は会津《あいづ》だ。悪いが――江戸っ子じゃあねえ」

「いや、父もね、元を辿れば南部《なんぶ》は二本松《にほんまつ》藩士の子です。岡本の家には、養子に入ったんですよ。だから私は江戸っ子じゃあない。三代続くどころか、生まれたのは明治五年ですから、既に江戸はなくなっていた訳ですしね」

そう云えばそうである。

此処は東京なのだ。

「ですからねえ、私にとって江戸は直《す》ぐそこにあるのに手の届かない場所――ではあるんですよ。父にしてみれば、まあ護れなかったもの、なんでしょう」

「護る――な」

何から何を。

あの頃、自分は何から何を護っていたのか。幾ら考えても判らない。

「あんたァ、じゃあこの明治のご時世が嫌いなのかい」

「そうじゃあないですよ。変えるべきは変えるべきでしょうし、変わるものは変わる。それは仕方がない。ただ、私は急激に変えることを好まないのです」

「急激になあ」

「ええ。最近は何でも改良改良と云うんですがね、変わるものは放っておいても変わる。悪くならぬように手を加えることはするべきですが、駄目だからガラリと変えろと云うのは好《い》いことじゃあないように思いますね。況《まし》て、古いものは全部駄目だなんて、考えられないなあ」

岡本は上を向いた。

「私は、歌舞伎が好きなんですな。最近の演劇――壮士劇だの書生劇だのも観ましたが、正直に申し上げるなら、あまり感心はしない。まあ、あれにも良いところはある。見るべきところもある。だからと云って、そちらを新劇として持て囃《はや》し、歌舞伎を旧劇として退けてしまうのは、どうかと思う」

「そう云やァ利吉が云ってたが、あんたその歌舞伎の台本書いたのだろう」

「ああ」

評判が悪いと云って岡本は笑った。

「未《ま》だ未《ま》だ精進《しょうじん》が足りませんね。歌舞伎に出来ることは幾らでもある。古いから駄目だなんてことはない。西洋の演劇並みに、表現することは出来ます。でも」

急に変えようとするのはいけませんよと岡本は云う。

「良薬口に苦し、苦い薬は――新開発のオムラートにでも包んで嚥《の》ませるのが当世風でしょうよ。緩慢《ゆっく》り、緩慢り」

喩えは判らなかったが、意味は解った。

「まあ、俺は古いからな。解らんでもねえよ」

「ええ。そう云う意味で御一新と云うのは急過ぎたんだと思いますね。江戸が突然東京になった。いずれはこうなっていたのだとしても、一度に変えれば無理が出る。だから、まあ」

私は勝海舟《かつかいしゅう》が少し憎いですよと岡本は云った。

「あんた、勝安房《あわ》を知ってるのか」

「いいえ。でも、もう少し踏ん張ってくれても良かったと思いますよ。簡単に江戸城を明け渡してしまうんだから」

「勝は――」

喰えない男だった。多分、岡本の思っているような人物ではない。

と、云うよりも、もしこの岡本と勝が出会っていたなら、一脈通じていたのではなかろうかと、思わないでもない。賢くて面倒な男と云う意味では同類だ。

「あんた、岡本さんよ。あんたァ思った通りの面倒臭え男だなあ。そんなじゃ朋輩も少ねェのじゃねえか」

あまり居ませんねと岡本は答えた。

「そうですねえ。新歌舞伎の台本を合作した岡君《おか》なんかとは親しくしていますし、芝居好きの仲間は居るけれども――まあ、私は馴れ合うのが得手《えて》ではないのでね」

「怒らねえな。矢《や》っ張《ぱ》り癇癪持ちじゃあねえよ」

「正論を云われたところで怒る謂《いわ》れがないですよ。私は友と群れるのを好まないし、そもそも面倒臭い人間だと自覚しています。万人に好かれようなどと思ってもいませんからね。意見が合わぬ者には嫌われる。当たり前のことです。それよりも弥蔵さん、あなたこそ何者なのですかな。江戸の昔の話をお聞きしたいですが、お厭でしょうかな」

厭だと云った。

「明治生まれにとっちゃ芝居みてェなものかもしれないが、俺にとっちゃ現実《うつつ》のことだ。しかも、世捨て人の昔はな、今日と地続きだ」

残念ですねえと岡本は云った。

「それより岡本さんよ。あんた、俺の話を聞きに来た訳じゃあねえだろ。利吉の軽挙の釈明に来た訳でもねえやな。ならあの怪しい野郎のことでも尋《たず》ねに来たかい」

あれはもういいですよと岡本は苦笑した。

「気にはなりますが、気になると云うだけで疑うのはいかんでしょう。まあ、自宅の直《す》ぐ傍《かたわ》らで、血《ち》腥《なまぐさ》い、悲惨な事件が起きたものでね、それも余りに哀れで残酷だから、気に懸かってはいたのですよ。でも素人が判断することではないでしょうし、私が気付くことなら警察も気付いているのでしょう。そうでなくとも、気付いたことは警察に届けるのが筋でしょう。ですから、もういいのですよ。それより――」

鶴田君から聞いたのですがと云って岡本は此方《こちら》に身体を向けた。

「この近くに書舗《しょほ》があるとか」

「ああ」

あの奇妙な本屋か。

「私はものに執着する性質《たち》ではないので書画骨董《こっとう》などには興味がない。美しい絵を観れば美しいと思うけれど、それを所有することにあまり意味が見出《みいだ》せないのですね。だから、書籍なども必要なものしか持たない。世には珍書稀覯本《きこうぼん》を有り難《がた》がる族《やから》も多いが、数が少ないとか装幀が綺麗だとか云うのは、また別の価値ですからね。取《と》り敢《あ》えず、本は読むものですよ」

「それで何だ」

「いや、本を収集する癖がない。捨てたりすることはないし、譲り渡すこともないですが、何もかも持っている訳ではありません。童の時分に借りて読んだ本などは当然手許にはないのです。再読してみたいと思っても、出来ません」

「そらそうだろ。今ァどうか知らんがあんたが子供の頃と云やァ、まともに本なんか売っちゃねえ。貸本やらじゃねえのかい」

「ええ。その通りです。草双紙《くさぞうし》、合巻《ごうかん》、そうしたものですね。その辺の本屋で売っているものではない。しかし」

まあ——あの珍妙な本屋になら、多分あるだろう。

そう云うと岡本は感心したような呆れたような顔になった。

「そんなものもあるのですかな」

「新聞だろうが絵草紙《えぞうし》だろうが何でもあるんだと云ってたがな。真実《ほんとう》かどうかは知らねえ。ただ、まあ」

数え切れない量の本があったことは確かである。正気の沙汰ではなかった。

あるかもなと云った。

「そうですか。此処まで来たのも何かの縁でしょう。出来るなら道順を教えて戴けませんか」

「そんなものそこの」

指を差してから気付く。

彼処《あそこ》は簡単に行ける処ではない。必ず見過ごす。あれ程巨《おお》きな建物なのに、何故か行き過ぎる。一度見過ごすと、二度目も見過ごす。二度見過ごすと、多分行き着けない。

「寸暇《ちょいと》待てるかい」

幟を仕舞い、縁台を片付けて戸締まりをした。

「案内するよ」

岡本は口を窄《すぼ》めて、それから慌てて礼を云った。

「そんなに遠いのですかな」

「遠かねえ。道も判り難《にく》くねえ。でも案内は要るんだよ」

そう云う場所だと云った。

坂を登り、横道に入る。

また燕が飛んだ。

岡本は天を仰ぐ。

「こんな処に書舗があるのですか」

岡本は左右を見上げ見下ろし、やや呆れたように云った。

「凡《およ》そ人通りがあるとは思えませんが」

「この先は寺だ。人が通らねえ訳じゃあねえよ」

「しかし、商売になるのですか」

「俺の店も同じだよ。あんな不味い甘酒でも何とか渡世になっている。まあ、芋は売れ残れば喰えるが、本は喰えねえだろうから、まだ俺の方がましかもしれねえがな」

岡本は唸《うな》った。

「どうしたい」

見慣れないのですよと岡本は云った。

「田舎はみんなこんなものだろ」

「いや——私は東京の外を知らないのですな。旅行を好まない。江戸っ子は他国の土地を踏まないと云うが、まあそれは痩《や》せ我慢なのでしょうけれど——私もそう云って強がるが、要は面倒なんだ。あなたの言ではないが、用がない」

「あのな、お前さんは江戸好みらしいがな、その昔は旅なんか出来なかったんだよ。偉え奴は別だがな、みんな、地べたに縛られて生きてたからな。先《ま》ず用もねえし、銭もねえ。しても伊《い》勢参《せまい》りぐれえだよ。旅なんかしたって」

面白くはない。

会津から京、江戸、奥州、そして蝦夷地。

黒煙と、血飛沫《ちしぶき》しかなかった。

後は屍だ。

「旅は——怖《こえ》えもんだ」

そう、怖いんですと岡本は呟いた。

「多分、私は旅が怖い。人は旅は見聞を広げると謂うが、それで知見が広がると私には思えない。読んだり考えたりしている方が性に合う。ですから——こうした景色はあまり見たことがない」

左右は樹《き》だ。片側は小山、片側には畑が覗《のぞ》いている。家屋はない。

「何の変哲《へんてつ》もねえ道だがな」

「いや——私は町育ちで、町しか知らない。町は人が作ったものだ。だから秩序がある。町は道で区切られ、家があり、部屋がある。部屋の中もそうですよ。畳があり文机《ふづくえ》があり、筆がある。私はそうした秩序の中で生きている」

多識編

燕《エン》ツバメ ツバクラ　乙鳥 説文　鷰鳥 爾雅注

玄鳥 禮記　鷙《シ》鳥 古今注

鷾《イ》鴯 荘子　游波 炮炙論

天女 易占

○越燕○胡燕

燕二種アリ一種ハ越燕古来ヨリ日本ニ渡ル一種ハ胡燕近年渡ル山ツバメ唐ツハメト云リ常ノ越燕ヨリ稍大也胸ニヒハリノ如ナル斑アリ尾ツヽノ上カキ色腹黄ナリ山上岩穴ニスム巣ノ穴横ニ長シ脇ヨリ出入ス越燕ノ巣ハ上ヨリ出入スルニ異ナリ

生き易《やす》いですよと岡本は云う。

「そしてふと思うんですな。子供の時分の景色と今の景色は明らかに違う。ならその前はどうだったのかと」

どうでもいいだろと云った。

「秩序だか何だか知らねえがよ、この草だって樹だって、得手勝手に生えてる訳じゃあねえと思うぞ。森にゃ森の山にゃ山の決まりがあらあ」

「そう――ですか」

岡本は左右を観る。眼鏡の硝子《がらす》に映った緑色が走る。

「樹には樹、草には草の秩序がありますか」

「難しい言葉ァ知らねえけども、何だって無節操に生える訳じゃあねえさ。獣にだって草木にだって理《ことわり》ァあるよ。ただな、そりゃ人とは関係ねえ理屈でできた、人に関係ねえ仕組みってだけだろ」

「関係ない――ですか」

「当たり前《めえ》だよ。町だ村だ藩だ国だ、そんな区切りは山にゃ関係ねえ。明治だの慶応《けいおう》だのだって人が勝手に区切ってるだけだろが。天子《てんし》様も将軍も居ねえ時代から樹も草もこうやって生えてるんだ。樹だの草だのを見て、秩序がねえと思うなら、そら、俺達に解らねえだけだ」

「ああ」

岡本は歩を止めて真横の樹に顔を向け、そのまま視軸《しじく》を下草まで下げた。

「人には解らぬ理《ことわり》ですか」

「そうさ。この辺は、道があるだけマシなんだ。山にも森にも路なんざねえぞ。いいかい、この一本路、こりゃあ人が人のために作ったもんだろ。人の理で出来てンだ。俺達はその上ェ歩いてる。歩き易いからだ。でもよ、こっち側は森だろ。森は人の理で出来上がったもんじゃねえ。森の側から見りゃ、この道は無意味だ」

云い乍《なが》ら気付く。

なる程あの本屋は人の理よりも森の理に則《のっと》って出来ているのではないか。

だから見過ごすのか。

歩き出す。

「あんた、江戸の昔のことォ聞きたがるがな、昔ってのも、この森みてえなものだぞ。遠くから見りゃ綺麗だが、踏み込んだら道も何もねえ。昔は昔の理で出来てるからな。今の理は通じねえ。江戸の理屈は江戸を生きた者でねえと解らねえのよ。解るところもあるのかもしれねえけどな、解らねえもんは解らねえよ」

「そう——ですか」

「ああ。見な。上の方はもう桜が咲いてらア。綺麗なもんだ」

でも。

「下を見な。影があるだろ。鬱蒼《うっそう》とした森には必ず陽の当たらねえ闇がある。あんたが生きてる、暮らし易い町にも影は出来るし、闇もあるだろさ。でもな、そう云うもんと森の闇は違うんだよ。人の物差しじゃあ測れねえ闇だ。見えてる処はまだいいさ。人の理屈でも測れるだろうぜ。でも見えねえ処は測れねえ。そもそも人とは無関係に出来た影だ。解る道理ァねえんだぜ。いいかい。昔ってのも同じでな。昔の理《ことわり》で作られた闇はな、現在《いま》の者にゃあ解らねえ」

江戸の闇は深《ふけ》ェぞと云った。

「俺はなあ、岡本さん。人殺しだぞ」

「それは――」

本当のことだ。

「怖《こえ》ェかい。俺は人を斬った。何のためだか今となっちゃどうでもいいが、そう云う役目だから斬った。この手はな、人殺しの手だ。いいかい、そんな行《おこな》えは、当世じゃあ到底認められねえもんだろぜ。人殺しは大罪だろ。違うかい」

俺は科人《とがにん》なんだよと云った。

「でも、俺は打ち首にも獄門にもなっちゃねえ。人殺しだってのに、不味い甘酒売って、こうして生き延びて暮らしてるぜ。そりゃ、見えねえからだよ」

「見えませんか」

「見える奴には見えるんだろうがな。俺の背中にゃあ」

昔の闇が乗ってるぜ。

「重てえ重てえ闇をおんぶして、今も俺ァ歩いているのだ」

「闇――ですか」

「ああ。俺が命取った連中が乗ってるのかもしれねえな。昔の理《ことわり》を識《し》ってる奴には見えるのだろさ。でもよ、今の理で生きてる連中にゃあ見えねえさ。あんたにも見えねえだろ」

見えませんと岡本は答えた。

「何人も殺した、俺は人殺しよ。今の世の法に照らしゃア、こりゃあ重てえ罪なんだろ。重てえ重てえ、罪科じゃあねえか」

背中ァ重てえんだよ俺はと云った。

嘘ではない。

「江戸の昔にゃあね、綺麗な花も咲いてるだろうが、穢《きたね》え闇も沁《し》みている。曚《くらがり》にゃあ理で割れぬ怪物《ばけもん》も棲んでるんだぜ。あんた、そこンとこは承知かね」

「ばけもの、ですか――」

凄惨《ものすげ》ェもんだぞと云った。

早咲きの桜がやけに綺麗である。

そう、見えないのだ。人の理屈では。

「此処だよ」

あからさまに異質なのに景色に馴染《なじ》んでいる大廈《たてもの》。此岸《しがん》にありつつも彼岸《ひがん》にも通ずる高楼。

案の定通り過ぎそうになった岡本は踏み止《とど》まり、真ん前に立ち見上げて尚《なお》、其処《そこ》に何があるのか解らないようだった。

背後の桜は解るのに。

岡本がオウと声を上げた。

「これは、陸燈台《おかとうだい》のような――」

「燈台はもっと小せえ」

「あれは」

簾《すだれ》に半紙。

墨痕《ぼっこん》鮮やかな弔《とむらい》の一文字。

「喪中――ですかな」

「舗《みせ》の名だそうだ。看板だよ」

此処で引き上げようと思ったら簾の蔭から小僧が顔を覗かせた。

「おや、珍しい。甘酒屋さんの御亭主では御座いませんか」

そうだよ甘酒屋だよと云うと何の御用で御座いますかと小僧は問う。

「御用なんかねえ。客を連れて来たんだよ。俺は甘酒屋で、お前《めえ》ンとこの客引きじゃあねえんだがな」

小僧は岡本の姿を認めると、ようこそいらっしゃいましたと愛想良く云った。

「どうぞお入りくださいませ。甘酒屋さんも御一緒にどうぞ」

「俺は用がねえと云っている」

「御案内賃にお茶を振る舞いますよ。私の淹《い》れるお茶はそれ程美味《おい》しくないので、お代は戴きません」

「俺の甘酒は不味いが銭は取るよ」

どうぞどうぞと小僧は勧める。岡本は逡巡《しゅんじゅん》している。躊躇《ためら》って当然だろう。

奇異でしかない。

仕方がねえなと不機嫌に云い、先に簾を潜った。岡本が恐る恐る続く。

橙《だいだい》色《いろ》の和蠟燭《わろうそく》の燈《あかり》。徐徐に浮かび上がる高い高い書物の壁。

奥の階段の前には——白装束《しろしょうぞく》の男。

「お客様でいらっしゃいますか」

能《よ》く通る声だ。主《あるじ》である。

「ああ。自分《てめえ》の店がお茶挽《ひ》いてるからあんたン処《とこ》の客引いて来たぜ」

それは御親切にと主は頭を下げた。

元僧侶だと云うが疑わしい。あの腰の落ち着きようは二本差しのものだ。

「これはまた——」

岡本は細い頸を伸ばし、長い顔の口を窄《すぼ》め、眼鏡の縁を抓《つま》んで、壁面を見上げている。

天窓から差し込む陽光は朦朧《もうろう》として弱弱しい。

「これは、何ともはや、言葉がない。奇景絶景と評するよりないけれど、この書物は皆、ご主人の蒐集物《コレクション》ですか」

とんでもないと主《あるじ》は答えた。

「違う――と」

「私は、今は還俗《げんぞく》こそしておりますが、元は仏家《ぶっけ》に御座いますれば、事物への執着《しゅうじゃく》などは御座いません」

「それにしても――では、この尋常ならぬ数の書物は」

供養しておりますと主は云った。

「奇態《きたい》なことを仰《おお》せです。元より生なき物体《もの》を供養するとは解《げ》し難《がた》い。慥《たし》かに、針供養、人形供養などはあるが、書物の供養とは寡聞《かぶん》にして知るところではありません。すると――これは祀《まつ》っておられると云うことですか」

「祀ってはおりませぬ。云うなれば、然《しか》るべき人の手に渡るまでの間、お護りしていると云うべきで御座いましょうか」

「能《よ》く――解りませぬが」

簡単で御座いますよと主人は云った。

「売っております」

「売り物と云うことですか。売るが供養ですか」

「はい。ここにある書物は普《あまね》く、然るべき持ち主を待つ書物に御座います」

「然るべき持ち主とは――」

「本を生かしてくれる読み手に御座いますよ。読まれぬ本は死んでおります。ですから此処は書物の墓場――霊廟に御座います。私は本を弔う者」

「それで弔なのですか」

岡本は眉根を寄せた。

「ええ。この世に無駄な書物は御座いませんが、書物を無駄にされるお方は多《おお》御座います。記され綴られ、本と云う形を得たにも拘らず、無駄にされたのでは書物が哀れ」

「すると、この書物は誰にも読まれておらん、と云うことですか」

主は首を横に振った。

「勿論《もちろん》、普くどなた様かに読まれたもので御座います。私も読ませて戴きました。しかし、この書物は本来所有すべき者とは、出逢っておりませせぬ故」

「本来所有すべき者ですか」

「はい。そもそも、人が本当に必要とする本は、生涯にただの一冊で御座いますよ」

「一冊ですか」

岡本は眼鏡の縁に指を添え、頸を伸ばしてぐるりと書架を見渡す。

「こんなに――あると云うのに」

「ええ。幸か不幸か、私は未《ま》だその一冊に巡り合っておりませぬ。これだけ読んでも巡り合えぬので御座います。ですから、此処にある書物は」

凡《すべ》て何方《どなた》かのもの。

「売るが供養」

なる程潔いと岡本は云った。

「文士の中には骨董趣味のようなものを持つ人がいます。彼等《かれら》は稀覯本を集めて喜んでいたりするのです。連中は珍しさを競い量を競う。私はそれを品性がない行いだと思う。愛《め》でるのは構わぬが蒐集《しゅうしゅう》することに意味はない。勿論、読むことは大事だが、量を読めば良いと云うものではないし、まして所蔵していれば良いと云うものではないでしょう。だから、嫌いだ。しかし、ここまで量があると、そうした行いとは根本が違うようだ――」

岡本は行きつ戻りつし、慥《たし》かに霊廟ですねと云った。

それから主人の方に向き直り、

「岡本敬二と云います」

と名乗って、礼をした。

小僧が椅子を二脚持って来て勧める。

小僧は甘酒屋さんもお座りくださいなどと云う。仕方なく座った。

「岡本様と申されますと——『絵入日報《えいりにっぽう》』や『東京 新聞《とうきょうしんぶん》』、それに『やまと新聞』等で操觚者をされていた——」

「ああ、まあそうですが、東京新聞社は四年前に解散しましたし、『やまと新聞』も辞めましたから、今は——」

ただの物書きですと岡本は云った。

條野採菊様は残念でしたと主は云う。

「ええ。しかし、あなたは私のことを御存じなのですか」

「劇評は読ませて戴いております。それから小説も拝読致しました。あれは慥か、『東京日日新聞』に書かれた『高松城《たかまつじょう》』で御座いましたか」

若書きですよと、岡本は両頬を攣《つ》らせて云った。

「十年も前のものです。まあ小説は小遣い稼ぎの手慰《てなぐさ》みのようなもので、本来は劇作家を志望しておるもので」

「ああ。時期は明瞭に覚えておりませぬが——五六年前に『歌舞伎新報《かぶきしんぽう》』に発表された『紫宸殿《ししんでん》』は読ませて戴きました」

「はあ」

岡本は口を開けた。

「何でも読まれるお方だ」

「それが私の宿痾《しゅくあ》で御座います故。いや、それにしても——あなた様があの岡本様で御座いましたか。お会い出来て光栄に存じます。実《まこと》に残念乍《なが》ら、私は初春に公演された『金鯱噂高浪《こがねのしゃちほこうわさのたかなみ》』は拝見していないのですが——」

評判は芳《かんば》しくないですよと岡本は答える。

最前もそう云っていた。

「あれは岡鬼太郎《おにたろう》君との合作ですが、中中思うようには行かない。まあ初めて上演された戯曲なので、思い入れがない訳ではないが——」

岡本は哀しそうな眼をした。

「まあ、もう少し良く出来るかと思っておりました。あれは、俳優《やくしゃ》の所為《せい》ではない。矢張り台本が良くない。少し残念ですな」

「残念——ですか」

「ええ。初めてのものですし、まあ力量不足は仕方がないとも思いますが——それよりも」

いやお聞きしたいと云って主人は岡本の前に立った。

「何をです」

「後学のために何卒《なにとぞ》お教えくださいませんか。そう、岡本様は何故《なぜ》、劇作家を志望されたのですか」

岡本は明らかなる不審を表情に顕《あらわ》し、無言のまま一度此方《こちら》を見て、それからやおら主人を見上げた。

「私は幕臣の子です。賊軍の親を持っていては官吏となっても出世は望めないと云われた。大学にも行けなかった。加えて身体が虚弱なのです。二十歳《はたち》の折、同じ徴兵されるなら優遇された方がましだと一年志願兵に願い出ましたが丙種《へいしゅ》不合格でした。ですからね、ここで」

岡本は顳顬《こめかみ》を指差した。

「――生きて行くしかないと思ったのですよ。日がな座敷に座って書き物をするのは何の苦にもならない。でも学者は向かないのですな。活動家も厭だ。ヰデオロギイを振り翳《かざ》すのはどうにも性に合わない。だから物書きを――」

「しかし小説家でも詩人でもなく、劇作家を目指された」

「ああ。それは――」

お父上の影響でしょうかと主人は云った。岡本は再び啞然《あぜん》とした。

「まあ、父は風流人で、歌舞伎も好きでした。團十郎《だんじゅうろう》が贔屓《ひいき》で、喜《き》の字屋《じや》さんなんかとも往き来をしていましたが」

「森田座《もりたざ》の帳元だった守田勘彌《もりたかんや》様でしょうか」

「はあ。あの方は多才な方で、座元俳優だけでなく俳句や狂言作者でもありましたから、私も若輩《じゃくはい》の時分より教えを乞うたりしていましたが――」

「お父上も劇評をなさるのでは御座いませんか。演劇改良活動もされていたようですし、小説も――お書きになると」

「な、何故《なぜ》に御存じか」

「以前、尾崎紅葉《おざきこうよう》先生より聞き及びました」

「それは、小説家の尾崎先生ですか。あの」

「はい。英国公使館の書記を務める傍ら物書きをしていると云う変わり種が居るのだと仰っていました。大変に興味深く感じましたもので、お作を探し求め何作かは拝読致しました。小説以外のお作も拝読しております」

はあ、と岡本は溜め息を吐《つ》く。

「まあ、父は尾崎先生とも交流があったと聞いてはいましたが――」

何か云い掛けた岡本に小僧が茶を差し出した。

岡本は茶と一緒に言葉を吞み込んでしまった。

「まあ、ご亭主の仰せの通りかもしれない。私は自由意思でこうした生き方を選んでおるつもりですが、私の、今のこの在り方は父の影響下にはある。父なしに、今の私はないのかもしれない」

小僧の呉れた茶は、その言と異り熱くて旨かった。

得心が行きましたと主人は云った。

「お父上——牛渓《はんけい》様はさぞやお喜びになったのでは御座いませんか」

「何故そう思われますか」

「はい。座付きでないあなた様が書かれた台本が上演されたので御座いますから」

「ええ、ですから」

残念と申し上げたのですよと岡本は辛《つら》そうに云った。

何かを押し殺しているようだった。

「舞台の仕上がりに得心が行かれなかったからで御座いましょうか。それとも、世評が芳しくなかったことを気にされていらっしゃいますか」

いずれもですと岡本は答えた。

「実は——初対面のご亭主に申し上げるようなことではないのですが、私の父は病み付いておるのです。余り長くは保《も》たないように思います」

「そうでしたか」

主は低い声でそう云った。

「少なくとも、私が次の台本を書き上げたとして、それが運良く上演されたとしても——その日が来るまで父の命は永らえないのではないかと思うのです。だからこそ、此度《こたび》の公演の不評が私には残念に思えてならない」

岡本は唇を咬んだ。

「新聞の職を辞し、自宅に籠っておるのでね、ずっと看病していたのです。ただ余りにも気が滅入る。そこで今日は妻に父を任せて、珍しく遠出をした。その出先で此方《こちら》のお話を伺ったのですよ」

鰻に釣られた訳でも利吉の顔を立てた訳でもなかったようだ。

岡本は此方に顔を向けて、

「鰻が好物と云うのは真実《ほんとう》です」

と、小声で云った。

主は納得したように姿勢を正すと、

「扨《さて》、本日は」


どのようなご本をご所望でしょう――と云った。

「ああ。実は、子供時分のことなのですが、近所の湯屋番の男が、黒本《くろほん》やら黄表紙《きびょうし》、合巻なんかを貸して呉れたのですよ。湯屋の客が持って来るのをまた貸しして貰ったのです。面白がって色んな客が持ち寄るものだから、様様な草双紙が回覧されることになる。これが実に面白くて、貪《むさぼ》るように読んだものですよ」

岡本は中空を見上げる。

「印象深いものもあるんです。とは云え、読み返してみようと思うても」

どう仕様もないと云って岡本は眉を顰《ひそ》めた。

「売っているものではないのですよ。明治ものでも手には入りません。江戸のものだと尚更です。好事家《こうずか》が持っているのかもしれないが、誰が持っているのか知れませんしね。そもそも欲しい訳ではなく、読みたいだけなのですから、探書をお願いする訳にも行かず、諦めていたのです。しかし、此方には――」

「まあ、御座います」

主はそう云った。

「とは云え、草双紙と云うだけでは選びようが御座いません。どのようなお話で御座いましたかな」

「ああ、特に印象に残っておりますのはね、滅亡した平家《へいけ》の官女が、亡霊となって海中より現れて、那須与一《なすのよいち》の子孫に仇を為すと云う――」

「ああ、それは、佐野屋喜兵衛《さのやきへえ》が天保二年に開板した、五柳亭徳升《ごりゅうていとくしょう》作の『西國奇談月廼夜《さいこくきだんつきのよ》神樂《かぐら》』ではないですか」

主人は即答した。

「はあ、そうですかな。いや、絵の印象が強く残っておるだけで、題名の方は甚《はなは》だ心許ないのですが、云われてみればそのような題だった気もします。それは」

「仰せの通りの筋書きかと」

「いや、子供でしたから、蚯蚓《みみず》の這ったような文字はそんなにちゃんとは読めなかったと思うのだが、でも、絵の方は明瞭に覚えています」

「溪齋英泉《けいさいえいせん》の絵だったかと」

「絵師は覚えていませんが、あの、官女が蟹《かに》に乗って海中から現れるのですよ」

「蟹――ですか」

「ええ蟹です。それから、巨大な魚と戦う毟《むし》り頭の武士の図や、奇怪な魚が浜に打ち上げられている図を覚えております」

主は暫《しば》し考えを巡らせた。

「それは、ありますか」

「いや――大変に残念ですが」

つい先日売れてしまいました――と主は云った。

「売れた」

「ええ。売れてしまった」

「そうですか」

岡本は下を向いた。

「それでは書名だけでも」

「それはお安い御用です」

主は帳場に進み、何かを書き付けて直《す》ぐに戻った。

「合巻本です」

主人は紙を岡本に渡した。

「ああ、こんな題だったように思いますよ。しかし」

岡本は左右の書架を見渡す。

「この店になければ再見するのは難しいでしょうな。お買いになった方を紹介して戴く訳にも参りませんでしょうし、そこまで執着があるものでもない。別に手に入れたいと云う訳ではなく、もう一度あの絵を覧《み》てみたいだけですから」

なる程と主は云った。

「そう、岡本様は博文館《はくぶんかん》から出ている『帝國文庫《ていこくぶんこ》』をご存じでしょうか。軍誌や黄表紙、人情本などを翻刻《ほんこく》して出版している叢書《そうしょ》なのですが」

「読んでこそいませんが、知ってはいます。評判になった」

「ええ。五年前に全五十巻で完結しましたが、『眞書太閤記《しんしょたいこうき》』が随分と売れたものだから、博文館は続けて『續《ぞく》帝國文庫』を刊行しているのです。来年、その『續帝國文庫』で『名家短篇傑作集』と云うのを出されるのだそうで——そこに、その『西國奇談』を収録したいと云う。状態も良いのでその底本にしたい、と」

「何と。その翻刻のためにお売りになった」

「ええ。そうなのです。ですから、宜しければそちらの、『續帝國文庫』をお買い求めください。翻刻されておりますから、読み易いかと存じます」

「いや――別に筋書きが知りたい訳ではないので」

そうでしょうねと主は云った。

お役に立てず残念に思いますと主は云った。

何か含みがある――と、そう感じた。

「そうだ、岡本様、折角《せっかく》お目に掛かれたのですからお尋ねしたいことが御座います。私の覚えが確かであれば、あなた様は以前、狂綺《きょうき》堂《どう》と云う筆名をお使いでは御座いませんでしたか」

岡本は虚を衝かれたように眼を見開き、口を窄《すぼ》めた。

「ええ。今は狂を抜いて、綺堂を名乗っておりますが」

「それはもしや、狂言綺《きょうげんき》語《ぎょ》から取られたのでは御座いませんか」

「はあ、ご明察です。まあ――自虐です」

「そうなのでしょう。狂言綺語の狂言とは、能狂言の狂言ではなく、合理に背く偽りの言葉と云う意味です。綺語は飾り立てた上辺の言葉と云う意味。元は、仏者が世俗の言葉――詩や小説を否定するために使った言葉」

「ええ。そう聞いています」

「狂綺堂から狂を抜いたのは何故で御座いましょう」

岡本は困惑したようだ。

「まあ——語呂が良くないからですな」

「そうでしょうか。岡本様、あなた様は飾り立てると謂《い》われることに関しては然《さ》したる抵抗がないけれど、合理に背くことは好まれないのでは御座いませぬか」

「合理——ですかな」

岡本は奇妙な顔をした。

「そんなつもりはないですよ。私は別に合理を信奉してはいないですよ。世は非合理だらけではないですか」

だから厭なんだろ、と云った。

岡本はこちらに顔を向けた。一層に困惑している。

「横から口を挟むがな、そう云えばあんた、道道秩序がどうとか云ってたろ。何でもきちんとしてる方が好《い》いと、そんな感じを受けたぜ」

「それはそうですがな——」

「納得の行かねえことを放《ほ》っておけねえと云うのも、同じことなんじゃあねえのかい。痼癪持ちだとも云ってたが、それだって理屈が通らねえから肚が収まらねえのじゃねェのかい」

「それはそうかもしれないが——」

「俺はただの糞爺だが、あんたのその気持ちは解る。だがよ、あんたァ、江戸好みだと云ったな。瓦解前のことをもっと知りてえ、聞かせてくれとも云った。どうなんだ、弔堂よ。俺は聞いててどうも得心が行かねえ。合理を好むものが、何だってあんな」

瞑《くら》い。

「時代のことを知りたがるよ」

「弥蔵さん、あなた――」

岡本は腕を組んだ。

「そうですな。ご主人の仰せの通り、私は思う以上に父の影を引き摺っているのかもしれません。父からもっと話を聞きたい――そうは思うのですよ。條野先生も逝《い》かれてしまったし、私の周りの、昔を知る者はどんどんと居なくなってしまう。それは寂しいことですよ。私自身は明治生まれですが、幼い頃は未《ま》だ此処は東京ではなく江戸だった。それがすっかり失われてしまうのは、どうにも虚しく、哀しいように思う。ですから――」

「岡本様」

主は落ち着いた声で云った。

「老婆心乍《なが》ら申し上げます。今、弥蔵様のお話を聞き、思うたことで御座いますから、もしお気に障ったならご勘弁ください」

「何でしょう」

「あなた様は、この世界の凡てをきちんと知りたいと云う欲動をお持ちなのではないですか」

「凡て、ですか。それはどうかな」

岡本は眉根を寄せた。

「知識欲は誰にでもあるものです。知りたいと云う欲動は、秩序立てたいと云う願望でもあるでしょう。童とてものを知ることで渾沌《こんとん》を秩序立てるのです。それは即《すなわ》ちものごとの理《ことわり》を見極めたい、更には理を知ることで己の世界を統御したいと云う冀望《きぼう》では御座いますまいか」

「統御――ですか」

「ええ。謎を解く、問題を解決する、不思議を消す――それは統御出来ないものを統御出来るようにすること。未知なる部分を理で埋めて、非合理を合理にすること――」

「その点に異論はありませんが――しかしご亭主。すると私は、世の中を思うがままにしたいと希求しているとでも仰せなのですかな。それは違います。決して違う。そんな傲岸不遜な気は全くない」

「そうなのでしょう。ただ、そんなことは全くないのだと云うことを、あなた様は未《ま》だ自覚していらっしゃらない」

「いや、自覚しているが」

「いいえ。あなた様が合理を希求するのは、その先にある――」

非合理を見たいがためではないですかと――主は云った。

「ご存じかもしれませんが、仏教哲学者で哲學館《てつがくかん》の創始者でもある、井上圓了《いのうええんりょう》様と云う方がいらっしゃいます。迷信撲滅合理啓蒙を是《ぜ》とされるお方です。彼の御仁《か》は合理を突き詰め妖怪を退けられる。突き詰めて突き詰めたその先に、それでも理が通らぬものが残るなら、それは真怪——真実の非合理だと云う。あなた様は、もしやその真怪をお求めなのではありませぬか」

「非合理を見るために——合理を求めていると云うことですかな」

違いましょうかと主は云った。

「あなた様にとっての江戸は、懐古であり、そして幻想でもありましょう。それは将《まさ》に草双紙の綺想《きそう》世界であり、そして芝居の虚構世界でもあるので御座います。しかしお父上が生きた江戸は違う。お父上は現実の江戸を知っている。あなた様は、実際《ほんとう》の江戸を知り、知り尽くすことで、その先にあなた様が希求した幻想虚構があるのかを——」

お知りになりたいのではないのでしょうかと弔堂は云った。

岡本は暫《しばら》く俯《うつむ》いていたが、やがて顔を上げた。

「まあ、自分のことですからね、考えるまでもないことなんだが、いや、否定するだけの論を私は持たない。と、云うよりも幾分、肚に落ちました」

そうなのか。

「何だよ。それなら簡単なことじゃあねえか。今も昔も」

闇にゃ怪物《ばけもん》が居るんだよと云った。

「闇は何処にでもあンだろうが。合理だか非合理だか、そりゃ裏表だよ。この東京もな、一皮捲《めく》りゃあ江戸と変わりはねえよ」

そう云ってから立ち上がり、湯飲みを椅子に置いた。

主は帳場から何やら紙束のようなものを持って来た。

「岡本様は英語はご堪能《たんのう》でいらっしゃいますね」

「まあ、どの程度習得しているのか己では判りませんが――」

「それでは、お近付きの印としてこちらを進呈させてください。これは英国の雑誌で『Beeton's Christmas Annual』と云います。この号には、アーサー・コナン・ドイルが著された小説、『A Study in Scarlet』が載っています。これは邦訳すれば」

「猩紅《しょうこう》を学ぶ――いや、習作とするべきかな――緋色《ひいろ》の、研究ですかな」

「ええ。これはシャアロック・ホルムスと云う探偵が怪事件の謎解きをする連作の最初の一篇です。徳冨蘆花《とくとみろか》様や水田《みずた》南陽《なんよう》様などの手で何編かが翻訳翻案されておりますし、この作品も『毎日新聞』に連載されていた。ご存じでしょう」

探偵かよと云った。

「ええ。探偵ですよ弥蔵様。先《ま》ず怪奇妖怪な謎があり、徹底した合理に因《よ》って謎は解かれますが――」

読み味の本質は何処《いずこ》にあるので御座いましょうやと弔堂は云った。

「貰って戴けますか、岡本綺堂様」

「面白い。実に面白いですな。読ませて戴きます」

岡本は雑誌を受け取り立ち上がった。

「弥蔵さん、ご亭主。本日は何とも実に奇妙な一日でした。あれこれと考えさせられることも多かった。今後の劇作の参考にもさせて戴きましょう」

そう云うと岡本は此方《こちら》に向き直り、

「鰻は頗《すこぶ》る旨かったと鶴田君にお伝えください。しかし鰻は旨いが――」

喰えば怪しい添え物が付くものですなと云って岡本綺堂は口を窄めて笑い、深く一礼して外へと消えた。

その背中を追う。

「おい、弔堂よ」

「何でしょう」

「お前さん、嘘吐《つ》いたな。あの何とか云う草双紙や、其処にあるだろ、何故売らなかったよ」

弔堂は莞爾《にこり》と笑った。

「能《よ》くお気付きになられましたね。まあ、読まれぬ方が良いと思うたのです」

「何でだよ」

蟹は描かれていないからです――と主は云った。

「官女が蟹に乗っていたと仰せでしたが、そんな絵は載っていないのですよ」

「なら何でそう云わねえ」

「さあて。嘘は嘘のまま夢は夢のままにしておくのが宜しいかと存じましたもので。夢も醒めぬならそれは真実《まこと》で御座いましょうよ」

弔堂はそう云ってもう一度笑った。


岡本綺堂の父が亡くなったのは、その翌月のことだそうだ。そして綺堂が後に探偵小説と呼ばれるだろう掌編小説を発表したのは、更にその翌年のことだと云う。

また綺堂はその後新歌舞伎の台本を精力的に手懸け、『修禅寺《しゅぜんじ》物語《ものがたり》』などの名作を物したと聞いた。加えて後年手懸けた連作小説『半七捕物帳《はんしちとりものちょう》』は大層な評判を取ったとも聞くが、勿論読んでなどいない。どうやら謎を合理で解き明かす趣向の小説らしいが、あの何とか云う異国の本に影響されたのかどうかは判らない。一方で綺堂は、合理では解き明かせぬ闇を扱った、所謂《いわゆる》怪談も多く手懸けたのだそうである。あの男が何に行き着いたのか、それは知らない。

野口寧斎の義弟男三郎《おさぶろう》はその後別の殺人事件で捕縛され、六年後には死刑になった。男三郎は寧斎殺害及び臀肉切り取り事件の犯人とも目されたようだが、そちらの方は証拠不十分で無罪となったのだそうだ。

真犯人が誰だったのか、それは知ったことではない。

探書拾伍

滑稽《こっけい》

雨が降っている。

この湿り気、この音。屋根に当たる音、樋《とい》を伝う音、軒から滴《したた》る音、地べたに沁《し》みる音。

雨は嫌いだ。

血の臭《にお》いがする。

いいや、未《ま》だ血は流れていない。

この階段を昇って、その途中で。

先を行くのは、今井《いまい》か。

それとも渡辺《わたなべ》だったか。

燈《あかり》がない。暗い。真っ暗だ。だから容貌《かお》も何も判りはしない。息も押し殺している。

光罔《な》き中の鋼《はがね》はただただ玄《くろ》いだけのものである。刀身は――夜の闇よりなお、暗い。

ああ、斬られるぞ。

斬られてしまうぞ。

わあと云う聞こえない悲鳴。どたばたと転げ落ちる聞こえない音。

飛び散る墨汁のような、血。

骸《むくろ》を踏み越えて。

暗い廊下の——二階の襖《ふすま》を開けて。

聞こえない声。見えない相手。何を、何を斬る。

聞こえるのはぱたりぱたりと云う音だけだ。もう階段は昇りきっただろう。ならこの音は何なのだ。いや、直《す》ぐに、直ぐに斬り付けなくてはならないのだ。

だから。

もうと唸《うな》りを上げ、己の声で目が醒めた。

目は醒めたが何も見えない。盲《めしい》たかと思うて、ただ暗いのだと気付く。

寒い気でいたのだが、まるで逆様《さかさま》で、異様に蒸し暑いのである。どうしたらこの状況で寒いと思うたものか。強《したた》かに寝汗をかいている。しとどに濡れた夜具の不快な感触が勘違いをさせたものか。

半身を起こし、そして思い到る。

——雨の所為《せい》よな。

ぱたりぱたりと云う音は未《ま》だ聞こえている。

あれは、階段を昇る音などではない。

眼を細める。

徐徐に目が慣れて来ている。完全な闇ではないのだ。

否《いや》、目が慣れたと云うよりも、世間が少しずつ明るくなっているのだろう。

夜が明けかけているのだ。

天気が悪いから余り明るくならないだけである。

――雨漏りか。

雫《しずく》が畳《たたみ》を打っている。

放っておけば畳が腐る。この時期だから黴《かび》が生えるかもしれぬ。雑巾《ぞうきん》で拭《ふ》いて鍋か丼《どんぶり》でも宛《あて》がわねばと思うが、面倒である。

毎度のことである。

目だけは早朝に醒めてしまうのだけれども、動くのは常に億劫《おっくう》なのだ。

暫《しばら》く落ちる雨粒を眺めていたが、詮方《せんかた》ないので起き上がった。

汗で湿った夜着が膚《はだ》に張り付いて著しく不快だ。脱ぎ捨てる。洗わねばなるまいが、この天候では干すことも出来ぬ。

雨は嫌いだ。

――そう。

あの日も雨だったのだ。

この騒騒《ざわざわ》云う厭《いや》な雨音が、あの日のことを思い出させたのだろう。あの日は寒かった。身体《からだ》の芯まで冷えきっていた。だからこんなに蒸し暑いと云うのに、夢の中の自分は偽物《にせもの》の寒さを感じていたのに違いない。

——違うか。

思い出した訳ではないか。

忘れたことなどないのだから。

床《とこ》を上げて座る。

目覚めた時より明るくはなっているが、それでも薄暗い。

雲が厚いのだ。雨脚は強まるばかりで一向に止《や》む気配はない。

暑い。しかも酷《ひど》い湿気である、微温湯《ぬるまゆ》に頭まで浸《つ》かっているような具合だ。

窓の雨戸が開いている。

閉めた覚えもないのだからこれは当たり前である。代わりに閉めてくれるような気の利いた同居人はいない。いつから降り出したものか知らぬが、窓際はかなり繁吹込《しぶきこ》んでいるだろう。だからと云って今更《いまさら》閉める気にはならない。もう遅い気がする。

梅雨《つゆ》時は閉めっ放しだった。

風通しは悪かったが、隙間《すきま》風にはこと欠かぬ荒《あばらや》屋であるし、店の方は日がな開け放しているのだから、一向に気にはならなかった。

梅雨が明けると流石《さすが》に暑く、腸《はらわた》まで煮えるような気分になったので、雨戸を開けてそのままにしておいたのだ。夕立程度では平気だろうと高を括《くく》っていたのである。ちまちまと開け閉めするのが面倒だったのだ。

一刻《いっとき》ばかり呆《ほう》けていた。

いくら独り住まいだと云っても下帯《したおび》ひとつでいる訳にもいかぬと思いはしたのだが、何か羽織る気にもならない。衣類はどれも何だか湿っている気がする。そもそも、着るものをそんなに持っていないのだ。

何もかも鬱陶《うっとう》しい。

気怠《けだる》いと云うのはこう云うことを云うのだろう。到底店を開ける気になどならない。

蒸《む》し芋《いも》は疾《と》うに止《よ》したから、仕込みと云っても甘酒だけである。昨日のうちに仕込んであるのだから、そう手間も時間も掛かるものでもない。

だが、こんな日に客が来るとも思えない。

雨脚は弱まり、やや明るくなった。雨漏りも数を減らしたようだ。それでも窓を見れば、連《れん》子格子《じごうし》の透き間にはぼたぼた雨垂れが落ち続けているのが窺《うかが》える。

多分、朝餉《あさげ》の刻限だろう。

何も喰う気にならなかったので、支度をするのを止《や》めた。芋を売っていた頃は売れ残りを喰うこともあったが、もし芋があったとしても、迚《とて》もあんなものは喰えない。

逡巡《しゅんじゅん》したが、一応店は開けることにして、準備だけはした。戸を開けて顔を突き出す。温《ぬる》い霧のような細かい雨が皺面《しわづら》を湿らせる。

――幟旗《のぼりばた》は濡れるので出せねえか。

出したところで客など来はしないのだ。

暑くなってからの一月《ひとつき》、客足はぱったりと途絶えている。そもそも店の前の坂は炎天下に漫《そぞ》ろ歩くような道ではないのだ。

況《まし》てやこんな雨の日など、犬の子一疋《いっぴき》通るまい。

薄手の袢纏《はんてん》だけを羽織って、框《かまち》に腰掛け、軒から滴る雨粒をただ朦《もう》と見て時を過ごした。

夏場に売るものを考えるべきか。

別にこのままでもいいように思う。

贅沢《ぜいたく》をする訳でも放蕩《ほうとう》をする訳でもない。

老い先は長くない。僅《わず》かに喰って僅かに放《ひ》って、少しずつ衰えて死んで行けばいいのだ。それが幸せだ。

――一撃で。

殺されるよりも良《よ》いだろう。

そんなことを思っていると、突然傘を窄《すぼ》めた男が店先に現れた。おやと思えば何のことはない、利吉《りきち》である。

既に客ではない。

「おお、酷い雨だね」

「これでも弱くなったんだ。開ける前《めえ》はもっと降ってたぞ。何の用だ」

お客じゃあないよと云って利吉は傘を閉じ、数回振って滴《しずく》を切った。

「店ん中ァ濡らすんじゃねえよ」

「濡らしてないだろ。あたしが濡れてるんだよ」

袴《はかま》の裾を絞《しぼ》れよと云った。

「小穢《こぎたな》い縁台なんざ少少濡れたって構いやしないだろうに。それより亭主《とっ》つぁんよ。あたしは好《よ》いことを思い付いたから、こんな雨ン中来たのサね」

「またくだらねえこと思い付きやがったか。いい加減に正業に就けよ」

「日日《ひび》努力しておりましょうぜ。それよりどうだい、弥蔵《やぞう》さんよ。あんた、此処《ここ》で夏氷を売っちゃあみないか」

「夏氷だと」

「そうよ。氷水てぇのかね。夏場ァ売れましょうぜ。この時期ひいひい云ってこの坂ァ登って来る奴は、もう汗だくだ。こう、血も沸いて、頭に昇ってましょうよ。そこにさ、氷の字を見掛けりゃあ」

必ず寄るよと利吉は云った。

「大繁盛じゃないか」

「莫迦《ばか》だなお前さんは」

「何だい。随分じゃあないか」

「利吉どん。俺は喰ったことなどねえが、夏氷ってなァ、あの、鉋《かんな》で氷削《けず》るやつだろうよ。ありゃお上《かみ》の認可が要《い》るンじゃなかったか」

「そりゃあ氷を作る業者だろうさ」

「違うだろ」

「違わないさ。その辺の川っ縁《ぺり》の氷蔵からじゃなく、その認可だか免許皆伝だかを受けた処《ところ》で作った氷を仕入れればいいだけさね。そこの氷だと示しゃあいいのだと思うね。これなるは何《ど》処其処《こそこ》の信用出来る氷屋で作った氷で御座《ござ》いと、旗かなんかに書いて提《さ》げるんだ。そうすりゃあ客は幾らでも来るてェことだいね」

利吉はこちらを向いた。

大して円《つぶ》らでもないしょぼ付いた眼《まなこ》を、精一杯に見開いている。良い考えだと思っているのだろう。

「夏は氷で冬は芋。こいつは大儲けじゃねえかね、亭主《とっ》つぁん」

「何が大儲けだ」

くだらない。

「あのな、お国が気にしてんな衛生だろうぜ。製造と小売りと、両方に検査が入《へえ》んだよ。お前さんの云う小穢い縁台が置いてあるこんな襤褸《ぼろ》店に認可が下りる訳がねえだろう。下手《へた》すりゃあ甘酒まで売ること罷《まか》りならんと云われちまうよ。投獄されちまったら大儲けどころか商売上がったりじゃあねえか」

投獄ッ——と妙な声を出して利吉はまた眼を剝《む》いた。

「大体、その信用出来る氷屋ってな何処にあるんだよ」

「いや、だからあるだろう。函館氷《はこだてごおり》とかさ。あんでしょうに」

「箱館《はこだて》は嫌《きれ》えだよ」

思い出したくもない。

「そう云う処の氷は高価《たけ》ェんだろう」

「そうかねえ。芋なんかより廉《やす》かないかい。だって元は水でしょうよ」

「その、お上《かみ》が認可する製法とやらに金が掛かってるんだろ。まあいいよ。そこが卸《おろ》してくれるとして、だ。どうやって仕入れるんだよ」

「持って来るのさ」

「誰が」

「そりゃあ——」

誰だろうねと利吉は何故《なぜ》か手をばたつかせた。

「バカ売れするなら氷屋も届けてくれるかもしれねえがな。こんな小穢《こぎたね》え店に立派な氷屋が配達なんざしてくれやしねえと思うぞ。俺が毎朝仕入れに行くのかよ」

「そう――なるだろうかねえ」

「芋はな、一度仕入れたら売り尽くすまでは仕入れに行かねえんだよ。氷はそうは行かねえぞ利吉どん」

「そうかね」

「だからよ。融《と》けるだろ。氷だぞ。この糞暑《くそあつ》い中だよ。この荒屋ン中ァ暑いんだよ。苦労して毎朝仕入れてよ、余った分は全部ただの水になっちまうんだぞ。いや、持って来る途中で融けるよ。なら丸損じゃねえかよ。芋はな、余っても喰えるんだ。でも融けた氷なんざ沁みるだけじゃねぇか」

振り向く。

「あの雨漏りと同じだろうよ。その辺に沁み渡って水浸《みずびた》しだぞ。労は多いが益は少ねえ。いいや、仕入れの手間ァ考えりゃあ草臥《くたび》れ儲けだ。莫迦莫迦しいったらねえぞ」

そうかねえ、何とかならないかねえと利吉は未練たらしいことを云う。

「何処かその辺に室《むろ》でも掘るとか――そうだ、ええと、誰だったかな。ああ、幕末の四賢侯《しけんこう》の一人、松平慶永《まつだいらよしなが》様が――」

「誰だって」

「ですから、能《よ》かあ知りませんが徳川将軍様の縁続きとか云う偉い人——松平慶永様さ」

松平春嶽《しゅんがく》のことか。

もう十年から前に死んだのではなかったか。それがどうしたと問うと、利吉はですから製氷機をお持ちだったとか聞きましたぜと云った。

「そらァ何だ」

「氷作る機械さね。その機械で作った氷で、あの福澤諭吉《ふくざわゆきち》先生の熱が下がったんだとか、あたしは聞いた」

「福澤だぁ」

それも去年死んだと聞いた。

「機械で氷が作れるか」

「作ったんだろうさ。福澤先生の熱を下げたてぇんだから。だからそれをさ」

「執拗《しつけ》ぇな。そんなもん買う銭《ぜに》があるならこんな舗《みせ》なんざやってねぇよ。それにそりゃ何で動くんだよ。機械ってな蒸気だかエレキだかで動くもんなんじゃねえのか。手回しか」

「そうさねえ」

「大体、俺を見ろよ利吉どん。褌《ふんどし》一丁に袢纏姿の糞爺《くそじじ》だぞ。しかも寝汗かいたって風呂も入れねえ。こんな薄汚ェもんが汗だくで鉋で削った氷なんぞ、お前さん、喰いてェかよ」

利吉は顔を顰《しか》めた。

「俺だったらそんな不潔なもんは絶対に口にゃ入れねえよ。腹ァ毀《こわ》すよ。大体、器がねえ。俺が飯喰うのに使う茶碗で出すのかよ」

高等遊民とやらは溜め息を吐《つ》いた。

「駄目かね」

「一から十まで駄目だよ」

利吉は黙った。

そのまま暫く並んで雨の坂を眺めた。

「お前さん」

何故俺ン処《とこ》に来ると尋《き》いた。

「あァン」

「朋輩《ほうばい》だのは居ねえのかよ」

「友達は星の数程居りますよ。多過ぎて手に負えないてな具合でね。だからまあ、全部棚に上げてね」

「女は」

そう云うと利吉はけっと妙な声を発した。

「今日は妙なことを尋くね弥蔵さん。まあ人並みに遊びはしますよ。それに何だ、縁談だってなかった訳じゃあない」

「想い人ァ居ねえのか」

　笑わせるねえと若造は戯《おど》ける。

「死に損ないの老い耄《ぼ》れ自称して憚《はばか》らない御仁《ごじん》の科白《せりふ》じゃあないねえ。想い人だなんて、聞いてるあたしが恥ずかしくなる」

「誤魔化《ごまか》すな」

「ちぇ」

　てんで恰好《かっこう》が付かないねえと云って利吉は頭を掻いた。

「お察しの通りあたしゃご婦人とはとんと縁がない。朋輩も多いが、それが友と呼べるもんなのかどうなのか、判りやしない。こっちはそうだと思ってたって、向こうはどう思うているか判りやしないからね。おまけに親とは反《そ》りが合わないし、兄からは疎《うと》ましがられてる。奉公先も決まらない。まあ」

「行く処《ところ》がねえかい」

「云うなよ、亭主《とっ》つぁん」

　儲かると思ったのだがねえと云って利吉は立ち上がった。

「俺が儲かったところでお前さんに好《い》いこたねえだろがよ」

「悪いこともないだろ。此処が流行《はや》りゃあこの縁台だって新調されるかもしれねえし、そしたらあたしの臀《しり》の座り心地も良くならあね」

「あのなあ。鋪《みせ》が流行るってことは客が増えるってことだぞ。そしたらお前さんも長居は出来なくなるぜ。俺だって忙しくなる。こうして莫迦面《づら》下げて雨ッ粒眺めてるような時間はなくなるよ。その臀が台に馴染む間ァねえよ」

「噫《ああ》」

銭儲けを眼目に商売《あきない》をしている訳ではない。何もしなければ飯が喰えなくなるから、取《と》り敢《あ》えずしていると云うだけである。

客商売をしている自覚がない。商人《あきんど》だと云う自負もない。それでも某《なにがし》か売って喰っているのだから、商人の端《はし》くれではあるのだろうけれど。

だが、そんな在り方は商人として如何《いかが》なものかとは思う。だから、そんな自分は儲けてはいかんのではないかとも思う。まともな商人に失礼だと思うのだ。

そんなことをたらたら語ると、利吉はそうかねえなどと、煮え切らぬ返答を発した。

「何だよ。文句でもあるのかい」

「いやあ、儲けちゃいかんと、あたしは思わないがね」

「まあな、銭なんてもんはあるに越したことはねえのだろうがな――」

「当たり前だよ。なきゃ困るがあって困ることはないじゃあないか。ありゃある程に楽が出来るじゃないかい」

「楽なあ」

楽とは何だ。

今だって楽と云えば楽だ。

忙しくなった方が疲れるだろう。

「俺は古い人間だからよ、当世風てえのは解らねえのだが、商人てえのは商人なりの志《こころざし》がある
もんなのじゃあねえのかい」

「志ねえ」

「少しでも旨《うま》いものを出そうとか、少しでも廉く売ろうとか、客を喜ばせようと云う気概があンだろ。そのために連中は身を粉《こ》にして働くのだろ。その結果、評判を取って繁盛したりするのじゃねえか。見上げたものだと思うぜ。でもな、俺はそうじゃねえのだ」

「だから儲けちゃあいけないと云うのかね」

筋違いだろと云った。

「こんな穢《きたね》え店でよ、こんな不味《まず》い甘酒を渋渋売ってよ、それで儲けたりしたんじゃ、お天道《てんとう》様に申し訳が立たねえ。俺はなあ利吉どん。甘酒拵《こしら》えるのだって、正直面倒なんだ。客に愛想《あいそ》振ったこともねえよ。此処で」

お迎えを待ってるだけよと云うと、利吉は何故だか寂しそうな顔をした。

相変わらず陽は差さないのだが、雨は上がったようだった。

何とも間《ま》が悪いので立ち上がり、甘酒を酌《く》んで差し出した。

「飲むか。不味いがな」

「飲むさ。お代も払うよ」

「それじゃあ押し売りじゃねえか」

「弥蔵さんが云う程に不味かあないからね。実家《うち》は酒屋だがね、あたしゃ御酒《ごしゅ》はあんまり得手《えて》じゃあない。これが好《い》いのさ。それに――此処が潰れちゃあ行く処《とこ》がなくなるよ。暇になっちまう」

利吉はそう云って甘酒を呷《あお》った。

「暇潰しかよ」

「暇ァ大事だよ」

生意気なことを吐《ぬ》かす。

未《ま》だ三十前だろう。

お前さん幾歳《いくつ》になったと問うと二十八だよと利吉は答えた。

その頃自分は何をしていたか。

会津《あいづ》から出て京に着いた頃か。

利吉はぼそりと云った。

「弥蔵さん、あんたあ自分のことはサッパリ話さないね」

「話すようなこたァ何もねえからな」

「係累《けいるい》は居ないのかね」

「居ねえよ」

多分、もう居ない。

知らない。居ないと思うよりない。

寂しかないかいと問われたのでとっくに慣れたぜと答えた。言葉が途切れた、その間を浚《さら》う
ようにして、ひょろひょろと云う澄んだ声が響く。

「ありゃ鳥だろうねえ。鳥が啼《な》くてえことは、晴れるかね」

「あれは赤翡翠《あかしょうびん》だよ。あいつは雨でも啼くんだ。だから天気たあ関係ねえ。しかし、こんな処《とこ》
にも居るんだな」

平素は見掛けた覚えがない。

「能《よ》く識《し》ってるね。齢《とし》の功なのかね。あたしゃあ鳥なんざ、鴉《からす》と鶯《うぐいす》くらいしか区別が付きやし
ないよ」

「識ってたところで役に立つもんじゃねえだろう。それこそ一銭にもなりゃしねえよ」

ひょろひょろと云う声は、今度は少し遠くなって小屋の背後から聞こえた。

「はあ。赤何とかかい。しかし、そうして聞いてみると、何だか気味の悪い声だねえ」

「ものは聞きようだろ」

そう思う。

老い髑《さらば》え、半裸で呆けているこの自分は、世間から見れば滑稽《こっけい》そのものだろう。都合の良いことばかり考えて職を探しに右往左往しているこの若造も、滑稽に見えるに違いない。

そうでもないのだが。

だが、そんなことは受け取る方の知ったことではないだろう。いずれ滑稽な爺と若造に見えるのだろう。滑稽な阿呆が並んで無為に雨を眺めているのであるから、見る者は嗤《わら》うか、蔑《さげす》むか、然《さ》もなくば哀れむか、そんなものだろうと思う。

お代を払うよと云って利吉は腰を浮かせた。

途端にぱらぱらと大粒の雨が降って来た。

「ついてねえな」

雨はそのまま本降りになった。

「おやおや、こりゃあ、こんな傘一つじゃあどうにもならないねえ。底意地の悪い雨だよまったく。もう少し雨宿りさせて貰おうかね――」

と、利吉が腰を落ち着けようとしたその時。

坂下から大きな荷物を背負った男が一人、駆け込んで来た。

「これは堪《たま》らん。どうなっておるのか。全く以《もっ》て、この降りようはわざととしか思えん。不運此処に極まれりであるな」

「何だあんた」

翡翠
山ショウビン
山セミ
ミ山ショウビン
山ソナ
水乞鳥
乙未九陽八日真写

男は番傘を窄めて水を切り、頬被《ほおかむ》りを取ってこちらに顔を向けた。

「いやいや、相済まぬこと。店先を濡らしてしまったことは謝罪致します。実はこの先の書舗《ほんや》に用があって参ったのだが、朝方よりこの雨模様、晴れ間を縫い、難渋し乍《なが》ら漸う《ようよ》此処まで辿り着いたものの、後一歩と云うところで」

男は外に顔を向ける。

「土砂降りではないですか。忌忌《いまいま》しいこと極まりない」

「本屋ってなあ弔《とむらい》堂《どう》のことかい」

「左様《さよう》。ご亭主はご存じか」

「まあな」

「本当であれば午前《ひるまえ》には着いている手筈《てはず》であったのだが――何しろこの荷物は紙物であるが故に、濡れてしまっては売り物にならんのですな」

「売り物なのか」

「左様」

「買いに行くのじゃねえのかい」

「売りに行くのですな。まあ、こいつを買い取って貰おうと云うことですな。あの何でも揃うておる舗《みせ》にも、これは多分ないものであろうと、そう目鼻を付けて選《よ》って来た。あの男――ご亭主はご存じかね、あの弔堂の主人」

知っていると云うとそうかねと云って男は笑った。

「あれなら必ず買う」

「買う――のか彼処《あそこ》は」

仕入れにゃ売れませんでしょうと利吉が云った。それは道理である。

「あの男は字さえ書いてあれば何でも買うのだよ。所持していないものなんざ必ず買う。そう云う疾《やまい》なのだなあ」

丸刈りで口髭《くちひげ》を蓄えている。

背中の風呂敷包みはかなり大きい。

「何でもいいが、まあ先《ま》ずその荷を下ろしなよ。で、座んな。覧《み》てるこっちが落ち着かなくって仕様がねえよ。喰うものはねえし、不味い甘酒しかねえがな、一応休み処だ。この雨は直《す》ぐにゃ弱まらねえぞ。座んな」

おう、と云って男は荷を下ろした。

立ち上がり、此処に置きなと云った。

「大事な売りもんだ。土間に置くんじゃあいけねえだろ」

「まあそうだが、濡れますぞ」

「台は乾くよ。それより中身を改めな。沁みてるんじゃねえか」

ご助言痛み入りますと男は云った。

「その通りですな。一応油紙などに包んで手当てはしているのだが——うむ、この湿り具合は如何《いか》にも心許ない。極めて心配ではある」

男は荷を包んだ風呂敷に掌《てのひら》を当て悩ましげに眉根を寄せると、結び目に手を掛けた。湿り気の所為《せい》か、解《ほど》き難《にく》いようだった。横で中腰のまま所在なげにしていた利吉が、矢庭《やにわ》にお手伝いしましょうと云って手を伸ばした。

「あたしはこう云うの得手な質《たち》ですからね。非力《ひりき》に見えて結び目解きにゃ向いてるんで」

適当なことを云い乍《なが》ら利吉は結び目を奪い取った。

男は面喰らったようだ。

利吉の方はしたり顔である。

しかし余程硬く結んだものか、簡単ではなかったようで、利吉は四苦八苦している。云った手前意地を張っているのだろう。男は、藪《やぶ》から棒ではあったが親切でしてくれているのであろうし面倒だからまあ良いかと云った貌《かお》で利吉の難渋を眺めていたが、開いた途端に相済まぬと云って荷に取り付いた。

「うむ、平気そうな気が致すが」

男は油紙で小分けに包まれた紙束のようなものを利吉が座っていた辺りに幾つか移し、湿った風呂敷を引き抜くようにして手に取って、じろじろと観《み》た。

中身は無事のようだが風呂敷は相当湿っているようである。

「取り敢えずは平気のようだが」

しかしこれで包み直す訳にはいかんかなどと男は呟《つぶや》いた。

「そらそうだ。これだけの大包み、そんな傘が雨除けになる訳もねえ」

「仰《おお》せの通りだ。おやおや、下の方はすっかり濡れておるではないか」

男は入り口近くまで進んで、一度天を仰いでから風呂敷の濡れた処を絞った。

「絞ったって無駄だよ。乾かさなくちゃ駄目じゃねえか」

「それはそうだが」

火の気はねえよと云った。

ただでさえ暑いのだ。

「雨宿りぐれえは出来るがな、見ての通り雨漏りするような荒屋だ。湿気《しけ》ってるから簡単にゃ乾かねえよ」

男は唸《うな》って、それから風呂敷の按配《あんばい》を確認して弱ったなあなどと云った。

「ご亭主、その——」

そんなでけえ大風呂敷はねえよと尋《き》かれる前に答えた。

「そうであろうなあ。まあ店先を占領してしまって心苦しいが——」

客なんざ来ねえさと云った。

「こんな雨ン中この坂登る物好きゃ居やしねえ。あんたぐれえのもんだ」

ご迷惑をお掛けすると男は云った。

「しかし、余《ぼく》は明日には大阪《おおざか》に戻らなくちゃあならんのです。今日中には何とかせんと——東京でうろうろしておる訳にはいかんのです。いや、少少悍りがあるものでしてな」

ならば急いで行くしかねえよと云った。

「どうしようもねえよ。俺ンとこには布切れ一枚ねえしな」

「しかしなあ」

男は一番上の油紙の包みを開いた。

「何とかなるだろうかな」

利吉が覗《のぞ》き込む。

男は反対に外の方に視軸《しじく》を向けた。

「止《や》みそうにはないな」

「こりゃあ雑誌ですか」

「雑誌——ですな。後は台湾《たいわん》の書物や新聞なんかですよ。それから余《ぼく》が作ったものも混じってますな。まあ台湾《むこう》で刷ったものは日本《こちら》じゃ入手出来んだろうし、日本で出した雑誌でも、会員限定のものは持っていないでしょう、あの男も」

「はあ」

利吉は一度こちらに顔を向けた。

「これ、買いますかね」

「買うと思うな。彼は」

「はあ。いや、台湾のものてえのは珍しいんでしょうが――これなんかはあたしも持ってましたよ。ちゃんと読みましたからね。内容も覚えてます」

そうですかと男は云った。

「で、読み終えられてどうしました」

「どうしたって――どうしたんですかねえ。どうだろう弥蔵さん」

知らないよと答えた。

「棄《す》てたんじゃねえのかよ。棄てる気がなくたって、取って置く気がねェなら何処かに行っちまうもんだろ。お前さん何冊か置いて行ったじゃねえか」

「そうかね」

「置き忘れるんだかわざと置いて行くんだか知らねえけどな、結構置いて行くんだよ。店始めた頃は忘れ物かと思ったが、そうじゃあねえのさ。新聞は大体置いて行く。俺はそれを読むんだ。だから買った例《ためし》がねえ」

忘れると云うよりも、棄てて行くのだと思う。

「この店を塵箱《ごみばこ》だと勘違《かんちげ》えしているのかもしれねえけどな」

読んだ後はどうなさると男が問うた。

「そんなもん、読んだら用はねえ。焚き付けにするよ。冬場は芋を売るから燃やすもんは幾らあったって足りねえ。夏場だって飯ぐれえは炊く」

今日は何もしていないのだが。

そうでしょうなあと男は腕を組み、幾度か首肯《うなず》いた。

「それで普通だ。まあ、雑誌も新聞も読み棄てですな」

いけねえかと云うとそう云うものですよと云われた。

「ま、瓦版《かわらばん》だの読売《よみうり》だのと云うものは、保存されることを眼目にして創られたものではないですからな。その時その時、如何《いか》に早く広めるか、広めるために面白可笑《おか》しく書くか——でしょうからねえ。そんなものは三日もすれば古くなるし、面白くもなくなる。二度三度と読み返しはしないもんだ。だからまあ、大概は読み棄てられますなあ。消えてなくなるのが常でありましょう。しかしね、残るもんは残るんだ。何が残ると思いますかな」

利吉は小首を傾《かし》げた。

「残るもんなんぞありますかね」

「ある。残るのは、そりゃ公文書だとか、然《さ》もなけりゃ体制に与《くみ》したる内容のものですよ。時の権力者を賛美したる記述などは、これ、極めて残され易《やす》い。そうしたものは面白くないと云うのに、どう云う訳か保存されるんだ。後世の人がそれを読んだ時にどうなるか」

どうなるんですと利吉が問うた。

「残された記録が偏《かたよ》ったものであったとしたらどうだね。それで歴史が曲がってしまいやせんかな」

「曲がるってなぁ、能《よ》く解らねえ言い様だがな。何が書いてあろうと」

起きたことに変わりはない。

どれだけ幕軍が勝ったと書いたところで新政府がなくなることもあるまい。残ろうが残るまいが、嘘は嘘である。

そう云うことじゃあないのですよと男は云う。

「そう——御老人。貴方《あなた》は大日本帝國憲法が発布された機《おり》、どのようにお感じになられましたかな」

「どのようにって」

「千古不磨《せんこふま》の大典、憲法発布の大盛儀挙《あ》げらると、快哉《かいさい》を叫び、万歳三唱をなされたかな」

そんなこたァしねえよと云った。

そちらの方はどうですと問われ、利吉は反対側に首を傾げた。

「いやあ、浮かれていた者も居ましたが正直能く解りませんでしたなあ」

「そうでしょう。新政府はね、旧幕時代と違って平民も国政に参加出来るようなことを仄《ほの》めかしておったのです。しかしあの大日本帝國憲法はどうですか」

「中身は知らねえよ」

「あなたは」

「あたしも、詳しくはねえ」

「そうでしょう。いいですか、国民の多くはそんなものです。ろくに中身も知らずに、訳も解らずに浮かれておる。いや浮かれておらん者も居たし、怒っている者も大勢居たのだ。しかしそうした多数の国民の気持ちや考えは、後世には伝わらんのだ」

男はどうも自らの言葉に発奮したらしく、まるで演説でもするかのような舌鋒《ぜっぽう》になって腕を振った。

「思い起こすに古今東西、為政者《いせいしゃ》に都合の良い記録だけが残されておるではないですか。後世の者がそれを読んだら果たしてどう思いますか。恰《あたか》も国民の凡《すべ》てが賛同し、時の為政者を褒め称えたと思いやしませんかな。何たってそれしか残っていないのだから、そう思ってしまうではないですか。それは違うでしょう。くだらん莫迦莫迦しいと思う者、間違っておる言語道断じゃと憤《いきどお》る者、どうでもいいと放り投げる者――そうした大勢の想い、声なき声は跡形もなく消えてなくなってしまうのですよ」

「まあなあ」

「余《ぼく》はね、そうしたものこそを残すべきだと考える。平民の声なき声を消し去ることなく残したいのだ。だから書く。そして出版する。そして残す――」

男は手を開いてばん、と雑誌の束を叩いた。

「世の中は決して一枚岩じゃあない。いや一枚岩になってはいかん。そして世の中は、もっと莫迦莫迦しくて面白いものじゃあないですか。鹿爪《しかつめ》らしい建前だけが残されてしまうのは、それこそ真実を覆い隠してしまうことになりゃあせんですかな」

「アッ」

利吉が奇妙な声を上げた。

「あ、貴方様は、もしかすると――あの、と、『頓智《とんち》協會雑誌《きょうかいざっし》』の主筆、み」

「ああ」

男は姿勢を正し、懐から眼鏡を出して掛けた。

「そうでありました。申し遅れましたが、余《ぼく》は讃岐《さぬき》平民、宮武外骨《みやたけがいこつ》と申します。名乗りもせずに、店先を占領しての営業大妨害、大変失礼致しました」

男は頭を下げた。

下げた頭は利吉の方ではなくこちらに向けられている。

まあ此処は利吉の店ではない。

「ガイコツさんかね」

「はい。外骨ですな」

お見逸《みそ》れしましたと云って利吉は三尺後ろに飛び退《の》いて畏《かしこ》まった。

偉ェ《えれ》人かいと小声で利吉に尋いた。この若造が畏まるのは、まあその類《たぐい》の人間である。

「し、知らんかね。反骨の操觚者《そうこしゃ》、宮武外骨先生じゃないか」

反骨ではなく外骨ですよと宮武は云った。

「反骨と云うのは権威や権力、世の中の趨勢《すうせい》や時流風潮に逆らう――と云う意味ですな。余《ぼく》は別にそんなことをしているつもりはない。間違いは間違い、駄目は駄目、嘘は嘘と、包み隠さず報じるだけです。まあ、偶《たまさ》か世の権力者は嘘も多いし駄目だし間違《まちご》うとる。だから槍玉に上げることになる。結果、余《ぼく》が反骨に見えると云うだけのことだ。疚《やま》しくなければ奴らも文句は云わない筈であろうね」

「臍曲《へそまが》りかい」

「余《ぼく》の臍は常に真《ま》っ直《す》ぐですな。世の中と云う体軀《からだ》の方が捩《ね》じ曲がっておるのです。文明開化だ近代の到来だ、自由民権だと喧喧囂囂《けんけんごうごう》喚《わめ》いてみてもだね、何のことはない薩長《さっちょう》の藩閥政治屋の思うがままではないですか。税金は取る戦争はする、おまけに言論を統制する。本当のことを書けば叱られる、嘘を暴けば殴られる。最後は牢獄《ろうごく》に入れられる」

「あんた、捕まったのか」

「恥ずることなき囚人でしたぞ。三年余も臭《くさ》い飯《めし》とやらを食しておった」

随分喰らったなあと云った。

人を殺《あや》めたこの自分でさえ、牢に繋がれたことはないと云うのに――。

「何したんだよ」

「別に盗みも殺しも詐欺も、何もしておりませんぞ。悪事を働いた覚えはただの一つも御座いませんな。ただ、新しい帝國憲法とやらが一部の特権階級を利するだけのものになる可能性を強く感じたものですからね。まあ批判したんだ。とは云えただ糾弾するのではなく、そこは頓智を利かせてだね」

「頓智だぁ」

「申し上げたでしょう。ただ書いたとて人は読まんのですよ。そもそも多くの庶民にとって政治だの憲法だのは雲の上のこと。何だか能《よ》く解らんもの、手の出せぬものと、そう多くの者が思うておるのだ。実際思うておられたのでしょう」

今も思ってるよと答えた。

今は——と云い直すべきだろうか。若い頃はどうだったのか。四十年前の自分は、世の中は変わる、変えられると思っていたのではなかったか。だからこそ。

だからこそあの。

あの——。

そんなことはないと宮武は云う。

「どれ程偉かろうが賢かろうが富貴《ふうき》だろうが、屁《へ》も放《ひ》りゃあ糞も垂れる。皮を剝《む》き肉を殺《そ》げば皆骸骨《がいこつ》だ。平民だろうが華族様だろうが同じことでしょう。政《まつりごと》は国民のためにするものですよ。なら国民が知るべきものだし、変なら変、厭なら厭と云うべきでしょう。違いますか」

さあなと答えた。

「頓智利かせりゃ広まるかい」

「難しく書くから読まんのですよ。自分のことと思わない。湯屋《ゆや》の二階じゃあ大声で政権を批判する癖に、公の場では大新聞の主張に真っ向反対するようなことは云わんのですよ。ですから、まあ頓智の趣向で笑わせて、読ませようとした。しかしそれがいかんと謂《い》われてね」

「頓智がか」

「不敬だと云う」

「不敬って――」

「まあね。憲法の憲の字を研ぎ澄ます方の研に変えてね、大日本頓智研法とした上で、『憲法発布勅語《ちょくご》』に対して『研法発布囈語《げいご》』とやった。まあ、良く出来たもじりだと思うたが、どうも挿絵がいかんと云うことでね」

そりゃああたしも読みましたよと利吉が手を打った。

「読んだと云ってもその頃あたしは未《ま》だ十五六の青二才でしたがね。慥《たし》か、こう、天蓋《てんがい》の裡《なか》から、それこそ骸骨が、恭《うやうや》しくその、研法だか囈語だかを下賜《かし》してるような――そんな絵じゃなかったですかね。そりゃ能《よ》く覚えてますよ」

「そう云う絵ですな。浮世絵師の安達吟光《あだちぎんこう》が描いたんだ。あれはもう十三年から前のことになると思うが、君は覚えていたですか」

「いやあ、あんな絵は他に見たことはないですからねえ。何しろ、天皇陛下が骸骨に変わってるんですから――」

「おい。あんた天子様《てんし》を」

骨にしたのかいと問うと、別にそう云うことじゃあないんだがと云って宮武は苦笑した。

「別段陛下に恨みなどないし、莫迦にしたつもりも毛頭ない。況《まし》て弑《しい》し奉《たてまつ》ろうなんて思うた訳では決してない。余《ぼく》はそんな恐ろしげな考えは好かんですよ。ただ伝えたいことを伝えるために、愉快な工夫をしただけでね。諷刺《ふうし》諧謔《かいぎゃく》の域を出るものだとは思っていなかった。陛下の御《お》目《め》に触れるとも思っておらんし、もしご覧になられたとしても、アハハとお笑いになるだろうとな、そう云う心持ちだったですな」

「天子様が笑うかよ」

笑うでしょうと宮武は云う。

「可笑《おか》しければ誰だって笑う。神様だとて仏様だとて笑いましょう。それに疚しいところがないのなら目尻《めくじら》を立てることはないのです。余《ぼく》は陛下を批判したのではなく、帝國憲法の中身に疑義を呈しただけですよ。でもまあ、そう云う抗弁は通用せん。八箇月戦ったが負けましてなあ。三年と八箇月も獄に繋がれた」

「懲《こ》りたか。懲りちゃねえ面だな」

宮武は広い額をつるりと撫《な》でた。

「何故に懲りなくちゃならんのか全く解らんです。そのお蔭で目を付けられ、遣《や》ること為《な》すこと難癖を付けられて、もう筆禍の釣瓶《つるべ》打《う》ちですよ。あまりに酷《ひど》いもので、もうこっちが笑うしかないてえ按配ですな」

宮武は本当に笑った。

「まあ、だからね、こっちにその気がなくたって、官僚どもは余《ばく》を敵視する。痛くもない肚《はら》を探り、火がなくたって煙を立てる。それならこっちも、こう、目を爛爛《らんらん》と光らせて、連中の粗《あら》を探すことになる。すると、まあ次から次へと粗が出て来る。これは、探す方が悪いんじゃない。粗がある方が悪い。官憲だ何だに粗があっちゃいかんでしょう」

いかんですと利吉が云った。

「け、権力の横暴は、い、いかんです」

直立不動になっている。

宮武はやや困惑した顔になった。

「君は何か、そうしたことに一家言《いっかげん》持っておられるのか。観たところ、どちらかの文人の書生さんか何かですか」

「はあ。あたし――僕は、鶴田《つるた》利吉と申します半端者《はんぱもの》でして、そ、その、お目に掛かれて光栄であります」

「大丈夫かな、この人は」

「こいつは、何だ、操觚者志願だそうだからね。何新聞だか何新報だか知らないが、採用してお呉《く》れとあっちこっち回っちゃ門前払い喰らってる男だ。本人の云う通り半端者だよ」

「操觚者になりたい――と」

宮武は眼鏡の奥の両眼を細め、利吉を上から下まで嘗《な》めるように見廻した。

「き、希望しております」

止《や》めた方がいいなあと宮武は云った。

「は」

「何処の社に行ったか知らんがね、今の新聞雑誌は何処も腐っておる」

「はあ」

「記事で金を儲けようとするユスリ記者だの、圧力に簡単に屈する腰抜けだのが大手を振ってのさばっておる。公共に供する媒体と云うのはだね、これはある意味でもうひとつの権力ですよ、君。更に云うなら、為政者どもの暴走を引き止める、そうした役割を持っておるべきものなのだよ。解るね」

「はあ」

「権力を監視する側が権力と結託するようなことをしたのでは、そりゃもう腐敗、堕落以外の何ものでもないだろう。違うかね」

違いませんですと利吉は答えた。

「どうだね君。自由民権を謳《うた》い、反戦の旗を振っていた者が、気が付けば戦争賛美に加担しておる。余《ぼく》はそれが許せないのだ。君は、そう『萬朝報《よろずちょうほう》』なんかを読んではいないかね」

「は、あの黒岩《くろいわ》先生の」

はあン、と宮武は妙な声を出し、つるりとした顔をくしゃくしゃにした。

「先生と云う程の者じゃあないよ、あれは。あのなあ。あの黒岩周六《しゅうろく》と云う男はね、当初は余《ぼく》も買っていたんだがね。でも、ありゃあ駄目だった。慥《たし》かに文才はある。あるんだがね、志が低かった。直《す》ぐに転ぶ。しかも往生際《おうじょうぎわ》が悪い」

「そ、そうですか」

「そうだ。ありゃあ簡単明瞭痛快をモットーに、蓄妾《ちくしょう》の実例なんぞと云う醜聞暴露記事で売り出したんだ。そこまでは良かったさ。だが、華族や政治家は攻めるが皇族なんかには徹底的に遠慮する。いいや、それだけじゃない。圧力がかかれば簡単に忖度《そんたく》しよる。富と権力に対抗すると云い乍《なが》ら、富と権力に擦《す》り寄るような真似をしよるんだッ」

「そうなんですか」

「ああそうだ。他の連中だとて、似たり寄ったりだよ。あの徳富《とくとみ》さんだって権勢に近付いて軍備縮小の旗を下ろしたじゃないか」

その男は知っている。

未《ま》だ寒い頃、この坂を一緒に登ってあの書舗《しょほ》に行った。

「余《ぼく》はね、決してそんな真似はしたくないのだ。仮令《たとえ》発行禁止に処されようと、投獄されようと、打ち首獄門にされようとも、だよ。この志だけは曲げたくないからね。揚げ句の果てがこの様《ざま》だよ」

「この——様《ざま》と云いますと」

「見れば解るだろう。余《ぼく》はね、金策に来たのだよ。出す雑誌出す雑誌、悉《ことごと》く潰される。そうでなければ、まるで売れずに潰れてしまう。売れれば潰され売れなけりゃア潰れるのだ」

宮武は眉間《みけん》に皺を立てた。

「悪徳警官だ悪徳企業だ、世に悪徳の種は尽きぬし、不正も欺瞞《ぎまん》も後を絶たんのだ。権力を私物化する政治家だの華族だのも掃いて捨てる程に居るのだよ。だから書くことは沢山《たくさん》ある。書きようだって様様だよ。面白く書く技巧なんぞは幾らでも涌《わ》いて出る。自信もある。あるのだが——雑誌が出せなきゃ書いたって仕様がないじゃないか。だから何としても出すのだ。出すと云ったら出すのだ。それが操觚者の矜 恃《きょうじ》だ。だが、その見返りは大きいのだよ」

「見返りですか」

「ごく一般の幸せは、まあ、その生き様の中にはないのだ。余《ぼく》はね、良い妻を持った。しかしちゃんと添うまでの道程《みちのり》には、そりゃあ色色とあったのだ。何とか添うたはいいが、最愛の児《こ》には死なれた」

「それは——」

何と申し上げれば良いかと口籠《くちごも》り、利吉は下を向いた。

「投獄されて、黒岩に裏切られて――あれは裏切りだ。云うておくが、こちらに落ち度などないのだ。話を持ち掛けて来たのも先方だし、何者かに忖度して約束を反故《ほご》にしたのも先方だからな。それを指摘すると、居直りだ。またぞろ先方から謂《いわ》れなき攻撃を仕掛けて来た。横紙破りじゃないか。蝮《まむし》の周六が聞いて呆れる。そんなこんなで『萬朝報』と丁丁発止《ちょうちょうはっし》の喧嘩をしたのだが、結局向こうは逃げ切りだ。一方こちらの損は計り知れない。そんな最中にやっと愛児が生まれたのだが――ゆるりと祝う間もなく暮らしは困窮し、そして児は死んだ」

宮武はそこで口惜しそうに歯咬《はが》みをした。どのような経緯《いきさつ》があったものかはまるで判らぬのだが、余程肚《はら》に据え兼ねる想いでいるのだろう。

「まあ、家族のために骨董屋《こっとうや》などもやったがね、それでも雑誌は出した。余《ぼく》は操觚者でありたかったからね」

「いや、その」

「しかし借財は膨れるばかりだ。どこぞのユスリ操觚者は恐喝紛《まが》いの記事で私腹を肥やしていると云うのに、こちらはまるで逆だよ。まるきり売れない訳でもない。中身が悪いと云うこともない。それでも採算は合わん。借金が四千円を超えた段階で、余《ぼく》も音《ね》を上げた。ちゃんとした操觚者であろうとするなら」

喰えんのだと宮武は云った。

「まるで首が回らなくなった。心中でもしたくなったよ。子供のこともあったしな。それでも挫《くじ》けずに辞めずにいられたのは、妻が活《かつ》を入れてくれたからだ。本当に、理解のある出来た伴侶だよ。他の女だったら、疾《と》うの昔に愛想を尽かされていただろう。それでもなあ」

銭が涌いてくることはないと宮武は寂しそうに云った。

「だから親類を頼って台湾に渡った。遁《に》げたのだよ。そこで慣れぬ養鶏場なんぞを五箇月ばかりやったがね。その間も、結局新聞のようなものを発行していた。ああ、辞められやしないのだなと思ってねえ」

「や、辞められませんか」

「余《ぼく》にはこの道しかないのだ」

宮武は雑誌の山をパンと叩いた。

「だから戻ったのだよ。全財産七十五銭で、新規蒔《ま》き直しだ」

「な、七十五銭ですか。七百五十円ではなく。はあ、それで遥遥《はるばる》台湾からお戻りになった」

「戻ったが、東京には戻れないよ。借金があるからね。遁げたと云っても踏み倒したりするつもりはなかったから。大阪で大阪新報の広告取りなんかをしていたが埒《らち》が明かない。しかも役人も新聞も堕落しきっておった。だから矢張《やは》り記事を書かなくちゃあと、奮起してな」

宮武は一番下の油紙を引っ張り出し、中の雑誌を一冊抜き出した。

騙し絵のような女の絵が描かれた、小綺麗《こぎれい》な表紙の雑誌であった。

「ああ、『滑稽新聞《こっけいしんぶん》』ですか。それは」

「知っておるかね」

「はあ。しかしそれも宮武先生のお仕事でありましたか」

「まあ、余《ぼく》が代表だと何かと差し障りがあるもので、別に発行人を立ててね、余《ぼく》は筆名で寄稿しているのだね。威武に屈せず富貴に淫せず、ユスリもやらず、ハッタリもせず、天下独特の肝癪《かんしゃく》を経《たていと》とし、色気を緯《よこいと》とす。過激にして愛嬌あり――」

　これは売れていると宮武は云った。

「より練り込んだ、『頓智協會雑誌』の後継誌だ。売れぬ訳がない。あれこれと仕掛けも施しておるしね。遊びも工夫も満載だよ。それで何だ、鶴田君か。君の云う反骨かね、まあそうした精神はイヤと云う程に注いでおるからね。喜ばれるに決まっておると、まあそう思う」

「あ、いや拝読しております」

「そうかな。扨《さて》、これで借財も返せると思うたのだがね。そこはそれ、四号目で摘発された」

「ま、またですか」

「何度目かもう判らん。今度は風俗壊乱の罪で罰金二十円だよ。まあ検事どもの堕落を論《あげつら》ったから、牙を剝いて来たのだろうが――それでもそんな弾圧に負けられやせんよ。負けられやせんがね」

　借財は返さねばならんと宮武は上を向いた。

「それでな、まあお忍びで上京し、旧知の弔堂にこいつを売り付け、僅かなりとも借財の足しにしようと考えたのだ。貧すれば鈍すと謂うが、鈍したのだなあ。しかし、こんなもの買い取るのは、日本広しと雖《いえど》も弔堂ぐらいのものだろうからな。質草にはならんし、屑屋《くずや》くらいしか引き取ってくれん。だが貫目《かんめ》で買われちゃ何銭にもならんだろう。あの男なら価値を解ってくれるだろうと思うてな」

利吉はこちらを向いて、そう云うお人なのかいと小声で尋いた。まあ、多分そうなんだろうと思うたので、ただ首を縦に振った。

「思うに、あまり誉められたことではないのかもしれんがな。ユスリや不正よりは幾分マシだろう」

「マシと申しますか、法に触れるようなことではないかと」

「そうだがね。まあ、汽車賃を抜いても借財の足しとなるような、まあそれなりの金額で売り付けようと云う算段が、我乍《なが》ら浅ましいと思わぬでもないのだ」

みっともないだろうと宮武は自嘲気味に云う。

「金策のために遠路遥遥《はるばる》東京まで遠征して、だ。この雨の中、こんな大荷物を背負って坂を登り、揚げ句に濡れ鼠《ねずみ》になって他人様にこんな迷惑を掛けておる。いい齢《とし》をして我乍《なが》ら滑稽だと思う。でもな、これが操觚者なのだ」

宮武はそこで胸を張った。

「見たまえ。鶴田君とやら。これはね、虚勢だよ」

「はあ」

虚勢を張っていると云って威張る者も珍しいだろう。

「虚勢を張ってでも負けられんのだ。世に不正悪徳のある限り、余《ぼく》はそれを暴き続ける。しかも面白可笑《おか》しく、だ。万民が目にするように、手に取るように、読んで喜ぶように、雑誌を出し続ける。操觚とは斯《かく》あるべきものだと強く思うよ。違うかね。権威にならず、驕《おご》らず、諂《へつら》わず——まあ儲かるに越したことはないが、儲ける気では出来ない。我慾のために捏造《ねつぞう》記事を書いたり、大金に目が眩《くら》んで転向したり、権力に屈して記事を取り下げたり、そんなことをする奴は操觚者じゃあない。孤高に、滑稽に、貫こうとするなら——必ず何かを犠牲にすることになるのだぞ」

利吉は一瞬、指に火傷《やけど》でもしたような痛そうな顔をした。

「どうだ、鶴田君。まともに操觚者を続けようと思うなら、どうしたってそうなるのだ。君がユスリ新聞屋を目指していると云うなら話は別だがね、そうでないなら、きっと余《ぼく》のような荊《いばら》の道を歩むことになるのだぞ。君にその覚悟はあるのかね」

利吉は下を向いた。

「いやあ、堕落したいとは思いませんけども、先生のような苛烈《かれつ》な生き方が出来ますかねえ」

どうでしょう弥蔵さんと云うので無理だよと答えた。

「お前さんは剣豪に憧れて棒切れ振ってるだけの百姓の倅《せがれ》みてえなもんだろ。このガイコツさんは、ちゃんと世間と斬り結んでるよ。剣豪かどうかは知らねえが、抜き身ィ提げて斬り合いはしてるようじゃねえか。で、生き残ってる。そう云うのはな、場数踏めば何とかなるってものじゃあねえ。いいか利吉どん。真剣で斬り合いして斬られりゃ――死ぬんだよ」

「し、死ぬって弥蔵さん、そんな」

「実際に命を取られることはねえかもしれねえがな。でもな、人としての命脈を断たれっちまうのよ。お前さん、直《す》ぐに音《ね》ェ上げるじゃあねえか」

「あ――上げますかね」

「叱られる前に謝る口じゃあねえか。まあそれも処世《しょせい》だ。悪いことじゃあねえだろうさ。だけどな、そう云う性質《たち》の者《もん》にゃ向かねえと云う話だ。そうだろ」

宮武は肩を窄めた。

戯《おど》けている。

「いいか、利吉どん。真剣の斬り合いってのはな、謝っても駄目だ。一度抜いたら許しちゃ貰えねえ。この人はな、そう云う修羅場《しゅらば》を何度も掻《か》い潜《くぐ》って来た猛者《もさ》みてえだぞ」

下目《しため》からすうと睨《ね》め付けると宮武はにやりと笑った。

「そう云われると余《ぼく》も天下無双の剣豪の気分になるがね、なァにそんな良いものじゃない。ご亭主は真剣勝負に喩《たと》えられるが、そんな潔いものではないのだと云う話ですな」

「違うかい」

「こちらが抜いておらずとも後ろから斬られますからな。謝って和解したとしても斬られたりする。闇討ち不意打ちは当たり前なのですなあ。そう云う卑劣な所業が罷《まか》り通る業界だと云うことでな」

闇討ち——か。

「でも生き残ってるじゃねえか」

「常に崖《がけ》っ縁《ぷち》で吠えておる犬のようなものでね。斬られても、水に堕ちて九死に一生を得ておる。そんなものだね」

「ガイコツだけに皮も肉もねえ、斬られても平気だってかよ」

宮武は笑った。

「余《ぼく》の名はね、元は亀四郎《かめしろう》だ。気に入らないから変えた。戸籍から変えたので今は外骨が本名だが、これはね、元の名の亀でもあるのだね」

「何が亀だよ」

「骨と云うのは普通は芯にある。周りに肉と皮がある。だが亀は、こう、肉の周りに硬い甲羅《こうら》がありますな。ありゃあ丈夫ですよ。だから、外側の骨、外骨と云う次第でね」

「けッ」

名前まで頓智かよと云うと余《ぼく》そのものが頗《すこぶ》る滑稽、極めて下賤《げせん》ですなと云い宮武は笑った。

「権威や財力と云う刀は、実に能《よ》く切れる。庶民貧乏人は一刀両断ですぞ。どんなに気張ったところで、こっちはなまくらの菜切り包丁ぐらいしか持っておらん訳ですからな。最初《はな》っから勝負にはならんのですよ」

「なる程な」

真剣の斬り合いではないか。

「それじゃあ、素手で二本差しの刺客と戦うようなものかい」

勝ち目はあるまい。しかし宮武はそうでもないんですなあと嘯《うそぶ》いた。

「連中は庶民を小莫迦《こばか》にしておりますからな。刃《やいば》を見せれば怖《お》じ気《け》付く、一太刀《ひとたち》浴びせれば死ぬぐらいに思うておる。ところがどっこい、余《ぼく》にはこの――」

宮武は己の顳顬《こめかみ》を叩いた。

「――滑稽で下賤な外骨と云う鎧《よろい》があるのですよ。だから二度三度斬られたぐらいじゃァ死にはせんのだ」

「死なねえかい」

「簡単にはな。しかもこの外骨の中には頓智がたっぷりと詰まっておりますからな。だから余《ぼく》は、斬られても斬られても、斬り返したりはしない。この、智慧《ちえ》と工夫でな、斬って来る者を笑う。大いに笑い飛ばすのです」

そんなことしたら余計悪くないですかと利吉は怯《おび》えた声を発した。

「抜き身提げてる相手を指差して笑ったりしたらば、それこそ斬られてしまうんじゃあないですかね」

まあ斬られるよと宮武は云う。

「しかしね、鶴田君。笑ったぐらいで斬り掛かって来るなんて随分と心が狭いと思いやぁしないか。そうでないなら余程後ろ暗いところがあるか、分別のない莫迦者か、然《さ》もなくば殺人狂でしょう。権力と云う刃は、そもそも庶民に向けるものじゃあないのだよ。庶民を護《まも》るためにあるもんだ。幾ら力を持っていたとしても、そんな辻斬りみたいな奴等《やつら》はそもそも許してはおけんのだよ。違うか。だから余《ぼく》はこの身を挺《てい》してそう云う莫迦が莫迦なんだと、世に知らしめておるんだ」

それが操觚者としての心意気ですなと宮武は腕を振り、何かを鼓舞《こぶ》するように云った。

「権力と云う刀は慥《たし》かに切れるが、その刀を持っている者はただの人だよ。君や余《ぼく》と何等《なんら》変わりがない人間なのだ。違うかね」

ち、違いませんですなと利吉は裏返った声で答えた。

「だがそこんところを忘れていやしまいかな。総理大臣だろうが大蔵卿だろうがね、侯爵だろうが伯爵だろうが皆、人なんだ。大地主だろうが大資本家だろうが大新聞の主筆だろうが、同じ人間なのだよ。神でも仏でもない。違うかな」

「違いません」

「人間と云うのは、そもそも下賤なものだ。世の中、色と笑いは除《よ》けて通れませんぞ。威張っていようと高潔振っていようと、一皮剝けば皆、色と慾に塗《まみ》れておるのだ。それは仕方がないさ。なら何故隠すのだ。何故に聖人君子振るのだ。余《ぼく》は己が滑稽であることを隠さん。そして奴等も滑稽であると示す。それだけだよ」

「へえ」

利吉は幾分蒼褪《あおざ》めている。

宮武の演説を聞き何か思うところがあったのだろうが、利吉の場合どうせ大したことではないだろう。

「余《ぼく》はそう云う道を選んだのだ。それこそが操觚の道と心得たからだ。だが、そんな、当たり前のことをするだけで投獄されたり、罰金を取られたりばかりするのだなあ。真実《ほんとう》のことを云えば石以《も》て追われ、聞こえの良い嘘を語れば金が儲かる。頗《すこぶ》る理不尽だ」

「仰せの通りで」

「そうやってね、人生の多くを犠牲にせねば、当たり前のことが出来んのだ、今の世と云うのは。しかし、どんな目に遭おうとも当たり前のことを伝える、それが操觚者たる者の歩むべき道なんだよ、君。判るかね、鶴田君」

君も歩むかねと宮武は笑い乍《なが》ら問うたが、利吉はちょぼ暮れて下を向き、もごもごと口籠って聞き取れない言葉を出したり引っ込めたりした。

「何だか知らねえけどな、利吉どん。俺が見たところ、お前さんは書く方じゃあねえ。読む方だよ」

「そうですかねえ」

「聞いてる限りその世過ぎゃ、お前さんじゃ一日も保《も》ちやしねえと思うぜ。目指すンなら別の渡世《とせい》を選びな。で、精精《せいぜい》そこの旦那の書いたもんでも読んで溜飲《りゅういん》を下げな」

利吉は一層に下を向き、暫く何か考えていたが、突然顔を上げた。

「そうだ。あたしにも出来ることはありますな。宮武先生、あたしゃこれから家に戻って、でかい風呂敷を持って参りますよ。なァに、家業が酒屋ですから、こんな風呂敷の二枚や三枚はある筈ですからね。なぁに、今は駄目でも、僅かなりとも宮武先生のお手伝いが出来るなら操觚者志望としちゃ本望ですからね」

そう云うや否《いな》や利吉は傘を広げ乍《なが》ら雨の中に跳び出し、泥を撥ね上げて駆けて行った。宮武はその一連の動作の素早さに驚いたのか、はたまた呆れたのか、暫く利吉が去った後の外を眺めていたのだが、やがて歪《いび》つな卵のような自《おの》が凸凹《でこぼこ》頭をつるりと撫でた。

「何か——伝え方を間違えたかな」

「ああ云う男なんだ。立ち直りが早《はえ》えと云うか、挫《くじ》けねえと云うかね」

「そうですかな。まあ、余《ぼく》の仕事は良い渡世でも楽な渡世でもないと云いたかっただけなのだがねえ」

宮武はやっと縁台に座った。

「何とも申し訳ないことをしたなあ。ご亭主、迷惑かけ序《つい》でに――そうだね、お手間だがその甘酒とやらを戴こう」

「不味いぜ」

「そりゃあ良いね」

宮武はそう云った。

甘酒を酌《く》んで渡す。

「あんたァ今日初めての客だよ」

「あの鶴田君は」

「ありゃあ冷やかしだ。暇潰しだそうだからな。お代を払うと云って甘酒は飲んだが、もう忘れてるよ。あんたもあんなのは気にするこたァねえよ」

大した考えもなしに直《す》ぐに駆け出す男なのだ。だが。

昔の己もそうだったかもしれぬ。

あの頃の自分は深く考えて行動していただろうか。

――そんなこたァねえな。

きちんと考え、きちんと納得して、それで行動していたかと己に問えば、答えは否である。

更に云うならその結果人の命が幾つも失われたのであるから、より始末が悪いではないか。

　そうしてみると、刀を持っていない分利吉の方がマシである。そうなら、あの糸の切れた凧《たこ》のような生き方も、そう悪くもないものなのかもしれないと――思わぬでもない。

「不味いだろ」

　横に座ってそう問うた。

「うむ。自慢する程に不味くはないですな。しかし同様に、自慢する程旨いものではない」

「どっちだよ」

「商売人は大体、自分の売る商品を良く云いますな。売りたいのだろうがね、宣伝と云うのは所詮《しょせん》自画自賛ですな。自信があるのだと云えばそれまでだが、だからと云ってそのまま信じられるものでもないでしょう。旨いと云われて不味いより、不味いと云われた方が良い」

「良いかね」

「不味いと云われて旨ければ、それは儲けものではないかな。だが不味いと云われて不味いのなら、それは仕方がない。正直なだけだ」

「まあ――そう云う考え方もあるか」

　ものは言い様だ。

　並んで暫く雨の坂を眺めた。

「あのな、ガイコツさんよ」

「何かな」

「利吉の野郎は、直《す》ぐには戻らねえと思うぜ」

「そうですかな。家が遠いのかな」

宮武は此方《こちら》を向いた。遠かないがなと顔を見ずに答える。

「あのな、酒屋だから大風呂敷があるなんてこたァねえよ。ねえと思う。でも一度口にした手前、あの粗忽者《そこつもの》は何が何でも持って来ようとすンだろう。でも簡単じゃあねえ。最後は呉服屋かどっかで、買うな」

「そんなことをするかね」

「するね。あんたァ、偉ェ《えれ》人だ。彼奴《あいつ》は偉え人のためなら何でもするのよ。ただなあ」

どうにも調子がとッ外《ぱず》れていやがってなあと云うと、御親戚か何かかなと尋かれた。

「赤の他人だ。俺に係累は居ねえ」

「そうですか。それは」

お淋しいですなあなどと宮武は云う。

そんなこたァねえよと答える。実際淋しいと思ったことなど一度もない。だがただ単に、そうした感情を知らぬだけなのかもしれぬ。

雨が弱まって来た。

「先程は」

宮武も雨を見たまま云う。

「──偉そうに大言壮語《たいげんそうご》を吹きましたがね、ご亭主。余《ぼく》は、実のところそんな大した人間じゃあないのです。偉くもないし無頼《ぶらい》でもない。反骨かどうかも判らない」

「ほう」

「勿論《もちろん》、智慧を使って世の不正を糾《ただ》そうと云う気概はあるが、一方智慧の力で己を韜晦《とうかい》しようとしているのも事実だ。余《ぼく》はね、真っ向勝負を避けて斜《しゃ》に構え、冗談や諷刺で誤魔化しているだけではないかと──」

思うこともありますよと宮武は力なく云った。

「弱気じゃあねえか」

「そんなに強くはないですからね。でもね、強くはないが簡単には折れぬ。折れずにいられるのは、まあ、どんな時も下世話に巫山戯《ふざけ》ることが出来るからなんですなあ」

「巫山戯る──なあ」

それはどうした心持ちなのか。

童《がき》の時分は兎《と》も角《かく》、長じてからは巫山戯たことなどない。笑ったこともない。そんな余裕はなかったのだ。いや、笑えない。笑い方を忘れてしまった。そもそも──。

人殺しが巫山戯ていいものなのか。

そう思う。

宮武は眼鏡を外し、布で拭いた。

「まあ、通り縋《すが》っただけの甘酒屋のご亭主に語るようなことじゃあないのだろうがね。世人《せじん》は余《ぼく》を奇人だ、変人だと囃《はや》すしね、それに、自分でもそうあろうとも思うんだがねえ。実際の余《ぼく》は、実に小賢しいだけの、小さい男ですよ」

　宮武は小声で笑った。

「さっきまでは演説ぶってたじゃねェかよ。あの威勢はどうしたよ」

「あれは別に出鱈目《でたらめ》じゃあない。一から十まで本心だ。間違っているとも思わんですよ。ただ虚勢は虚勢、威勢が好《い》いのは虚勢ですよ。虚元気《からげんき》だ。巫山戯る代わりに威張っただけです」

「ああ」

「世の中がもう少しまとも、、、だったら、余《ぼく》は暢気《のんき》に魚釣りでもしてね、まあ根が助平《すけべい》だから、女色《によしょく》にはたんと溺れたかもしらんが、もっと平平凡凡と暮らしていたと思う。そう出来ていたらなあ、女房ももっと幸せだったろうし、子供も——なあ」

「子供は幾歳《いくつ》だった」

「何、一年ばかりしか生きなかった」

「そいつぁ」

　掛ける言葉が見当たらない。

あれこれ狭い頭の中を探すうち、なる程そうした気持ちを淋しいと呼ぶのかと漸《ようよ》う気付く。

「淋し——かったな」

「今も淋しいですよ」

宮武は遠くを眺めている。

「余《ぼく》の女房はね、細川采女正利愛《ほそかわうねめのかみとしちか》の孫娘なんだ」

宮武はぼそりとそう云った。

「細川って――そりゃ、肥後熊本藩《ひごくまもとはん》の藩主じゃねえのか」

「いや、女房の祖父殿は、肥後新田藩《ひごしんでんはん》の藩主ですな。熊本藩三代藩主の弟が立てた、支藩ですよ。藩主は定府《じょうふ》で、鉄砲洲《てっぽうず》に屋敷がある」

つまり参勤交代をしない大名と云うことである。

熊本は勤王《きんのう》藩――だ。

池田屋騒動の時に死んだ肥後勤王党の宮部鼎蔵《みやべていぞう》も熊本藩士だった。

上野《うえの》の戦《いくさ》でも彰義隊《しょうぎたい》討伐に加わっていた。

仮令《たとい》支藩と雖《いえど》も同じことである。

敵――だったのだ。

「世が世ならお姫《ひい》様かい」

「それがそうじゃないんだね。まあ、女房の父御《ちちご》と云う御仁は、藩主が四十一の時に生まれた四男でね」

「ん――そりゃ、四十二の二つ子ってことかい」

四十二の二つ子と云うのは、親の厄年に二歳になる男児は長じて親を喰い殺すと云う俗信のことである。

「じゃあ養子に出されたのか」

そう云う風習があると聞く。

「左様。家臣である緒方《おがた》家に養子に出されたのですな。その際に、緒方家には終身、五人扶持《ぶち》と年五両の衣服料を下賜《かし》すると細川家は約束したのだね」

「反故《ほご》に――したんだな」

まあ、聞く話ではある。

「その通りです。廃藩置県を理由に、細川家は緒方家に対する一切の援助を打ち切ってしまった。こりゃあ、重大な約束違反だ」

「まあな。でも、細川本家の吝嗇《けち》は有名じゃあねえか。商人《あきんど》から大金借りちゃ踏み倒してたと聞くぞ。領民がどう思ってたかは知らねえが、商人どもからは忌み嫌われてたぜ」

一揆《いっき》が怖かったのだろう。

叛乱が起きれば藩は存亡《そんぼう》の機に見舞われる。治世不如意《ふにょい》と判断され、お取り潰しになることもある。だが、借金を踏み倒しても幕府がその責を藩に問うことはない。

「貧乏細川と罵《ののし》る者は多かったぞ。何でも、新品の釜に細川と書いた紙ィ貼ると金気《かなけ》が取れて飯が旨く炊けるとか聞いた。支藩ったって同じじゃねえのか」

「そうだとしても約束は約束。減額ならまだしも一方的に打ち切られては堪らないです。細川は曲《まが》り形《なり》にも元藩主、他方緒方家はただの藩士。待遇が違う。先方は子爵《ししゃく》様だ。更にややこしいのは、養子だった前の藩主が瓦解《がかい》前に女房の父の実兄を養子に迎え、藩主の座を嗣《つ》いでるんですな。骨肉の争いです」

「ややこしいな」

「ややこしい。緒方家は窮乏していたんですよ。だから余《ぼく》は抗議した。それもあってね、余《ぼく》はずっと女房を宮武の籍に入れずにいたんだ」

「何故だい」

余《ぼく》が金目当てに無心していると謂《い》われるからですと宮武は云った。

「そんな紛乱《ごたごた》は新聞雑誌の恰好の種ですよ。華族士族の醜聞は連中の得意中の得意だ。だから女房の談話が欲しい、取材させろと云う打診が幾つもあった。全部断った。女房を――その頃は名目上、下女と云うことになっておったのだが、どうであれ女房――八節《やよ》を衆人の好奇の目に晒《さら》すのは厭だったのですな」

厭だったのだと宮武は繰り返した。

「だから民事裁判を起こした。一度は和解しかけたが、条件が合わなかった。何ともお話にならぬ額面を提示して来よってね。物別れだ」

「金がなかったかい」

「あったんだ。資産は二十万を超え、世襲財産の利子は月三百円だよ。緒方家の請求は月に五円程度だ。それが、払っても二円程度だと云う。その上、余《ぼく》に口止め料を出すようなことを云う。莫迦にするなと云う話だよ。こうなればもう言論に打って出るよりないと思ったが、でも余《ぼく》が記事を書いたのじゃ、それこそユスリになってしまうだろう。結局、黒岩の処――『萬朝報』に記事をね」

「黒岩とやらを信用したのか」

「まあ、そこは天下の黒岩周六だ――と、その時は思ったんですな。それに余《ぼく》の処に出入りしていた水谷《みずたに》と云う男が黒岩の手伝いもしていてね、そいつの周旋もあったんだ。だが、細川弾《だん》劾《がい》記事の第一報は載ったものの、それきり第二報はなかった。梨の礫《つぶて》だ。どうなったと尋《き》きに行ったら――逆に指弾された」

「何で」

「それが得心の行かぬ話でね。余《ぼく》は弾劾記事が載ることを踏まえて、宮内省に警告の手紙を出しておるのだが、その手紙に、問題を放置すると『萬朝報』に載るぞと一行書いた。それがいかんと云う。紙名を濫用《らんよう》した、と云いよる。記事を書くと云うから、それを報せたまでじゃないか。謂わば親切ですよ。それに、一度書いただけのものを濫用とは何だ。しかも、です。それ以前に、何故そんなものを黒岩が読んでおるのだ」

「そりゃ」

「細川と結んだんだ。買収されたとしか思えん。何を云っても埒《らち》が明かん。仕方がないからそのままを書いて、新聞に載せて世に問うた。反論した訳ではなくそのまま書いただけだ。そうしたら向こうは向こうで、細川家の不義理を糾弾するどころかこの宮武をユスリ呼ばわりする誹謗記事を載せおった。細川も余《ぼく》を誹謗する広告を新聞に載せよった。こっちも黙ってはおられんから、黒岩と細川と三《み》つ巴《どもえ》の、まあ、勝ちも負けもない水掛け論の泥仕合ですな」

滑稽ですよと宮武は云った。

「意地だとか沽券《こけん》だとか、そう云うもんは面白くないですよ。結局、余《ぼく》は大の失礼者と云う汚名を着せられてね」

どうしたいと云うとそれで終《しま》いですよと宮武は云った。

「面白くなくなってね」

「まあ面白《おもしれ》え話じゃあねえな」

「怒りをそのまま書くのは自分らしくない。若気《わかげ》の至りですよ。意地を張っていた。でも、今思えばそれも八節のことを思えばこその意地だった。世の中は日清戦争に向かって、福澤諭吉も、平民主義の徳富蘇峰《そほう》までが好戦派に転向してね。何だ此奴等《こいつら》はと思った。金に転び権力に取り込まれて何の操觚者か。しかし翻《ひるがえ》って我が身を覧れば、高が二円だ五円だで罵り合いをしている。そんな己は何なのだと、まあそう思った、そんな頃だ。息子が生まれたのは」

天民《てんみん》と名付けましたと宮武は云った。

「讃岐平民の子、天下の平民、天が授けてくれた子供と云う意味ですよ。戦争も終わって、そう、やっぱり夏の、暑い日だった。天民は」

天に召された。

「それで何だかどうでも良くなってしまってねえ。戦う気力は殺《そ》げてしまった。八節も、ものが喉を通らぬ程に哀しんだ。この不幸は」

全部余《ぼく》の所為《せい》だと思った。

「操觚者は人並みの幸せを持ち得る渡世じゃあない。そう思ってねえ。あんな連中と泥仕合をしておる暇があったなら天民の顔を見ていたかったですよ。子供と過ごしたかった。だからもう足を洗おうと思ったのです。それでね、免許を取って骨董屋をやったりもしたんだがなあ」

「じゃあ操觚者は」

「まあねえ」

止《や》められなかったと宮武は云い、僅《わず》かに笑った。

「毎日毎日、恋恋《れんれん》と未練がましく煩悶《はんもん》し、落ち込んでいた余《ぼく》の背中を押してくれたのは、八節だ。それでもう肚を括《くく》った。家庭を持ち幸せに暮らす道は——棄てた。手始めに骨董の専門誌を出したりしたのだが——ところがね、讃岐の母が亡くなった。母は筆禍で難渋続きの余《ぼく》を支え、資金提供までしてくれていた人でね」

「脛齧《すねかじ》ってたか」

「大いに齧っていた。結局、雑誌は出したが、出せば出す程赤字が膨らみ、終いに返せぬ額になって――それで台湾に渡ったんです」

どうですと宮武は云う。

「何がだ」

「間違った道を歩いて来たとは思わんし、これからもこの道を歩いて行くつもりですがね。でもね」

ろくなもんじゃあないでしょうとガイコツは云う。

涙声に聞こえるのは気の所為《せい》か。

「でも止《や》められん。止められんのなら楽しむよりないですわ。これからも、うんと巫山戯てやる。いいや、今も巫山戯てますわ。大阪で始めた『滑稽新聞』は好調です。まあ既に目を付けられておるから、今後も筆禍は続くでしょうがね。罵られても叩かれても、投獄されても、それだって笑い飛ばす気概でおる。ただ一つ」

気になるのは東京での借財ですと宮武は云った。そして立ち上がった。

「それで――この山のような雑誌か」

「これくらいしか金になるものはないですからな。だが大阪にはこの価値を判る者はおらんのですよ」

宮武は利吉にあれこれ語っていた時と同じような、虚勢に満ちた顔になっていた。

「おいガイコツさんよ。お前さん、後光が差してるぜ」

「何。いや、お頭《つむり》は多少薄くなっては来ておるけれどもな、そんな」

そうじゃあねえよと云って指を差す。

宮武は振り返る。

「お前さんが独り語りしている間に、雨が上がったんだよ。見てみな、陽が差してるじゃねえか。もう暫くは降らねえだろよ。もう直《す》ぐ蟬《せみ》も鳴くだろ」

「ああ」

「急ぐならよ、利吉なんざ待ってねえで今行った方が良いぞ」

「しかし風呂敷が未《ま》だ濡れておる」

「風呂敷はねえが、荒縄と三泣車《さんなきぐるま》ならあるぜ。確《しっか》り括り付けりゃあ、何とか運べるだろ」

芋俵を運ぶ時などに使うのだ。

「雨ァ上がっても泥濘《ぬかる》んでるからな。落っことしちゃァいけねえ。大八《だいはち》と違って三泣はちゃ、ちゃ、ちいからな」

「いやいや、しかし」

「どうせ客は来ねェよ。手伝ってやるから手ェ貸しな」

雑誌を積んで、傷《いた》めないよう古毛布を引き摺《ず》り出して掛け、包《くる》むようにして縄で括った。普段は焚き付けにしているようなものばかりなのだが。

「こいつは軸が長《なげ》ェから牽《ひ》くのにこつが要る。俺が牽くから、落ちねえように横で見てなよ」

「戸締まりはせんのかご亭主」

「盗られるものがねえ」

能《よ》く降ったものである。坂はまだ良いが、枝道はかなりの泥濘《ぬかるみ》だろう。

注意して曲がり、寺へ向かう道へ入ると案《あん》の定《じょう》水溜まりだらけだった。

蟬が鳴き出した。

「お前さん、弔堂たぁどう云う知り合いだね。客か」

まあ、客ですなと宮武は答えた。

「十四五年も前になりますかな。ある人の紹介で資料を求めて行った。彼処《あそこ》は何でもありますからな。以来、度度《たびたび》訪れていたのだが、石川島《いしかわじま》に入れられて以降は行っていない」

「石川島か」

元の人足寄場《にんそくよせば》——後の警視庁監獄署である。

「売りに来たこともあんのかい」

売りに来たのは初めてですなとガイコツは云った。

「その頃、余《ぼく》には売るものなんか一つもなかったからね」

「これだって売り物たァ思えねえけどなあ。おい、でけェ水溜まりだから気を付けな。で、もう一つ尋くけどな。お前さんあの弔堂に行く時、普通に行けるか」

「普通に、とは」

「俺は必ず行き過ぎる。あんな莫迦でけえ建物なのによ。見過ごす。俺だけじゃねえ、みんなそうなんだよ」

「ああ」

そりゃあ考えるからでしょうなと宮武は云った。

「考《かんげ》えるって何だい」

「何も考えずに行けば大概着く。果たして何処《いずこ》であったろうだとか、もう少し先だったかしらだとか、もしや見過ごしてしまったのではなかろうかなどと考え乍《なが》ら歩いていると、まあ着かんかもしれん。あれはそう云う場所ですよ」

矢張《やは》りそうなのだ。

以前、樹や草を眺めるようにしていたら、難なく着いたのだ。

そう云ってるうちに着きましたよと云われた。見上げれば慥《たし》かに其処《そこ》は書物の楼閣《ろうかく》の真正面だった。建物の前に小僧が背を向けて立っている。

「おい小僧。客引きが――いや、客じゃねえな。荷運び人足が来たぜ」

振り向いた小僧は弔と一文字記した半紙を手にしていた。丁度入り口の簾《すだれ》を掛けたところなのだろう。

雨の所為《せい》で出せずにいたか。

「おや。甘酒屋さん――いや、これはお懐かしい、外骨様ではありませんか」

「君は――おや、撓《しほる》君か。いやいや、これは驚いた。最後に来た時はほんの子供だったじゃあないか」

「何を仰せですか。三年経てば子は三つで御座いますよ。外骨様とて同じだけお齢を召していらっしゃいましょうに。しかし甘酒屋さんはいつもいつも、珍しいお方を連れていらっしゃいますねえ」

そう云うと小僧は半紙を持ったまま簾を潜り、大声で主人を呼んだ。

それからさあどうぞと、簾をたくし上げて中へと導いた。

宮武を先に通す。

入り口で待っていようと思ったのだがそのままどうぞと云われた。

「泥が付くぞ」

「手前が掃除致しますよ」

「そうはいかねえよ」

荷解きをして荷物だけ入れることにした。荒縄を解いていると小僧が手伝ってくれた。

「これは――何で御座いますか」

「俺にとっちゃ焚き付けだが、あのガイコツにとっちゃ売りものだとよ」

「おやおや」

小僧は慌てたようで、少少お待ちをと云って裡《なか》に引っ込んだ。

奥では宮武と主人が話をしているようだった。

見上げれば抜けるような青空である。

周囲に生い茂っている枝葉は水気をたっぷり吸っていて瑞瑞《みずみず》しい。地べたはもっと水を呑んでいる。じりじりと照り付ける陽が沁みた水気を吐き出させ、まるで蒸し風呂のようである。

凝乎《じっ》としているだけで汗ばんで来る。

汗が眼に入って、痛い。

顔を拭《ぬぐ》うものもない。

慥《たし》かに氷でも齧ればさぞや良い気持ちだろう。駆け回っているだろう利吉もさぞや暑かろうと、少しだけ思った。

指で汗を飛ばしていると小僧が生白い顔を覗かせた。

「お待たせしました甘酒屋さん。炎天下ではさぞやお暑かったでしょう。裡《なか》は涼しいですからお入りになってお涼みください。後は手前がやりますから」

「重いぞ」

一度には運びませんので平気ですよと小僧は云った。

目が眩《くら》んだ。

急激に暗くなった為《ため》か。

暫《しば》し立ち止まり、眼を細めて暗さに目を慣らす。慣れる前に背後に気配を感じたので咄嗟《とっさ》に除けた。

小僧が荷物を持って入って来たのだ。

目を凝《こ》らすと、店の中央に大きな台が設《しつら》えられている。普段はないから何処からか運び込んだのだろう。小僧は台の上に丁寧に荷を置いて、また外に向かった。

宮武が荷を包んだ油紙を開く。

その横に主《あるじ》が立っていた。

主は此方《こちら》に顔を向け弥蔵様と云った。

「またお手間を掛けてしまいました。申し訳御座いません」

「俺の舗《みせ》の場所が悪いんだよ。此処にこんなもんがあると知ってたら、あんな処に甘酒屋なんざ出しやしねえよ」

主は笑った。

「お前《めえ》ン処《とこ》も、買い取りするなら出向けよ。仕入れは行くもんだろ。その人は大阪からこの大荷物一人で運んで来たんだそうじゃねえかよ。あの丁稚《でっち》でも出しゃいいじゃねえか」

売り付けに来たのだから構わんのですよと宮武は云った。

「ご亭主にはお骨折り戴いて甚《はなは》だ申し訳ないが、こりゃあ押し売りでね。まあこの男が幾価《いくら》出すかは知らんが、額面次第ではお礼も致しましょう」

要らねえよと云った。

弔堂は宮武の武骨なのだか繊細なのだか判別出来ぬ顔を横目で見て苦笑し、まあお元気で何よりですよと云った。

「色色と難渋されたとお聞きしていますし――お辛《つら》いこともあったのだろうと思います」

宮武は淋しそうに笑う。

「音沙汰《おとさた》なきを案じておりました」

「何を云うか。まあ一向に買いに来ないから案じていたんだろうが、久し振りに来たと思えば押し売りだ。当てが外れましたな――龍典《りょうてん》さん」

そう云う名前なのか。

と、云うよりもこの主に名などあるのかと、一瞬そう思ったのだった。

主は再び笑うと、何の宮武様は良いお客様で御座いますよと云った。

「己で上客と思うたことはないがな」

「いいえ。貴方様は既に、ご自分の生涯の一冊に巡り合われていらっしゃる」

――そう、なのか。

「うむ――」

宮武は大きめの口を横に広げた。

「まあ、そうなのだろうね」

「ですから宮武様が欲されておられるのは――表現の工夫と奇抜な発案のための資料や種本ばかり。これは」

無限に売れますと主は云った。

「莫迦を云うな。買いとうても無限に買う銭がない。銭がないから来たのだ」

そうこうしているうちに小僧は台の上に荷を並べ了《お》えていた。

主は台上を一瞥《いちべつ》し、

「それで今日は――」

どのようなご本をお売り戴けるのですかな――と云った。

「雑誌だ雑誌。雑誌と云うのは雑と云う字が入っておる。つまり雑なものだ。だから読み棄てられる。しかし、棄てられる雑誌は、その時代の顔ですよ。顔はくるくる変わる。変わる顔ばかりを覧ておると、変わったことが解らぬようになる。そうなると、自分がどうしてこんな顔をしているのかも判らんようになる。だから、昨日の自分を、十年前の自分を覚えておくためには」

雑誌も新聞も必要だと宮武は云った。

主人は首肯《うなず》いた。

「この世に無駄な書物などありませんからね。書物を無駄にする愚か者は多く居ますが」

「ははは。その通り。これはほんの一部だよ。持てなかったのだ」

宮武は次次に油紙を開いた。

主は逐一視軸を落とし、熱心に覧た。

「宮武様、こちらは」

「それは余《ぼく》が編輯《へんしゅう》した雑誌でね。実は、生活のために少しの間骨董屋を営んでおったのだけれど、その時に創刊した『骨董雑誌《こっとうざっし》』と付録の『半狂 堂随筆《はんきょうどうずいひつ》』、それから『骨董協 會雑誌《こっとうきょうかいざっし》』ですな。いずれも大失敗した。それで全部だ。何号と続きやしない。まあ最初は骨董の専門雑誌にしようと工夫したんだが、売ろう売ろうと改良し続けた揚げ句、何の雑誌だか判らなくなってしまった」

「なる程」

「元元はね、三陸《さんりく》の地震の視察に行って、古きものが壊れ失われて行く様を目の当たりにしてな。底知れぬ虚無を覚えた。ものごとは古くなりゃなくなるもんだ。だが地震のような災害が起きると一度に消えるんだ。残したいと思うてね。それで創刊を思い立ったんだが――」

素晴らしいと主は云った。

「素晴らしかあない。そのお蔭で借財が膨らんで、国外逃亡したんだ余《ぼく》は。いまだに東京には帰れん」

「骨董専門誌など本邦にはない」

「ないから作った。『骨董協會雜誌』の方は会員限定の機関誌だから、中中手に入らんだろ」

「そうですね。存在は耳にしてはいましたが譲ってくださる方がいない」

「そりゃ売れると思ってないからだな。或いは、棄ててしまったかだよ」

「一般誌と違って専門誌は棄てないものですよ。量が多ければ別ですが」

「いやあ、余《ぼく》の作った雜誌だよ。棄てるんじゃないか。まあ一読くらいはしてくれるのだろうが、取っておいて役に立つとは思わぬだろう。そもそも会員限定の雜誌にすれば、会費なんかで賄《まかな》えると考えたことが、浅はかだったのですな。『頓智協會雜誌』の時はそれで切り抜けたんだが、同じ手は何度も使えんね」

　中身と売り方、書き手と読み手、そして志と面白さ――そうしたものの折り合いを、どう付けるのかが肝腎《かんじん》なんだなあと宮武は謳《うた》うように云った。

「頓智滑稽は受ける。だが為政者がサーベルを持つような世では蔑《さげす》まれ退けられる。艶譚《えんたん》春画も受ける。だが聖人君子の皮を被《かぶ》った連中がのさばる世では、排斥されるのだ。平気で戦争を賛美するような連中に、何の権威がある。一皮剝けば銭金に転ぶような連中の、どこが聖人君子か。連中の云いなりになって提燈《ちょうちん》記事を書いておれば良いのか。それではいかん。だが刃向かえば――」

　お縄になると宮武は両手を握って後ろで合わせた。

「初志を貫徹し且《か》つ広く沢山売ろうと思うなら、匙加減《さじかげん》が難しい。雑誌には哲学がなきゃいかん。理想は棄てられん。政治は監視し、批判すべきだ。経済も実現せにゃならん。景気が良くなきゃ売れないからね。しかし深刻でツマランのではいかんのだ。戒律的悲観的ではなく楽天的であるべきだろうし、作り手には遊び心がなくちゃあならん。その上で、儲けがないと続かない。このね、均衡《バランス》が崩れると、いかんのだなあ」

失敗続きだと宮武は頭を叩いた。

「失敗とは思えませんけれどもね。おや、こちらは」

「そりゃ台湾で買った書籍だの新聞なんかだな。そこの、そのカーボン複写のは――まあ余《ぼく》の個人通信のようなものだ」

「紙名に『臺北新報《たいほくしんぽう》』とありますが」

「向こうで見聞したことを書き記し、新聞の体裁にして刷り、知人に宛てて送ったのだね。あんたには送っておらんから持っておらんだろ」

「なる程、これは貴重だ」

主はその粗末な紙ぺらを手に取り、喰い入るように見詰めている。

「後は、まあ余《ぼく》の買い集めた雑誌に新聞だ。コレクションしていた訳ではないのだが、棄てられん。勘定したことはないが、思うに一万冊は優に超えておる。いや、その倍はあるかもしれんなあ。今日持って来たのはほんの一部でね」

「なる程」

主は一冊一冊を手に取り、大きな台の上で仕分けして行った。扱いに慣れているのだろう。中中見事な手捌《てさば》きである。

幾つかに仕分けた後、弔堂は並べ替えを始めた。

「いや、これはどうして、大変なものですね」

「そうだろう。これは平民の歴史だ。次次に棄てられ消えて行く時代の顔だよ。この価値が解る者が居《お》らんのだ。嘆かわしいことだ。あんたなら解ると思って、こんな行商人のような恰好で東京まで来たのだよ」

「慥《たし》かに、これはこれから揃えようと欲し、集め始めたとしても、無理なものかもしれませんな。揃わぬことはないかもしれませんが、かなり時間が掛かる」

「時間が経てば経つ程、ブツはなくなるだろうしな。版元にも残されておるとは限らんよ。泡《ほう》沫《まつ》な版元は潰れてしまってもうないだろうしなあ。災害だ、何だと日日失われて行くのだ。どうだい龍典さん。買うか」

弔堂は腕を組んだ。

難しい顔をしている。

「何だ――珍しいではないか。あんたが躊《ちゅう》躇《ちょ》するとは思わなんだがな」

「宮武様。東京に残した借財はどのくらいあるのですか」

「四千円近く残っておるが」

「それは——大金で御座いますな」

宮武は顔を歪め、顎《あご》を引いた。

「いやいや、そんな、古雑誌を売って四千円稼ごうなんぞとは思うておらんよ。価値はあると信ずるが、それが金銭に換えられる価値とは思うておらんからな。ただ、屑屋はこれを紙屑として計るだろ。屑屋にとっちゃ中に何が書いてあるかなんて関係なかろうからね。だがね、余《ぼく》が価値を見出《みいだ》しておるのは中身の方だからな。そこを値踏み出来るなあ、あんたくらいだ。その辺のあんたの判断は信用に価すると思うておるからな。だから値付けに関しちゃ文句は一切云わんよ」

弔堂は腕を組んだまま、同じように顎を引いた。

「勿論、あんたが欲しいと云うなら残りの分も売る。根刮《ねこそ》ぎ売るのも吝《やぶさ》かではないぞ。とは云うものの、それで借金が完済出来るなどとは思うておらん。そりゃこれっぽっちも思っておらんよ。まあ、一円でも五円でも、足しになればいいのだ」

「それで大丈夫なので御座いますか」

「大丈夫かどうかは判らんが、いずれ何とかはなろう。幸い、今出しておる『滑稽新聞』は好調だ。猿真似《さるまね》する者も出るくらいだから、まあ売れておる。このまま数年続けられれば、そのうち借財も返せるだろうが——」

摘発されればそれも適《かな》わん、と宮武は云った。

「既にして目を付けられておるのだ。難癖や云い掛かりばかりだが、それだけに抗弁したって聞いちゃくれん。先方は最初から潰す気でしているのだからね。法に訴えても無駄だ。裁判して縦《よし》んば勝ったって、こちらの損害は補塡《ほてん》されん。発売禁止になれば、余剰金など直《す》ぐに消えるのだ。評判も落ちるから売れ行きも鈍る。収監されたりしたなら、またぞろ借金と云うことにもなる。それでは貸主に申し訳が立たぬからね」

出来る限りのことはしたいのだと宮武は云った。

「そうですか。では」

弔堂は雑誌の山を見渡し、数冊を選《よ》り分けた。

「これだけ、買わせて戴きます」

「おい待てよ。そりゃあ全部、余《ぼく》が作った雑誌ばかりじゃあないか」

「はい」

「こ、こっちは」

そちらは買い取り致し兼ねますと弔堂は云った。

「何故だ。あんた、これは貴重だと云うようなこと云ったじゃないか」

「申しました。その通りかと」

「じゃあ何故」

「揃うておりませぬ」

「いや、慥《たし》かに歯抜けだが、そのくらいならあんた、簡単に揃えられるだろう」

「はい。抜けている分は――揃えられます。舗《みせ》にあるものも御座います」

「全部持ってる、ってことか」

弔堂は首を横に振った。

「欲しくないかと問われれば、欲しい――いや、読みたいですな。そして然るべきお方に売りたい。だが、その然るべきお方は既に此処にいらっしゃる」

「どう云う意味かな」

「これは宮武様が持っているべきものかと存じます。欠けておりますす分は、当方で補塡させて戴きます。お買い上げ戴き、何卒《なにとぞ》、蒐集品《コレクション》を補完して戴きたい」

宮武はハアと裏返った声を上げた。

「う、売り付けようと云うのか」

「はい」

弔堂は正面から宮武を見据えた。

そりゃ余りに殺生《せっしょう》な言い様だと、宮武は眉尻を下げ口を尖《とが》らせた。

「余《ぼく》は金が要ると云っておるのだよ」

「承知しております」

「そんな、法外な云い分が——」

「いえ、こちらは買わせて戴きます。こちらの宮武様がお作りになられた雑誌新聞を——そうですねえ、これからお売りすることになる欠落分の雑誌代金を差し引きまして——」

二百円で如何《いかが》でしょうと主は云った。

「何だと。二百円——今、そう聞こえたが、余《ぼく》の耳が変なのかな」

「私は二百円と申し上げました故、宮武様のお耳は正しかろうかと」

「あ、あんた、そりゃそれで間違っておるぞ。二百円って、それは二十冊もないのだぞ」

「本の価値は人それぞれ」

主は帳場の方に進み、急なもので現金が御座いませんが——と云った。

「手付けとして五十円、残りの百五十円は後日、必ず送金させて戴きます。残りの雑誌は抜けている分を補い、改めて発送致しましょう。宜しければ発送先のご住所などお教えくださいましょうか」

主は懐紙に包んだ何か——多分紙幣を宮武に渡した。

宮武は中を確認して眉根を寄せた。

「お、おい。本当に良いのか。あのな、そりゃ精精一冊何銭で売ったものだ。幾ら何でもこの金額は——手付けだけだって多過ぎだ。この雑誌全部売って、十円二十円が上限と思うておったのだよ」

「この雑誌の山は必ず貴方様の財産となりましょう。決してお売りになってはいけません。更にこれは、揃っていなければならないものです。何卒《なにとぞ》、この明治の時代を、この時代の平民の息遣いを、後世に残してくださいませ」

弔堂は深深と礼をした。宮武は懐から頰被りにしていた手拭いを引っ張り出すと、眼鏡を外し、汗を拭《ふ》く振りをして。

泪《なみだ》を拭《ぬぐ》った。

「よし、解った。じゃあお言葉に甘えよう。これで固辞致すのは頗る滑稽、頗る無粋。諒解《りょうかい》した。これからも精一杯虚勢を張って、巫山戯させて戴こう」

宮武外骨はそう豪語して、去った。

宮武の『滑稽新聞』は大人気となったが、その後繰り返し摘発され、創刊八年目にして終刊した。発売禁止になる前に自ら命脈を断つと云う意味から最終号は自殺号と銘打たれたそうである。

その後も反骨の操觚者は筆禍事件を繰り返し起こしたようだが、晩年には東京帝國大學の協力を取り付け、それまで蒐集した莫大な量の雑誌新聞を収める明治新聞雑誌文庫を設立したと云う。墳墓廃止論者でもあった外骨は、その雑誌の山を自らの墓標と定めたのだとも聞くのだが――真偽の程は、知ったことではない。

探書拾陸

幽冥《ゆうめい》

億劫《おっくう》なので店を開けるのを止《よ》しにして、朝湯に行くことにした。

夏の間は朝湯には行っていない。

本来は夏場にこそ行きたいところなのだが、早起きして寝汗を流したところで店に戻る前には汗だくになってしまうから、午前《ひるまえ》には元の木阿弥《もくあみ》である。否《いや》、一度爽然《さっぱり》としている分、より不快になる。足を運び銭を払ってまで不快になるのは莫迦《ばか》らしい。

日に二度も三度も湯屋《ゆや》に行く程の余裕はない。

一日働けば汗塗《まみ》れ埃《ほこり》塗れになるのだし、店を閉めてから湯屋に行くが合理である。

そうは思うが、片付けているうちに草臥《くたび》れてしまうことも多い。

結局、行水《ぎょうずい》で済ませる。

本来、風呂を好む質《たち》だったのだが、京に上《のぼ》って以降は風呂どころではなくなってしまった感がある。瓦解《がかい》後はどうでも良くなった。どうでも良くなったと云うよりも、気持ちが悪くなったら入る、汚れたら洗うと云った具合になってしまった。

不潔は好かぬし綺麗にしたいと常常《つねづね》思ってはいるのだが、御一新《ごいっしん》後はなるべく人と関わらぬように暮らしていたから、気にしなくなったと云うのはある。人前に出ないのであれば、人目を気にすることはない。自分が厭《いや》だと云うだけならば、我慢も出来よう。

——否。

幾《いく》ら洗っても。

——人斬りの汚れは落ちねえか。

そう思ってしまったのかもしれぬ。ならば手の施しようもない。

小店《こみせ》を構えてからは流石《さすが》にそれまで以上に身形《みなり》に気を付け清潔を心掛けるようにしてはいるのだが、それにしたってこれだけ馬齢を重ねると、そもそも己の存在自体が不潔であるように思わぬでもない。

うかうかと坂を下る。

山の方はすっかり紅い色が差している。

朝晩は過ごし易《やす》くなって来たし、今日などは冷え込んだくらいだ。

瓦解前には未《ま》だ暗いうちから湯屋の前に並んで開くのを待っているような粋狂な連中が居たものだが、今はそんなことはないと聞く。

開く刻限は決まっている。

その昔は、人が集まれば開けていたものだ。

思うに、戸口に人が来るのを観たら罐《かま》を焚《た》くようにしていたのだろう。奴等《やつら》は戸が開くのを待つと云うよりも、湯が沸くのを待っていたのだ。

昨今は、幾ら大勢並んでいても早く開けるようなことはしない。毎日決まった刻限に湯を沸かすようにしているのだろう。ならば客も早く来て並ぶような無駄なことはしないだろう。

何だかつまらないような心持ちにもなるけれど、それが当たり前のような気もする。無駄がないのは好《い》いことだ。悪いことは一つもない。だからあの頃が良い時代だったとは決して思わない。寧《むし》ろいい加減だったのだろうとは思う。

ただ、いい加減な在り方をなくすことと無駄をなくすことが同義かと問われれば、それも違うような気もする。

街は多少小綺麗《こぎれい》になった。

見た目が変わった訳ではない。この辺《あた》りには瓦斯燈《ガスとう》がある訳でもないし、家並みとて瓦解前と然《そ》う変わっている訳ではない。新しく建つ家も、取り分けモダンなものではない。

それでも何処《どこ》となく清潔になった気はする。

何だか知らぬが、立ち小便や野糞《のぐそ》なんかを禁じる条例だか法律だかが出来たとかで、官憲が怖い顔で見回ったりもしているのだ。大人は兎《と》も角《かく》、童《がき》くらいは見逃せと思わぬでもない。

下肥《しもごえ》汲みも得手勝手に出来なくなったらしいし、肥溜めにも蓋《ふた》をすることが義務化されたと聞く。その所為《せい》か、下水だの便所だのも幾分清潔になったような――気にはなる。

殆《ほとん》ど気の所為《せい》だろうと思う。

でも、実際に町中の悪臭は減った。

だから小綺麗にはなっているのだ。

十五六年前に疫病が流行してから、そうした風潮はより強くなったようだ。

気分だの気持ちだのと云う問題ではないのだ。黴菌《ばいきん》は不潔な場所に涌《わ》くと云うから、病気を防ぐためには清潔にするのが一番なのだろう。下水だけではなく上水の整備も始まったと聞いている。この辺りは未《ま》だ手付かずのようだが、いずれこの国全部が清潔になるのだろう。

それは好ましいことだと思う。

ただ、下下《しもじも》の下《しも》の始末まで見張らねばならぬ官憲は気の毒だと思わないでもないが。身形《みなり》も立派で、髭《ひげ》まで蓄えたお役人が、屎尿《しにょう》の監視と云うのは如何《いか》にも気の毒である。昔で謂《い》えば町廻り同心のようなものなのだろうし。どうも恰好《かっこう》がつかぬように思う。

百舌《もず》が啼《な》いた。

高啼きである。

あれは縄張り争いをしている声だと聞いた。慥《たし》かに勇ましい。諍《いさか》いごとを好む鳥なのかもしれぬ。獲った餌を枝に刺して贄《にえ》にするのも、その性質故なのかとも思う。本当にそうなのかどうかは、知らないのだが。

そうなら厭《いや》な鳥だ。

殺《あや》めた者を晒《さら》しものにするようなことは、好かない。

好かないが。

京では幾度も見た。自分で晒したことはないけれど、片付けたことなら何度かある。

晒された死骸は、まるで大義が垂れた屎尿のようだった。屎尿のように扱うよりなかった。

人の骸《むくろ》だと云うのに。

橋を渡る時にそんなことを思った。

店の前の坂には人影が疎《まば》らだが、下れば人はそれなりに居る。

皆、忙しそうである。朝っぱらから勤勉に動くものだと思う。

書生が貼り紙をしている。

顔を上げてみれば遠くでも同じように貼っている者どもが居る。ハテ何だろうと思って眼を凝《こ》らせば、出《い》で立《た》ちこそ書生風だが凡《およ》そ若者とも思えぬ連中である。

平民だの反對だの戰爭だの、社會だのと云う文字が目に入った。

反戦の貼り紙なのだ。

日清戦争からこっち、きな臭いのは承知している。日英が同盟し、露西亜《ろしあ》帝国とも睨《にら》み合いだと聞く。尤《もっと》も甘酒売りの親爺《おやじ》などには関係のないことである。国事のことなど詳しく知らぬし主義や主張もない。小難しい理屈も解らない。知っているのは、いずれ戦争はろくなものではないと云うことだけである。

ただ、どれだけろくなものでなかったとしても、忤《さから》えるものではない。戦争を始めるのはどこぞの偉いお方達なのである。それこそ平民なんぞが紙を貼ろうが演説をぶとうが、避けられるものではないようにも思う。下の方は常に好《い》いように使われて、使い捨てられるだけだ。

——いや。

どうなのだろう。

あの頃、己は己の意思で、国事のために奔走していたのではなかったか。その上先陣を切って戦っていたではないか。

殺したじゃないか。

憎くて殺したのじゃない。親の仇敵《かたき》でもないし、恨みも辛《つら》みもない。あれは。

国のために殺したのだ。

四十年前だって戦《いくさ》を厭《いと》うた者は大勢居たのだろう。

だが、そうした者の声は届かなかった。聞こえなかった。

尊王攘夷《そんのうじょうい》の志《こころざし》は兎《と》も角《かく》も、結局は佐幕か倒幕かの二択だった。

歩み寄りも相互理解も、尊重も妥協もなかった。敵か、味方かである。相容れぬ以上は潰し合うしかなかろう。だから、戦《いくさ》になる。そこに民意などない。一人一人の意志もない。

鯔《とど》の詰まり、どのような思想信条を掲げているかはどうでも良かったのだ。

結局のところは徳川《とくせん》に付くか、徳川を潰したいかの選択だった。

伯勞《ハクロウ》 毛須 伯趙 左傳 伯鷯 夏小正註

博勞 詩疏 鵙《ケキ》 圏詩

鴂《ケツ》 孟子音決

兼名苑云
鵙《モズ》一名鸛 揚氏漢語抄云白勞ハ 毛受ニ云鵙 伯勞也
日本紀私記ニ云百舌鳥

壬辰閏十月廿六
真寫

時珍鵙ヲ悪鳥トシ悪聲ノ
陰氣ニ感ジテ動ク殘害ノ
ト云ヽ

思うに、殆どの民草《たみくさ》はそんなことはどうでも良かったのではないか。上に居るのが将軍だろうが天子様だろうが、毎日飯が喰えて寝て起きて暮らして行けるなら、それで良かった筈だ。

戦は厭だったのだろうが。

——なら。

ああやって紙を貼ったり演説をしたり出来る分、今はマシだと云うことか。縦《よし》んば無駄な抵抗であったとしても、しない出来ないより良いではないか。

——うんと貼れ。

京で目にした貼り紙は罪の告発か敵への抗議文ばかりだった。

長州《ちょうしゅう》が悪い徳川が悪い、夷狄《いてき》の傀儡《かいらいふ》不逞《てい》の族《やから》、天誅《てんちゅう》、討伐《とうばつ》、殺せ殺せ殺せと——。

戦はいかん、殺し合いは止《よ》せなどと云う貼り紙は一枚もなかった。

あったとしても直《す》ぐに剝がされたのだろうが。

そんなことをうかうかと考える。

また百舌の声がした。

きいきいと喧《やかま》しいことである。黙っておれば綺麗な小鳥なのだが、生きて行くためにはそうもいかないものなのか。

——生きるためよ。

しかし。

あれは——生きるためだったのか。それは違う。国のためだったか。それもどうか。その結果、分断は明確になり戦が始まったのではなかったか。仮令《たとい》戦をすると決めたのはお偉い方方であったとしても、契機《きっかけ》を作ったのは、火種となったのは、誰だったのか。

——ならば、あの一撃は。

掌《てのひら》を見る。

無意味なのだ。

それは自明の理ではないか。

大義があろうと何があろうと、殺人に意味などない。

人殺しは、人殺しである。

自分はただの人殺しだ。

血は洗い流せるが、この手の穢《けが》れはどれだけ洗っても、何十年経っても消えるものではないのかもしれぬ。

小綺麗になった町中で、己一人が小汚いままのような、そんな気になる。

未《ま》だ開いていない店が多い。

序《つい》でに湯飲み茶碗でも買って帰ろうかと思っていたのだが、瀬戸物屋も閉まっていた。

帰りには開いているだろうか。

晴天は抜けたように高い。

顔を上に向けていると、僅《わず》かに腥《なまぐさ》い臭《にお》いが鼻腔に紛《まぎ》れ込んで来た。

視軸《しじく》を地上に戻すと馬が見えた。藁《わら》だか柴《しば》だかを一杯に積んだ荷車を曳《ひ》いている。頰被《ほおかむ》りをした冴《さ》えない男がその荷を押すように続く。

実にのろのろとしている。

馬は、走る姿が良い。

尤《もっと》も駆けている馬など戦場でしか見たことがない。

平時、概《おおむ》ね馬はのろのろと力仕事をさせられているだけだ。百姓にとって——特に田舎の百姓にとって馬は欠かせぬものだが、それは走らせるものではないのだ。

町中でも、そこのところは変わらぬのである。横に除《の》けて馬を遣《や》り過ごす。

頰被りをした男は下を向いている。

妙に襤褸《ぼろ》を着込んだ男だ。秋口とはいえ未《ま》だそれ程寒くはないだろうに。自分はこの明治の町並みには似《そぐ》わぬのだと云いたいかのような出で立ちである。

まるで己を見ているかのような気分になる。

見たくもないから目を逸《そ》らしたその時、鼻先を異臭が掠《かす》めた。

何かと思って地べたを覧《み》れば、馬が通り過ぎた後に馬糞《まぐそ》が落ちている。

人は駄目でも馬はいいのだろうかと思う。駄目であったとしてもどうしようもないのか。出ものの腫《はれ》もの処《ところ》嫌わずと謂うし、畜生には躾《しつ》けも出来ぬだろう。

それにしても町中が小綺麗になると馬糞一つがこんなに臭うものなのかと、少し驚く。以前ならこんなものはそこいら中に落ちていたし、そう気にすることもなかった。

——いや。

その、以前と云うのは、もう何十年も前のことである。

肥溜めに蓋なんぞなかった時代だ。大昔だ。

そんなものは何の基準にもならない。

綺麗な方が良いに決まっている。

あの汚物だって、直《す》ぐに誰かが片付けるのだろう。

汚いものはない方が好《この》ましいだろうし。

——だから。

小汚いこの己も、せめて汗を流し垢《あか》を落として、身綺麗にするよう心掛けておかねばなるまい。ただでさえ薄汚い爺なのだ。そうしなければ。

片付けられてしまう。

馬糞と一緒かと、心中で己を嘲笑《あざわら》う。

角を曲がると、見慣れない深紅の塊《かたまり》が突っ立っていた。

ぎょっとして見直してみれば、どうやら改良型の郵便箱のようだった。箱の形はしてないのだが、手紙を差し出す容れ物なのである。

噂に聞く処に拠れば、郵便を垂便《たれべん》と読み違えて、こともあろうに用便に使う粗忽者《そこつもの》が跡を絶たなかったため、鉄製に変えて赤く塗ったのだ——と云うことであるが、それはどうにも眉唾《まゆつば》だと思う。丁度《ちょうど》公衆の廁《かわや》などが造られ始めた時期だから、間違えたのだろうと云う話らしいが、どう見たって用便に適した形ではなかろう。

官憲に立ち小便を咎《とが》められた言い訳ではないのかと思わぬでもない。

どうであれ、こうして街は綺麗になって行くのだ。

そんなことを思っているうちに湯屋が見えて来た。

駒之湯《こまのゆ》と染め抜いた暖簾《のれん》が出ている。

そんな名前だとは知らなかった。昼間に来ることが少なかったからか。こうして観るとそれ程古くもなく、良さそうな構えである。

今様《いまよう》だ。

湯屋も様変わりした。

先《ま》ず、二階がない。

湯屋には必ず二階があったのだ。とは云うものの、二階に何がある訳でもないのだ。

湯上がり客は二階の座敷で冷えた茶を飲んだり、将棋を指したり、瓦版《かわらばん》を読んだり、ただ寝転がったりして、だらだらと寛《くつろ》いで、無為に過ごしていたものだ。

明治になっても暫《しばら》くの間は二階があったように思う。

もしかすると、風紀が乱れると云う理由から官憲の指導でも入ったのだろうか。新政府は何でも禁じると誰かがぼやいていたし、或《あ》いは法で禁止されたのかもしれない。

そうは云っても別に如何《いかが》わしいこともなかったように思うのだが、何処もそうだったのかは知らないから、何とも云えない。そうしてみると、知る限り二階に上がれる階段は男湯にしかなかったように思うし、二階番は大抵婀娜《あだ》っぽい女であったから、知らぬだけで風紀を乱すような商売をしていた処もあったのかもしれない。

別段楽しみにしていたと云う訳ではないのだが、湯上がりに無為な刻《とき》を過ごせなくなったことは、やや物足りない。

戸を開けて湯屋番に銭《ぜに》を払う。

二銭五厘《りん》であるから、貧乏人には廉《やす》くもない。昔は一銭しなかったのだ。愛想《あいそ》のない湯屋番は顔も上げず口すら利かない。

そこは気に入っている。夜に来ても朝に来ても扱いは変わらぬらしい。

空《す》いている。

下足入れなどないから三和土《たたき》の履物を覧れば何人来ているか一目で判る。先客はたった二人だった。ちらりと見ると脱衣場の隅で番頭の三助《さんすけ》が暇そうにしている。折角《せっかく》だから頼もうかと思い、ただ流し、とだけ云って、こちらも無愛想に銭を出した。湯屋番は横目で銭を見て、フンと鼻から息を噴き、釣り銭を勘定し乍《なが》ら顎をしゃくった。

三助はそれでも番台の方に気を向けていたらしく、オウなどと云って褌《ふんどし》一丁になると流し場に向かった。

これまで流しを頼んだことなど一度としてなかったのだが。どうした風の吹き回しか、己でもどう云う心持ちなのか測り兼ねる。少しでも多く垢を落としたかったのかもしれぬ。

馬糞なら洗ったところで綺麗になどならぬのだろうが。

流し場に入る。

三助は既に留桶《とめおけ》に湯を汲んで待ち構えている。

洗い場には誰も居ないので間違えようがない。軽く流して一度温まりなせえと云うので、マア兎《と》に角《かく》流してくれと答えた。

「夏の間中蒸されてたからな」

「最近、めっきり涼しくなって来やしたからね」

適当なことを云い乍《なが》ら三助は湯を掛けて背中を洗い出した。これが大層気持ちが良い。一擦りごとに多少マシなものになって行くような気がするから不思議なものだ。

「空いてるな」

「まあ、書き入れ時だてえのに困ったもんでね。今ァほれ」

三助が背後から示す。

顔を上げると、壁にビラを貼った板が掛けてある。

刹那《せつな》、反戦の貼り紙かと思ったが、勿論《もちろん》そんなことはないのだ。湯屋の流し場にそんなものを貼る訳もない。

奇妙な絵が描いてあり、その下に例年通リ留桶新調致シ候《そうろう》と書き付けてある。

「ああ、留桶新調の時分か」

「へえ。集まりが悪くてね。つまり実入りも少ねえ」

三助が使う留桶は年に一度新調するのが慣例である。

その際に、常連客から寄付を募るのだ。寄付した者は名前と金額が脱衣場に張り出されるので、見栄っ張りは張り合って銭を出すのである。

「悪《わり》いが俺ァお馴染《なじ》みじゃあねえから出しやしねえよ。見たところ、この閑古鳥《かんこどり》じゃあ板の間稼ぎも出ねえだろうが、用心して僅かしか持って来なかった。だから、もう銭がねえ」

茶碗も買えまい。

お気になさらねえでと三助は云う。

「なァに、こんな日ァ流させて貰えるだけで有り難《がて》えですよ。精精《せいぜい》気張って流しやしょう」

汚れているから洗ったら一回り小さくなっちまうかもしれねえなどと云うと、三助は高い声で笑った。

「時に番頭さんよ、付かぬことを尋《き》くがな。このビラに描いてある絵は——何だね」

三助は一層に笑った。

「それですかい。いやあ、下の方の字はね、まああっしが書いたんだが」

「字は読める。中中達筆だ」

「金釘流《かなくぎりゅう》ですがね。その絵はほれ、番台の主人が描いたもんなんで。何にでもそれを描くンだね。柚湯《ゆずゆ》の知らせも休業も値上げも、ビラにゃあ全部、描きますね。お得意なんで」

「いや、だから何の絵なんだい」

馬でさあと三助は云った。

「馬かね。まあ、そう云われれば馬にも見えるがな」

犬だとか牛だとか云われてもそうかと思うような絵である。

「あの主人は馬が好きなんですな。だから名前も駒之湯でしょう。まあ、あっしが童《がき》の時分はここは鶴之湯《つるのゆ》だったんですがね。建て替えた時に変えたのさ」

「建て替えたかね」

「ほれ、罐場《かまば》ァ木造《きづくり》じゃあ火事が出ていけねえとお上《かみ》からお達しがあったんでしょうや。そん時にね、罐場だけ造り直すなァ面倒臭《めんどくせ》えからって、丸ごと建て直したんだと前の番頭から聞いてやす」

「そうかい」

馬なのか。

馬のような模様を眺めているうちにさあ一丁上がりだと云われた。

こんな爺《じじい》の背中を流すのは気分の好いものではなかろうと思うが、まあ仕事なのだから已《や》むを得まい。その割に番台の主人よりも愛想が良い。

我慢の利く男だと思う。

そうしてみると熟々《つくづく》自分は客商売に向いていないと思う。

それまでずっと湯槽《ゆぶね》に浸《つ》かっていた老人が上がって来た。交替するように湯に浸かる。

程好く熱い。

行水は冷やすだけだし、こうは行かない。ふうと息を吐《は》くと良い身分だねと云われた。

頭から手拭いを被《かぶ》って縁《ふち》に座っていた男が身を湯に浸けて近付いて来た。

「珍しいじゃないか弥蔵《やぞう》さん」

「利吉《りきち》どんか」

店に寄り付く若造である。何が面白いのか、余程暇なのか、毎日来るのだ。

「おいおい、こんな処《とこ》でまでお前さんの面《つら》ァ見たかねえなあ」

「何を云うかね。あたしゃこの駒之湯の上客さね。毎日この時間にゃ来る。月留めの割引があるぐれえだ」

暇だなと云うと暇だよと返された。

「まあ、仕事の汗を流すったってその仕事がねえもんで。仕事探すにゃ身形《みなり》が大事、朝からこうやって男っ振《ぷ》りを上げなくちゃアいけねえ」

「湯に浸かるだけでそんなものが上がる訳《わき》ゃねえ。気の所為《せい》よ」

そう、垢を落としたぐらいで人品骨柄が変わる訳でもない。

ただ、清潔なのは良いことだし、それだけで多少はマシになった気になることは確かだ。実証済みである。

「そんなに浸かっていたらふやけちまうのじゃあねえのか」

「いやね、正直に云うと夜の風呂屋は暗いでしょうや。いいや、もう日暮れにゃ暗い。湯だって黒く見える。あれがどうもすっきりしないやね。窓でもありゃあ、まだ少しは好《い》いと思うけども」

「莫迦《ばか》。窓なんか開けたら湯が冷めっちまうじゃあねえか。薪《たきぎ》が勿体《もったい》ねえよ。あのな、その昔は流し場と湯槽の間にも板仕切りがあったんだ。冷めるからよ」

「何だい。戸があったかね」

戸はねえよと云った。本当に知らないのだろう。

「仕切り板にゃあ、こう絵が描いてあってよ、下の方にな、こう、出入り口てえか——石榴口《ざくろぐち》てえ穴があるんだ。そこを通って躙《にじ》り入《へえ》るんだよ」

「素っ裸でかね」

「当たり前《めえ》だ。湯に入《へえ》るんだから。まあ裸で板間を這《は》い擦《ず》るなあ、何だか厭だったがな。湯垢でぬる付くしな」

恰好《かっこう》が良くないねえと利吉は云う。

「見たくもないねえ。野郎の臀《しり》なんざぁねえ」

「みんなそうだったんだよ。だから朝湯だって暗かったんだよ。湯槽だって、こんな温泉場みてえなのじゃなく、腰が高くてな、湯気も朦朦《もうもう》と立ち籠《こ》めるし、夕方なんざもう真っ暗だ。朝だってこんなに明るかァねえ。夜と同じよ」

風呂屋も改良されたんだねえと利吉は感心したように云った。

——改良か。

「何でも彼《か》でも改良だな。それもご時世なのかもしれねえが——風呂屋なあ。湯屋とは云わねえのか」

「同じことじゃないかね。ああ、しかし流石《さすが》に逆上《のぼせ》っちまうから、あたしは先に上がるよ」

先も何も、随分前《さき》に入っていたのだから当然である。別に連れではないのだ。

顔を拭《ぬぐ》う。

慥《たし》かに昔の銭湯より気持ちが好《い》いように思う。これをして改良と云うのか。

世の中と云うのは縷縷《るる》変わって行くものなのだ。変わって行く潮目に巧《うま》く乗った方が、それは快適なのだろう。

乗れぬ者も居る。

そして、己は乗ってはいけない者のようにも思う。

右手を見る。

ふやけただけで、何が変わった訳でもない。相も変わらず朽《く》ちた爺の手だ。

――まあ。

気分だけでも良くなったのだから良しとするしかない。

体も芯まで温まった。

上がり湯を掛け、手拭いをきつく絞って、出た。

脱衣場の床にはだらしのない恰好の利吉が居り、先程の三助と何やら話し込んでいた。

待っていたのか。

「ああ――亭主《とっ》つぁん、やっと出たかいね。やけに緩寛《ゆっく》りじゃあないか」

「構わねえだろうが。誰が待っててくれと頼んだよ。お前さんの顔は店で見るのだけで、もううんざりなんだよ」

そう嫌うなよと利吉は立ち上がる。

「何ね、留桶新調のご寄進をしていたのさね。あたしゃ毎日流して貰ってるからねえ。知らぬ振りも出来ないてェ寸法でね」

五十銭戴きやしたと三助は云った。

「そうかい。いや、番頭さん。さっきも云ったが俺は忠実《まめ》に通いもしねえ汚《きたね》え爺だから、銭は出さねえぜ。悪く思わねえでくんな――」

気にしねえでまた流させてお呉《く》れと三助は再び同じようなことを云った。なる程、この辺りが己に欠けているところだなと思う。

愛想と云うのはにやにや笑っていれば良いと云うものではないのだ。

そのまま片手を挙げてちびた下駄を履く。番台の親爺は相変わらず無愛想に下を向いていたが、それでも毎度どうもと低い声で云った。悪い気はしない。

暖簾を覧ると、文字の他にあの妙な絵が染め抜かれていた。

得意の絵なのだろうが、矢張《やは》り馬には見えない。

馬だと云われれば、まあ馬なんだろうと云う程度である。

こんなものを見ていても仕様がないと踵《きびす》を返そうとしたその時、暖簾が捲《めく》れて利吉が顔を出した。

「連れないねえ。何だね」

「何だねはこっちの云い分だ。待っていた訳じゃねえのだろうが」

待っていたんだよと云って利吉は暖簾を潜る。ほやほやと湯気が出そうな色艶である。

頬《ほほ》に当たる風が心地良い。

午前《ひるまえ》と云うより未《ま》だ朝の内である。

どうでも好《い》いが、二階がないのはこう云う時に困る。さっぱりしたのと同じ程度に倦怠感もあるのだ。湯上がりには暫く呆《ほう》けていたいものだ。

ふと横に目を遣ると縁台が出し放しになっている。

仕舞い忘れたかわざと出してあるのか、既に夕涼みをする季節ではないし、朝っぱらからこんなところに座る者も居ないと思うが、雨曝しになっているようなので、夏の名残《なごり》にただ放ってあるのだろう。

腰掛けると利吉も横に座った。

「何だよ」

「そう嫌わないでお呉れよ。これから店開けるのだろうに。幟《のぼり》ィ立てるくらいは手伝うよ」

「付いて来る気かよ。今日は気乗りがしねえから休みだ休み」

つまらないねえと利吉は云った。

「実はね、此処《ここ》で雇って貰おうかと、あたしはそんなことも考えていたんだよ」

「雇ってって——三助になるか」

「ああ。十年もやれば風呂屋が出せると云う話だからね」

「そんなものかい。この野郎、そんな下心があって通い詰めてやがったのか。しかし、この湯屋にゃ跡嗣ぎが居たのじゃなかったか」

「此処ォ嗣ぐのは平助《へいすけ》だろうさ。ありゃ何にも苦労しないで番台乗って、ぼおっとしててもそのまんま二代目嗣ぐのさね。雇って貰って何だかんだと修業して、十年辛抱すれば他所《よそ》に風呂屋が出せる、てえ話さね」

「そりゃ暖簾分けってことか」

「さあねえ。こんな珍妙な暖簾は分けて欲しかないけども――まあ、暖簾を分けると云うよりも、風呂屋出せるくらい銭が貯まるってことなんだろうね」

「三助の実入りゃあ、そんなに良いのかよ」

「そう聞いたよ。でも、大変そうさ。番台は楽そうだし、三助仕事は向いてるんじゃあないかと思ったんだがね」

助兵衛心からのことじゃねえのかと云うと、それもまああったさと利吉は答えた。

「番頭になりゃあ女湯も入《へえ》り放題だからね。つってもね、欣司《きんじ》さんの話だと、裸の女の中に男一人ってのは、こりゃあ慣れねえとやってられねえらしいね。何たって仕事だ。御令嬢の玉の肌も親爺の鮫肌《さめはだ》も、同じように見えて来なくっちゃア勤まらねえらしい。背中はみんなおんなじ組板《まないた》だとさ」

そんなものだろう。

三助がいちいち盛《さか》っていたのでは客は来るまい。

「考えて見りゃあ、見慣れねえもんだろうしね。目の遣り場にも困るんだろうねえ。そう、その昔は混浴だったてえのは本当なのかね」

「莫迦。そりゃ昔昔の大昔のこったろうがよ」

「そうかね。何でも品川《しながわ》の辺りじゃあ混浴があるそうだがね」

「そりゃ取り締まりが緩いんだろよ。混浴は天保《てんぽう》の頃から御法度なんだと聞いてるぜ。俺の居た田舎だって男女は分かれてたよ」

そうなのかいと云って利吉は小鼻を指で擦《こす》った。

「まあね、三四年の間は薪拾いやら罐焚きに雑用、で、段段に慣らしてね、それから流しに昇格して、流しが板に付いて来るてえと、番台も任せられるようになってだね、で、その間に貯めた銭で、別に風呂屋を構えるンだと」

「貯まるもんかね」

「貯まると云うんだけどもね。でも簡単にゃ貯まらないそうだよ。あの欣司さんだってもう六年三助してると云うしね。それを思うと平助の野郎は良いご身分だ。あの野郎、働きもしないで本ばかり読んでる癖に、暮らしに困るこたァないんだからね。憎らしいったらないよ。欣司さんの苦労はどうなるんだと云いたいよ。とは云うものの、そもそも此処は、そんなに流行《はや》っちゃアいないからね。隣町に出来た薬湯に客を取られちまったんだね」

何処も大変だなあと云った。

まるで心の籠《こも》らぬもの云いである。

「どうせ改良するなら下下の懐を改良しちゃア貰えねえもんかよ」

「さあねえ。下に薄いのは昔っからなんでしょう。異国と戦争すんのにゃ金惜しまないんだけどね。意外に、そこんとこに文句垂れる御仁《ごじん》は居ないね」

「まあ、文句は云ってるんだろ。云えるなら云った方がいいさ。その辺でも朝から戦争反対の貼り紙してたぞ。昔はそんなことすら——」

そこで顔を上げると、湯屋の横の板塀の前に、若い書生が放心したように突っ立っていた。

未《ま》だ子供——十五六に見える。

取り分け顔付きが子供っぽい訳ではないのだが、表情が稚《あどけな》い。

どうにも垢抜けていない。書生の恰好が似合っていないのだ。

貼り紙をしていた連中の仲間なのだろうと思ったが、違うのかもしれない。

眺めていると、どうしたんですよと利吉が問うた。何も応えないでいると、利吉もその小僧に気が付いたらしく、どうしたんでしょうなと云い直した。

「あれも三助志望かね」

「そんな訳はねえよ。社会主義とかのビラを貼っているのじゃねえのか」

「貼ってないでしょ。ありゃ貼ってあるのを見てるんだ。おいおい、君」

止《よ》せばいいのに利吉は立ち上がる。袖を引いたが遅かった。

「何か御用かね」

若者はわっと云って少し飛び退《の》き、どうもすいませんと頭を下げた。

「何だい。謝るようなことをしていたのかね、君は。しかし、そんな処《ところ》からじゃ中は覗《のぞ》けないだろう。そもそも女湯の格子が開くなあ、もっと後だよ」

「そ、そんなこと」

若者は真っ赤になった。

「ぼ、僕はただ」

この絵を見ていただけですと答えた。

「絵って——そりゃ留桶新調のビラじゃあないかい。絵じゃないよ」

「はあ」

若者は少し前傾し、首を傾《かし》げた。

「この——いや、すいません」

「何故《なぜ》謝るね。解らない人だねえ」

「お前さん」

反戦のビラ貼ってたんだろと問うと、そうですと素直に答えた。別に隠すことでもないのだろうが。

「そう云う——人なのかい」

「そう云うと云いますと——あ、いえ、僕は未《ま》だその、何と云いますか、手伝い程度のものでして」

「手伝いって——ああ、結社や何かにゃ入ってないってことかい」

「ええ、その、幸徳秋水《こうとくしゅうすい》先生ですとか安部磯雄《あべいそお》先生の——」

「幸徳って——あの、昨年亡くなった中江兆民《なかえちょうみん》先生のお弟子の、『萬朝報《よろずちょうほう》』なんかに書いていた、あの幸徳先生ですかな。その、お弟子さん」

「で、弟子ではなくて、その、私淑しておるだけでして——」

誰だそれはと問うた。

「何だ、またぞろ操觚者《そうこしゃ》か」

「違うよ弥蔵さん。まあ、操觚者でもあるんでしょうけどね。云うなれば、思想家かねえ。社会主義運動家だね」

「能《よ》く解らねえな」

そう云う小難しいことを考えていないと戦争反対には到らないものなのか。

「じゃあ、あんたは社会主義運動の活動家——てえことですかね」

「いや、活動なんかはしてないです。勉強会に顔を出したり講演会を聴講したりはしていますが——お手伝い程度で」

「幾歳《いくつ》だね」

若いものなあと利吉は眺め回す。

「十八ですが——」

「はあ。聞いたかね弥蔵さん。十八だってさ。そんな若くって活動家かね」

「いや、ですから」

「心配は要《い》らないよ。あたしはね、観た通り官憲でもないし、この風呂屋の者でもないよ。君がどのような思想信条の下《もと》に何を致そうとも、摘発も弾劾《だんがい》もしやしないのさね。勿論、戦争賛美者でもござんせんよ。あたしは極めて進歩的で平和的な、凡民でござんすよ。縦《よし》んば君が社会主義を掲げる活動家であっても、通報も告げ口もしやしない。だから怖がるこたあ、これっぽっちもない」

「いえ、その――」

「絡《から》むんじゃねえよ利吉どん。つまらねえことには口が回るな、お前さんは。最前から手伝いだって云ってるじゃあねえかい。その齢《とし》だったら、未《ま》だ尻も据わらねえよ。色色と考える頃合《かんげ》いじゃねえか」

解ったような口を利くなあと利吉は戯《おど》けた。

いや、解っているのだ。

己に照らすなら、その時分の己は確実に揺れていた。揺れて、考えて、そして信じた。正しいか正しくないか、今となっては解らない。だが、どれだけ正しかったのだとしても、間違ったことをしたのだと思う。どんな大義名分があろうと殺し合うことは間違いなのだ。

裏を返せば、戦わずに済むと云う選択肢があるのであれば、大義名分などなくともそれを選ぶが正解だろう。

今はそう思う。

「僕は——あの、色色考えさせられることはあるんですけど、何と云いますか。その——弱い者や貧乏人が——」

いや、違いますねと若者は云った。

「僕は、そうですね——暴力が嫌いなだけです」

そりゃ好《い》いことじゃねえかと云った。

「小理屈はどうでもいいんだよ。そう云う気持ちで何か選べるンなら、それに越したことはねえじゃねえか」

はあ、と青年は覇気《はき》のない答え方をした。妙にひょ、、、ろりとした男だ。

「まあいいけどね。あたしも暴力沙汰ァ好まない。戦争なんかァ大嫌いだし、どんなに仕事がなくたって兵隊だけにゃあならないけどもね。肚《はら》の底から向いてない。そりゃそうと、君が何者であろうとも、だよ。その君が何故に風呂屋の貼り紙を穴の開く程見詰めておるのかと、それをば尋ねているのさね」

弥次馬《やじうま》は止せよと云ったのだが、気になるじゃないかと云って利吉は若者に一歩近付いた。

「ですから」

「何だね」

「この」

馬が少少——と青年は小声で云った。

「ウマ。これ――ああ、馬なのかいなこれは。あたしは蝙蝠《こうもり》か何かと思っていたが、まあ、云われて見りゃ馬かね。知ってたかい弥蔵さん、こりゃ馬だと」

知ってるよと答えた。

「番台の主人が描いたんだとよ」

「留作《とめさく》さんが描いたって。あの人は絵心なんざないだろうに。きっと、馬なんざ見たことがないんだねえ。下手《へた》だ」

そうじゃないと思いますよと、青年が云った。

「そうじゃないって――だって見たことがありゃあもう少し馬らしく描くでしょうよ。あたしだってもっと巧い。実物見なくったって、その辺の絵手本か錦絵の馬でも写しゃあ、立派に描ける」

「この絵は、そう云う、馬らしく描こうとした馬じゃないんですよきっと」

「馬を馬らしく描かないで何を馬らしく描くンだい」

「僕もそこの処を考えていたんです」

青年は再び貼り紙を見た。

「実際の馬を写生した絵と、見るからに馬だと判るように描かれた絵は違うんですよ。読本《よみほん》なんかの挿絵の馬は、見るからに馬だと判るように描かれていますけど、実際にはあんな馬は居ないです」

そうかねえと利吉は首を傾げる。

「同じじゃあないかい。だって馬は馬だろ」

「全然違いますよ。洋画の馬なんかと比べると解ります。僕は、子供の頃に能《よ》く馬を描いていたんです。子供の絵ですから下手糞《へたくそ》でしたが――」

「留作さんはいい齢《とし》だよ。平助が二十三四なんだから、留作さんなんかはもう五十五六、もっと上かもしれないね。子供じゃあないけどねえ」

「はあ」

齢は関係ねえだろと云った。

「この人が云うな、そう云うこっちゃあねえだろう。巧かろうが下手糞だろうが、そこんとこは関係ねえのだ。慥《たし》かにな、戯《ざ》れ絵《え》の狸《たぬき》は狸と判るが、本物の狸はあんなじゃあねえだろ。狸にゃあんな睾丸《きんたま》ァ付いてねえだろが。実物写すならあんな絵にゃならねえ。観て描きゃ、巧くても犬だか狐だか判らねえような絵にならあ。そう云うことだな」

若者は嬉しそうにそうですそうですと答えた。

「この馬は、馬である条件は満たしてるんですよ。馬の特徴はちゃんと押さえています。だから、これを描いた人はちゃんと馬を知ってるんです。でも、馬には見えない」

「見えないねえ。下手だからだね」

「いや、下手――なんでしょうか」

「だって蝙蝠に見える馬なんて下手以外の何ものでもないでしょうや」

「俺には」

蝙蝠にも見えねえよと云った。

「そうかねえ」

「三助に馬だと云われなきゃ犬だか牛だか判らなかったが、今は馬に見えるよ。羽がある訳でもねえし、脚《あし》が五本ある訳でもねえ。鬣《たてがみ》も蹄《ひづめ》もあるじゃねえかよ」

「ええ、これは馬です。でも、馬に見えないのは何故なんだろうと、僕はそれを考えていたんですよ」

妙なことを斟酌《しんしゃく》するねえと利吉は奇妙な素振りで云った。

「下手だからだろ」

「洋画だと、こう、陰影を付けるでしょう。しかしこれに陰影を付けても矢張り馬には見えない。色を挿しても変わらない。でも、こう、もう少し絵を縦長に変形して、文字の配置を変えれば――」

青年は片目を閉じて、貼り紙に翳《かざ》した両手を動かした。

「少しは変わらないかと」

「あのな、坊ちゃんよ」

立ち上がる。

「お前さんの云いたいことは何となく判るがな。それは絵じゃねえ。貼り紙なんだよ。下に書いてある字が主だ。その変梃《へんてこ》な絵が従なんだ。問題ななァそこじゃあねえのかな」

「は」

「留桶新調と馬ァ関係ねえ。湯屋と馬も関係ねえ。馬ァ一つも関係ねえ」

「はあ」

「そこにな、桶の絵が描いてありゃ、どんなに下手でも、まあ桶だと判らァ。だがこの貼り紙の中身と馬ァ、何一つ関わりがねえじゃねえかよ。貼り紙てえのはな、何かを知らしめるためにあるんじゃねェのか。なら関係ねえものはお飾りの、模様だろ」

青年は首を上下させて貼り紙を眺めている。

「浮いている、と云うことですか」

「絵が浮いてるんじゃねえ、意味が浮いてるんだよ」

町中の馬糞だ。

田舎道なら落ちていて当たり前のものだ。馬が通ったなと思うだけである。

だが町では違う。清潔な場所に於《お》いて、あんなものは排除されるべき異物である。

しかし——町中だとて馬は通る。馬が通れば糞ぐらいする。馬の往来を知らぬ者には、ただの汚物だと云うだけだ。

それが何かと云うことよりも、場所との関わりの方が大事なこともあるのだ。

しかし。

「だけどな、若いの。この下手な馬の絵は、この湯屋の屋号、駒之湯に掛かってるのよ。駒之湯だから馬なんだ。だからな、絵を下の方に持って来て、横ちょに駒之湯と記しておけば、まあ、馬に見えるのじゃねえか」

「はあ――」

そりゃ卑怯《ひきょう》だよと利吉が云った。

「だって、何だか判らないから文字で示すてえのだろ。まあ、どんな下手ッ糞な絵でも、題が付いてりゃあそう見えるサね。鰯《いわし》だか鰶《このしろ》だか判らないおとと《、、、》の絵でも、そうだと書いてありゃあ、そうだと思う」

「だから絵じゃねえと云ってるんだよ俺は。これは貼り紙なんだ。馬の絵を自慢したくって貼り出してる訳じゃあねえのだ。桶買う銭を出してくれと云うお願いじゃねえかよ。これが流鏑馬《やぶさめ》か馬市のお報《しら》せだったら、こんな絵でもちゃんと馬に見えるよ」

そりゃ馬と書いてあればねえと利吉は不満げに云う。

「能《よ》く解らないけどねえ」

「いや」

能く解りましたと青年は云った。

「絵画ではなく意匠として見るべきなんですね、これは――」

それから青年は暖簾の方に視軸を向けた。

「ああ、だから。暖簾の図も同じポオズですね。これはこう云う――商標なのか。いや、ここに描くんなら、もっと横向きにして、走っているような感じで描けば、この筆致や画力でも馬だと判るかなとか、そうしたことを考えていたんです僕は。商標ならば形は変えられないですね。なる程――」

「いいしょうだかしょうしょうひょうひょうだか知らねえが、番台の親爺にとってこりゃ、こう云う形の、家紋みてえなものなんだろうよ。馬と知れようが知れまいが関係ねえのだ。だが、駒之湯てえ名前と結び付けなくちゃ何だか判らねえ。そう云うことなんじゃねえのか」

「はあ。腑《ふ》に落ちました。仰《おっしゃ》る通りですね。表現や形の問題じゃあないんだ」

青年は笑った。

「あんた、画家の卵か何かかい」

そう問うと、青年は突然顔から笑みを消して、不安そうな顔になった。

何かあるのか。

「いや、別に話さねえで好《い》いよ。俺にはそれこそ関係のねえことだ」

立ち上がり、利吉を促す。

「湯屋の前《めえ》で管《くだ》巻いてたって迷惑だろうよ。そろそろ女湯も開くのだろ。俺みたいな馬糞《ばふん》爺が居座ってちゃ商売《あきない》の邪魔だよ。俺ァ行くぜ」

「ば、馬糞って弥蔵さん。そら、幾《いく》ら何でも酷《ひど》い言い様だよ。そんな汚いもんじゃないでしょうに」

「汚《きたね》えんだよ」

一歩踏み出す。

何故かおたおたしていた若者が、どうも有り難うございますなどと云って頭を下げたようだが、礼を云われる筋合いはないので見ないようにして歩き出した。

数歩進んだ処で四つ辻の方から悲鳴と怒号とが同時に聞こえた。

間《ま》を置かずに結構な勢いの大八車《だいはちぐるま》が現れて、何とも聞き取れないような罵声《ばせい》を残して駆け抜けて行った。

「何だいありゃ。急ぐにしたって程があるだろうに。あんな早駆けじゃ危なくって仕様がないよ。人にぶつかりでもしたら――」

「ぶつかったようだぞ」

顎《あご》で示す。

辻の真ん中に、何かを大事そうに胸に抱えた男が蟬《せみ》の抜け殻のように縮こまって、引っ繰り返っていた。

「ありゃあ」

利吉が駆け寄る。

お節介かとも思ったが、怪我をしているなら放っても置けまい。のろのろと近付いて覧ると、何処かで見知ったような男である。

衣服が白い。

「おい」

更に近寄り、覗き込む。

「お前さん、弔堂《とむらいどう》の処《とこ》の小僧じゃねえかい」

痛い痛いと顔を歪《ゆが》めていた小僧――慥《たし》かしほるとか云う名だった――は、こちらに顔を向けて、ああ甘酒屋さん、と苦しそうに云った。

「甘酒屋さん――じゃあねえよ」

どうしたんだと問うと、小僧が答える前に利吉が知り合いかいと問うた。

「本屋の丁稚《でっち》だよ」

「あの、噂の書舗《しょほ》のかい」

「噂なんか聞いたことがねえよ。お前さんさっきのにぶつかったのか」

「いきなり凄い勢いで飛び出して来たので、除《よ》けられなかったのです」

しほるは箱のような包みを抱えている。多分、本だろう。

「だからってお前――そんなもの両手でもって後生《ご》大事《しょうだいじ》に抱えてるから、受け身が出来なかったのじゃねえか、放り出してでも身を護れよ」

御本《ごほん》は大切ですとしほるは云う。

「莫迦だな。命より大事《でえじ》なものなんかはねえぞ。撥ね飛ばされたんだろうが。落ち処打ち所が悪けりゃ――死んじまうじゃねえか」

「道を普通に歩いていて命がなくなるとは思っていなくて」

「そりゃあ」

昔は常にそう云う感じだったのだが。

脚を観る。

「痛いです甘酒屋さん」

「我慢しろ。折れちゃいねえな。打撲と捻挫《ねんざ》だ。立てねえか」

「た、立ちますよ」

いいいしほるは身体《からだ》を起こしたが、起こすなりに痛いと云ってまた蹲《うずくま》った。

「無理すんじゃねえよ。こりゃ二三日は歩けねえよ。扠《さて》、どうするかな」

「どうするも何も、私はこの御本をお届けしなくちゃならないのです。こんな処で寝ている訳にはいかないのです」

「だから歩けねえよ」

「でも、お約束ですし」

「何を云ってンだよ。じゃあ人力《じんりき》でも喚《よ》ぶかよ」

しほるは暫く脚を動かしたり腰を動かしたりしていたが、その度に痛そうに顔を歪めた。

「いいから先《ま》ずその大切な御本とやらを離せよ。両手が塞がってるからどうにも出来ねえのじゃねえか。ほら寄越せ。盗みやしねえから」

「人力は――」

泥だらけの白装束は不承不承手にした本を差し出した。

風呂敷で包んである。

「お前さんの処は出前もすんのか。そんなに急ぐのかい」

存じませんとしほるは云った。

「ただ、主《あるじ》から昼前にはお届けするようにと申し付かっているのです」

「だからって怪我ァしたんだよ。仕方がねえじゃねえか」

「私の不注意が招いたことです」

丁稚は手を突いて立ち上がろうとしたが、どうも腰を強く打っているようで巧く立てないようだった。

「無理だ無理だ。不注意ッたって、町中をあんな勢いで走る方が悪いんだよ。子供ならホントに死んでたぞ」

「あのう」

背後から声がした。振り向くとあの若者が眉根を寄せて立っていた。

矢張りひょろりとしている。

「差し出がましいとは思うのですが、お困りのご様子ですので――宜しければ僕が持って行きましょうか。手伝いのビラ貼りも終わりましたし、今日は時間があります」

「あ、いや、でも」

「ああ、身許が判らなければ御心配ですね。僕は早稲田實業學校《わせだじつぎょうがっこう》の生徒で、竹久茂次郎《たけひさもじろう》と云う者です。決して怪しい者ではありません」

しほるはこちらを向いた。

「あ、甘酒屋さんのお知り合いの方なのですか」

「知り合ったばかりだがな。まあ、信用出来ねえこともねえだろよ」

丁稚はかなり迷ってから、御迷惑ではないですかと問うた。

「今日は授業に出るつもりはないので時間はあります。とは云え、ご心配でしたら僕の連絡先も――」

「いえいえ、それには及びません。甘酒屋さんの太鼓判でしたら信用致しますよ。その御本はですね、ええと、ぜーむず何とか、ああ、ふれいざーと云う外国の先生が書かれた、『The Golden Bough』とか云う御本の改訂版の三冊本――だと、主人が申しておりました」

「はあ」

洋書かねと利吉が云う。

「一昨年英吉利《えげれす》国で出版されたものですが、やっと手に入ったんだとか。あァ、そんなことは覚えなくって構いません。ただお渡し戴ければそれでいいのです。お届け先は、牛込加賀町《うしごめかがちょう》の柳《やなぎ》田《た》邸――です」

「牛込ですか」

「はい。立派なお屋敷だと聞いておりますよ。柳田様は、大審院《だいしんいん》の判事様でいらっしゃいますから」

「し、司法官ですか――」

若者――茂次郎は貌《かお》を強張らせた。

「司法官にお届けするのですか」

「そうではないのです。御当主様の御所望ではありません。実は、その柳田家に昨年、弊店《うち》のお得意様が御養子に入られたのです。ですから松岡《まつおか》――いえ、もう姓が変わられておりましょうから、柳田様ですね。柳田國男《くにお》様宛てにお届けくだされば――」

「柳田國男、様ですね。もしかしてその方も」

「その方は法曹界のお人ではなくて、今は何だったかな――ああ、農商務省のお役人になられたのだったかしら。いずれにしましても、どちらも今はお宅にはいらっしゃらないと思いますので」

「あたしが行きます」

差し出した本を利吉が摑んだ。

「おい。何だよ利吉どん」

「あのねえ弥蔵さん。暇と云うなら先《ま》ずはあたしでしょう。そんなお偉いさんと顔繫ぎが出来るてえなら、それもあたしじゃないですか。何たって風呂屋と甘酒屋の他に行く当てのない男だよ」

「あのな、利吉どん。俺は慥《たし》かにお前さんとは顔馴染みだ。だがな、それでもそこの、茂次郎君の方を信用するぜ」

「何を云いますか。牛込だからモウ次郎なんて洒落《しゃれ》にもならない。能《よ》く考えてみなさいよ。その茂次郎君は、ついさっきまで非戦論のビラ貼りしてたんだよ」

「だから何だい」

「鈍いねえ。こりゃね、犯罪じゃあないかもしれませんがね。社会主義の活動家なんてなァみんな官憲に目ェ付けられてるんですよ。沢山《たくさん》ビラ貼るのだって、貼った尻から直《す》ぐに剝がされちまうからだ。ねえ」

茂次郎は戸惑うように下を向いた。

「お上《かみ》には、戦争がしたくってしたくって堪《たま》らんてえ御仁が多いんですよ、弥蔵さん。だから反対だ反対だと声高に云う奴は目障《めざわ》りなんだね。場合に依《よ》っちゃお縄になるのさ」

「捕まるってのかい」

「国体に逆らえば捕まるでしょうよ。この間の宮武《みやたけ》先生だって投獄されたじゃあないかね」

「まあなあ」

「どんだけ手伝いだからって、そんな大審院判事の家にのこのこ行ったりしたらば、それこそ疑われるじゃないか。痛くもない肚《はら》探られる。その点、あたしは平気の平左だ。無職だと云う以外は何も疚《やま》しいところがない人畜無害だからね。これ程適した男は、まあ居ない」

利吉は本を奪い取ると牛込加賀町の柳田國男様ですねと云い、尻を捲《まく》って走り出した。しほるは手を伸ばして何か云おうとしたようだが、遅かった。

「あ、あの方は」

「まあな。粗忽者《そこつもの》だが悪人じゃない。騙《だま》されても騙せねえ、殴られても殴れねえと云う野郎だよ。まあ、約束だけは守るようだから、届くことは届くだろ」

「そうですか。私はやや心配で御座《ござ》いますよ」

心配なのはお前さんだよと云った。

「どうすんだ」

「どうと仰られましても」

しほるは無事な方の脚を軸にして立ち上がろうとしたが、蹌踉《よろ》けた。

「こんな事態は初めてのことで御座いますから、如何《いかん》ともし難《がた》く思いますよ。取《と》り敢《あ》えず、道に座っているのはいけないかと思いますが」

「仕方がねえな」

脇から腕を入れて立ち上がらせようとすると、茂次郎は反対側に回って同じようにした。

「おい、あんたァ通り縋《すが》りだ。俺は此奴《こいつ》たァ多少縁があるからな。あんたはもういいぜ」

「行き掛かりと申しますか、僕も差し出口までしたのですから、此処で左様《さよう》ならとは――どうも、その」

「そうだな」

それ立てるかいと力を籠めると、腰が浮いたところで痛《いた》たたなどと云う。

「仕方ねえなあ。おぶるか。お前さんが通いなのか何なのか俺は知らねえが、取り敢えず弔堂に行きゃいいな」

私の家は彼処《あそこ》ですとしほるは云った。

「でも、そこそこ遠いですよ」

「遠かあねェよ。俺は其処《そこ》ン処《とこ》の銭湯に来てるんだぜ。それ」

いい、しほるは軽かった。

「軽いな。何喰ってんだかよ」

「ちゃんとご飯は戴いておりますよ」

「それこそ信用出来ねえよ」

其処は遠いのでしょうかと茂次郎が問うた。

「だから、まあ遠くはねえさ。のろのろ歩いて四半刻《しはんとき》ってとこだな」

ではお手伝いしますよと茂次郎は云った。

「途中で代わりましょう」

「お前さんみてえなひょろひょろに担げるかい。まあ此奴《こいつ》は軽いが――」

「ご迷惑をお掛けします。今度沢山お芋《いも》を買います」

「芋なあ」

そろそろ仕入れなくてはいけないのだが、面倒なのである。そうしてみるとこの丁稚は芋より軽い。

「行くぜ」

歩き出すと茂次郎も付いて来た。

「さっきの利吉もそうだが、物好きな野郎てえのは思いの外《ほか》多いもんだな。あんた、今日は学校に行かねえようなことを云ってたが、いいのか」

「はあ」

「俺は無学だが、ああ云うとこは毎日通わねえでも良いものなのかい」

良くないですよと茂次郎は答える。

「まあ――向いていないのです。商業実務を教える学校ですから、銀行簿記だの商業手形だの官庁事務だの、そうしたことを習うのですが、何一つ身になりません」

「真面目に行かねえからだろ」

「そうなのですが」

「行けよ。そう云うこと勉強するためにそう云う学校に入《へえ》ったんだろ」

茂次郎の横顔に目を遣ると、何とも憂鬱そうな趣《おもむき》である。

「違うのかい」

「ええ。自分が実業に向くとは思いませんし、そうなるつもりもないです」

「なら何で入学したんだよ」

お金のためですと茂次郎は答えた。

「解らねえな。学校てえもんは、通うのに銭がかかるものなんじゃねえのか。そこは通うと金が儲かるか。ならみんな行くぜ」

そうではないのですよと茂次郎は云う。

「実業学校に通うことで、実家から学費として仕送りが貰えるようになったんです。まあそれも、途絶えがちなのですが」

「そうか」

顔付きや口調から面倒臭そうな事情を垣間見《かいまみ》ることが出来た。

面倒な話ならあまり聞きたくない。だから問い質《ただ》したくない。

「僕は――」

だが、茂次郎は語り始めた。

要は語りたかったのだろう。

ならば相槌《あいづち》くらいは打とうと思った。

「僕は実家を飛び出して、遁《に》げるように東京に出て来たのですよ」

「家出か」

「家出ではありませんが、似たようなものです」

何処《どこ》から出て来たと問うと九州《きゅうしゅう》の福岡《ふくおか》ですと茂次郎は答えた。

「そうかい。筑前《ちくぜん》の言葉じゃあねえように思うがな」

「元は岡山《おかやま》です」

「備前《びぜん》か」

「と云うより、今、僕の実家は福岡にあるんですが、郷里は岡山です。僕の故里《ふるさと》は岡山県の本庄《ほんじょう》村です」

「何だか知らねえが拘《こだわ》りがあるようだな。つまり備前で育って筑前に移ったてえことかい」

父が商売《あきない》で失敗《しくじ》ったんですよと、茂次郎はやや憎憎しげに云った。

「いや、堅実にやっていれば失敗するような商売ではなかったんですよ。元は造り酒屋を家業にしてたんですから」

「元はてえと」

「酒造りには適した土地でしたから、その昔は良い酒が造れていて繁盛もしてたようなのですが——でも父は、いや、祖父も、あまり商売には向いていなかったんだと思います」

「祖父《じい》さんの代からかよ」

「ええ。僕が物心付いた頃はもう造り酒屋ではなくただの取り次ぎ酒屋でしたから。やがてそれもいけなくなって、謂わば夜逃げしたようなものです」

「九州にかい」

「ええ。酒屋を売り払って心機一転、新しい土地で遣り直す——と云うことではあったようですが」

「含みのある云い方だな」

「ええ、まあ」

再び横目で見ると、茂次郎は一層暗い顔をしていた。

「親父さんと巧く行ってなかったか」

青年はいいえと首を横に振る。

「親父さんが嫌いかね」

「嫌いではありません。好き嫌いで云うならば、好き——なんでしょう。育てて貰ったことに感謝もしています。ただ期待には応えられないですし、応える気もないです」

「期待な」

親は子に期待するものなのだろう。だが子が親の期待に応えなければならぬと云う決まりなどない。一方で、期待に応えたいと云う気持ちもあるものなのだろうとは思う。

親も子も棄《す》てた己《じぶん》には、所詮《しょせん》解らぬことかもしれぬ。

「僕はその頃、神戸《こうべ》の中学校に通っていたんですよ。しかし父の都合で退学することになりました。嫁いでいた姉も呼び戻された。それで――一家で九州に渡ったんです」

「それまた解らねえな。どっかで遣り直すにしても、親父さん一人でいいことじゃねえか。家はあったんだろ」

「ええ。でも家は売るしかなかったようですが。僕の場合は、その時身体を毀《こわ》したと云う事情もあるのですが、正直なところは学費が払えなくなったんだろうと思います。その頃の実家は兎《と》に角紛乱《かくごたごた》していて、ですから働き手も欲しかったのかもしれない。姉の方は――離縁されたんですよ。父の所為《せい》で」

「一層に解らねえよ」

父は評判が悪かったのですよと茂次郎は云った。

「店が左《ひだりまえ》前だったので借財もあったのでしょうが、それよりも父は、芝居道楽の放蕩者《ほうとうもの》で、その――何と云うのでしょうか。女癖も悪かったので」

女かよと云った。

「そんなことで嫁さんを里に戻すような話があるかい」

「本当のところは判りません。姉は何も云いませんから。でも、周囲はそう云ってましたからね。実際は違っていても、そう見られていたのだと思います」

「なる程なあ」

親子と雖《いえど》も道は違う。

そう思って生きて来たが、慥《たし》かに親が子を、子が親を振り回すことはあるのだろう。

顔も覚えていないけれども、賊軍の妻、賊軍の子となった自《おの》が家族は、果たしてあの動乱の中で、どのように暮らしていたのだろうか。そして——。

今はどうしているのか。

生きているのか。

不幸だったのではないか。賊軍で人殺しで、家族を不幸にした張本人は、こんな穢《きたな》くなっても未《ま》だ生きているのだが。

「九州行きは本当に急でした。岡山とは縁が切れてしまいましたし、村の者は皆、夜逃げだと思ったことでしょう」

帰りてえのかいと問うた。

「ええ。帰りたいです。でも帰れないでしょうね。勝手に東京に出て、親と離れて暮らすようになって、それで漸《ようや》く察したことなのですが、父と云う人は、生来生真面目《きまじめ》に働くことが不得手な人だったのだと思うのです。福岡で始めたのは慶庵《けいあん》のような仕事でしたし」

耳許でしほるが、けいあんとは何で御座いましょうと小声で尋《き》いた。

「慶庵ってな——口入屋《くちいれや》だな。人に仕事の斡旋《あっせん》をする商売よ」

「ええ。丁度、官営八幡製鐵所《やはたせいてつじょ》が出来たところだったので、そこに人足《にんそく》を斡旋したんです。後は、家を売った金の残金を人に貸し付けたり——僕も手伝わされましたが、あんなものは仕事じゃないですよ。父は働いてはいません。斡旋料と云えば聞こえは良いですが、要は人足の上前を撥ねるようなものですよ。上前と利息で儲けようなんて」

それだって商売は商売だろうよと云った。

「頭も使うし、気も遣うのじゃねえのかい」

「何も生み出していないですよ」

「それが厭だったか」

「厭ではないです。ただ、道が違うとは思いました」

「道——かい」

坂が見えて来た。

この坂を登るのですかと茂次郎は問うた。

「登るよ。俺の店もこいつの店も、こっちだからな」

代わりましょうかと云うので、いいよと答えた。背中のしほるはすいませんと云った。

「他に道はねえ」

「そうなんですか。僕も——そう思ったんですよね」

「そっちの道の話か」

「楽をしてお金を儲けると云う道もあるのでしょうし、それが悪いことだとは思いません。でも僕はどうも性《しょう》に合わないんです。それが進みたい道、進もうとする道なら、苦労は厭《いと》わないですが」

「なる程な」

親父さんはそんなお前さんに何と云ったんだと尋《き》いてみた。

「何でもいいから、ちゃんと働いて金を稼げと」

「何でもいいなら好きにすりゃあいいのじゃねえかい」

「それが——」

茂次郎は黙った。

「そこが俺の店だ。どうだ小僧、少し休むかい」

「私はおぶわれているだけですので、疲れることはないのです。ただただ申し訳ない気で一杯です」

「ならその気を休めろ。おい、茂次郎さんよ。そこの汚《きたね》え小屋の戸を開けてくれねえか。建付けは悪《わり》いが戸締まりなんざしてねえから」

茂次郎は駆け出して蟬《せみ》のように戸に取り付くと、開けた。

見窄《みすぼ》らしい小屋だと思う。街はもう明治の趣なのだけれど、此処は未《ま》だ開化前の有《あ》り様《さま》なのだ。三十五年から取り残されているのである。

裡《なか》は微暗《うすぐら》い。

いゝ、しほるを框《かまち》に下ろす。

「痛《いて》えか」

「はあ、痛いです。痛み具合が変わったようにも思いますよ」

見せてみろと云って脚を摑む。

「まあ。骨は平気そうだがなあ。余程強く捻《ひね》ったんだろう。本なんか抱えてるからだ」

御本は何より大事ですとしほるは繰り返した。

「とても放り出すようなことは出来ません」

「そらぁ解るけどもな。それでこんなになっちまっちゃ仕様がねえだろてェ話だよ。どんなに大事《でえじ》なもんでもな、ものは換えが利くんだ。脚にも命にも換えはねえんだよ」

も一度云うが打ち所が悪きゃ死んでたんだぞと云って振り向くと、戸口の外に茂次郎が所在なげに立っている。

「お前さんもお前さんだよ。入《へえ》りゃいいじゃねえかよ。此処まで付いて来て、何を遠慮することがあるかよ。それとも小汚《こぎたね》えから厭なのか」

とんでもないと云って茂次郎は跳ねるようにして小屋に入った。

「今、茶でも淹《い》れるから、その辺に座れよ。話も途中だろ」

そう云うと茂次郎は、また顔を赤くした。自分《てめえ》語りが恥ずかしくなったか。

湯を沸かして薄い茶を淹れ、怪我人と弥次馬に渡した。

「俺はな、人様から話を聞き出そうなんて思ってねえのだ。いや、寧《むし》ろ聞きたくなんかねえのさ。でもな、話したい奴の話は聞くよ。俺はただの穢《きたね》え爺だし、俺に話したって何の役にも立てねえから、無駄になることは請け合いだがな」

「はあ」

「お前さん、あることないこと――まあ嘘は云ってねえにしろ、彼《あ》れ此《こ》れごちゃごちゃ語ったなァ、肝腎《かんじん》なところが語り難《にく》いからだろ。そんなな、本丸の廻りぐるぐる回ってるだけみてえな攻め方されちゃあ間怠《まだる》っこしくていけねえ」

茂次郎は下を向いた。

「お前さん、親父さんを嫌いじゃねえと云ったな。聞いてる限りは嫌って当然のような気もするし、現に家を追ン出て来たようじゃねえか。そこが何とも解らねえんだよ」

「はあ」

「若《わけ》えから色色考えるんだろ。それは好《い》いことだ。考えなしに何でもかんでも決めっちまうと取り返しがつかなくなって後悔することになる。だがよ、考えと気持ちは、添い遂げるもんでもねえよ」

「ええ」

僕は綺麗なものが好きなんですと茂次郎は外の方に顔を向けて云った。

「何だと」

「綺麗なものです」

「そうかい。じゃあこんな小汚《こぎたね》え処は厭だろ。俺だって汚《きたね》えよ」

そうじゃないのですと茂次郎は云う。

「どんなものでも綺麗です。綺麗に見ようとするなら、皆綺麗です」

解らねえよと云った。

「仰りたいことは僕にも解ります。誤解して欲しくないのですが、僕は、汚いものから目を背けたい、蓋をして見ない振りがしたい――と思っている訳ではないんです。僕は、汚く見えるもの、いや、汚いものも綺麗に観たいし、綺麗に表現出来ると思う」

お前さんの話は飛躍が多くていけねえなあと云った。

「そうですね。僕もそう思います。何と云いますか――そう、綺麗な花も枯れてしまえばそれまでと、僕はそう思いたくないんですよ。枯れた花だって枯れたなりの綺麗さがあるし、綺麗に表すことが出来るんじゃないかと」

「まあ解らないでもねえが、話が繋がらねえよ。なあ、小僧」

小僧ではありませんよとしほるは云った。

この小僧が一体幾歳《いくつ》なのか、それもとんと判らない。

「私が思いますに、表すとか表現するとか仰っているので、こちらは絵を描かれる方なのではないですか。そうなら、お父上の望まれる道とは、随分違っているように思いますよ」

そう云えば画家の卵かと問うた時、茂次郎は黙ってしまったのだ。

絵を描くのは好きですと茂次郎は云った。

「親父さんは、お前さんがその好きな絵を描くのを認めねえってことか」

「父は僕に、虚業ではなく実業を求めています。まともに——働けと。その気持ちは迚《とて》も能《よ》く解るんです」

茂次郎は下を向いた。

「親ァ尊いもんだからその令《いいつけ》は守りてえとか、そう云う修身みてえな意味でそう思うのか。まあ、そう云う心掛けァ立派なのかもしれねえけどもな」

そう云うのとは違うと思いますと茂次郎は云った。

「そうかい。まあ、絵描きってのがどの程度の商売になるもんなのか、それ以前に商売なのかどうか、俺はそれも知らねえんだがな。聞いてる限りお前さんの親父さんだってまともに働けてねえように感じられるがなあ。自分《てめえ》に出来ねえことをやれと云うのは、どうなんだよ」

だからこそかもしれませんよとしほるが云った。

「ご自分に出来ないことをお子さんに託すことはあると聞きますよ」

「それはそうなのかもしれません。と云うより、逆様《さかさま》なのかもしれませんけど」

「逆様ってなあ何だよ」

いちいち話が見えなくなる。

茂次郎は、今度は天井の方に顔を向けた。何処かうっとりとしたような表情に見えた。

「父が酒屋を失敗《しくじ》ったのも、まともとは云えない仕事しか出来ないのも、それは向いていないからだと思うのですよ。父は、僕と同じなんじゃないかと、そう僕は思うんです。僕が綺麗なものに魅《ひ》かれるのは——遺伝じゃないかと」

「いでん、ってな何だ」

「親から子へと受け継がれる、何と云いますか、性質です。父は無類《むるい》の芝居好きです。祖父は自ら浄瑠璃《じょうるり》を語る人でした。実業に関係ない、綺麗なもの、面白いもの、そう云うものを好む性質があるんですよ。自分もそう云う血筋なのじゃあないかと、僕は思うんです」

「そうか」

そりゃどうかと思うがなと云った。

「血で計るなァ、良くねえと思うぜ。親は親、子は子だろ」

「ええ。私は親が居りませんから解りませんが、弥蔵さんの云う通りだと思いますよ」

「ええ。僕もそうは思うんですが」

茂次郎は今度は茶碗を見詰めた。

「父も祖父も、本当はそうした道に進みたかったのではないかと思うんです。でも暮らして行くために諦めた——否、諦めると云う以前に、そんな道は最初からないものと思っていたのでしょう。そうしてみると、父が僕に実業を求めるのは自分が出来なかったことをさせたいと云うよりも、自分とは違うと思いたいからなんではないですか」

「それで——逆かよ」

「ですから、僕は迷っているんです。自分だけ好き勝手にして良いものだろうか、と。だから無理をして実業学校なんかに入ったのですが——当然、父は喜びました。でも、僕も父と同じく、まともには出来ないのですよ」

慥《たし》かに迷っているのだろう。

思うにこの茂次郎と云う青年は、他者の気持ちを慮《おもんぱか》りすぎるきらいがあるのではなかろうか。親と雖《いえど》も他者ではあるのだ。この若者は単純に甘えたり、単純に反発したりするのが苦手なのだろう。

「そろそろ行くぜ」

小僧をおぶおうとすると茂次郎が駆け寄って来て今度は僕がなどと云う。大丈夫かと思ったが、面倒臭いから好きにしろと云った。しほるは頻《しき》りに申し訳ありませんと繰り返した。

ひょろりとして見えたのだが、意外に芯は太く出来ているようで、茂次郎は難なくしほるを背負った。

聞けば配達夫だの俥夫《しゃふ》だの、身体を使う仕事もしているのだと云う。学費を出して貰うために入学したのだと云っていたけれど、仕送りも途絶えがちだとも云っていたか。

金では苦労しているのだ。

足取りも確《しっか》りしていた。

「あのう、弥蔵さん」

茂次郎の背中で小僧が情けない声を出した。

「こんなにお世話になっていてこのようなことを申し上げるのは幾分気が引けるのですが、あの、先程の方は御本をお届けくださいましたでしょうか」

「未《ま》だ到着してねえだろ。ありゃあ気の急《せ》いた男だから迷ってるかもな」

「大丈夫で御座いますかね」

「さあな。あんなもん持ち逃げしたって始まらねえだろ。読めやしねえし、売り先もねえ。何とか午前《ひるめえ》には届けられるのじゃねえか。ありゃあお調子者の莫迦だが、約定《やくじょう》を違《たが》える男じゃあねえと思うぜ。余計なことは云うかもしれねえが」

「余計なこととは」

「だからよ。弔堂のお使いが怪我してどうのこうのとよ。兎《と》に角《かく》自分を売り込みてえのだ、あの男は。でも、心配《しんぺえ》は要らねえよ。彼奴《あいつ》の評判が落ちるこたァあるかもしれねえが、お前《めえ》ン処《とこ》の評判が落ちることァねえよ」

「心配ですよ」

「あれもな、酒屋の息子なんだよ」

茂次郎が顔を向けた。

「しかも、親父や兄貴と反《そ》りが合わねえようでな。物書きになりてえとか云ってあちこちに売り込んでるンだが、全く相手にされねえのさ」

「物書きと云うと、小説か何かを――」

「いや、俺は能《よ》く知らねえが、操觚者志望と云うことだから、違うだろ」

あの本をお求めになられた方は以前は詩人だったのですとしほるが云った。

「そうなのですか。お役人だと」

「詩作はお止《や》めになったのです。大層美しい新体詩をお書きになっていたのだそうで御座いますよ」

「詩ですか。僕も真似ごとで詩を書いて投稿したりしています」

「詩も書くのか」

そう問うと、絵も詩も僕にとっては同じものなんですと、茂次郎は答えた。

「哀しいことや辛いこと、厭なことなどを言葉にする時は、汚い言葉を使いがちになりますけれど、でも、綺麗な言葉でだって表せますよね」

「また綺麗か」

糞は糞としか言い様がないようにも思うのだが、そうでもないものか。この茂次郎の目を通せば、自分の小穢い人生も多少は綺麗に見えるのだろうか。

そんなことを思い乍《なが》ら歩いた。

紅葉に挟まれた小石道を進む。

行き過ぎぬように気を付ける。

否――考えてはいけないのか。

弔堂があった。

前に出て先に弔の簾《すだれ》を潜り、戸を開けた。

声を掛けようとすると、中から話し声が聞こえた。

「どうも色が多過ぎるのです――」

目を凝《こ》らすと姿の良い洋装の紳士が背を向けて弔堂と対峙《たいじ》している。

主《あるじ》は直《す》ぐに気付いて、紳士に掌を向けた。

「弥蔵様、どうかしましたか」

「いや、まあ、どうかしたよ」

紳士は慌てて振り向いた。

「ああ、申し訳ない。お客様ですね。気付かなかった。僕は少少左耳の聞こえが悪いものだから――いや、突然訪れて長居をしました。午後から授業もあるのでこれで失礼しますよ」

弔堂に姿勢良く一礼をしてから紳士は踵《きびす》を返し、どうも失礼しましたと会釈をして横を擦《す》り抜けた。それから、何だ撓《しほる》君、どうしたんだと紳士は声を上げた。

顔見知りなのか。

小僧の方は平気です大丈夫ですお気になさらないでくださいましと、懇願でもするように繰り返した。しかし紳士は戸口から顔を差し入れ、龍典《りょうてん》さん大変だと云った。

弔堂は珍しく顔を顰《しか》めて、それからこちらに顔を向けた。

「弥蔵様」

「お前さんとこの小僧が大八に当《あ》て遁《に》げされたんだよ」

「当て遁げですか――」

主人が前に出るのと紳士に付き添われしほるを背負った茂次郎が入って来るのは、ほぼ同時だった。結局四人掛かりで担ぎ込むような恰好になり、主に誘《いざな》われて茂次郎はしほるを背負ったまま、階段を上った。二階に部屋があるのだろうか。

その様子を見上げ、紳士が云った。

「大丈夫ですかね。大八に――当てられたと仰いましたか」

「乱暴な野郎が居てね。何を急いでいたんだか、町中をもの凄《すげ》え勢いで走ってやがってね、あれは出合い頭にぶつかったんだ」

紳士は眼を細めた。

「それは何とも——警察にでも云うべきことではないですかな。これは事故です。罰して貰うべきですよ。酷《ひど》い話だな。撓君も災難だったなあ」

「警察は兎《と》も角《かく》、医者には診せた方がいいだろな」

「それは何とも——ああ」

紳士は懐中時計を観た。

「おや、こんな時間だ。私はこれで失礼しますと御主人にお伝え願えますか。改めてお見舞いに参ります。撓君にもお大事にするようにお伝えください」

丁寧に頭を下げて紳士は去った。

こんな爺にも礼儀正しい。人当たりの良い男である。

暫《しばら》くするとぽかんと口を開けた茂次郎が階段を降りて来た。

首を伸ばし周りを見渡し乍《なが》ら降りて来る。異様な光景に呆れているのだろう。

降り切っても青年は未《ま》だ口を開けている。これは仕方があるまい。こんな景色は他にない。

「あのう」

「ああ。誰でも最初は驚くんだよ。此処はな、本屋だそうだ。これは全部、売り物だよ」

「書舗なのですか。いや、それにしたってこれは——」

改めて見るとまだ幼さが残る面構《つらがま》えである。

茂次郎はこれ以上曲がらぬ程に首を曲げて、店の裡《なか》を見回した。

「何とも、その」

「異様だろ。此処はな、本の墓場なんだそうだぞ」

「墓場――ですか。あの、今更《いまさら》なのですが、貴方《あなた》様は」

ただの汚《きたね》え甘酒屋だと答えた。

やがて主人が降りて来た。

「弥蔵様、この度《たび》は随分とお手間をお掛け致しました。ご親切には心より感謝致します。有《あ》り難《がと》う御座いました」

「別に礼は要《い》らねえよ。行き合わせたのが運の尽きだ。まあ、折角朝風呂に入《へえ》ったのにまた汗かいちまったがな。いずれ大《てえ》した手間じゃあねえよ。それよりな、行き合わせたてえなら、この――」

茂次郎に顔を向けると、最敬礼でもしているように固まっている。そのうえやけに裏返った声で竹久茂次郎と申しますと云って、絡繰《からくり》人形のように礼をする。

主人は有り難う御座いましたと平素《いつも》の調子でそれに応えた。

「見たところそれ程の大事ではありません。暫く休ませましてからお医者様を喚び手当てをして戴きます」

「そうしろ」

そう云い残して帰ろうとすると、茂次郎は未《ま》だ気を付けの姿勢のままでいる。

「はい」

「は、はい。あの、つかぬことをお伺い致しますが、今こちらにいらっしゃったお方は——もしや、その、東京美術學校の、その、教授になられると云う噂の」

「はい」

岡田《おかだ》三郎助《さぶろうすけ》様で御座いますと弔堂は答えた。

「や、矢張り」

茂次郎は顔を強張らせた。

「お見受けしたところ、竹久様は学生さんでいらっしゃいますか」

「は、まあ」

「虚業と実業の間で迷ってるんだそうだぜ」

弔堂は困ったような顔をした。

「画学生——と云う訳ではないので御座いましょうか」

「ち、違います。絵は——絵は好きなのですが、きちんと学んではいません。た、ただの学生です」

「岡田先生を御存じと云うことは、洋画を学ばれたいとお考えなのですか」

茂次郎は眉尻を下げて、泣きそうな顔になった。

「何かいけないことをお尋ねしてしまったのでしょうか」

だから迷ってるんだよと云った。

「この兄《にい》ちゃんはな、まあ色色あって好きな道に進むべきか進まざるべきか迷ってんだ。詩も絵もやるそうだが、実業とかの学校に通ってな、こっそりと社会主義だか何だかのビラ貼りまでしてるそうだから」

止《よ》してくださいと云って茂次郎は顔を赤くする。

「詩──で御座いますか」

「詩と申しますか、その、大したものではありません。今は俳句を」

「なる程。社会主義と申しますと──もしや非戦論に傾倒されていらっしゃる」

「わ、解りますか」

「こっそりと、と仰せでしたので」

それでは御主人も──と、茂次郎はやや興奮気味に一歩前に出た。

「ぼ、僕は、幸徳先生のですね」

「滅相《めっそう》もない」

弔堂は茂次郎の言葉を遮った。

「私は世捨て人で御座いますよ。元は出家、還俗《げんぞく》してよりはこの書楼の墓守で御座います。戦争には断固反対で御座いますが、それは仏家《ぶっけ》だから。社会主義運動家では御座いませんよ」

そうですかと云って、茂次郎は下を向いた。

「僕も正直、難しい運動のことは解りません。でも、戦争は良くないと思うのですよ。僕は世の中を綺麗に観たい。どんなものでも美しく観られると思う。でも、戦争だけは美化してはいけないように感じたものですから」

弔堂はこれも珍しく慈愛に満ちたような眼差しで茂次郎を眺めて、お気持ちは解ります、と云った。

「竹久様は——どのような絵をお描きになられるのですか」

「我流です。小さい頃は——そう、馬の絵ばかり描いていました」

「馬な。そうか——お前さん、それであの湯屋の馬が気になったんだな」

茂次郎はこちらに顔を向け、笑った。

「ええ。お風呂屋さんの絵より下手だったと思います。でも、何枚も何枚も描きました。どれも、今思えば変梃《へんてこ》な絵なんですが——」

茂次郎はそこで羞《は》じらうかのように身を捩《よじ》った。

「その頃——小学校の先生が迚《とて》も絵画に理解のある方でしたので、先生のご助言を受けて、植物や静物、風景などを写生しました。何でもいいから目の前にあるものを描いてみろと云われたもので、目に付くものを手当たり次第に描いたんですよ。それはもう、一所懸命に描きました。そして解ったんです。僕は馬の形が描きたかったのではなくて、馬の綺麗さを描きたかったんだと」

「何となく解るがな。絵は止まってるもんだからな。色や形は兎《と》も角《かく》、動きの良さなんかは描けねえのかもな」

そうでもありませんよ弥蔵様と弔堂は云った。

「能《よ》く描けている絵は、動作を表せもしましょう。音も、匂いも、暖かさや冷たさも感じさせてくれましょうよ」

「そんなもんかい」

僕はそう云う絵が描きたいのですと茂次郎は興奮気味に云った。

「岡田先生の絵は凄いです。それから藤島武二《ふじしまたけじ》先生の絵にも憧れます。女性の優しさや、温もり、モデルの方の気持ちまで感じます。心から魅かれます。それはお二人とも洋画の大家ですから当たり前のことなのですが――」

それは洋画の技術を高めれば行き着ける境地なのでしょうか――と、茂次郎は云った。

「今日、お風呂屋さんの描いた馬の絵を観て、こちらの弥蔵さんにそれは絵ではなく図案だと教えられて、そんなことを思ったのですよ。文章と組み合わせたり全体を意匠として作るとしたら、それは洋画の術ではないのかもしれぬと」

「なる程」

主は帳場の方に向かった。

この茂次郎と云う青年は、ありと凡百《あらゆる》ところで揺れているのだ。

弔堂は帳場の上で本を開き、こちらをご覧ください、と云った。

「これは、軍医監の森林太郎《もりりんたろう》様——文学者の森鷗外《もりおうがい》様と申し上げた方がお判りになるでしょうか。その森様のご依頼で取り寄せた、愛蘭《あいるらんど》の詩人で劇作家でもある、Oscar Fingal O'Flahertie Wills Wilde と云う方が、九年ばかり前に仏蘭西《ふらんす》で上梓された、『Salomé』と云う題の詩劇の本の英訳版です」

茂次郎が覗き込んだので、釣られて覧た。ひょろりとした図が印刷してある。

女の絵——なのか。

「如何《いかが》でしょう。これは線画です。極めて簡素な線、しかも強弱のない線だけで構成されております。油彩のように筆触がある訳ではないですし、色彩も乗っておりません。形も凡《およ》そ写実的なものではない。西洋人であってもこんな頭身の人は居ないでしょう」

「そう——ですね」

誇張がありますと弔堂は云う。

「本邦ですと戯画などに近い表現なのでしょうが、これは違います。戯《おど》けた誇張ではない。この絵は、新約聖書を元にして書かれた戯曲の一場面です」

これは挿絵《さしえ》なのですと主は云った。

「どうでしょう」

茂次郎は頁《ページ》を捲《めく》った。

「美しいですが――何処か恐ろしいと云いますか――でも鋭くて甘美な印象があります」

「この詩劇は恐ろしく、かつ甘美な物語なのです。この絵は、その内容に則して描かれた絵なので御座います。文章が読めずとも、ちゃんと伝わって参りましょう。この絵は、ただの絵ではなく、挿絵なのです」

どう違うよと問うた。

「描かれているのはこの戯曲の一場面に相当するものですが、演劇の舞台画を描けば済むと云うものではありません。舞台では俳優《やくしゃ》が演じるのでしょうが、絵ではそうはいかないですからね。登場する人物の心情――葛藤や愛憎をも図像で描き表さなければなりません。そうでなくては、伝わらない」

茂次郎は絵を凝視している。

「絵も文も、表現と云うものは普《あまね》く何かを伝えるためにあるものではないですか。技術を誇示するためのものではない」

「そう――ですね」

「技術と云うのは何かを為《な》すためにあるもの、そのために磨かれ、培《つちか》われたものでは御座いません。技術を習得することは大事ですが、それは目的ではないのですよ。まあ、私ども禅家では手段と目的を分けることをしませんし、元来不可分なところはあるので御座いますが」

「ええ。解る気がします」

「この絵を描いたのはAubrey Vincent Beardsleyと云う人ですが、この方は画家である前に詩人で、小説も書かれる方のようです」

「そうなのですか」

「ええ。ですからBeardsleyは、挿絵と云うものがどう云うものなのか能《よ》く知っていたのでしょう。これは立派な絵画ですが、図案でもある。この花も自由な曲線も現実を写したものではない。凡《すべ》てが伝えるための装置であり、凡てが戯曲を表すための装飾でもあるのです。でもこの絵は、油彩の技術に裏打ちされて生まれたものでは――多分ありません」

「ああ」

「竹久様の小学校の先生は、写生をするようにと仰ったのですね」

「ええ、そうです」

「ものの形を知り、色を知り、構造を知り、光を知り影を知るには、先《ま》ずは観ることなので御座いましょう。見て、視《み》て、覧て、観るしかない。そして観たものを紙に描き付ける。その際に技術が必要になりましょう。ですから、写生や素描は基本なので御座いましょうね」

「僕もそう思います」

「しかし、絵にしろ文にしろ、現実そのままをまるごと引き写すことは出来ないので御座います。必ず取捨選択はありましょう」

「そう――ですね」

「貴方様の目が見ているものは貴方様の世界。何を採り何を棄てるのか、それは竹久様、貴方様次第で御座いましょう」

此奴《こいつ》は綺麗なものを採りてえんだよと云った。

「なる程。慥《たし》かに、岡田様や藤島様の描かれる絵は、実に美しい。しかも上辺《うわべ》の綺麗さだけを擬《なぞ》るものでは御座いませぬな」

「ええ。そうなのです」

茂次郎は眼を爛爛《らんらん》と輝かせた――ように思えた。

「ただ絵が綺麗なのではなく、優しさや儚《はかな》さや慈愛、可憐さ、叙情、そうしたものを感じるのです。ですから僕は――」

「能《よ》く解ります。しかし岡田様と藤島様は、同じく洋画を描かれますが、それぞれ画風は異っておりましょうね」

「ええ。違います」

「洋画は本邦の絵画――洋画に対して日本画と謂うようですが、それらと比較するに、写実的な描かれ方と受け取られがちで御座います。しかし、写実の方が良い、そのままで良いと云うのであれば、写真に撮った方が良いと云うことになりはしませぬか。色彩こそ乗りはしませんが、写真はその名の通り、真を写し取るものです」

「いや、そうですが――」

「写真には写真の素晴らしさが御座いましょうが、それは絵画とは違うもので御座いましょうな。それこそ道が違う。然《さ》すれば、岡田様や藤島様の絵の素晴らしさは写実の技術にあるのではなく、お二人の観ているものの良さにある——と云うことになる」

「観ているものと云うのは、被写体の善し悪しと云うことですか」

「違います」

描く者のものの観方、世界の観方のことで御座いますと弔堂は云った。

「同じものを目にしても、どう見えるかは観る者次第。見えているものは一人一人異っておりましょう。そしてその、見えている世界の何に感銘を受けるのかも、また人それぞれ。その感銘を他者に伝えたいと思えばこその表現であり、巧く表現するための技術では御座いませぬかな。それぞれの観られている世界が違っていて、それを表現するための技術をそれぞれが磨かれているからこそ、あの絵は素晴らしいものになっているのです」

「なる程、画風の違いは技術の差と云うよりも、描く者の観ている世界の違いだと云うことでしょうか」

「観ているものであり、伝えたいことで御座いましょうな。それを表現するための技術も、また変えざるを得ない。表現の道は、ですから幾筋も幾筋もあるので御座いましょうよ。この挿絵とて、ペンで均一に美しい線を引く技術や、画面を構成する高い技術が要る。更に、印刷して複製し易く描くと云う制限も御座います」

「そうですね。これは刷り物です」

「ええ。版画も、印刷物も、それに相応《ふさわ》しい技術が要りましょう。いいえ、そう云う捉え方は絵画に限るものでは御座いません。この挿絵のような考え方で造られた、装飾的な図案や工芸品、建築物などは、西洋では新芸術《アールヌーボー》と呼ばれるようでございます。和訳するならば新しい美術運動——ですか」

「新しいのかね」

そう云った。

そうは見えなかったからだ。

「俺の目にはそんなに新しかあ映らねえけどな。ま、甘酒屋風情《ふぜい》に絵の善し悪しなんざ判りやしねえけどな、芝居の錦絵だの引き札だのはどれもそんな感じの絵じゃねえかよ。和風と洋風の違《ちげ》えってのはあるンだろうが、描き方ァ違わねえのじゃねえか。浮世絵だって似たようなものだろ」

「はい」

弔堂は嬉しそうな顔をした。

「まさに似たようなもの——で御座いましょうや」

弔堂は帳場の奥から絵らしきものを何枚か出して来た。

胸の前に翳し、こちらに向ける。赤い、山の絵だった。

「これは、画狂人――葛飾北斎《かつしかほくさい》描くところの『冨嶽三十六景《ふがくさんじゅうろっけい》』の一枚、『凱風快晴《がいふうかいせい》』で御座います」

この絵は見たことがある。

「実に素晴らしい。北斎は富士を能《よ》く描きましたが、これはその中でも傑出した作品で御座います。雄大で優美な富士が紙の上に再現されている。しかし」

富士山はこんな形ではありませんと主は云った。

「まあなあ。こんな尖っちゃねえか」

「ええ。北斎の画力は飛び抜けていますから、写実的な絵も描くし、形の捉え方は極めて正確です。しかし富士を描く際はこうした誇張をする。これは現実の富士ではなく、北斎の観た富士なのです」

茂次郎は見入っている。

「こちらは――」

弔堂は絵を台の上に置き、もう一枚の絵を並べた。

「喜多川歌麿《きたがわうたまろ》描く大首絵《おおくびえ》、『婦人相學十躰《ふじんそうがくじったい》』のうちの『浮氣之相《うわきのそう》』です。所謂《いわゆる》美人画ですが、単に美人を描くのではなくその気質まで描き分けようとした意欲作ですね。勿論、摺りの技術も素晴らしいですが、どうです」

「この女ァ、湯上がりか」

そう見えた。

「お判りですか、弥蔵様」

「こりゃ浴衣だろ。濡れ手拭い絞ってるし、それに貝髷《ばいまげ》じゃねえか。洗い髪だ」

「そのようですね。しかし」

「ああ——まあ、そう云う細けえところじゃねえんだな。ま、湯上がりに見えらあ。それだけじゃねえな。男を誘ってるような——違うな。誘われてえと思ってるのか」

色気の抜けた爺には判らねえよと云った。

「十分に伝わっておるかと存じまするが。浮世絵は今、国内では殆ど顧みられなくなってしまいましたが、海外の方の目には新しい様式として映るようです。陰影もないし、写実的でもない。単純な線と模様で構成されたもの、しかもこれは刷り物です。でも——」

「ああ、綺麗です。気持ちと云うか、雰囲気も、ぬくもりまで伝わります。着こなしもだらしなく、髪もきちんと結《ゆ》っていないけれど、でも、頗《すこぶ》る魅力的ですね、これは——」

扠《さて》、本日は御礼にその絵を進呈致します——と、弔堂は云った。

「戴けるのですか」

「御手間をお掛け致しましたから」

茂次郎は、何かを吹っ切ったように一礼をして、去った。

「おい。ありゃあ高価な絵じゃねえのか」

「とんでもない。まあ、後の世で値が上がることはあるでしょうが、今は襖《ふすま》の下張りにされるような扱いです。扠《さて》、弥蔵様にはどんな御礼を差し上げたものか」

「礼は要らねえと云っただろ。俺も湯上がりなんだよ。だから、湯冷めしねえうちにとっとと帰《けえ》るよ」

そう云った。


竹久茂次郎は、その後、幸徳秋水等《ら》が立ち上げた社会主義結社、平民社《へいみんしゃ》が発行する『平民新聞』に、コマ画《え》や俳句を投稿し、それを足掛かりにして挿絵などを手懸け始め、本の装幀や意匠、詩作など多くの分野で人気を博した。

茂次郎こそが、叙情的な美人画や詩で一世を風靡《ふうび》した竹久夢二《ゆめじ》その人である。

茂次郎は自《おの》が性質を遺伝と考えていたようだが、そんな訳はあるまい。恋多き男と謂われた夢二こと茂次郎が、どんな想いで後年を生きたのかは——知ったことではない。

探書拾漆

予兆《よちょう》

風が冷たい。

空は抜けるように高い。秋である。

とは云え、剥《む》き出しになっている頬《ほほ》や脛《すね》の表面でしか秋は感じられない。

それも、精精《せいぜい》肌寒くなったとか湿気がなくなったとか云う、つまらない感じ方である。

街中と云うのはつまらないものである。これが山なら、色だの音だのが夏の終わりを主張する。樹木の葉の彩りは日毎《ひごと》に変わる。啼《な》く鳥も虫の音《ね》も変わる。匂いも変わる。

秋の匂いと云うのはある。春の匂いは何かが生まれて来る匂いだが、秋の匂いは朽ちて行くそれである。死臭ではない。徐徐に、緩やかに滅んで行く、その途中の、閑《しず》かな匂いである。

葉が枯れ、虫が死に、獣が眠る、そうした匂いだ。甘酒屋は既に秋の匂いに包まれている。

でも。

街は街の匂いしかしない。街の音しかしない。

遠くの山に目を投じなければ、色も年中同じである。

また風が吹いたので襟《えり》を合わせると、外套《がいとう》くらい買ったらどうだねと利吉《りきち》が云った。

「見ているこっちが寒いよ」

「俺は平素《いつも》出歩かねえからそんなものは要《い》らねえんだよ。古毛布《ゲット》を巻いてりゃそのうち冬は過ぎるんだ」

「あの年代物の毛布かね。豪《えら》く気に入ってるようだがね、ありゃまるでおこもさんだよ。弥蔵《やぞう》さんも一応客商売なんだから、止《よ》した方がいいと思うがねえ」

「客ったってお前さんぐれえしか来ねえじゃねえか」

「その唯一の客が云っているのさ」

「煩瑣《うるせ》えなあ。銭《ぜに》がねえのよ」

喰うや喰わずである。

慥《たし》かに、利吉の云う通り喰いものを扱っているのだから身態《みなり》には気を付けなければなるまいとは思う。しかし。精精がところ清潔衛生を心掛け、洗濯掃除を欠かさぬよう心掛ける程度のことしか出来ぬ。衣類を新調することも叶わぬのに、滅多《めった》にしない外出のために外套を買うなど、あり得ないことである。

「だいたい俺は出歩く用事なんざねえんだ」

「いいじゃないか。どうせ客なんざ来ないと云ったのは、どの口でもないその口だよ。唯一の客てえのはあたしじゃあないか」

「だからと云って、だ。利吉どん。こんな薄汚《うすぎたね》え爺ィ《じじい》を連れ回して何が面白いんだよ。お前さん、俺が連れで恥ずかしくはねえのか」

見窄《みすぼ》らしい。

街には似合わない。

時代からも溢《こぼ》れている。

「こんな恰好《かっこう》だ。ハイカラからは程遠いぞ。俺は多分、死ぬまで洋装はしねえだろうしな――」

厳密に云えば三十五年前、ほんの一時洋装で過ごしたことがあるのだが。

珍妙なものだと思った。別段動き易《やす》いとも思わなかった。

その珍妙な軍装で殺し合いをした。否《いや》、殺し合いと云うような大層なものではないか。

硝煙と粉塵に巻かれて逃げ惑っていただけだ。それでも、大勢が死んだ。

だから、二度と着たくない。

「俺はな」

文明開化してねえのだよと云った。

「まあ、弥蔵さんが古い人間だてえことは承知してるさ。だからって、弥蔵さんよ。今どき馬車鉄道にも乗ったことがねえ、洋燈《ランプ》さえも使わねえなんてぇのはどうかと思うよ。人が古くったって、時代は進むんだ」

「追い越して行くだけよ」

見上げると雲一つない。

「天高く馬肥ゆるなんとやら、だ。聞けばその馬車鉄道とやらも近近廃止されると云うじゃあねえか。馬じゃなけりゃ何が牽《ひ》くんだ」

電気だろうねえと利吉は答えた。

「その電気てえのがな。俺には能《よ》く判らねえのよ。瓦斯燈《ガスとう》ってのは何となく判るがな、電気燈となると判らねえ。燃えてもいねえのに何故《なぜ》明るくなるよ」

利吉は首を傾《かし》げた。

「知らねえのかよ」

「仕組みは知らないけど明るいなァ知ってるからね。初めて銀座《ぎんざ》のアーク燈を見た時ゃあ驚きましたからね。お日様かと思うたよ。そうだろ」

銀座に行ったことがないと云った。

「用事がねえよ。だから瓦斯燈だってまともに見たことはねえ。火入れ役の男とは話したことがあるがな」

「火入れ役だって。そんな役の者が居るのかね」

「それこそ知らねえのかよ。瓦斯だろうが何だろうが、得手勝手に自動で点《つ》くって道理はねえだろうよ。洋燈《ランプ》と同じだ。点消方《てんしょうかた》と云うようだがな、ありゃ、こう、先に火の点いた莫迦《ばか》長い棒で、点けたり消したりしてんだ」

云われてみりゃあそうだわいねと利吉は妙に感心する。

「何でも人が為《し》ているのだねぇ」

「俺はな、利吉どん。だから瓦斯燈までは何とか諒解《りょうかい》したのだ。蠟《ろう》やら油やらが瓦斯に変わったてえことだろ。瓦斯がどんなもんだか俺は知らねえが、まあ燃えるんだろうよ。でも電気てえのは、解らねえ」

「解る必要はないでしょう。なら尋《き》きますがね、弥蔵さん。油は何故に燃えるんですかねと利吉は問うた。

「そりゃ——油は燃えるもんだろ」

「だからね、同じことでしょう。電気は光るもんなのじゃあないですか」

「光るだけじゃねェだろよ」

馬の代わりにもなると云うのだ。

「それが」

文明と云うものだろうさ弥蔵さんと利吉は困ったような顔で云う。

鳶《とび》のような声が聞こえた。

だが鳶ではあるまい。

懸巣《かけす》に違いない。

懸巣は他の鳥の啼き真似をする。あれは鳶の声を真似ているのだ。

「いいとんびですかねえと利吉は云った。

知らなければ区別は付くまい。そっくりである。しかし本来の懸巣の声は、嗄《しわが》れた汚い声なのだ。知らぬが仏である。

利吉はこんな処にとんびが居ますかねなどと云っている。

鳶は何処《どこ》にでも居るように思う。古来油揚げなどを獲ると云うのであるから、人里にも居るのだ。珍しいと云うなら寧《むし》ろ懸巣の方が珍しいのではないか。

案《あん》の定《じょう》、げェだかぜェだか云う汚い声が聞こえた。

あれが懸巣の本当の声だ。

利吉はそちらの声には気付かなかったようだ。

いずれにしてもこの若造は懸巣に謀《たばか》られたと云うことになる。

だが。

それで困ることはない。

鳶だろうが懸巣だろうが、そんなことはどうでも良いことである。懸巣の方にしてもこんな男を騙《だま》そうとして啼いた訳でもあるまい。

正す必要もないか。

だから知る必要なンざないんですよと利吉は云った。肚《はら》を見透かされたようでぎょっとしたが、当然それは懸巣の件などではないのである。

「いずれ便利なんだから、それで好《い》いでしょう。便利なものってのは賢い人が作るんだ。あたし等《ら》庶民は、その恩恵を受けて便利に暮らす。不都合はない」

追い越してるじゃねえかと云った。

「時代だか文明だか知らねえが、そう云うもんが人を追い越して勝手に進んでるように思えるんだよ」

「勝手じゃあないさ」

何方《どなた》様かが進めているのさねと利吉は云う。

「そうかもしれねえが、それは俺やお前さんじゃあねえだろ。その辺の誰でもねえじゃねえかよ。まあ、誰だか知らねえが進める奴が居て、そうやって先へ先へと進んでくのだろうよ」

良いことじゃないかねと若造は云う。

「険しい凸凹《でくぼく》道を足を引き摺《ず》り引き摺り苦労して歩んでいるところ、何処からともなく乗り合い馬車が颯爽《さっそう》と現れてさ、抓《つま》んでひょいと乗せて呉《く》れるようなものでしょうよ。馭者《ぎょしゃ》が誰であれ、馬車が何方《どなた》のものであれ、そんなこたァ知ることはないでしょう。乗って良いと云うのだから乗るだけさ。楽だし速いんだから、それで好《い》い」

「好いこたァないよ。それに乗っかれる奴は好いのかもしれねえがな、乗り遅れりゃ仕舞いだろう。乗り付けねえ爺がおたおたとしているうちに、その馬車とやらはアッと云う間に遠ざかるだろうぜ」

臆せずに乗りゃいいじゃないかと云うのでもう遅《おせ》えよと答えた。

「陸蒸 気《おかじょうき》に乗り遅れてよ、待ってくれ乗せてくれと後追い掛けたって、追い付きゃしねえ。なら乗れやしねえじゃねえか。陸蒸気なら次があるがよ、国だの時代だのには」

次はねえんだよと云うと、まァないかねえと利吉は答えた。

「それに陸蒸気ならな、まあ気の好《い》い機関士が居たならよ、止めて、乗っけて呉れるようなことも万に一つぐれえはあるかもしれねえやな。だがな、時代なんてもんは、幾ら待ってくれと頼んだって待っちゃくれねえだろう」

「まあ、甘酒屋の親爺《おやじ》の一声で進歩を止めるこたあないね」

「だろうよ。つまり、だ。何処の誰とも知れねえ連中が、理屈の知れねえものを拵《こしら》えて、それでもってせっせと前に前に進んでんだろうよ。そりゃそれでいいよ。俺は、待ってくれとも止まってくれとも云ってねえだろ。放《ほ》っておいてくれと云っているんだよ。俺みたいな老い耄《ぼ》れは、そう云う訳の判らねえものを使うのが苦手なんだよ」

——否。

苦手ではなく厭《いや》なのだ。

頑《かたく》なだねえと利吉は云う。

「弥蔵さんのようなのを頑固《がんこ》、偏屈と謂《い》うのさね。だからこうして、街歩きなどに誘って文明の恩恵に浴させてやろうと云うのじゃないかね」

「何が文明だ。街だ帝都だ改良だと云ったたって、素っ気なくなっただけで面白くも可笑《おか》しくもねえじゃねえか」

山の風より田畑の風より街の風は尖《とが》っていて冷たいように思う。

街場に新しく建てられる建物は皆洋風だが、だからと云って古い軒並みがなくなった訳でもなく、酷《ひど》くちぐはぐな見場である。橋だの何だのを架け替えるのは良いが、道は彼方此方《あちこち》掘っ繰り返しているばかりで、甚《はなは》だ汚らしい。雨でも降れば泥濘《ぬかる》むだろう。

そう云うと、良くするために掘ってるのさと返された。

「道を拡げて均《なら》してさ、人力でも馬車でも通り易くするのだよ」

道は人が歩くもんだと云った。

「人だって歩き易くなるだろさ。あたしン家《ち》の前の道なんざ掘り返さなくたって泥濘《ぬかるみ》だよ。何度水溜まりに嵌《は》まったか知れやしない。掘って、均して、固めるのさ。この辺りは未《ま》だ改良途中なのさね。山の手のお屋敷の方なんざ、綺麗なものだよ」

ならそっちに連れて行けと云った。

「こんなじゃあ店の前の坂の方が綺麗だよ。それに、あのみっともねえ棒は何なんだよ」

電信柱じゃあないかと利吉は云う。

「逓信省《ていしんしょう》が立ててるんだよ」

「あの紐ァ何だよ」

「あの線の中をですね、電信だの、電話だの、電気だのが通ってるんだ——と聞きましたがね」

「嘘臭《くせ》ェ話だなあ。ありゃ管《くだ》なのか」

「だから知りませんよ」

「電話ってのも能《よ》く判らねえのよ」

電信は、まだ判らないでもない。どう云う仕組みなのかは知らないが、暗号のようなものを送って、送り先で解読し、紙に記して届けるのだろう。

最後は人が届けるのだ。

途中の理屈こそ解らないが、手紙よりは速いのだろう。それくらいのことは想像出来る。飛《ひ》脚《きゃく》が状《じょう》箱《ばこ》を担いで走るのを電信が肩代わりしているのだろう。

だが、電話は判らない。

利吉は呆れたような顔をした。

「判らないことはないだろうさ。遠くの人と話が出来ると云う文明の利器だ。東京に居乍《なが》らにして横浜《よこはま》の人とでも話せるのさね。凄いことだよ。まあ、あたしら庶民には高嶺《たかね》の花だが、今は自働《じどう》電話があるからね」

まるで判らない。

「公衆の電話さ。新橋《しんばし》の駅だのにあるんだよ。こう、祠《ほこら》みたいな小屋に入ってさ。五分五銭で話が出来るそうさ」

「誰とだ」

「だから遠くの人さ」

「遠くって——何処だよ」

「だから、あの、声の届かない処さね」

「琉球にでも蝦夷《えぞ》にでもこっちの声が聞こえるかよ」

「そうじゃなくてさ。その、まあ線の通じている処だろうさ」

「何処に通じてるんだよ」

「そりゃ電話のある処だよ」

「そんなもの誰も持ってねえだろう。その山の手とやらの華族様だかお大尽《だいじん》様なんかとお話しするてえのかよ。用事がねえよ。用事があったら行けばいいのじゃねえか。そんなことのためにあんなもんをおっ立てるのか」

「いやあ、それだけじゃあないって。電気だってさ——ほら、知らないかね、あの浅草の発電所。こないだまででっかい煙突立てる工事してたじゃないか」

「浅草も行かねえよ」

本当に行ったことがない。足が向かない。

「行きなよ浅草ぐらい。それじゃあ弥蔵さん、凌雲閣《りょううんかく》もパノラマ館も行ってないのかね」

「話には聞くがな。そんなもの観たって腹の足しにはならねえからな」

朴念仁《ぼくねんじん》だねえと若造は一層に呆れた。

「まあ、その浅草なんかでさ、電気をどんどんと作っているんだよ。その電気がね、あの線の中を通って送られて来るんだ——と、思うね」

「送ってどうする」

「だからさ。弥蔵さんの云う通り電気は明かりも点ける、車も動かす。そう云うもんだよ。理屈は知らないが、便利な文明だ。欧米列強と肩を並べるにゃ、絶対に必要なものさ」

「そうかもしれねえが、そんなもんをこんな処に送ってどうすると尋いてるんだよ、俺は」

「だから——ほら、電気燈が点けられるとか、電気鉄道が動かせるとかさ」

「こんな処にか」

「この辺《あた》りもどの辺りも、国中さ」

「国中にこんなみっともねえ棒を立てて回って、その紐ォ張り巡らせるってのかよ。そりゃ尋常な話じゃあねえな」

気が触《ふ》れている。

「国中蜘蛛《くも》の巣みてえになるだろう。異国はみんなそうなってるのか」

「余所《よそ》の国のことは知らないよ。でもこの辺りも便利にゃあなるのさ」

「便利なあ。大体だ、利吉どん。この辺りと云うのはどの辺りなんだい。此処《ここ》は一体何処なんだよ。それにその何とやらは何処にあるんだ」

そう問うと、利吉は半笑いになって視軸《しじく》を其方此方《そちこち》に飛ばし、それからやや小声で、あたしはどうも間違えたようさと答えた。

「道ィ間違えたのか」

「いや、街を間違えたようさ」

「何だと」

「知らない街さ、此処は」

そう、知らない街である。

もう江戸ではない。東京なのだ。

町境にあった木戸は壊され、堀も処処埋め立てられ、見附《みつけ》門もなくなった。町名も変わった。景観も違っている。だから慥《たし》かに何処まで歩けば何処に着くのか、判り難《にく》くはなっているだろう。

それにしたって――。

「当てもなく朝っぱらから俺を引き回してたのかお前さんは」

「当てはあったのさ。ただその当てを見失ったてえのが真相ですよ」

「解らねえなあ。そもそも今日のこの趣向が解らねえんだよ、俺は」

「どうも計画を変えたのが拙《まず》かったですかね。これなら当初の予定通り、浅草にでも行っていた方が良かったかもしれないね。彼処《あそこ》なら迷いようがない」

「浅草だァ。浅草なんかに誘われてたなら俺は来てやしねぇよ。俺は十二階もパノラマも興味がねぇと云ってるじゃねえか。店休んで来てんだぞ」

「そうじゃなくてさ」

「じゃあ観音様か。俺は信心たァ無縁だぞ。それともその、電気作ってるとこでも見せて啓蒙《けいもう》しようとでもしたか」

嫌味だねえと利吉は顔を歪《ゆが》める。

「そんなこたァ考えてもいないよ。行ってたんなら、鷲《おおとり》神社さ」

「ああ。今日は酉《とり》の日か」

「そう、一の酉さ。昨夕《ゆんべ》から宵宮《よいみや》で、大賑わいだろうさ。彼処は露店が大層な数出ますからねえ。あれも、少しは弥蔵さんの商売の参考にもなるかと思うたんだけれどね――」

「けれど何だよ」

「熊手を買う意味がないなと思い至ったんですよ。ありゃ商売繁盛の縁起物でしょう。あたしは無職だ。亭主《とっ》つぁんは縁起物なんざ買わないだろ」

買わない。

手に取ったこともない。

「鷲神社の酉の市《いち》は毎年芋《いも》でも洗うような人出だが、今日は月曜だし、多少はマシかとも思いはしたんだけれどもね」

そうしたもんに曜日は関係ねえだろよと云った。

西洋の暦《こよみ》を使うようになって三十年から経つと思うが、いまだに馴染《なじ》まない。

今日が何曜日なのかとんと判らぬ。

「だから止《よ》したんじゃないか。これが景気の良い若衆だったなら、まあ熊手担いで吉原《よしわら》へ繰り込もうてえ按配《あんばい》になるんだろうけれど、枯れた爺様《じさま》と無職の高等遊民の取り合わせじゃあ、そうも行くまいよ」

「またその何とか遊民かよ。意味が解らねえんだよ。お前さんは職に溢《あぶ》れたただの文なしじゃねえのかよ。正直に銭がねえから遊廓なんざ行けねえと云えよ」

身も蓋《ふた》もないねえと利吉は戯《おど》けた。

「まあその通りさ。だからね、最近流行《はや》りのミルクホールに弥蔵さんを連れて行こうと、そう思い直したんですよ」

「何だそのほーるとか云うのは」

「ビヤァホールみたいなものさ。ただ酒は出さない。出すのは牛乳だ」

「ぎゅうにゅう――って、牛の乳かよ。おいおい、そんなもんを出すのか」

「そんなもんってね、滋養もあるし皆飲んでいるじゃないか。甘酒よりは今様《いまよう》だ」

「そんなもんで商売になるのかよ」

大繁盛さと利吉は云う。

「神田《かんだ》の辺りが発祥のようだが、今はステイションの前やら大学の傍《そば》やらに続続と出来てるのさ。若者やらご婦人やらでも気軽に入れるからね」

「それで客どもは揃って牛の乳を飲むのかい」

「妙な云い方だね。そんな早飲み大会のようなのとは違いますよ。他にも、洋菓子だのパンなんかも出すのさ。夏場はラムネなんかも出す」

「甘味屋か」

そうじゃないよと、利吉は強い口調で云った。

「どう違う」

「大違いだろうさ。汁粉《しるこ》屋だの団子屋だの、そう云うものじゃあないんだ。ミルクホールなんだよ」

「洋風なだけだろ」

「呑み込みが悪いねえ。菓子やなんかは刺身の妻さ。主《しゅ》になるのは牛乳だ。お客はね、滋養強壮に良いミルクをば飲みに来るのさね。序《つい》でにパンを齧《かじ》ってジャムをば嘗《な》めるんですよ。つまり――甘酒屋と同じじゃないかね」

「何処《どこ》が同じだ」

「滋養に良い甘酒を飲みに来た客が、序でに蒸《む》し芋を喰うて行くのだろうさ。弥蔵さんのとこは芋屋じゃあないだろ。同じじゃあないか」

そりゃ牽強《けんきょう》付会《ふかい》だよと云った。

「故事《こじつ》付けにも程があるぜ利吉どん。百歩譲ってお前さんの云う通りなんだとして、そのほーるとやらで俺が牛の乳を飲んでどうなるてんだよ。俺は滋養など付けたかァねえぞ。長生きしたって好《い》いことなんざねえんだから、出来れば早めにお迎えに来て欲しいと、毎日死神にお願《ねげ》えしてるぐれえだ」

利吉は少しばかり眉根を寄せた。

「長生きはしてお呉れよ。まあ、それはそれとして——さ。別に弥蔵さんにミルク飲まそうと思った訳じゃあない、あたしはね、甘酒屋を繁盛させるために、ミルクホールから学ぶことがあるんじゃあないかと、そう思ったのさ」

「何だよそれは」

「芋の他にさ。パンぐらい置いてみるとかさ。夏場はラムネくらい置くとか」

「あの店にか」

「パンくらい置けるだろ」

喰ったことがねえと云うとだから連れて行こうと思ったんだよと若造は云う。

「連れてけてねえじゃねえか。そのみるくとやらは何処にあるんだよ」

利吉は立ち止まり、右手を眼の上に翳《かざ》して、何処かねえと云った。

「この辺に出来たと聞いたがね」

「だからその、この辺がどの辺かお前さんには判らねえのだろ。見たところ駅も学校も見当たらねえぞ。その上、町並みも段段古びて来てるじゃねえかよ。俺はこの先、何処に連れて行かれるんだよ」

「冷えるしねえ。其処《そこ》の、蕎麦屋《そば》にでも入るかね」

「冷えるなァ間違いねえがな、未《ま》だ午《ひる》には早《はえ》えよ」

普段は昼飯を抜くことも多い。それ以前に、蕎麦屋が午前から開いているとは思えない。

「じゃあ」

「甘味屋も御免だ。甘《あめ》えもんは芋で沢山《たくさん》だからな」

「気難しいねえ。そう選《え》り好みばかりしていたのじゃ休めやしないよ。あたしも少少草臥《くたび》れちまったよ。もうミルクホールは諦めるからさ。何処かで一休みしようじゃあないか」

「無駄足だったなあ」

生きていること自体が無駄の塊《かたまり》のようなものなのであるから、別に肚《はら》も立たないが。それにしても随分歩いた。

駅を降りてからこっち、ただ利吉に付いて歩いていただけだったから、景色もまともには見てはいなかったのだが、改めて見回してみれば、何となく覚えがあるようにも思う。

道にも建物にも全く見覚えはない。ある訳もない。だが、地形に覚えがある。

遠景は朧《おぼろ》げに覚えている。

「そうよなァ、此処はお前——もう神楽坂《かぐらざか》の近くじゃねえのかい、利吉どん。随分と様子が変わっちまったが、牛込見附《うしごめみつけ》の傍《そば》じゃねえかと思うがな」

「神楽坂だって。じゃあ、一駅近くも歩いたかね。本当かい」

若造は参ったねえと云っている。

参ったのはこちらだと思う。

「ああ、そうだねえ。花街《かがい》が近い感じだねえ。あ、ありゃ休み処だね。毛氈《もうせん》敷いた縁台が出てるじゃないか。お誂《あつら》え向きだよ。彼処《あそこ》で休みやしょうよ。どうだい亭主《とっ》つぁん」

「白粉臭《おしろいくせ》ェのは厭《や》だぜ」

「まだ日も高いうちから何をか云ってるのかねこの爺様《じさま》は。いや、こうなったのもあたしの所為《せい》だ。茶でも団子でも御馳走しますよ」

突然元気になった利吉は小走りで茶店だか休み処だかに向かい、座る前に大声で熱い茶と団子か何かを見繕《みつくろ》ってお呉れと頼んだ。

「そう云う店なのかよ」

「いらっしゃいと云われたからそう云う店なのさ。寒いから裡《なか》に入るかい」

此処で好《い》いと云った。

「緋《ひ》毛氈とは上等じゃねえか。俺の店とは大違《おおちげ》えだよ」

利吉の横に腰を下ろす。

慥《たし》かに、人心地付いたと云う感じはする。衰《おとろ》えたものである。

大して待たぬうちに襷《たすき》掛《が》けの小娘が茶を持って出て来た。まるで昔の峠の茶屋である。

茶は大層熱く、喉《のど》から腹に染みた。

今日は済まなかったねえと利吉は云った。

「あたしはね、弥蔵さん。本当ならこの月初めにね、物見遊山《ものみゆさん》に行くつもりでいたのさね」

「そりゃあ豪勢だな」

「まあ、駄目だったのだけれどもね」

「何故だよ。身体毀《からだこわ》した訳でもあるめえに。お前さん、うちには来ていたじゃねえか」

「何、弾かれた。先月の二十四日に新聞で見てさ、定員百五十名の募集だてぇから、そんなには集まらねえだろうと思っていてね。ところが発売の初日から予約が殺到したようでね、余りにも増えっちまったもんで定員を百八十名まで増やしたようなんだが、それでもあたしは駄目だったんだよ。遅かったんだなあ」

「だから何の募集だよ」

観楓《かんぷう》回遊列車だよと利吉は云った。

「何だそれは」

「だから回遊列車さ。車窓から紅葉を見物するんだよ。新橋から汽車に乗ってだね、東海道をずっとこう、がたんごとんと行く」

「それでどうする」

「どうもしないよ。まあ、夕方の出発だからね、着くのは早朝さ。で、まあ着いたら名勝絶景を堪能《たんのう》して、翌日の夕方また汽車に乗って帰って来るのだね」

「一泊するのか」

「車中泊があるからさ。三泊だね。朔日《ついたち》に出て四日に戻るてえ寸法だ」

「そんなもの、面白《おもしれ》えのかい」

「扨《さて》ね。でも、あたしは京都《きょうと》なんぞは行ったことがないからね。それこそ行く用もない。でもだね」

「寸暇《ちょいと》待て」

京——と云ったか。

「行き先は京なのか」

「京ですよ、京。いいねえ。嵐山《あらしやま》、保津峡《ほづきょう》、栂尾《とがのお》、槙尾《まきのお》、各所の楓《かえで》は二月の花より紅く、松茸《まつたけ》の香味は頬の落つるを忘る——なんて書いてあったからねえ」

「京に——一日で着くか」

「着くさ。まあ、特別列車だから多少は速いのかもしれないけども、夕方四時頃に出て、翌朝の七時にゃもう到着だ。一晩ですよ」

「京にか」

あの時は何日掛かったか。

綺麗なんだろうねえと利吉は謡《うた》うように云った。そこに団子を持った小娘が出て来た。

「観たかったねえ。割引があると云っても一等は手が出ない。三等は廉《やす》いから直《す》ぐに埋まっちまうと読んで、二等狙いで買いに行ったんですがね、まあ話にならん。と——云うよりも募集してたのは二等だけだったのだね。それに、向こうで泊る料金が別立てだった。追加で一円二円掛かると云うのさ。そんなに懐の余裕はないからね」

無職のあたしにゃ所詮《しょせん》は無理だったと云い、肩を窄《すぼ》めて滑稽《こっけい》な仕草をした後で、利吉は団子を頬張った。

「喰ってお呉れ。中中いける。松茸にゃ敵《かな》うまいけどもねえ。京料理てえのは、あれ、旨《うま》いんだろうね。料理もいいが、京美人にも会いたかったね」

「京か」

好《い》い想い出は一つもない。

夏はただ暑く、冬はただ寒かった。

雪に降り籠《こ》められる郷里よりも寒かった。矢張《やは》り風が尖っていた。

何年居たのか。二年か。もっと短かったか。しかし濃さと重さでは十年に近い感覚がある。

「弥蔵さんは若い頃に京都に居たと云うじゃないかね。料理はどうだったね」

「覚えてねえ」

本当に覚えていない。

湿り気や渇きや、香の匂いや、雨音や、寺の鐘の音や、犬の吠え声なんかは能《よ》く覚えているのだけれど。

「素っ気ないねえ」

「覚えてねえものは仕方がねえよ。二度と行きたくねえ。行きたくねえが」

一日で行けてしまうのか。

会津《あいづ》から江戸に出て。江戸から京に向かって。京から蝦夷まで落ち延びて。それでも死ななかった。

移動している方が長かった気がする。

それが。

「京に上って見物して帰って来て、たったの四日かよ。信じられねえな」

それでいいのかと思う。隣村の親類の家に行く訳ではないのだ。

京は――。

それが文明開化だよと利吉は云う。

「便利じゃないか。大体、市谷《いちがや》から牛込まで歩いただけでへとへとなんだよ。東海道を徒歩で行くなんざ、狂気の沙汰《さた》だとあたしは思うね。何日掛かるんだい。ぐうぐう寝てたって、半日もすりゃあ着いちまうんだから」

「楽なら良《い》いってものじゃねえだろ」

「何でだね。逆に何が悪いのか知りたいよ。いいかね、どう云う仕組みなのかァ知らないけどね、回遊列車にゃあ電気燈が点《とも》されてて、夜行だてえのにまるで昼間のように明るかったらしいよ。凄いやねえ」

「それじゃあ明るくって眠れねえのじゃねえか」

「寝ちゃ駄目さ。行楽なんだから。そこんとこは愉《たの》しまなきゃア嘘でしょう。食堂車もあったようだから、そこは飲めや歌えやでしょうよ。食堂車にゃ精養軒《せいようけん》が入ったそうだから、こりゃあ、ご馳走さ」

行きたかったなあと利吉は拗《す》ねるように云う。まるで童《こども》である。

「まあ天候も悪くって、紅葉の時期にも少し早かったようだからね、行かなくって正解だったなんて云われたんだけれどもね、そんなこたァ行った奴の言《い》い種《ぐさ》でしょうよ。行けなかった者にとっちゃあ嫌味にしか聞こえないさ」

「そんなに悔しかったか」

そこまで行きたいのなら行けば良いだろうと云った。

「鉄道はいつだって通じてるんだろ。勝手に乗って、勝手に行楽してくりゃ済むことなんじゃねえのか。時期だって今の方が好《い》いんだろうよ」

解ってないねえと云われた。

「回遊列車なんてェ粋狂《すいきょう》な催しに乗っかるってところに意味があるんだ。本来なら、用もないのに京くんだりまで出掛けて行って、松茸喰って紅葉眺めるような余裕はないでしょうよ。あたしゃ穀潰《ごくつぶ》しの居《い》候《そうろう》みたいなものなんだから」

「口実か」

「契機《きっかけ》ですな」

「言い訳じゃあねぇか」

「何でもいいんですよ。兎《と》に角《かく》、行こうと決めてその気になっている間てぇのは色色と夢想して昂揚してるもんじゃやないですかい。それが駄目となったら萎《しお》れるものだ。そう、喩《たと》えるならね、三十年前に生き別れになったおっ母《か》さんが京都に居ると云う噂を聞いたとする」

「何だと」

「そう思ってお呉れ。あたしは、なけなしの銭を掻き集めて京行きの工面《くめん》をしましてね、長年乞い焦《こ》がれたおっ母さんに漸《よう》っ《や》とお会い出来ると、出発を指折り数えていたと——そう云う心持ちさ。それが、突然行けなくなっちまったと云う体《てい》なのさ。もし京に行ってね、そこにおっ母さんが居なかったとする。それならそれで諦めもつきましょ。しかし行けないってのはどうかねえ」

おっ母さあんと声を上げ芝居掛かった所作《しょさ》で利吉は泣き崩れた。

茶店の小娘が呆れて眺めている。

「おい利吉どん。外聞《がいぶん》が悪《わり》いから妙な茶番は止《よ》せ」

　利吉は顔を上げた。

「ってな具合ですからね。どうにも治まりがつかなくってさあ。悶悶《もんもん》としていたんですよ。だからね、埋め合わせに何処かに遊びに行こうと」

「行けばいいだろ」

「だからさ。どうせ行くならご一緒にと思って、弥蔵さんを誘ったんじゃないかね。で、ふと暦を見れば一の酉だ。じゃあ浅草だと朝早くに家を出たが、道道熟考するにあの甘酒屋の偏屈な爺様《じさま》は人出の多いのも嫌がるだろうと思い至り、それでまあミルクホールの実地見分と云うのを思い付いた訳さ。まあ、こっちも骨折り損だった訳ですけれどもね」

　やること為《な》すこと裏目に出るよと利吉は萎れた。

「あたしゃとことんツキに見放されているんだねえ」

「それに付き合わされてる俺の身にもなれよ。ツキに見放された若造と時代に乗り遅れた爺の道行きじゃあ、この先もロクなことは起きねえよ。団子喰ったら俺は帰《けえ》るからな」

　団子を齧っているとまた小娘が出て来て、お客さんこちらもどうぞと紙包みを二つ毛氈の上に置いた。押し売りかと思うたのだが、お代は戴きませんからどうぞお召し上がり下さいなどと云う。包みと云うより袋のようになっている。

　開けてみると綺麗な色の粒《つぶ》菓子が入っていた。

見れば小娘は眉を顰《ひそ》めて利吉を見ている。

「あの、申し訳ないのですがそちら様のお話が聞こえてしまったもので――あの」

どうぞお気をお落としになりませんようにと小娘は云った。

何やら勘違いをしているのか。

「それ、小さい方へのお土産にお渡ししているものなのですが、京のお公卿《くげ》さんに献上されていたものだそうですから、悪いものではありませんので――」

間違いなく勘違いをしている。

先程の利吉の間抜けな小芝居を真《ま》に受けたとしか思えない。下を向いて悄然《しょうぜん》としていた利吉は包みを開けておやまあと、今度は嬉しそうな声を上げた。

「こりゃあ金平糖《こんぺいとう》じゃないかね」

へえと云うと、小娘は頭を下げて引っ込んでしまった。

利吉の方は今度はにや付いている。

「金平糖ですよ弥蔵さん。こりゃお金持ちのお菓子だ。深窓の令嬢なんかがお食べになる高級菓子ですよ。はあ、嬉しいねえ。世の中悪いことばかりじゃあないやな」

単純な男である。

「返した方がいいのじゃねえか」

「何でさ。あたしの境遇にあの娘さんが同情したんだろ」

「いや、全部は聞こえてねえだろ。お前さんの下手《へた》な芝居に騙されたんだと思うぜ」

「名演技さ」

「莫迦云うなよ。猿芝居だ猿芝居。そもそも芝居なんだから嘘だろ。騙したようなものじゃねえかよ。謝って返せよ」

そんなことはないよと云って利吉は一粒抓んで口に放り込んだ。

「喰っちまいやがった。もう返せやしねえじゃねえか」

「あたしはね、騙した訳じゃあない。ありゃ喩えだからね、あたしの今の心持ちを伝えるための比喩ですよ。なら真情は伝わってる訳さ。こりゃあその真情に対する娘さんの評価てえことでしょう。それに向こうは好意でしてることさね。なら多少の勘違いがあったとして、正すことなんざないでしょう」

「それじゃあ懸巣と一緒じゃねえか」

「何だって」

何でもねえと答えた。

啼いたのは懸巣だが聞いた者には鳶なのだ。暴く意味もないじゃないか。

「まあ、いずれにしたって、これは天の配剤と受け取るべきさ。こんな菓子はそれこそ買いやしないもんだから、滅多に喰えないよ」

「旨《うま》いのか」

「甘いのさ」

「甘《あめ》えのかよ」

見たことも喰ったこともないが、金平糖と云う名は知っている。ならば御《ご》一新《いっしん》の前からあるものなのだろう。

袋の中を覗《のぞ》く。

白やら黄色やらの粒である。赤いものもある。丸い粒ではなく、刺《とげ》と云うか角《つの》のようなものが生《は》えている。何に喩えたら良いのか判らない。自然界にはないもののように思えた。

旨いのだろうか。

それよりこんなもの、どうやって作るのだろうか。人工物であることは間違いないのだろうが、こんな細かいものを一粒一粒拵《こしら》えるのは大変だろう。高価なものだと云うから、手間を掛けているのかもしれないが、そこまでしてこの形に拘泥《こだわ》る意味があるか。こうすることで味が変わるとも思えない。

電気とやらで作るのかと一瞬思ったのだが、文明開化の前からあるものならば文明は関係ないのだ。

考えても詮方《せんかた》ない。

利吉は、お蔭で元気が出たから団子をもう一皿お呉れなどと云っている。高価な菓子とは云うものの、童《わらべ》の土産程度で息を吹き返すのだから廉上《やすあ》がりな男ではある。

往来に目を遣《や》る。

高島田《たかしまだ》の女が澄まして進む。

客を乗せない冴《さ》えない俥 屋《くるま》が通り過ぎる。

長袢纏《ながばんてん》に鉢巻《はちま》き姿の男どもが連れ立って往《い》く。

痩《や》せっぽちの野良犬が下を向いてとぼとぼと歩いている。

三十何年前にも幾度か来ている筈《はず》なのだが、まるで覚えがない。

別の人力《じんりき》が通り過ぎた。幾分威勢が良い。人力の行方を眺めていると、老人の姿が目に入った。

ただの老人だ。

同年代だろう。そう思って目を凝《こ》らす。短く刈り込んだ頭、大きな眼。

――否。

あれはただの老人ではない。

あの足運びは町人のものではない。

齢《とし》相応に草臥《くたび》れ崩れてはいるものの、あれは武士の――しかも剣客の動きだ。

それ以前に。

知った男か。

覚えがある。あの男は、男の佇《たたず》まいは頭の隅に澱《おり》のように浮いている。

——あれは誰だ。

注視した。

老人は一度立ち止まり、振り返って礼をした後に、隙のない緊緊《きびきび》とした動きで歩き去ってしまった。

老人が一礼をしたその先に眼を投じると、ひょろりとした洋装の男が突っ立っていた。若者である。利吉なぞよりも若いだろう。痩せている訳ではないのだが、妙にひょろりとして見える。身形《みなり》は良い。齢のわりに落ち着いている。

若者は老人が見えなくなるまでその場に留《とど》まっていたが、やがてこちらの方にとぼとぼと近付いて来た。

何とも覇気《はき》のない歩みである。あの老人と較べてしまったから、そう見えるだけか。

——あの老人。

誰だ。酷《ひど》く気になる。

絶対に知った人物なのである。

「おい、あんた」

とぼとぼと前を過《よぎ》ろうとする若者を呼び止めた。利吉がぎょっとしてこちらを見た。若者は自分に掛けられた声とは気付かないようだった。

「あんただ、あんた」

若者は止まって、自《おの》が鼻先を人差指で示した。

「僕ですか」

「申し訳ねえ。尋《たず》ねてえことがある」

「はあ。どのようなことでしょうか」

眉尻が下がっており両耳が張り出している。愛嬌のある顔つきである。

「あのなあ」

「おや」

男はそこで、驚いたように眼を見開いた。

「あなた、あの坂の途中の甘酒屋さんではないですか。違っていたら申し訳ないですが」

「あン。俺は甘酒屋だが、あんた」

矢張りそうかと云って、若者は眼を細めて笑った。

「いやいや、失礼。あの、弔《とむらい》堂《どう》に行く途中にある甘酒屋さんですよね。何度か前を通っておりますし、一度は寄らせて戴きました。甘酒を戴いた」

「客かい」

と、云うよりも弔堂の客なのか。

「はあ。一度寄っただけですから大した客ではないですが。これは奇遇だ。実に奇遇です。私は、寺田《てらだ》と申します。学生です」

「学生さんなのか」

何処の学校だいと利吉が尋いた。

「はあ、東京帝國大學理科大學に在籍しておりますが」

こいつァ驚いた、立派な学士様だねえと利吉は云った。

「末は博士だね」

「はあ。その、それで」

今の爺は誰だいと問うた。

「今の、ですか」

「どうもな、見覚えがある。もしかしたら昔馴染《なじ》みじゃねえかとな。まあ、俺はこんな年寄りで、あの男も年寄りだ。俺の覚えてるなあ、頭に髷《まげ》載っけてた時分のことだからな。如何《いか》にも覚束《おぼつか》ねえものでね。あんた、知り合いなんだろ」

「先程知り合いましたからね。まあ知り合いではありますす。此処、宜《よろ》しいですかな」

寺田は横に座った。

「ああ、座った以上は何か注文しなければならないでしょうね。では注文致しましょう。品書きのようなものはあるのでしょうか」

そこで寺田は利吉の手許に視軸を落とした。

「それは、金平糖ではないですか」

「まあ金平糖でございますよ」

「それが良いなあ。金平糖は実に興味深いものですよ。綺麗で、美味《おい》しくて、そして研究のし甲斐《がい》もある。先《ま》ず形が良いでしょう。何と云う素晴らしい形。実に興味深い菓子ですよ。私もその金平糖を」

「あのね、学士様。こいつは売り物じゃあござんせん。訳あって悲嘆に暮れていたあたしへの施《ほどこ》しもの、天からの授かりもので」

生き別れの親にまた逸《はぐ》れたお蔭でなと云った。

「ああ、能《よ》く解りませんが、悲嘆に暮れれば戴けると云うのであれば、僕も十分悲嘆に暮れている。それは間違いないです。妻が――どうも、その、いけないもので」

「つ、妻って、あんた学生さんじゃあないのかね」

学生結婚を致しましてと寺田はこともなげに云った。

「が、学生結婚とは、こりゃあ――まあ、畏《おそ》れ入りました。あやかりたい――と、云いたいところだけれどもね、その、いけないと云うのは」

肺病ですよと寺田は云った。

「今は高知《こうち》の方で療養をしているのですがね。どうも容態がですね、捗捗《はかばか》しくない。気持ちとしては居ても立っても居られないと云うところなんですがね」

「心配かい」

「それは心配です。正直気鬱《きうつ》です。今直《す》ぐ飛んで行きたい気持ちなんですがね。人は飛べませんからね」

何とも飄《ひょう》飄《ひょう》とした男である。

「それじゃあこの男よりあんたの方が余程深刻だな。この金平糖を授けられる権利はあんたにあるよ」

紙袋を差し出すと寺田は嬉しそうに受け取った。

「貰って宜しいのですか」

「俺は甘《あめ》えもんは喰わねえ」

「そうですか。僕は大の甘党でしてね」

「弥蔵さんはそもそも貰う資格がないでしょうや。聞けば慥《たし》かにお気の毒だがねえ。あんた未《ま》だ——二十五六じゃあないのかね」

二十五ですねと寺田は答えた。

「結婚したのは二十歳の時です。妻は数えで十五でした」

「十五かね」

「ええ。妻の父は軍人で、僕の父も厳しい人でしたからね、結婚はしたものの、認めては貰えなかったんですな。僕は当時、熊本《くまもと》五高《ごこう》に通ってましたし、まあ一緒に暮らすことは出来ませんでした」

まあ親御さんの気持ちも解らんでもないですがねえと利吉は云った。

「その後帝國大學に入学致しまして、上京しましてね、やっと所帯を持ったのです。妻も懐妊しましてね、サァこれからと云う時に」

「肺病かね」

「はあ。已《や》むなく身重の妻を郷里の土佐《とさ》へ送って、療養させてたんですが、それが、困ったことに僕も肺尖《はいせん》カタルになってしまいましてね」

「そりゃあ難儀だなあ」

「はあ。結核ですからね、僕も転地療養が必要になった訳ですが、同じく肺臓を病んでいると云っても、同じ土地で療養すると云うのは無理な話でしてね。離れ離れですよ。何ともはやついてないのです」

あたしよりもついてないねえと利吉が云った。

「気の毒としか言い様がないねえ。あたしなんかが同情したって、何の役にも立たんのだろうけども」

いえいえと云って寺田は苦笑した。

「結婚して五年から経つと云うのに一緒に暮らしたのは一年、時間にして合計すれば半年に満たない。子供も生まれたのに抱くことも育てることも儘《まま》ならないのですからね」

「無事に生まれたのかい」

「はい。子供が無事だったのは幸いでしたが、両親ともに肺病やみではどうしようもないですから。実家に預けることになりましてね」

「それは淋しいねえ。今ァ可愛い盛りだろうに」

「一緒に暮らしたいのですが、今は未《ま》だ妻の方が――」

「学生さんじゃあ稼ぎもないし、大変だよそれは。ねえ弥蔵さん」

「それで、どうした」

「ええ。僕は、まあ何とか完治しましてね、二箇月ばかり前に復学を許されたんですが、妻は」

「未《ま》だ治らんのかね」

治って欲しいですねと云って寺田は溜め息を吐《つ》いた。

「こっちに帰る前に一度顔を見て来ましたが、その時の窶《やつ》れた顔がどうにも瞼《まぶた》の裏から離れない。深刻振るのは性《しょう》に合わんのですがね。学問にも身が入らず、気鬱を晴らそうと散策していたら、あのご老人が目に付いた」

「目に――付いた」

探し物をされているようでしたと寺田は云った。

「それがまあ、必死のご面体《めんてい》なのに何とも奇妙なご様子でしてね、行く先先で何かを尋ねておられるのですが、聴き耳を立ててみてもどうも一向に要領を得ないのですよ。俄然興味が涌《わ》きましてね」

「深刻な状況なのに物好きだな」

寺田は頭を掻いた。

「妻のことは心配ですが、僕がどれだけ心を痛めても、深刻振っていたとしても、それで妻が快癒することはないでしょう。僕が念じて治るものなら、とっくに治っている筈です。ずっと案じ念じ続けていますからね。一方、世の中には奇異な事象が溢《あふ》れております。僕が泣こうが喚《わめ》こうが、物理には何の影響もない。世界は謎に満ちていますよ。それは見過ごせない。謎は解かれるべきで、僕は謎を解きたいのです」

「変梃《へんてこ》な爺の謎もかい」

変梃な爺の謎もですと寺田は云った。

「謎は到る処にあるんですよ。でも誰もが気付くものではない。目の前に謎が現れたなら、それは謎の方が解いて呉れと云って来ているようなものでしょう」

「能《よ》く解らねえ理屈だがな。で——謎は解けたのかよ」

幾つかは、と寺田は云った。

「あのご老人は、この牛込界隈に旧友が住んでいると聞き、その人を捜してやって来た——らしい。それが最初の目的だったんですね。しかし旧友はもうこの辺には住んでいなかった」

「それだけかよ」

「いいえ。それで終わりなら尋き歩いたりしないでしょう」

「転居先を知りたかったのか」

それも直《す》ぐに知れたようですと寺田は答えた。

「それが、北海道《ほっかいどう》だと云う」

「北海道って――蝦夷かい」

「はい。まあ、気軽に訪ねられる処ではありませんね。遠いですよ。北海道の小樽《おたる》と云う処だそうです」

「そこまで判ったなら、それで終《しま》いじゃあねえのかい」

「それから先がある」

寺田は人差指を立てた。

「そのご友人が書き記した日記があると云うのですよ」

「日記――か」

「はい。あのご老人はその日記がお読みになりたいのだそうです」

「他人の日記なんかを読みたがるなんてな、あまり戴けねえ性向だと思うがな。そんなもんは誉められたもんじゃあねえぞ」

「それはそうなのでしょうが」

そこはこの話とは関係ないと寺田は云った。

「関係ねえか」

「はい。趣味嗜好に対する評価は数値化出来るものではありませんから。ある評価軸で不適当であると判定されるものであったとしても、そうした評価はこの場合の謎とは関係がないものですからね」

「何だと」

「まあ、簡単に云えばそこはこの際どうでもいい、と云うことです。いや、あのご老人の熱心な聴き込み調査に拠《よ》ればですね、旧友はその日記を他人に貸したんだと云う」

「日記を貸すかね」

利吉が首を傾げる。尤《もっと》もな問いである。

「貸したのでしょうね。本人が貸したと云っていたそうですから、貸したんです。それで、貸したはいいが返って来ない——と、ぼやいていたのだそうです」

「おい。借りて返さねえってのはいけねえことなんだろうが、その日記とやらはそんな価値のあるもんなのか」

「知りません」

「そこも何だ、この際関係がねえところなのかよ」

「はい。厳密に云うなら関係ないことはないですね。その辺を見極めることこそが凡《すべ》ての謎を解く鍵になるのでしょうからね。でも、今は判りません」

「で」

「はい。隣人やらの証言では、どうも返して貰う前にその旧友は北海道に渡ってしまったらしい。渡ったと云うより、元より北海道の人だったのでしょうね。その辺の細かい事情は判りませんが、三年ばかり前までは、この近所で剣術の道場を開かれていた人のようですね」

「剣術だと」

「まあ、旧友と云うくらいですからあのご老人と同年配の方なのでしょうが、北海道でもどこやらで剣術指南を務められていたと云う経歴の方だそうです。退職後に上京され、道場を開かれたのだ――と」

「剣術指南なあ」

そんなものが今時必要とされるものなのだろうか。

警察関係ですかねえと利吉が云った。

「そんなところでしょうね。で、まあ、お齢もお齢だからと道場を閉めて」

「蝦夷に戻ったのかい」

「そう云うことらしいですね。しかしですね、そうなると連絡がつけられないでしょう、正確な住所が判らなければ手紙も出せないんですから。勿論《もちろん》、意を決して会いに行ったって、会えないかもしれない訳ですし――何と云っても、北海道ですからね」

取《と》り敢《あ》えず行くだけ行ってみようと簡単に云う訳にも行くまい。

気軽に行ける距離ではない。汽車賃も船賃も莫迦にはなるまい。

尤《もっと》も、利吉に拠れば文明が発達しているそうであるから、以前とは比べものにならぬ程に近くなってはいるのだろうが。

――京まで半日か。

「まあ住所は役所にでも行って調べれば判るものなのでしょうがね、どう云う訳かあのご老人はそちらを調べようとはなさらなかったんですな」

「おやまあ。何故だい」

「そりゃ利吉どん。苦労して当人に会ったところで、その日記とやらが手許にねえんじゃ意味がねえから――じゃねえのかい」

ご名答ですねと寺田は云った。

「どうも、ご本人と対面することよりも、日記の内容の方が肝腎《かんじん》だったようなんですね、あのご老人には」

「だが、行方不明なのだろ」

「行方不明です。そこで、あのご老人は旧友が日記を貸した人物と云うのを探り出そうとした訳です。本人は北海道でも貸した相手は東京に居るかもしれない訳でしょう。誰に貸したのかが判れば、その人から返して貰えばいい。まあ、友人のものですから返して貰うと云うのは妙な云い方なんですがね。まあ、読んだ後で、本人に会って、それでお返ししようと考えたのでしょう」

「しかしねえ。幾ら友達だからって、他人の日記を勝手に読むてえのは、どうかねえ。それも関係ないことなのかね」

「まあ、秘匿《ひとく》しているなら勝手に読むのはいかんのでしょうが、他人に貸すようなものですからね。ご友人でもあるのでしょうし、まあその辺の事情は判り兼ねます。ただ、これで最初に僕の目の前にぶら下がった謎は、解けた訳ですね」

「そうかね」

「はい。僕は、このご老人は何を探しているのか、何故にこうも要領を得ない尋き方しか出来ないのか——そう感じた訳ですからね。その謎は、すっかり判ったでしょう」

「いやいや、解ったけれどもねえ」

「引っ越した友達が日記を貸した相手は誰だろうと尋き回っていた、これが真相です。しかしこれはねえ、説明も難しいし、中中に難問じゃあないですか」

「そんなもの判る訳はねえな」

「はい。そこで、新たな謎が生まれてしまった訳ですね。今度の問題は二つ。一つ目は、何故あのご老人はそんなにその人の日記が読みたいのか。そして二つ目は、その日記は今、果たして何処にあるのか——」

「それで」

「はあ。その謎を解こうと」

「あのな、一つ目の謎はな、本人に尋くのが早《はえ》えだろ。と云うよりも、それしかねえのじゃねえか」

それでは面白くないでしょうと寺田は悩ましげに云った。

「面白くねえってお前さん」

「いや、ご本人にとっては深刻なことであるのかもしれませんし、そうでもないのかもしれない。僕はそこに立ち入ろうとは思いませんよ。しかし、根の部分に何があろうとも、枝葉が奇妙な形になっていることは間違いない訳で、僕は何故そんな奇妙な形になったのか、その理由が知りたいんですよ。例えば」

寺田は紙袋から金平糖を一粒抓んで取り出した。

「これ。この、金平糖。実に個性的な形をしていますね。こんな形状のものは他にないでしょう。どうしてこうなるのか、知りたくはないですか」

「いや――」

不思議だとは思ったのだ。だが、知りたいとは思わなかった。変だと感じただけである。人が作っているのなら、面倒な作業だろうなと考えはした。

「知りたいと思い、考えて考えて、そして知る。それが理学ですよ。この世界は謎に満ちていて、自然は自ずとその答えを識《し》っている。理学の徒は、その答え合わせをしているようなものなのです」

「答え合わせなのかな」

「どんな発見も、どんな発明も、天然自然の理《ことわり》に忤《さから》うものではないんです。でも、この世界はそのままでもう出来上がっていますからね、別に問題を出す謂《いわ》れもないし、我我とて試験など受けずとも然《そ》う困ることはない」

ないでしょうと問われた。ないと答えた。

「そうでしょう。でもね、僕達は猿よりは多少知恵がありますからね、問題を見付けてしまうんですよ。見付けると気になる。気になるから考える。そして答えを見付ける。合っているかどうかは、天然自然に尋くよりない」

理学と云うのは先に進むものではなくその場で足踏みしているようなものなんですよと寺田は云った。

「進歩とか云うじゃねえか」

「そう思いたい連中が居るだけです。他国と背比べしたり、殴り合って勝ち負けを決めたいような族《やから》は、直《す》ぐにそう云いたがる。勝敗に拘泥《こうでい》するから、一歩前に十歩先にと思うのでしょうなあ」

「違うのか」

前も後ろもないですと学徒は云う。

「上も下もない」

「足踏みかよ」

「はい。だから時に掘っ繰り返したりしてしまう訳です。その辺の地べたみたいに掘ってしまう。するとまた謎が埋まっている。この大地には謎が山程埋まってるんですよ」

　そう云われると足許を見てしまう。

「謎の答えはその辺に転がっているのですな。お陽様の光をスペクトル観測することで存在が予想されていたヘリウムと云う元素の存在を証明したのは、何と瓦斯の研究者でした、そのお蔭で、アリストテレス以来提唱されていた、エーテルの理論にはバツが付けられた。間違っていたのです。いいですか」

　寺田は抓んだ金平糖を自分の鼻先に掲げた。両の黒目を寄せる。

「面白い形でしょう。こんな、角の生えた形は他に見掛けない。でもこれは、実は天然の為《な》せる業なんですよ」

「そうなのか」

「そうです。この金平糖は、まあ色の付いた氷砂糖ですよ。でも普通の氷砂糖はこんな形はしていないでしょう」

「能《よ》く知らねえが、決まった形なんざねえだろうよ」

「そう。でも金平糖は皆、この形をしていますよ。何故こんなことになるのか、不思議じゃないですか」

「まあなあ」

「氷砂糖と云うのは、砂糖の成分である蔗糖《しょとう》の結晶です。蔗糖は砂糖黍《きび》なんかから採る。これは水に融《と》け易い。で、水で溶いて、蜜のようにするんですな。それをこう、杓子《しゃくし》でもって攪拌《かくはん》する」

「掻き混ぜるてえことかい」

「掻き混ぜるんですよ。そこにね、芥子《けし》粒を入れる」

「芥子粒ってあの芥子粒か」

「そうです。胡麻《ごま》みたいな、もっと小さい、あの芥子粒です。あれが、この金平糖の芯です」

「芥子粒がこうなるのか」

「なるんですよ」

「どうして」

「そう。どうしてと思うでしょう。僕も思ったんですよ。だから調べた。そのね、金平糖を造る際は、蔗糖の蜜に芥子粒を入れた後に、濃い蜜を注《つ》ぎ足すんですねえ」

「濃い蜜てえと、水気が少ねえってことかい」

「その通り。それが、先《ま》ずその芥子粒を包むようにして付着する。それをね、そのまんま、こう一週間も十日も、ぐるぐる掻き混ぜ続けるんですよ」

寺田は自分の顔の前で金平糖をゆっくりと回した。

「すると、こんな形になる」

「解らねえな。粘っこい蜜が纏《まと》わり付くのは何となく判るが、それを続けたとしても、普通に考えりゃただ太るだけじゃねえのか」

「素晴らしい。それが理学です」

寺田はそう云った。

「僕もそう思った。雪原を転がる雪玉は大きくなるだけで、どうしたってこんな角など生えない。あれは回転する球体に地べたの雪が付着して大きくなって行く訳ですね。均等に力が働いているなら均等に作用する、それがものの道理――に、思えますな」

「違うのか」

「違ったんです」

「じゃあ何かね」

利吉が口を出す。

「見抜きましたぜ。雪玉ってなあ、ありゃ鞠《まり》みたいな、その、球体だね。芥子粒ってな尖《とが》ってると云うかね、種みたいなものだからね。先《ま》ず以《もっ》て形が違う。それに、雪玉と雪は同じもんだが、芥子粒とその砂糖水はまるで違うもんだね。なら、その芥子粒に、角を生やす秘密があるとか。そうでしょう」

「なる程。それも発想としては理学的ではありますね」

「まあ、多少はものを考えますよ、あたしも」

利吉は威張ったが、寺田は頬を緩めただけだった。

違うのだろう。

「いや、残念乍《なが》らそれは正解ではないです」

「何だい。違うのかい。理学とやらじゃないのかね」

「いいえ、理学的発想ではありますよ。形態が違うと運動も違うと云うのは物理、それに芥子自体に何かがあるのではないかと云う、これは舎密《せいみ》――化学の発想でしょう。でも、芥子粒に解答を求めたのでは、正しい答えは導き出せません。何故なら、芥子粒でなくてもこの現象は起きるからですね。なので、芥子粒に秘密はないですね」

「答えは」

「答えは――ですね、先《ま》ず、均等に力が掛かっていると考えることが間違いなんだ、と云うことですね。そちらの方が仰《おっしゃ》ったように、芥子粒は完全な球体からは程遠い。雪玉も完全な球体じゃないのですが、芥子粒の形の方がずっと不均等ですね。それから、杓子で掻き混ぜるにしても、その掻き混ぜ方には強弱があるし、方向も変わる。また、溶液の濃度にも斑《むら》がある。何一つ均等ではない。だから真ん丸に太ることはない」

「そりゃそうだろうが、聞く限りこんな変梃な形になる説明にはなってねえと思うがね」

「はい。答えはもう一つある」

寺田は金平糖を突き出す。

「これ、均等ではないにしろ、同じ行為が蜿蜒《えんえん》と繰り返されている訳ですね。必ずしも均等ではない力が、それなりに均等に掛けられ続けるんです。いいですか、出っ張った処と凹《へこ》んだ処では、その影響が同じに出ることはないのです。そうでしょう」

「凸《とつ》の処がより尖ると云うことかい」

「はい。まあ、僕は金平糖の起源など知りませんが、初めからこんな形にしようと考えて作ったとは思えません。これは、偶然こうなったんです」

「まあ——そうなんだろうな」

「どうしてこうなるかは、作っている人も知らない。でも、作れてしまう」

「ああ」

「平均的な球体に統計的異同が偶然現れたような場合、平均から離反した箇所はより過剰な反応を示すと云うことを忘却している訳です。逸脱は反復によって助長される、そこのところを計算に入れるべきなんですね。でも、まあ——今は其処《そこ》までです」

寺田は金平糖を口に放り込んだ。

「美味《おい》しい。いや、其処までは正解だと思いますよ。ただ、その先がありますよね。これ、どれも此れも皆、そう変わった形ではないです。この角の数だって極端に違ってはいない。一つしかないとか何十個も出来ているとか、そう云うことはない。つまり——」

寺田はもう一粒金平糖を抓み上げた。

「必ずこうなると云う数式が求められる筈なんですね。僕はいつか実験をしてみようと思うのですな。実験して答え合わせがしたい」

「粋狂な人だな」

「いや、この金平糖一粒にも宇宙の真理が隠されているんですよ。ご覧なさい。あの山山だって、好きこのんであの形になった訳ではない。ああなったなら、必ずそうなっただけの理由があった筈なんですなあ。坂道が出来上がったのにも、川が流れているのにも、必ず理《ことわり》はあるんですよ」

「その理とやらを、俺達ゃ知る必要があるのか、何でそうなるのか知らなくたって金平糖は角を生やすんだろ」

「そうですね。でも、答えを知る意味はあると、僕は思っています」

寺田は空を見上げた。

「雨が降る。風が吹く。勝手に降って勝手に吹く。それはそれでいいんです。でもですね、例えば嵐が来る。洪水が起きる。地震が来る。これは、まあ困る」

怖いねえと利吉が云う。

「そうしたものにも理はある。風が吹くなら吹くだけの、雨が降るなら降るだけの理由が必ずある。条件が整わなければ風も吹かないです。地震だってそうです」

寺田は右足で地面を蹴った。

「この帝都もね、大地震が来たら一溜《ひとたま》りもないですよ。東京の地盤は弱い。大変な被害が出るでしょうな」

「そうかもしれねえが、そんなものはいつ来るんだか知れねえもんだろ」

そんなことはないんですよ、と寺田は云った。

「理を探り、答え合わせすることが出来れば、天候も予測可能ですよ。その日雨が降るかどうか判れば、出掛けて濡れることはない。傘を持って行けばいい」

「お天気が判るかよ」

「判ると思いますよ。今は未《ま》だ無理でしょうが。雨乞いしたって雨は降りませんし、祈ろうが拝もうが雨は上がりません。でも、降るか降らないか、降るならいつ降るのか、どのくらい降るのかは知ることが出来る筈です。地震だって予測は出来るでしょう。勿論、理屈を知ったところで防ぐことなんかは出来ないでしょうけどね。自然は強い。人の自由に出来るものじゃあないですよ。でも、天然自然の理を解すれば、予《あらかじ》め知ることは出来るかもしれない。そうすれば被害を少なくすることが出来ますよ」

普段は忘れてますからねえ天災のことを、と寺田は云った。

「病気も同じですよ。病気には原因がある。それが判れば治せるでしょう。治せなくとも予防が出来るかもしれない。だから、答え合わせは必要だと思うのですなあ」

「まあなあ」

寺田は遠くを見るような目になっていた。

女房のことが心配なのだろう。

「この世界は、常にそうした手掛かりを示してくれている筈です。凡百処《あらゆる》にヒントがある。ただ僕達はそれを読み取ることが出来ない、だから些細な謎でも見付けてしまったら、答えを知りたいと思う訳ですね。その答え合わせの積み重ねが理学であり、自然科学ですよ」

「電気もか」

「電気だって物理の作用です。天然の理を利用しただけです。人の技術は普《あまね》く自然の応用です。科学技術と云うのは別に自然に反したものではなく、自然の恩恵に過ぎないんですよ」

「なる程な」

「あのご老人」

寺田は突然話を戻した。

「あのご老人のお気持ち——と云うか動機ですね。それは、謂わば金平糖で云うところの芥子粒のようなものですね。慥《たし》かにそれは芯になっている。しかし、僕が興味を持ったのは、その芯じゃあないのですよ。その芯に纏《まつ》わり付いているものと、それがあのような奇妙な形に膨《ふく》れ上がった理由なんです」

云われてみればこの若者はそもそもその説明をしていたのだ。

「ご老人の心中は測れません。悲しいのか辛《つら》いのか、興味本位であるのか、それは正直判らない。尋ねたところで教えてくれるかどうかは判らないし、教えてくれたとしても真偽の程は不明です。ご本人にも能《よ》く解らないのかもしれない。他人には理解出来ないことなのかもしれない。でも、あの人が奇妙なことをしていたことは間違いない。動機は解らなくても、何故そんな行動を取ったのか、取らなければならなかったのか、そこには理がある筈ですよ」

「あるかもしれねえがな」

必ずありますと寺田は云った。

「意味もなく勝手気随に行動しているようでいても、人は必ず何か理由があって行動を起こしているものですよ。そこが気になったんですよ、僕は」

「本当に粋狂だな、あんた」

——否《いや》。

もしかするとこの若者は気を紛らわせたいのか。そうかもしれない。女房のことを想えば遣り切れなくなる、だからどうでもいい些事に心血を注ぎたい——と、云うことか。

「で、一つ目の謎です」

寺田は人差指を立てる。

「何故そんなにその日記が読みたいのか——これは、自ずともう一つの謎を含んでいます」

あなたは日記を付けていますかと寺田は問うた。

「俺は字を書くこともねえよ」

「あたしは三日坊主さ」

「僕は毎日欠かさずと云う訳ではないが付けています。それ、判りますか」

「何だと」

「日記を付けているかどうか、他人に判るものですかね。普通は判らないことでしょう」

旧友なんだろと云った。

「知ってたのじゃねえか」

「ええ。ですからその点は確かめたんです。もしかしたらそのご友人は若い頃から日記を付けるのが趣味で、それを公言して憚《はばか》らない人だったかもしれませんからね。結論から云うとそれは違っていたんですが。学がなかった訳ではないが、文人ではなく武人だったから、日記など書いてはいないと思う——と云うことでした」

武人か。

武士と云うことだろう。旧友が武士だと云うことは、矢張《やは》りあの老人も侍だった、と云うことだろうか。

「そうすると、何故に日記の存在をあのご老人は知ったのか、が疑問になる。そこは大事だろうと思ったんです。ですからそこもお尋ねしました。そうしたらば、ですね」

噂を聞いたんだと云うんですと若者は云って、また金平糖を喰った。

「その爺さんが日記を書いているてえ噂が流れたってんですかい。いやあ、その人は有名な人なのかね。そうでなけりゃあ噂なんぞ流れるもんじゃあないと思うがねえ。あたしが何か書いたって、世間の人に知れるこたァないよ」

お前さんは基準にならねえよと云った。

「でもまあ、こいつの云うことにも一理あると思うがな」

「それがですね、噂と云うのは日記じゃあなくて、本だと云う。どうも、何年か前に出版された本に、自分――あのご老人ですな。あのご老人に関する言及があると云う――そうした噂ですね。で、それがどうも、そのご老人の旧友が記した日記を元に書いたものじゃあないのかと云う臆測もね、耳に入ったらしい」

「おや。自分のことが書かれてるんじゃあ気になりましょうなあ」

「ええ。それで先《ま》ず、その本を探してみたが、見付からない。手に入らない」

「それで元を探しに来たか」

「まあ、本がないなら本人に問い質《ただ》すが早いだろうと、居所を探し当てて来てみたが、その時点ではもう転居していた。しかも、どうやらその元になった日記は行方不明らしい。そうなれば――まあ、あの奇妙な探索行も得心が行きますな」

「自分のことが書かれているから読みたかった――てえのが、お前さんの云う一つ目の謎の答えか」

「少し違います。少少気になる程度であそこまで執心することはないだろうと、僕は思いますね。何たって軒並み、虱《しらみ》潰《つぶ》しに尋き回っていらしたんですよ。しかもどうやら、あのご老人は、土曜の午後、日曜の全日、そして今日は朝からと、もう三日もこの牛込に通っていると云う。今日は午前中仕事を休んで来たと云うのですよ」

働いているのかと問うた。

「何でも女子高等師範學校《じょしこうとうしはんがっこう》の庶務掛《がかり》をしていると仰《おっしゃ》っておられました。丸一日休む訳にはいかんので、これから出勤されるのだそうで」

「ふうん」

女学校に勤めているか。

あの侍は。

「で——あんたはどうする気なんだ」

「はい。弔堂に行こうかと」

「ああン」

「その噂の元になった本を見付ければいいのですよ。内容には興味がありませんが、読めばご老人が執心している理由も判りましょうし、本には作者がおりますからね。本当に日記を元に書かれたものなら、作者はその日記を読んだか、或いは所持しておるやもしれんでしょう。ならば、場合に依っては日記の在《あ》り処《か》も知れるかもしれない。違いますか」

「いや。違わねえが――」

「彼処《あそこ》ならあると思うのですが」

「まあ」

あるのだろう。

あの、書物の墓場なら。

「僕は、ですからあのご老人に弔堂に行くようお勧めしようとも思ったのですがね、しかしどうにも、上手に道順が説明出来なかったのですよ」

「口で説明出来る場所じゃあねえ」

初めて訪れる者は大概《たいがい》迷う。

幾度も通っている者でも見失う。

「ええ。あなたのお店までなら説明出来るのですがね。と申しますか、説明したのですよ。しかしその先の説明がどうにも不如意《ふにょい》で――まあ、僕が代わりに探してみますと申し上げて、そこでお別れした次第です。そうしたらあなたに声を掛けられて――」

嗚呼《ああ》、と寺田はそこで声を上げた。

「僕は何も注文せずに此処に座って長話をしていますねえ。これは何とも、礼を欠く所業ですなあ」

気にすることあないよ学士様と利吉が云った。

「あんたが語ってる間に、更に団子を追加しているからね。都合四人分だ」

「うち三人分はお前さんが喰っちまったのじゃねえかよ。そんなこたあどうでもいいよ。それより寺田さんよ、あんた粋狂が過ぎやしねえか。あんたがそんなことをする筋はねえだろ」

そうですねえと寺田は力なく云う。

「まあ、乗り掛かった舟と云いますかねえ。何と云いますかねえ」

「謎が解きてえか」

「勿論それはありますよ。それもありますが――そう、何となく、凝乎《じっ》としていられないんですね。気が漫《そぞ》ろで」

「噫《ああ》」

矢張《やは》り女房のことが気に懸かっているのだろう。

これから弔堂に行くのかと問うと行くと云うので、なら途中まで一緒に行こうと云った。

「帰《けえ》るところだ」

昼になったし暖簾《のれん》も出たから蕎麦を喰おうと利吉が煩瑣《うるさ》く云うので、三人で蕎麦を喰った。

利吉は此処も自分が奢《おご》ると云う。回遊列車とやらのために貯めた金があるのだろうが、職のない男にたかるのはどうかと思ったから一度は断ったが、執拗《しつこ》く云うので出して貰った。

寺田の前で恰好を付けたかっただけかもしれない。見え張りな男である。

鉄道に乗る。

寺田は始終窓の外を眺めていた。

女房の容態が気になるのだろう。

――土佐と云っていたか。

遠い。いや、そうでもないのか。

利吉と別れ、後は二人で歩いた。

「女房は土佐で療養しとるのか」

「はあ。桂浜《かつらはま》に居ます」

「お前さんの郷里なのか」

「はあ」

「親御さんは厳しい人だと云うておったが、矢張りお武家さんかな」

「まあ、そうですが、寺田の家と云うのは土佐藩の下士《かし》の家柄です。ですから大した家柄じゃあないです」

――土佐藩の下士か。

「父は養子で、寺田の家に入る前は郷士の次男坊だったんですね。何でもあの坂本龍馬《さかもとりょうま》の家が近くだったそうで、旧幕時代は親交もあったようです」

「坂本――」

坂本の縁者か。

そうかい、と答えた。

「勿論僕は全く知りませんがね。僕が生まれる十年以上前に亡くなった人でしょう。殺されたのでしたか。でも、随分世話になったと云う話を聞きました――」

あの男の――。

あの暗い廊下の先の。

「あんた、科学とやらに明るいのだろう。そのな、電気と云うのは、何だ」

寺田は妙な顔をした。唐突な上に素《す》ッ頓狂《とんきょう》な質問だったからだろう。

「電気ですか。そうですねえ、電荷の移動に伴って発生する物理運動、現象なんかのことですが――まあ、そうだ。簡単に云えば雷ですよ」

「雷が電気なのか」

「電気ですね。あれは光るでしょう。音もする。落ちれば物も壊す。焼く。つまり、熱も出る訳で」

「何にでもなるか」

「まあ使いようですね。エネルギイを動力に換えれば物を動かすことが出来る。発光させることも出来る。使い道は色色あるでしょうなあ」

「あれも自然のうちなのか」

勿論ですと寺田は云った。

「じゃあ浅草の何とかと云う建物じゃあその、雷を作っているのかい」

「発電所ですか。雷を作っている訳ではないですが、まあそう云うことです」

「人が雷なんか作れンのか」

「まあ、火を熾《おこ》すことだって昔は出来なかったのでしょうからね。今は当たり前でしょう。火打石も燐寸《マッチ》もある。でも何もなければ火だって簡単には熾せませんよね。電気も同じで、電気を発生させる装置を使う。だから、何だか人工のもののように思えますが、別に魔法を使ってる訳ではないです。原理原則は何も変わっていない。自然の摂理の応用ではありますす」

「なる程な」

自分の偏屈さを思い知ったような気になる。

そうしてみると利吉の方が正しい在り方なのだろう。嫌う理由がない。

無知だっただけである。

小屋が見えた。

休んで行けと云おうとしたが、最前まで緋毛氈に座っていたものを、あの汚い縁台に座らせるのは気が引けた。

店の前で別れようと思っていたのだが間《ま》が悪く、一二歩進んでしまう。ハイ左様《さよう》ならとも云い難《にく》く、ついつい進んでしまった。

「あの」

「ああ。俺も少し気になるのさ」

「そう云えばご亭主はあのご老人がお知り合いではないかと云っていたのでしたなあ。完全に失念していました」

「まあ、そんな気がしただけだがな」

「藤田《ふじた》さんです」

「何――」

「いやあ、万が一本が見付かった時のために、ご連絡先をお伺いしておいたのですよ。ええと藤田――五郎《ごろう》さんと云う方でした。お住まいはですね」

「知らねえ」

「はあ」

聞いたことがない。

「そうですか。ではお人違いなんですかね。因《ちな》みに、その藤田さんが捜されていた旧友と云うのが、杉村義衛《すぎむらよしえ》さんと云う方だそうで」

その名も耳に覚えはない。

「知らないな。なら、俺の思い違いなんだろうぜ。まあ、それにしたって妙な縁だ。弔堂までは行くよ」

心強いですねと寺田は云った。

「何度か行っているのですがね。独りで行ったのは一度きりです。その時、ご亭主のお店で甘酒を戴いた。去年の春――いや、もっと前ですね。僕が帝大に入学し、妻と所帯を持った頃かな。一番幸せな時分のことですよ」

「そうかい」

何だか淋しそうな顔をする。

実際、淋しいのだろう。淋しい者は淋しくしている方がいい。

下手な慰めは淋しさを不安に変え、不安は余計な悲しみを呼び込むものである。

小石道に入る。

ぜえ、ぜえと汚い声で懸巣が啼いた。

――騙されねえかよ。

どうせ姿が見えないのだから、もっと良い声で啼けと思う。

今なら多分、騙され放題である。

ここから先が不安なのですよと寺田は云った。

「何米《メートル》進めばいいのか、目印は何なのか、どうしても判らない。そもそも、この横道も、ご亭主の店から何本目なのか甚だ心許ない。独りで来た時は行き過ぎて、寺に行き着いてしまいました」

「ありゃあ」

　そう云う建物のようだなと云った。

「そう云う、と云いますと」

「見付け難《にく》い、行き難い、お前さんだけじゃあねえのよ。皆そう云うからな。必ず迷う。この俺だって何度も行ってるが、自信はねえよ。不思議と云えば不思議だが、それにも理由はあるのだろうな」

「ある――のでしょうね」

「こないだ俺は気が付いたんだよ。ありゃ、人の理屈で建ってねえ」

「人の理屈でない、とは」

「だからよ。樹だの草だの。山だの、そう云うもんの理屈だよ」

「はあ。それはつまり」

　考えるなよと云った。

「考えねえで行くのがコツだと、誰かが云ってたぜ。此処か、もっと先か、行き過ぎたか、と な、ちまちま考え始めると大体は駄目なんだ。行き着けねえ。だが、何も考えなけりゃ――」

　普通に着くぜ。

　樹樹の合間に屹立《きつりつ》する書物どもの霊廟。

　無数の妄念が積み上げられた楼《たかどの》。

　書楼弔堂。

寺田は見上げて、僅《わず》かに声を上げた。

「何度見ても威圧的ですね。それでも拒絶されている感じはしない」

そう云って、寺田は弔の一字が張り出された簾《すだれ》を潜った。

戸を開けると直《す》ぐにしほるが居て、何かしていた。はたきを持っているから煤払《すすはら》いでもしていたのだろう。

「あ、ええと」

「もう脚はいいのか」

そう云うとしほるはすっかり治りましたと云って片脚を曲げ伸ばしして見せた。それから向き直って姿勢を正し、いらっしゃいませと声を上げた。

「慥《たし》か、寺田様で」

「寺田寅彦《とらひこ》です。ご無沙汰しています」

「あ、寺田様は甘酒屋さんとお知り合いでしたか」

さっき知り合ったから知り合いだよと答えた。寺田に云われたことである。

「お客様かな」

奥から主人が現れた。

主人は学徒と爺の組み合わせに僅か驚いたようだった。

「これはこれは――寺田様では御座《ござ》いませぬか。お身体の方はもう宜しいのですか」

「はあ。いや、ご主人は私の疾《やまい》のことをご存じでしたか」

夏目金之助《なつめきんのすけ》様にお聞き致しましたと弔堂は云った。

「大層ご心配の御様子でしたが」

「ああ。そうでしたか」

寺田は顎《あご》を引き、頭を掻いた。

「夏目先生が――気に懸けていてくださいましたか」

「転地療養などと云うと長閑《のんびり》して聞こえるけれど、中中辛いものだろう、と。細君のこともあるから、案ずると心配で胃が痛くなる――と、仰《おお》せでしたが」

先生は元より胃弱ですからねと云って寺田は力なく笑った。

「僕はもう快癒《かいゆ》しましたが、妻は未《ま》だいけませんからね。僕の方は全快したのですと申し上げても、すんなりお目出度《めでと》うと云いづらいらしく、友人一同困っているようです」

「そうでしたか。まあ、兎《と》に角《かく》お座りください」

見ればいつもの椅子が二脚出されている。

小僧が素早く用意したのだろう。

「しかし弥蔵様。貴方《あなた》様も不思議なお方で御座いますなあ。果たして何方《どなた》様と連れ立ってお出《い》でになられるものか、私にも見当が付きませんよ」

弔堂は珍しく微笑《ほほえ》んだ。否、苦笑したのだ。

「お前さんの処と近《ちけ》ぇのがいけねえのだよ。皆、うちを目印にしやがるのよ。面倒臭《めんどくせ》ぇから看板でも案内でも目立つ処に出しておけよ」

検討致しますと主《あるじ》は心にもないことを云った。そして主は、

「扨《さて》――それで本日は」

どのようなご本を御所望なので御座いましょうか――。

と、云った。

寺田はそこで、牛込で出会った奇妙な老人――藤田五郎のことを語った。

主は微動だにせず、相槌《あいづち》も打たずに寺田の話に聞き入っていた。

「そうですか」

「はい。これはまあ何とも雲を摑むような曖昧《あいまい》な話で、甚だ申し訳なく思う次第ではあるのですがね、何と云っても書名も判らないですし、内容も判らない」

「そこを尋かないと云うのは、如何《いか》にも寺田様らしく存じます。それでい乍《なが》らその本を探そうと云うのも、寺田様ならでは――かと」

「はあ。形から構造を類推し、確認をしてからその本質を見極める、と云うのが僕の思考のスタイル――なのかもしれません」

「それは次代の地球物理学を担うであろう寺田様らしい在り方で御座いましょうよ。その思考はどの分野にも応用出来る、寺田君は何をやっても大成する――と、夏目先生も仰せで御座いました」

「買い被《かぶ》りです」

寺田は泣き笑いのような顔になった。

「大成などするものですか。ヴァイオリンなどはいまだにあまり上達致しませんし。俳句も得心の行くものは物せませんから」

「物理学とヴァイオリンを同列で語れる方も少のう御座いましょうよ」

今度は寺田が苦笑した。

弔堂は顎に手を当て、一瞬考えを巡らせるようにして、こう続けた。

「勘案致しまするに、寺田様はこれより思考を巡らせ、その藤田なるご老人の奇行を筋道立ててご理解なさろうと目論《もくろ》まれていらっしゃるので御座いましょうね」

答えを知りたいですからねと寺田は云った。

「それもそうなので御座いましょうが、答えそのものよりもその過程――積み上げた事実を基にして推理されること――思索することこそを、寺田様はお求めになっているかと」

「まあ――そうかもしれませんが」

「そうなら、どうもそれは叶わないようで御座います」

「それは——どう云うことでしょう。僕の齎《もたら》した情報《インフォルメイション》だけでは、書籍を特定するのは難しい、と云うことでしょうか。それでしたら、僕がもう少し」

違いますと主は寺田の言葉を止めた。

「違う——のですか」

「ええ。情報ならば、もう十分で御座います」

「これはまた面妖《めんよう》なことを仰せですねご主人。十分な訳はないですよ。直接話を聞いたこの僕ですら全く筋書きが組み立てられていない」

「それは、情報の欠落が多いからで御座いましょう」

「そうです。先《ま》ずあのご老人が探していると云う本の題名すら——いや、と、云うことは、もしかして、もう——お判りになったと」

「はい」

そう答えた後、弔堂は何故かこちらに鋭い視軸を向けた。

「判ってしまわれたのですか。僕の話だけで」

「はい。お探しの本は、講談の速記本かと存じます」

「講談と云うと、あの講談ですか。あの、釈台《しゃくだい》を張《は》り扇《おうぎ》で叩き乍《なが》ら調子良く語る、あの講談のことですか。軍記ものやら政談やらを見て来たように語る、あれですか」

その通りですと主人は云った。

「名人三遊亭圓朝《さんゆうていえんちょう》の『牡丹燈籠《ぼたんどうろう》』が速記本の嚆矢《こうし》と謂われておりますが、明確には私も存じません。高座で語られる噺《はなし》や講談を文字に起こした速記本は、寄席に行けない層に大層人気となり、一時期大量に出版されました。専門の雑誌もありましたし、最近では実際に演じられていないのに口述筆記の体《てい》で書かれる書き講談などと云うものも考案されています」

「はあ。それで——」

「講談は人気ですからね、新作も次次に創られます。日清戦争も西南戦争も題材になる。幕末の騒乱も題材にされるのです。松林《しょうりん》派の講談師で、講談家の愛嬌者、猫遊軒《みょうゆうけん》の異名も持つ松林伯知《しょうりんはくち》と云う人が居ります。この方は、新作の講談を次次に講談本にされている」

「それが」

「その松林伯知様ですが、四年ばかり前に、慥《たし》か『新撰組十勇士傳《しんせんぐみじゅうゆうしでん》』と云う講談本を出されている筈です。多分、いいえ、間違いなくそれがお探しの本です」

「し、新選組だと」

つい声に出してしまった。

「はい。彼《か》の人は、新選組を題材にした講談をお創りになったのでしょうね。それを速記本にして出版されたのでしょう」

「あ」

あんなものが講談なんかになるのかと云った。

「ええ。なるでしょう」

「連中は京じゃあ忌《い》み嫌われていたんだぞ。壬生狼《みぼろ》と蔑《さげす》まれてもいたわい。しかも、賊軍じゃあねえかよ」

「そうですね。しかし賊軍だから題材にならないかと云えば、それは否《いな》です。西郷隆盛《さいごうたかもり》様も新政府に弓を引かれた訳ですが、人気は御座いましょう。新選組の局長、近藤勇《こんどういさみ》様は、今は剣豪として名を馳せておられます」

「近藤が剣豪か」

もっと強い奴は居た。

寺田が身を乗り出した。

「しかしご主人」

「それはまあ、可能性としてはあると思いますけれど、それと特定してしまうのは如何《いかが》なものでしょう。絞り込む条件が見えないのですが――」

「いや、それ以外の選択肢は、少少考え難《にく》いものと思われますが――」

「何故です」

私は欠落した情報を持っているからですと、弔堂は云った。

「そのご老人が探していらした杉村義衛様ですが、その方は新選組の二番組隊長であられた」

永倉新八《ながくらしんぱち》様ですと弔堂は云った。

「な、永倉だと。あの、永倉か」

「はい」

「あれは生き残っていたのか」

「はい。会津藩降伏後、松前《まつまえ》藩士としての帰参が叶い、瓦解《がかい》後にご藩医杉村様の婿養子に入られて松前にお渡りになったと聞いております。その後、集治監《しゅうちかん》の剣術師範となられ、退職後に上京されて牛込で道場を開かれた。三年前には道場を閉められて、家族の居る小樽に戻られたのだと」

「ま、まるで同じですな、僕が聞いたご老人の旧友の履歴と」

「ええ。その永倉様と松林伯知様に交流があったかどうかは存じ上げません。しかし、弥蔵様の仰せの通り新選組は賊軍でもある訳ですから、それを勇士として扱う書籍が多くはないのも事実です。況《まし》て本になったからと云って噂になるかと云えば――それはない。余程の評判にならなければ難しいでしょう。しかし講談であれば、話は別です。講談の題材になり、そこそこ評判を取って、後に講談本になったなら、風の噂くらいは聞こえて来るやもしれません」

「すると、その日記と云うのは、講談師が借りて行ったと――」

「所謂《いわゆる》日記ではないものと思いますけれどもね。覚書と云いましょうか、備忘録と云いましょうか、新選組のことを書き記したものだったのではないでしょうか。何しろ当人の証言ですからね、一級資料ではありませんか」

「はあ――しかし、あのご老人はですね、その本にご自分のことが書かれていると仰せだったのですよ。ならば」

当然書いてあったのでしょうねと主は云った。

「いや、新選組ですよ。僕は幕末の動乱に精通している訳ではありませんが、それでも新選組くらいは識っていますよ。その本に載っていると云うのなら、あのご老人が、新選組と関わりのある御仁だと云うことになるではないですか」

「ええ。その、寺田様がお会いになったご老人ですが、藤田五郎様と仰せなのですね」

「そうですが」

「その方は一名山口二郎《やまぐちじろう》様、その前の御名を」

齋藤一《さいとうはじめ》様と仰せの筈――。

「齋藤だと」

あれは。

あの年寄りは。

「あれは齋藤一だったのかッ」

剣客に見えたのは当然のことである。

齋藤は新選組でも一二を争う剣客だ。

「あれが――」

　あの齋藤一だと云うのか。

「齋藤様は戊辰《ぼしん》の戦《いくさ》でも、その後の蝦夷に至るまでの戦いでも、永倉様とは別動であったと聞き及びます。つまり、永倉様が書き記したものに齋藤様の記述があるのであれば、それは京都でのこと、新選組が京の市中見廻りを仰せ付かっていた頃のこと――と云うことになりはしますまいか。加えて、本の題は『新撰組十勇士傳』なのです。局長の近藤様、副長の土方《ひじかた》様は当然その十勇士に入っているのでしょうが、残り八名の中に――」

「入るだろ」

　齋藤なら必ず入っている。

　そう云うことですかと寺田は呆然として云った。

「あの人は新選組だったのですか」

「はい。瓦解後は警視庁にお勤めであったと伺っております。退職後は、東京高等師範學校附屬東京教育博物館の守衛長になられた筈です。推挙された高嶺秀夫《たかみねひでお》様からお聞きしたことですが。三年程前にそこも退職され、今は女学校の庶務兼会計のお仕事をされていると――」

「そう――聞きました」

「そうかい」

　齋藤も生きていたのかい。

「あんた、詳しいな弔堂」

「ええ。勝《かつ》先生からも聞かされておりましたので。勝様は瓦解後の幕臣の暮らし向きにお心を砕いておられましたから」

「俺は何も知らねえんだ。知ろうともしなかった。みんな死んだと思っていたからな。実際みんな死んじまった。偉《えれ》え奴なんかはどうでもいいが――兵隊はよ」

――いいや。

自分が生きて生き恥を晒しているのだ。ならば同じように爺になっている兵隊も居よう。

「新選組は、他にも生きてるのかい」

「そのお二方以外は存じ上げません。尤《もっと》も平《ひら》隊士の方方はそもそも存じ上げませんけれど」

「まあな。新選組は出入りが多かったからな」

違う。入隊しても出る時は死んでいるのだ。

死なずに残った者が居たか。永倉に。

――齋藤か。

「いやあ、すっかり謎が解けてしまいましたねえ」

寺田は顔を半分顰《しか》め、口許だけで笑った。

「早かったなあ」

もう少し保《も》つかと思っておりましたと寺田は少し淋しそうに云った。

「いや、こうしてみると、謎など一つもなかったようなものですよね」

単に私が識っていたと云うだけのことで御座いますよと主人は云う。

「慥《たし》かにそうですなあ。謎と云うのは、単に識らぬことですからね。さすれば僕は、謎を解明せんと希求する以上に、解明せんがために思考することを好む性質なのかもしれませんね」

不安から目を背けたいのだろうと思ったが、黙っていた。

女房のことが心配で仕様がないのだろう。そう云う顔だ。

悪いことを致しましたかなと主人は云った。同じように思ったのだろう。

「簡単に種明かしをしてしまいました。何ともはや、申し訳御座いません」

「なァに、ご主人が謝ることではありませんよ。まあ、あの方が元新選組であるならば、自分がどのように語られ、記されているのか知りたくなっても仕方がないですよ。聞けば警視庁に奉職されていたと云うことですし、気になるのは詮方ないことですねぇ」

「はい。しかし寺田様。残念乍《なが》ら私はその松林伯知様とは一切面識も御座いませんし、その方に当たるとなりますと、人を介してのことになりますので、少少時が掛かります。その本は今この店にはないのですが、本を探す方が未《ま》だ早いかと存じます。しかし、お取り寄せするとなると――早くて三四日、否、一週間は掛かりましょうか」

「構いませんよ。僕が買い取ってその藤田さん――齋藤さんに進呈します。後はご本人がお好きになさるでしょう。手に入ったらお報《しら》せ戴けますか」

そう致します、早速手配致しましょうと云って弔堂は一礼した。

弔堂は何日と待たずに本を入手した。

どう云う訳だかしほるが報せに来たのである。甘酒屋なんかではなく、先に寺田に報せろと云ってやったのだが。

だが。

寺田が弔堂を訪れることはなかった。

妻女が亡くなったのだと、後に知った。あの日から丁度五日後のことだったそうだ。

何となく、予兆めいたものは感じていたのだが。辛いことである。


寺田寅彦は、その後物理学者として一躍名を上げた。

何のことだか解りはしないのだけれど、地球物理学だかX線だか、先駆的な研究で世界的に認められたのだそうである。

また寺田は、夏目漱石《そうせき》の門人として俳句や随筆なども物し、それぞれ高い評価を得たのだとも聞いた。

金平糖の研究だか実験だかもしたのだと耳にしたが、それがどうなったのか、どんな知見を齎《もたら》したのかは知らないし、また、知ったことではない。

探書拾捌

改良《かいりょう》

背中に不快な感覚が走った。

痛みではない。痺《しび》れとでも云うのか。謂《い》うなれば軋《きし》みのようなものである。

體《からだ》が傷《いた》んでいるのだな、と思う。

道具は使えば傷む。どんなに頑丈な道具でも傷む。

使えば使う程、磨り減って箍《たが》が緩んで、欠けて割れて汚れて、やがて壊れて塵芥《ごみ》となる。手入れを怠《おこた》れば寿命は更に縮む。使い放しで五十年も六十年も使える道具など、然《そ》う多くはないだろう。

身体を労《いたわ》ったことなどない。

無理をしているつもりはないが、楽でいたいとも思わぬから、もう駄目だと感じるまでは動く。駄目になったら止《よ》そうと思うが、中中そうはならぬ。気が付けば草臥《くたび》れている。

だから怠《だる》いと感じたら何も為《し》ないようにしている。

それで己を犒《ねぎら》っているつもりになっていたが、当然そんなことはないのだ。

為《し》ないようにしているのではなく、出来なくなっているだけのことである。要するに老いて衰えて自在に動けなくなった——と云うだけのことなのだ。

愈々《いよいよ》いけなくなったか。

風邪でもひいたかと思ったのだが、どうもそうではないのだ。熱がある訳ではない。節節《ふしぶし》が痛いのは年中で、洟《はな》が出るのは寒い所為《せい》である。雨漏りはし放題、隙間風も入り放題の安普請であるし、店を開けているうちは戸も開け放している。擦《す》り切れた古毛布《ゲット》に股火鉢では、十分な暖が取れる訳もない。雪など降ろうものなら目も当てられまい。

それでも、一度目の冬は無事に越した。

次の寒さも、何とか遣《や》り過ごせたのだ。

一年経ってより草臥《くたび》れたと云うことか。

思うに故郷はもう雪に覆われているのだ。否、記憶の中の故郷は常に雪なのである。あの暗く重く惨《みじ》めな冬に較べるならば坂東《ばんどう》の冬など何と云うことはない。

だからこの程度で風邪などはひかぬ。

——これは。

ただ自分が古くなったと云うだけのことなのだ。瓦解《がかい》後は齢《とし》を数えることをしていないから果たして幾歳《いくつ》になったものか自分でも判らぬのだが、既に早桶に両足を突っ込む程に生きていることは間違いない。

中中死なないものだなどと思う。

どれ程疲れていようとも、どこか具合が悪かろうとも、若いうちは大体眠れば治ったものである。だが、回復する力は加齢と共に衰えるのだ。寝て起きても疲れは残るようになり、やがて眠りは休息ではなく、気を失っているのと変わらなくなる。寝る前と起きた後に体調の変化はない。

近頃では寝ることで却《かえ》って疲れるようになった。目覚めると、寝る前よりも其処此処《そこここ》が辛《つら》くなっている。

しかも直《す》ぐに目が醒める。

眠るのさえ大儀《たいぎ》になっているのだ。起きていれば起きていたで、矢張《やは》りでは起きていれば楽なのかと云えばそんなこともない。起きていれば起きていたで、矢張り怠いのだ。横たわっていた方がましではあるのだが、縦が横になったと云うだけで安らぐ気持ちになどならない。

こうして少しずつ死んで行くのだ。

どうも左側に痺れがあるようだ。

ずっと同じ姿勢でいた所為《せい》かとも思うが、それにしても不快な目覚めだ。厭《いや》な夢も見たように思う。何も覚えてはいないけれども、どうせ。

――あの夢だ。

暗い階段。

醬油屋《しょうゆや》の二階。

鯉口《こいぐち》を切って構えて。

薄汚れた襖障子《ふすましょうじ》を開けて。

何度も何度も繰り返し見た夢だ。

——何故《なぜ》。

あの時の夢ばかり見るのか。

その後の戦闘《いくさ》の方が、ずっと苛烈《かれつ》だったと云うのに。何人死んだか判らない。

——そうだな。

戦《いくさ》は殺し合いなのだから敵も味方も大勢死ぬ。死骸の山になる。それは殺したの殺されたのと云う以前に、生き残れるかどうかと云うものなのだ。戦争の生き死にと云うのは天災のそれに近い。

とは云え人が起こすものなのだが。

一方で闇討ちは、ただ人が人を殺すだけなのである。

勿論《もちろん》命を取られる側には何の違いもないのだろう。死ぬだけだ。だが命を取る方は違うのかもしれぬ。

そんなことを考える。

頭の隅に、何故か一瞬だけ妻の顔が浮かんだ。

四十年近く前の記憶だ。

妻はどうしているか。

もう死んだか。生きていたとして、こちらは死んでいると思われているだろう。

そう思った刹那《せつな》、上の方から聞き慣れぬ音が聞こえた。かつかつと云う乾いた音だった。

屋根の上に鳥でも留《と》まったのかと横目で天井の方を見ると、があがあと云う汚い啼《な》き声が響いた。

——鴉《からす》か。

鴉は死を報《しら》せるものだと聞いたことがある。

なる程、やっと寿命が尽きたかと納得する。

思うように動けないのは死んでいるからかと思う。寝返りさえ打てぬのだ。

怠い所為《せい》かと思っていたが、そうではないのか。死んでいるなら動けなくても仕方があるまい。屍《しかばね》は動きはしない。

——そうだったとして。

死んでもこうして考えることが出来るものなのだろうか。

ならば迚《とて》も厭だなと思う。

——それは厭だ。

この痺れが全身に回って、それで死ぬのか。

ならば今は死んでいる途中か。痺れが徐徐に行き渡って、そして頭まで痺れれば、こうして考えることも出来なくなるのだろうか。

――そうならいいのだが。

死ねば腐るだろう。

腐って行く過程でもこうして考えたり思ったり為《し》続けねばならぬと云うのであれば、それは酷《ひど》く厭《いや》なことである。腐り乍《なが》らも何か思わねばならぬのか。

頭が腐り出すと、段段に考えが胡乱《うろん》になって行くのか。

心も腐って行くのだろうか。

そうなら、堪《たま》ったものではない。

斬り殺されたり、撃ち殺されたりした時はどうなのだろう。

一瞬で死ねるのか。

――そうなら好《い》いのだが。

戦で死ぬべきだったのかもしれないな、などと思う。

そんな、愚にも付かない思いを巡らせているうちに、半刻《はんとき》や一刻は多分過ぎているのだ。

があ、があと。

また鴉が啼いた。

隙間だらけ染みだらけの破《や》れ天井の木目は見えているし、耳障りな鴉の声も聞こえているから、取《と》り敢《あ》えず未《ま》だ生きてはいると思うのだが、身体が変調を来《きた》していることは間違いないだろう。

実際、寝返りを打てずにいるのだ。打てないのではなく、面倒なのかもしれないが、面倒だと云うことは何処《どこ》かがおかしくなっているのだろう。本当にこのまま死んだなら、この姿勢のまま朽《く》ちて行くか。見窄《みすぼ》らしくてみっともなくて、自分に合っている。

戸口の方で気配がした。やがて背後から戸を叩く音が聞こえて来た。

——愈々《いよいよ》お迎えが来たか。

そう思った。返事はしない。

死神に愛想《あいそ》を振っても詮方《せんかた》あるまい。

そもそも身体を返すことが面倒なぐらいの状態なのだから、起き上がるのはもっと面倒なのだ。入り口に背を向けたまま、黙《だんま》りを決め込むしかあるまい。

死神なら勝手に入って来るだろう。

また鴉が啼いている。

巣でも架けたと云うのなら迷惑な話だが、まあ死ぬのなら関係ない。啼くだけ啼けと思う。

戸は執拗《しっこ》く叩かれている。

人だ。

戸締まりも何もしていないのだから、大事な用があるのなら勝手に入って来るだろうし、大した用でないのなら諦めて去るに違いない。

こんなくたばり損ないに用のある者など然《そ》う然《そ》う居《お》りはすまい。

戸が閉まっていると云うのに不味《まず》い甘酒を飲みたがる客も居ないだろう。

放っておけば帰るだろうと重ねて狸《たぬき》寝入《ねい》りを為《し》続けていると、訪問者は遂《つい》に戸を開けたようだった。

「留守かい」

利吉《りきち》の声だ。

利吉ならば構うことはない。

馴染《なじ》み客ではあるが上客ではない。どうせ暇潰しに来ただけだろう。

すうと背中が寒くなる。

利吉が障子を開けたのだ。

「何だい。居るんじゃないかい」

目の前に寝転がっているのだから見れば判ることだろう。そう思うと答えるのすら億劫《おっくう》になる。大体この若造は、顔を出しては無駄口を叩くだけなのだ。

「おい、弥蔵《やぞう》さん。どうした」

おいおいどうしたよと利吉は裏返った声を発した。

寒《さみ》いよとだけ云った。

「ああ、生きてたかい。何だい、心配になるじゃあないか。今日は店は休みなのかね」

「開けてえ時に開けるだけだよ」

「そうなんだろうが――加減が悪いのかね。なあ、大丈夫かいね」

「いいから障子閉めろよ」

本当に背筋が寒い。

じゃあ上がりますよなどと殊勝なことを云って、利吉は裡《なか》に這入《はい》って来た。考えてみれば土間より中に入れたことはなかったかもしれない。

「どうしたんだい。平気なのかね」

「何でもねえよ」

「何でもないならこっち向いたらどうなんだね。その様子は凡《およ》そ普通にゃ見えないよ。どこか具合が悪いのじゃないのかい。なあ」

「煩瑣《うるせ》えなあ」

向き直ろうとすると、首筋から左肩にかけて刺激が響いた。

痛みと云うよりも、矢張り痺れのようである。

長く同じ姿勢で居たから血が止まったのだろうぐらいに思い、そのまま起き上がった。痺れは指先にまで伝わった。

漸《ようよ》う顔を向けると、利吉の顔は幾分蒼褪《あおざ》め、表情も曇っていた。

「何だ。どうしたその面《つら》」

「それはこちらが尋《き》いてるんじゃないかね。亭主《とっ》つぁんこそ酷《ひど》い顔付きじゃないかね。ここ二三日元気がないと思ってたが、若かないんだから気を付けなよ」

「気を付けろったって、何が出来る訳でもねえだろう。平素《いつも》通りにしてるしかねえよ」

体勢を変えようとしたところ、また痺れが走った。

その際に顔を顰《しか》めてしまったらしい。

「おい。弥蔵さん――」

やけにしおらしい声を出す。

利吉はむさ苦しい屋内を見回す。

「この家はなあ。慥《たし》かに寒いよ。修繕した方がいいよ。屋根だって壁だって隙間だらけじゃないかね。雨だって漏り放題だろうに。雪でも来たらどうするね。そのうち根太《ねだ》が腐っちまいますよ」

根太より先に俺が逝《い》くよと云った。

「弥蔵さん。冗談でもそんなこと云わないでおくれ」

ぎょっとした。

利吉が真顔だったからだ。

「弥蔵さんね、あんた、そうして世を拗《す》ねているけれどもね、その、上手《うま》く云えないけれども

さ、あたしは——本気で心配してるんだ」

答えようとしたら止められた。

「どうせお前に心配される謂《いわ》れはねえとか、赤の他人が余計なことをほざくなとか悪態を吐《つ》く

んだろうけどね。あんたがどう思おうと、あたしは本気で案じているんだ。こりゃあたしの真

情なんだからね、お節介だろうが迷惑だろうが、それこそ弥蔵さんの知ったことじゃないだろ

うよ」

「そう先回り先回りして云うのじゃねえよ利吉どん。お前さんが気に懸けてくれんな、まあ」

有《あ》り難《がた》いと思わないでもないのだが。

素直にはなれないものである。

「その、何だ」

蒲団《ふとん》の上で胡坐《あぐら》をかこうとしたのだが、どうにも身体が思うように動かない。何とか腰を浮

かせ、左足を前に投げ出してだらしなく座った。

「お前さんのような若《わけ》え者《もん》が、何で俺のような糞爺《くそじじ》ィにそうまで構うのか、そこんとこが得心

行かねえのだ、袖擦《そです》り合うも他生《たしょう》の縁てェ奴か」

まあそうさと云って、利吉はそっぽを向いた。

「時に弥蔵さん。あんた、この家は地べたから買ったと云ってたね」

「何だよ。まあそうだ。二束三文だったからな。とは云うもんの――三十年働き詰めで働いて貯めた銭《ぜに》はすっからかんに使っちまったがな」

それが何だよと問うといやあねと歯切れ悪く云って利吉は頭を掻いた。

「あたしもさ」

そこで言葉を切って、利吉は大きな溜め息を吐《つ》いた。

「何だか萎《しお》れてるように見えるがな。俺の目がちょぼ暮れてるからそう見えるのかい」

弥蔵さんの目は確かさと云って、利吉は外套《がいとう》を脱いだ。

「兄貴に子が出来てね」

「そりゃめでてえな」

「ああ。子が生まれるのは実に良いことさ。あたしも子供は好きだ。でも子供を育てるのは大変さ」

「そうだな。俺は」

何もしなかったが。

顔さえ見ていない。

「まあね。兄嫁は、まあ舅《しゅうと》姑《しゅうとめ》とも折り合いが良いし、能《よ》く働く人で、兄貴は兄貴で商売熱心だ。我が鶴田《つるた》酒舗《しゅほ》は順風満帆《まんぱん》、一家を挙げて跡継ぎの誕生を心待ちにしていますよ。勿論《もちろん》、あたしだって嬉しいですよ。でもねえ」

　あたしは邪魔さと利吉は云った。

「邪魔にされるのかい」

「されませんよ。されないからこそ肩身が狭い。あたしは小舅《こじゅうと》だ。そのうえ職もない、ただの穀潰《ごくつぶ》しですよ。居候《いそうろう》と変わりませんからね。実子であってても三杯目にはそっと出し、と云う具合ですよ」

「なる程な。で、何だよ」

「察しが悪いなあ。甥っ子が生まれれば、赤さん優先の暮らしにすべきでしょ。あたしが子育ての手助けが出来るならいいけれど、どう考えたって邪魔になるだけだ。だからこれを機会に家を出ようと思ってるんですよ。今風に云うなら、独立、って云うんですかね」

「竈《かまど》を分けようてえのかい」

　竈がありゃねと利吉は云う。

「あたしはね、弥蔵さん。職がないんだよ。稼ぎがないのさ」

「知ってるよ」

　この一年、その話ばかり聞かされて来た。

「家を出た途端に一文なしじゃあ竈から煙は立ちませんよ」

　蓄えはねえのかいと問うとそんなもんは何日も保《も》ちやしないよと云われた。

「その蓄えだって親の脛《すね》から齧《かじ》り取ったお銭《ぜぜ》さね」

「まあなあ。ならよ、酒屋ァ手伝えばいいのじゃないか。お前さんが親の分まで働きゃいいんだよ。親ァ孫にかまける暇が出来るだろうよ。それに、仕事ォして貰うなら小遣いじゃなしに給金じゃねえか。丸く収まるぜ」

手は足りてるのさと利吉は云う。

「今だって仕事は奉公人がしてるんだよ。兄貴も居るし、親父は半《なか》ば隠居さね。今更あたしが居るからって長く勤めた奉公人に暇ァ出す訳にはいかないだろ。奉公人を馘《くび》にして身内を雇うのは怪訝《おか》しかろうよ。それに、あたしにゃ給金は出ないだろ。家業なんだから、それこそ竈は一つさ」

利吉は外套を丸めて膝の上に置いた。

「我が家はね、暖簾《のれん》を分ける程の大店《おおだな》じゃあないし、店を分けるとしても町内に酒屋は何軒も要らないさ。なら場所捜すのも大変だろうし、何よりあたしは酒屋は素人だからね。まあ、あたしの場合は何もかも素人なんだがね。芸もないし、手に職もない。お職人の下で修業して大成出来るような齢《とし》でもない」

「遜《へりくだ》るじゃねえか」

「事実ですよ。だから出来ることをしようと、ここ暫《しばら》く彼《あ》れ此《こ》れ試してみたけれど、まあ知っての通りだ。能《よ》っく解りましたよ。あたしに出来ることはない」

「何だよ」

諦めたのかと云うと己を識《し》ったんですよと云う。

「今のあたしはね、何も出来ない役立たずだと識ったんですよ。身を立てる術《すべ》を何も持っちゃあいない。誰の役にも立たない。この明治の世では鐚銭《びたせん》一文稼げやしないんだと思い知ったんだ。でも別に諦めた訳じゃあない。出来ないなら一から始めりゃいいことだとね」

「そりゃまあ——良い心掛けだな」

右手で左足を擦《さす》る。

脚まで不如意《ふにょい》では敵《かな》わない。

「その気になりゃ何したって生きていけるもんだよ、利吉どん。俺が証《あかし》だ。俺なんざ随分前に生きる気が殺《そ》げてるが、それでもこうして生きちゃアいるぜ」

生きたかったのではない。

殺されなかったのだから。

死ぬまで生きようと思っただけだ。

中中死なないと、云うだけである。

人は、生き意地の汚いものなのだ。

利吉は柄になく寂しそうに笑った。

「そうさ。その通りさね」

あたしゃ亭主《とっ》つぁんを見本にしたのさと利吉は云った。

「見本だと」

「ああ。手本じゃあない、見本さ。その気になりゃ何とでもなるてえ見本だよ。あたしゃ上ばかり見てたからね。一攫千金《いっかくせんきん》だの一躍有名だの、そんななあ夢のまた夢。弥蔵さんのように足下《もと》ォ見て暮らして行こうとね。で、どうせ一から始めるならね、親爺や兄貴の真似するのじゃあなく、もっと違うことをしてやろうと、こう云う算段だ」

「そりゃ良かったな」

立ち上がろうとして、蹌踉《よろ》けた。

「おい、弥蔵さん」

「平気だよ」

「平気じゃねえだろ。どうすんだよ。店開ける気かよ」

「開けなきゃ喰い逸《はぐ》れだよ。一銭でも二銭でも稼がなきゃよ」

——御陀仏《おだぶつ》だ。

「米櫃《こめびつ》も空《から》、財布も空よ。あるなァ売り物の芋《いも》と麴《こうじ》だけだからな。こんな暮らしだぞ。俺みてえなもんが、何の見本になぞなるものかい」

「それにしたってお體《からだ》大事だよ」

「死んだら働けねえが、働かなきゃ死ぬてえことだな」

手を突いて腰を浮かせる。

どうも左半身がいけない。

「おい――利吉どん、お前さんがその気になったのは好《い》いことなんだろうし、俺が何かの契機《きっかけ》になったてェなら、それはそれでいいがよ。見本になんかしちゃあいけねえ。こんな為体《ていたらく》だぜ。目も当てられねえ」

片膝を突くと利吉が取り付いて支えてくれた。

「あんた、駄目だよ。余程按配《あんばい》が悪そうだよ。今日は休みな。いいや、医者に掛かりなよ」

「そんな銭はねえ」

「何とでもなるよ」

「俺はな」

医者なんかに掛かっちゃならねえ身なんだと云った。

「そんな身があるものかい」

「あるんだよ。今の俺はな、昔の俺の報《むく》いでしかねえのさ。俺が死なずに生きてるのはよ、こりゃあ罰なんだ。こいつァ自業自得だ。てめえの仕出かしたことに対する罰なんだ。だから甘んじて受けているのだがな、神様だか仏様だか知らねェが、どうしても殺しちゃあくれねえのだ。死にゃあ楽よ。でも、でもなあ、未《ま》だ死なせねェ、未《ま》だ赦《ゆる》さねェ、とな」

――殺した相手が云うのよ。

「だからよ、苦労も貧乏も、そりゃそのまま受け入れるしかねえのだ」

「受け入れるって――」

「俺はな、この境遇に何一つ文句を云えた身分じゃあねェのよ。お飯《まんま》が喰えてよ、寝て垂れて雨露が凌げるだけで、いいや、息吸えて吐《は》けるだけでも分不相応だ。だから、怪我ァしたなら怪我を受け入れ、疾《やまい》になったなら疾を受け入れるのが筋なんだ。楽になろうなんて思っちゃあいけねェんだよ」

利吉の手を振り解《ほど》いて立ち上がろうとすると、若造は腕に力を入れて動きを止めた。

「駄目だよ。弥蔵さん」

「何が駄目だ」

「その考え方ァ駄目だ」

「どう駄目なんだ」

「巧《うま》く云えないけども駄目さ」

「駄目でもいいだろよ。俺の勝手じゃねえかよ」

勝手が過ぎるよと利吉はきつい調子で云った。

「あんたが良くてもあたしが嫌だと云ってるんだよ。偶《たま》には他人の云うことを聞きなと云ってるのさ」

――此奴《こいつ》。

「お前さん、どうかしてるよ今日は」

「いいから横になりな。どうしても店開けるンだったらあたしが代わるよ。何なら今日の売り上げ分ぐらいは芋でも甘酒でもあたしが買い取るよ」

「莫迦《ばか》なこと云うなよ利吉どん」

「莫迦なことじゃあない。脛齧りだってそのくらいの銭は持ち合わせているさ。いや、そもそもあたしは、今日はその相談で来たんだ」

「相談って、判らねえよ」

「いいから聞いておくれよ。どうだね、あたしに——この店を手伝わせておくれじゃないか」

「何だと」

予想の外《そと》の言葉だったので、力が抜けた。

「手伝うったって——」

——否。

有り得ぬことだろう。枯れた老人一人の喰《く》い扶持《ぶち》も稼げないのだから、人など雇える訳もないのだ。無償で働くなどと云う話ではないのだろうし、給金は要らぬと云われたとしても、そんなのはお断りである。施《ほどこ》しを受ける謂れはない。

——違うな。

施しを受けられるような人品《じんぴん》ではないと云うべきか。

「無理だよ」

「無理じゃあないさ。大金稼ごうって話じゃあない。何とでもなるよ」

「お前さん」

気は確かかと問うた。

「確かさ。多分、今まで生きて来た中で、今が一番確かさね。狂言習ってみたり謡《うたい》やってみたり、操觚者《そうこしゃ》になりたいだの文士になりたいだの、風呂屋《ふろや》をやるだの、そんな夢見てた頃の方が余程気が確かじゃあなかったよ」

「だって、なりてェのだろ」

「能《よ》く能《よ》く考えてみたらばね」

そうでもなかったのさと利吉は力なく云った。

「なりたいのと、なれれば好《い》いなは違うだろ。あたしゃあ歌舞《かぶ》音曲《おんぎょく》は身に付かなかったし、絵の才能もないらしい。でも字は書けるからね。なら何とかなるだろうぐらいのものでね。文章修養も何もせずに、いきなり何とかなるだろうなんてのは論外だ。そりゃもう夢でも目標でもなくって、妄想、戯言《たわごと》ですよ」

「まあ――そうかもな」

散散《さんざん》にお説教してくれたじゃないかねと利吉は云う。

「でも、此度《こたび》は別さ。あたしには、遣る気はあるが店を構えるだけの蓄えはないんだ。一方で弥蔵さんにはこれ、この店があるじゃないか」

「店もあるが、俺だって居るよ。ガタは来てるがな」

「だから養生《ようじょう》しなよ」

「諄《くど》いな、お前さんも。働けなくなったら閉めるだけだよ。こんな甘酒屋、なくたって誰も困らねェだろうよ」

「そう云うこっちゃないって」

「そうでもねェよ。まあどっから見ても俺は客商売にゃあ向かねェさ。無愛想で小汚《こぎたね》ェし、年寄りだ。甘酒も芋も不味《まず》い。その蔭で客はまるで来ねェよ。だから開けてても閉めてても変わりはねェと思うがな」

「あたしは稼ぐ気満満だよ。ここ一月《ひとつき》ばかり、勉強もしたからね。ミルクホールだの甘味屋だの行ってね、あれこれ取材もしたしね」

「勉強したのか。お前さんが」

　思えば利吉は行動力だけはあるのだ。

ただ浅慮《せんりょ》の上に早合点なだけである。

弥次馬《やじうま》で口数も多いのだが、座持ちが出来ると云う意味では、客あしらいも上手なのかもしれない。お前さんの方が向いてるんだろうなと云うと、別に店を乗っ取ろうなんて思っちゃいないですよと、利吉は言い訳染みたことを云った。

「此処《ここ》は弥蔵さんの店だよ」

「諒解《わか》ったよ。じゃあ俺が死んだら此処はお前さんに譲ることにするさ。何だ、証文でも書けばいいのか」

そう云うこっちゃないよと利吉は声を荒らげた。

「あんた二言目には死ぬ死ぬ云うけどもね、そりゃコロリと死ぬんなら、そりゃそれでもいいだろうさ。でも、病み付いちまったらどうすんだ。身寄りもないのだろ。この寒い家の中で寝たっきり、飢え死にするかい」

「そう――」

なるだろうか。

「それが厭だと云っているのさ。弥蔵さん、あんた、あたしにそれを見て見ぬ振りしろと云うのかね」

「関わらなきゃいいだろうよ」

「関わっているじゃないか、もう」

利吉が真顔で、しかも真《ま》っ直《す》ぐにこちらを睨《にら》んだので、視軸《しじく》を外した。

「あたしは間抜けだし軽はずみだし考えも浅いさ。でも人の情けは世間並みに持ち合わせてはいるつもりさ。だってね、通り縋《すが》りだろうと一見《いちげん》の客だろうと、覗《のぞ》いた店の爺様《じいさま》が倒れていたら介抱くらいするでしょうよ。しかもあたしは毎日通ってる馴染みだよ」

「そうだが――」

云い掛けた言葉を利吉が手を翳《かざ》して止めた。

「いいや、今日ばかりは云わせて貰いますよ。弥蔵さん、あんたがあたしの立場だとして、あんたならどうするね。行き付けの店の奥で主《あるじ》が苦しそうに唸《うな》っていたとして、それであんたは知らん顔して見捨てて去るのかい。どうなんだい。徳川《とくせん》の時代はそうしていたのかね。少なくとも明治生まれはそんなこたァしないけれどもね。困ってる人にゃ手を差し伸《の》べようなんてェな、これ建国以来——いやいやもっとずっと前から当たり前のことなんじゃあないのかい」

返す言葉はない。

でも。

「俺は」

「情けを掛けられるような者じゃあないと云うかい」

「今日は随分と——突っ掛かるな」

あんたの偏屈が過ぎるんだと云って利吉は外套を横に置き、足を崩して座り直した。

「年寄りにこんなこと云うなあどうかと思うがね、情けは人の為《ため》ならずと謂うだろうがね。情けってのはね、掛けられる方が拒《こば》める類《たぐ》いのものじゃあないんだよ。人ってのはね、虫螻蛄《むしけら》やけだものにだって、掛ける情けを持ってるもんだよ。当然、相手はそんなこと期待しちゃアいないさ。だから虫は礼も云わないと思うけどね。それだって、犬なら尻尾の一つも振るし、猫だってにゃあくらいは云うさ」

「そうだな」

「別にね、恩を着せようなんて思ってる訳じゃあないんだよ。あたしだってそんな狭い料簡《りょうけん》は持ち合わせちゃあいないからね。でも、あんた虫でも犬猫でもないだろ。別に礼なんざ要らないが、せめて」

受け取ってお呉《く》れよと利吉は云った。

それは。

十分解っているのだが。

「あのな、弥蔵さんよ。あんたが御一新《ごいっしん》前にはお侍でさ、しかも人を斬ったことがあるンだろうぐらいのことは、幾らあたしが盆暗《ぼんくら》でも察しているんだよ。でも、そんな爺様は沢山《たくさん》居るだろうに。新政府のお偉方だって人斬りばかりだと聞いたよ」

「その通りだ」

殺して偉くなった奴も居る。殺させて偉くなった奴も居る。

いずれ、奴等《やつら》は屍《しかばね》の上で威張っているのだ。

「じゃあ何であんただけがそんな囚人《めしゅうど》みたいな暮らし方しなくちゃあいけないんだね。好きで為《し》てるのかい」

そう。

好きで為ているのだと思う。

人それぞれよと云った。

「そりゃそうだろうけど」

「利吉どん。お前さんの気持ちは、嬉しいよ。俺は性根が曲がってるから素直に礼を云えねえが、まあ有《あ》り難《がて》ェことだと思うさ。だがなあ、一度蓋《ふた》しちまったもんは、簡単にゃ開かねえのだ」

「蓋してるようにゃあ見えないけどね」

「何故」

「あんたァいつだって蓋開けて中を覗いてるじゃあないかい」

「そんなつもりは——ねェけどな」

利吉は外套を手に取って掛けてくれた。

「どうあれその恰好《かっこう》じゃ寒いよ。外より幾分ましだが家の中とは思えない」

「ならお前さんが寒いだろ」

「あたしは若いんだよ」

兎《と》に角《かく》熱い茶でも淹《い》れるからと云って利吉はお勝手の方に行った。

——蓋ァ。

開けているだろうか。

別に四六時中考えているつもりはないのだが。

あたしの母方の祖父がさ――。

利吉は多分、湯を沸かし乍《なが》ら大きな声でそう云った。

「上野《うえの》で戦ったのさ」

「上野って」

「官軍じゃない、彰義隊《しょうぎたい》さ。どう云う身分で、どんな経緯《いきさつ》で彰義隊なんかに加わったのか、そこは能《よ》く知らないんだけどね。祖父《じい》さん、上野で斬られたか撃たれたかして、敗走したけども生き残ったんだと云っててね、その時の傷が元で、片脚引き摺《ず》ってたんだよ。この人がね、あたしを随分と可愛がってくれてさ。もう先《せん》に死んじまったけどね」

「そうかい」

上野の戦《いくさ》には加わっていない。

だがその時、上野には居た。ならば見掛けているかもしれない。

「その祖父様《じいさま》が能く云ってたよ。自分は三人掛かりで薩摩《さつま》っぽを一人、殺したんだとか」

利吉は欠け茶碗を持って来た。

湯気が立っている。

「勝手に淹れたよ。盆が見当たらないから手渡しだ。少しゃ暖《あった》まるだろ」

「ありがとよ」

慥《たし》かに人心地は付く。

「祖父様ァね、後悔してたよ。あの官軍にも親兄弟は居ただろうにとね。戦争だから仕方がないとは思えない、何だって人殺しゃいけないと。意趣返《いしゅがえ》しでも仇敵討《かたきう》ちでもない、名前も素性も知らない相手を殺すのは後生《ごしょう》が悪い、何にしたって殺したくもない相手殺したりしたらいずれ気が違う、だからお前は絶対に兵隊にはなるな——と、こう云うのさ」

俺も賛成だと云った。

「ところがうちの祖父様、鶴田の爺様《じさま》の方はね、真反対のことを宣《のたま》う。自分は槍《やり》の一本も持ったことがない生《は》え抜きの町人だてェのに、薩長《さっちょう》を目の敵《かたき》にするのさ。おまけに露西亜《ろしあ》も嫌いでね、あたしにさ、働かねえでぶらぶらしてるんならさっさと従軍して、露助《ろすけ》の首でも獲って来いなんて云いやがるのさ」

開戦もしてないのに首なんか獲ったら殺人狂じゃないかねと云って、利吉は心底厭そうな顔をした。

「実際に命の遣り取りをしたことがない御仁程、そう云う過激で威勢の良いことを口走るンだね。殺したり殺されかけたりした人は、そんな無責任なことは云わないのだよ」

あたしは母方の祖父の方が好きさと利吉は云った。

「ま、うちの祖父様も取り分け嫌いと云うこたァないですけどね。そこ以外は気の好《い》い爺《じい》さんだから。でも戦争賛美だけは戴けない。人の辛《つら》みが解らないのかと思うよあたしは」

「辛みなあ」

「あたしがそう云うことを云うとね、お前に愛国心はないのかと怒鳴られるのさ。愛国心てえのは何ですかね。あたしなんかにゃ能《よ》く解りませんけどね、異国を憎む心のことを愛国心と云うんですかね。なら、あたしにはないのかもしれない。別に他所《よそ》の国のことを嫌っちゃあないですからね」

「好き嫌いじゃあねぇンだろ」

「だとしても異人の首獲って来ることが愛国の徴《しるし》となるたあ、あたしにゃどうしても思えないんだ。でもねえ。あたしゃ十分にこの国が好きなんだけどもね。好きなだけじゃあ駄目なんですかねえ。お国のために働きたいとも思いますよ。出来るならね。何も出来ないんですけどもね。でもねえ、異国と戦うな御免ですよ。それ、愛国なんですかな」

利吉の淹れた茶は薄かったが、妙に胃の腑《ふ》に染みた。

「俺も解らねえよ」

そう云って、何とか立ち上がった。

膝が多少痛んだが、これは動いていない所為《せい》だろう。立てないことはない。姿勢に依《よ》って左手に痺れが走るが、痛む訳ではない。

「お蔭で良くなったぜ。もう平気だ。世話ァ掛けたな」

「嘘をお云いでないよ」

利吉が袖を引く。

「いいから今日は寝ていなよ」

「何、甘酒は夜のうちに仕込んであるし、芋は蒸《ふ》かすだけだからな。片手でも出来るよ。芋は蒸かしておきゃあ売れずとも喰えるからな」

「喰いものなら持って来るよ」

「持って来るってお前」

「具合が良くなるまでの間、あたしが何か滋養の付くものを見繕《みつくろ》って朝晩差し入れようじゃないか。それから様子を見て医者にも行くんだ。厭だと云ってもあたしが首ッ玉に縄ァ掛けてでも連れてくからね。何より先《ま》ず、その軆を治すのが先決だよ弥蔵さん。それが、差し入れをする条件だ」

「だから。そんなこと――」

「施しじゃあない。投資さ」

「何だと」

「だから、どうしても店やるてえなら、あたしが代わるって。この家の修繕もしようじゃないか。大工雇うくらいの臍繰《へそく》りはあるからね」

「人は雇えねえと云ってるだろ。無理だよ」

「どうしても無理と思うなら、こう考えたらいいのさね。この店、暫くあたしに貸しておくれよ」

「貸す——のか」

「だからさ。此処は弥蔵さんの持ち家だろさ。地べたごと買い取ったと云うなら地主家主への月月の支払いもないのだろうし、現金買いなら借財もないのだろ。なら、後は稼いだだけ儲かる勘定になるじゃないか」

「そうだがよ」

「あたしが稼ぐよ。それで弥蔵さんに地所代と店賃《たなちん》を払うよ。払えなきゃ追い出せばいいだけのことじゃないか。やらせておくれ」

「お前さん——」

左手が。

考えさせてくれと云った。

「俺は頭が文明開化してねえからな。ものを考《かんげ》えるのにも時が要るんだよ」

難しい話じゃあないだろうにと云って利吉は立ち上がり、何か栄養のあるものを持って来ますからそれまで寝ていなさいよと云って、障子を開けた。

「おい。外套は」

「着てなさいよ」

「寒いぞ」

「走って行きますから平気の平左さ。あたしは足は速いんだ」

待ってておお呉《く》れと云うなり利吉は土間に下りて、ぴしゃりと障子を閉めた。戸を開ける音がすると同時にオウと云う声も聞こえた。

何かあったのか。

話し声のようなものが聞こえるのだが、聞き取れなかった。

扨《さて》、どうしたものかと思う。座ったり寝転がったりしてしまうと立つのが億劫《おっくう》になる。しかし利吉の言に従うべきか。だが店の支度をしないとなれば、立っていたとて為《す》ることはない。

何も為ることがない。

取り敢えず厠《かわや》でも行っておくかと思い、のたのたと歩いてみる。

別に立ってしまえば歩けないことはない。

用を達《たし》て戻ると、障子が半分開いていて、利吉が顔を覗かせていた。

「何だよ」

「お客さんですよ」

「客ってお前――」

店の客じゃあないですよと云って利吉は笑った。

「弥蔵さんに用があると云うお方がいらしてますのさ」

「用だと――」

考えられない。

「そう云ってますけどね。訪れてみたはいいが、居るのだか居ないのだか判らなくって、戸口に突っ立って居たんでしょうな。まあ、居るんだけれども当人は具合が悪いと伝えてありますから、弥蔵さん、呉呉《くれぐれ》も無理はしないでお呉れよ。あたしは午《ひる》にはまた来ますからね」

そう云って利吉は顔を引っ込めた。

さあどうぞなどと云っている。すっかり家人《かじん》の振る舞いである。

どうしたものか迷ったが、結局障子を開けてみた。戸口に男が立っていた。

逆光で顔が見えない。

中中の偉丈夫だが、若くはない。

「あんた――」

男は姿勢良く礼をした。

「聞けばお加減が宜《よろ》しくないとか。悪いところに来合わせてしまいましたようで真《まこと》に申し訳ないことです。弥蔵――様でございますか」

「俺は弥蔵だが」

――こいつ。

身構える。

左肩口から中指までぴりぴりとした刺激が流れた。

なる程、ただの肩凝りや筋違えではない。神経とやらが傷んでいるのだろう。

右手は動く。

腰に手を持って行くのは癖である。そこに抜く刀はない。

腰が軽くなって、もう三十五年が過ぎている。

男は微動だにしない。

「私はね、寺田《てらだ》君と云う若者の紹介で参りました、藤田《ふじた》と申す者です」

「寺田――」

先日、神楽坂《かぐらざか》で行き逢った変わった男か。

そうならば――。

「寺田君に御親切を賜《たまわ》り、あることの仲介をして戴いていたのだが、どうも彼《か》の人のご妻女が亡くなられたとかで」

「亡くなった――のかい」

それはさぞや辛かろう。

根は明朗そうな男であったが。

女房の病気に関して、かなり気に病んでいたことは間違いない。

――死んじまったのか。

いつだと問うと手紙が届いたのが十日ばかり前だと云う。ならば、出会った日から幾日か後にはもう亡くなっていたことになる。何だか――。

迚《とて》も辛い気になる。会ったこともないと云うのに。

寺田が探していた本は直《す》ぐに見付かった筈《はず》だ。わざわざ小僧が報《しら》せに来たのだ。しかしあの男の手には未《ま》だ渡っていないのだろう。それどころではあるまい。

——死んじまったのかい。

悔しかろうし、淋しかろう。死なれるのは、死ぬよりも冷える。

だが。

そうすると。矢張り——。

そう、この男はあの日見掛けた老人である。

寺田との細い縁も、この男が齎《もたら》したものだ。

「お若い方だったようで、何とも遣り切れぬことですが——そのような渦中にあり乍《なが》ら、気を遣ってくださいましてな。丁寧なお手紙を戴きました。実に誠実なお方です。それで、あなたをご紹介戴いた。何でも」

「弔《とむらい》堂《どう》かい」

「左様《さよう》。彼の手紙に拠れば、場所を説明することが難しいので、近在で甘酒屋を営む弥蔵様にお尋ね戴きたいと——いや、ご迷惑かと存じまするが」

聞いてるよと答えた。

「なら、あんた」

齋藤一《さいとうはじめ》かと云った。

男は身を固くした。

「私を——ご存じか」

「ああ。尤《もっと》も、あんたは俺を識《し》らんだろうがな。俺の方は能《よ》く識ってるよ」

「あなたは」

「俺も京都に居たのですわい。あの頃」

あの。

噎《む》せ返るように暑くて。

凍《い》て付く程に寒かった。

狂乱と血飛沫《ちしぶき》の王都に。

「隊士——ですか」

「いや。俺は新選組《しんせんぐみ》じゃあねえです」

「そう——ですか」

ほっとしたような顔をする。

男——新選組四番組隊長、齋藤一は二歩三歩前に出て、いいですかと断った後に土間に入れていた縁台に腰を掛けた。

齋藤は、強い。

識る限り、鬼と謳《うた》われた新選組副長土方歳三《ひじかたとしぞう》と互角に渡り合える剣客は齋藤ぐらいのものではないか。殺し合うのが常だった時代、人斬りなんぞは大勢居た。しかし、刀があれば取り敢えず人は斬れるのだ。下手《へた》でも腰抜けでも斬れぬことはない。一方で剣術が上手だから巧く人が斬れるのかと云えば、それはまた違うのである。此奴《こいつ》は強いと判じられる剣客は然《そ》う居るものではない。何が違うのかは解らない。ただ、絶対に手合わせしたくない相手と云うのは、居る。齋藤一はその一人であった。

老いてなお、この男の腕は衰えてはいないようである。

鍛練を怠っていないのかもしれぬ。

腐りかけの自分とは。

――大違いだ。

しかし。

齋藤の顔は柔和なものだった。

白くなった髪を短く刈り込み、身態《みなり》も小綺麗《こぎれい》で清潔そうである。

大きな眼の中に殺気はない。微塵《みじん》もない。

確かにあの男である。でも。

あの頃とは違う。

とは云え、あの頃は誰もが殺気立っていたのだろうが。

――こちらもか。

こちらにも殺気などあるまい。朽ちかけている。

「新選組隊士ではないのだとしても、お見受けしたところ――弥蔵さん。あなたも元は武士のようだが」

「まあ、そうですわ。俺もね」

――あんたもさ。

人殺しですよと云った。

齋藤は悲しそうな顔をした。

「そう、聞けば、永倉《ながくら》さんを捜しているとか」

捜してはいませんよと齋藤は答えた。

「永倉君――今は養子に入って杉村《すぎむら》を名乗っているのですがね。杉村君とは、瓦解後も遣り取りをしていた。彼が東京で暮らしていた時分は、何度も会いましたよ。彼は剣術を教えていたんだ。今は北海道《ほっかいどう》に居ます」

「捜してた訳じゃあないのですかな」

「ええ。北海道に行く前に一度会おうと思っていたのですが、明日参ろう明日行こうと思うておるうち、気が付けば日が経っていましてね。漸う《ようよ》腰を上げて行ってみたらば、もう越していた。いや、少しばかり気になることがあったものですからな」

それも聞いてますよと云った。

「俺もあの日、偶々牛込《たまたまうしごめ》辺りに居たもんでね」

「そう——でしたか。では、寺田君とも」

「ああ。あの日あそこで知り合った。と、云うか向こうの方は俺のことを見知ってたようだがね。あんた、あの日は何かを捜していたのだろ」

「そうです。捜していたのは杉村君ではなく、彼が記した備忘録です。いや、備忘録と云うよりも草稿と云った方が良いのかな」

「日記と聞きましたがな」

「ああ、寺田君にはそう説明したかもしれません。まあ、浪士隊の結成から箱館《はこだて》戦争までのことを書き記したものですからな。聞き書きなどではなく、杉村本人が見聞きしたことなのですから、まあ日記のようなものではあるんですよ。でも私的な書き付けではなく、出版するつもりだったものですからね」

「出版と云うと——本にすると云うことですかな」

そうですと齋藤は首肯《うなず》いた。

「瓦解後、生き残った我我は、まあ七八人ですがね、書簡の遣り取りをしているうちに、新選組の供養塔を建てようと云うことになりましてな」

「供養塔——ですかな」

「ええ。誰もまともに供養されておらなんだですからな。近藤《こんどう》さんは斬首、土方さんは討ち死にして、どこに葬られているものかも判らない。近藤さんの首級も行方が知れないし、土方さんに到っては亡くなったことしか判らないのですよ。他の隊士だってそうです。墓がある者の方が少ない」

「まあ、そうでしょうなあ」

みんな。

野垂《のた》れ死《じ》にのようなものだ。

「賊軍ですからな、結局」

「ええ。あなたは――」

「俺も蝦夷《えぞ》まで行きましたよ」

そろそろと慎重に足を踏み出して框《かまち》に腰を下ろし、これも慎重に雪駄《せった》を履いて、ゆっくりと土間に下りた。別に身体の不調を気取《けど》られたところで困ることもないのだが、何だか知られるのが厭だったのだ。

「大坂城《おおざかじょう》から江戸に落ちて、一時は路頭に迷ったがね、遊撃隊《ゆうげきたい》に紛《まぎ》れ込んだ」

「もしや、会津《あいづ》のお人ですか」

「そう――です」

故郷のことは忘れているのだが。

間合いを計って――計る意味もないのだが――同じ縁台に腰を下ろす。この男は今も強い筈だ。真の剣客は殺気など出さぬものである。

「そうでしたか。私もね、今は会津が故郷《ふるさと》だと思っている。生まれ在所は別ですが、妻も会津の者ですしね」

「俺は」

捨ててしまった。

故郷も。家族も。

「私も故郷は捨てたようなものです。でも会津には縁があったのですな。他人《ひと》からは新選組のことばかり云われますがなあ。私は御陵《ごりょう》衛士《えじ》にも暫く在籍していたし、藩士でこそありませんでしたがな、会津にも長く居た。鳥羽《とば》伏見《ふしみ》で負け、甲府《こうふ》で負けて、私は負傷兵を連れて会津に先乗りしたんです。土方さん達が来るのを待っていたんだ。会津は良いところです」

「そうかね」

思い出すのも――厭だ。

降り積もる雪しか記憶にはない。

「私は会津が気に入ってしまったんですな。だから、御一新の後、会津藩が斗南《となみ》藩として再興した際に、藩士にして貰ったんですがね。新政府が下賜《かし》した土地は会津じゃあなくて陸奥《むつ》でした。廃藩置県の後、陸奥にいても仕様がないので東京に出て来たのですがね」

あなたはお帰りになることはないのですかと問われたので、もうすっかり縁は切れてますよと答えた。

「あんたとは逆ですよ。俺は、家を出た日に会津とは縁を切ったんだ。京で逆賊になって、女房子とも縁を切った。蝦夷に渡る前、会津にゃ暫く居たが、その時も結局、家には戻ってないですよ」

そうですか――と、齋藤は淋しそうに云った。

「では、ご家族とは」

「家を出た時、それきりですよ」

齋藤は此方《こちら》を向いた。

だから顔を背けた。

「まあ、あんたと違ってね、俺は高い志《こころざし》があった訳でもないんだ。ただ、他にどうしようもなかったと云うことなんでしょうよ。だから、ただ諾諾《だくだく》と戦い続けていたと云うだけでね、結局海まで渡ったが」

「ああ」

「何処までも酷《ひど》い戦《いくさ》だったでしょう。俺は本気で勝とうと思っていたかも怪しいですよ。戦っていればいずれ何処かで死ぬと、そう思ってた。結局、生き残ってしまいましたがね。揚げ句の果てが、甘酒屋ですわい」

「私も同じ、生き残りですよ」

「あんたは偉いでしょう。警視庁にいらしたと聞いた」

「それこそ、他にどうしようもなかったんですな。それしか思い付きませんでしたからね」

「警察――ですか」

見回りですよと齋藤は云った。

「それしか出来なかった」

「武人――と云うことですかね」

そんなつもりはないのですがと齋藤は含羞《はにか》んだように云った。

「でも、そう云うことなのかもしれませんなあ。生き方は中中変えられない。結局、私は西南の役《えき》にも行きましたからね。それでこの」

右の脇を示す。

「肋《あばら》をやられてね。まあ、それ以降は武人と云えるのかどうか。剣術は続けていますが、今はもう、学校の雑用係のようなことをしていますよ」

「それで、その」

ああ、と齋藤は眼を細めた。

「永倉君の本は出せなかったが、供養塔は建てましたよ。あれは、明治九年でしたかな」

「供養――したんですかね」

「ええ。まあ、陸軍軍医総監の松本《まつもと》さんなんかにご協力戴きましてね」

「松本──良順《りょうじゅん》さんか。今は順《じゅん》さんと云うのだったかな」

「ええ。あの人の書いた本が売れて、そのお金を寄付して戴いたりして。なので永倉──杉村君も本を出そうとしたんだろうけれども、あれは何故《なぜ》に出版されなかったのか、きちんと聞いていないから、能《よ》く解りませんなあ」

「その本の草稿を捜している、と云うことですか」

「そうです。先程云った通り、杉村君は、少しの間あの辺りで道場を開いていて、近いですから顔を合わせる機会も少なくはなかったんですな。ある時、その草稿の話になって、私もちゃんと読んではいなかったですから、読みたいと云ったらば、ないと云う。彼が云うには、何でも懇願されて人に貸したんだと云うのですな。貸してくれさえしたら筆写して直《す》ぐ返すと云うので、必ず返却することを条件に貸したのに、いつまで経っても返してくれなくて大層困っているんだと──まあ、こう云うんですよ」

「困ったことですな」

「ええ。そんなこんなで、その後間もなくして杉村君が北海道に帰ることになり、うかうかしているうちに有耶無耶《うやむや》になってしまった。しかし、どうにも気になってしまいましてな」

「ご本人に貸した相手をお尋ねになれば良いことではないのですかな」

あの後、手紙を出しましたよと齋藤は云った。

「あなたがどの程度事情をご存じなのか知りませんが、その備忘録を下敷きにした本が出ているらしいのですな。寺田君はその本の捜索を請け負ってくれましたが、正直見付かるとは思っていなかったし、なら杉村本人に直接尋ねてみようと思いましてな」

「まあ、それが早《はえ》えさ」

「いや、結果から云うなら寺田君からの手紙の方が先に届いたんですがね。杉村君からの返事が届いたのは二三日前のことですよ。その本のことは能《よ》く知らぬと書いてあった。貸したのは人の紹介でやって来た男で、素性も能く判らないのだそうです。紹介してくれた人が死んでしまって、居所も何も知れぬから催促も出来ないと書いてありましたよ。何でも――」

講談師と聞きましたがと云うと、ああその通りですと齋藤は驚いたように云った。

「何故ご存じですか」

「弔堂が直《す》ぐに探り当てたんですな」

「はあ」

寺田君の手紙に書かれていた通り大した御仁《ごじん》のようですなあと云い、齋藤は感心したように幾度か頷《うなず》いた。

「私なんぞはその辺をうろついて話を尋《き》き回っただけで、まあそれでは何も判らなかった。まるで宿改めでしたよ」

「普通はそんなものでしょうよ。弔堂は探ると云うより識《し》っているんだね」

「識っているとは」

「要らないことを能く識っている男なんですよ。だから名前だの何だのは直ぐに判ったようでね。でも当人のことは知らないと云っていた。その書き付け――草稿ですか。だからそれは見付けてないと思いますがな、それを元にしてその講談師とやらが書いたとか云う本は、何日としないで見付けたようだが」

「ああ、それで十分です。それからどうするかはまた別な話ですしな」

「じゃあ」

行きましょうと云って、立った。

「いやいや、弥蔵様よ。道順を教えて戴ければ一人で参りますが」

「道順は――」

教えられない。

上手に説明出来ないのだ。

そう云った。

「いや、しかしあなたはお加減が宜しくないのでしょう。どうやら左半身がいけないようにお見受けしたが」

「あんた、大したもんだなあ」

見抜かれている。

「少少ガタが来ていますがね、具合が悪い訳でもないですよ。昨日までは普通にしていたんだし。歩けないこともない」

だがなあと悩ましげに眉を歪《ゆが》め、齋藤は手を顎《あご》に当てた。

「先程の、お若い人にも云い含められておりますからな。病人だからと」

「病人ではないです」

「いや、あの方はかなり心配されていましたぞ。あれはお身内の方ですか」

「俺は天涯孤独ですわい。あの男は。ただの――客です」

そうは見えませんでしたが、と齋藤は云った。

「まるで肉親のように思えましたぞ。あのお若い方は本気であなたの身を案じていらしたようだ。お身内でないのだとしても、あの若者の気持ちは大事になさった方が良いと――これはまあ、老婆心《ろうばしん》で申し上げるのですがな」

「ああ」

それは能《よ》く解っている。

「とは云うもんの、本当に口では伝えられんのですよ。遠かあねえが、何とも判り難《にく》い場所にあるもんだから、説明が出来ねえのだ。そうは云っても――お察しの通りどうも左が不自由なようでね。だから歩くなあ遅《おせ》ェですが、この通り足が萎《な》えてる訳じゃあない。ご案内だけさせて戴きますよ」

と——そこで改めて我が身に目を投じてみると、着放しの汚れた着物の上に利吉の外套と云う珍妙な恰好である。昨夜は夜着に替えもせずに寝たのだ。

そうは云っても着替えがある訳でもなし、今更《いまさら》恰好を付けても始まらぬ。

こうなると利吉が外套を掛けてくれたのは幸いだったと云うことになる。

足を出す。

どうやら歩行の動作では痺れが出ないようである。手や腕は兎《と》も角《かく》、脚の方は平気だ。

「痩《や》せ我慢している訳でも無理している訳でもないんでね。気を遣わないでくださいよ」

齋藤は少しの間黙っていたが、ではお言葉に甘えますと云って立ち上がった。

肩越しに観る。

矢張《やは》り隙がない。

齋藤は丁寧に戸を閉めた。

「戸締まりは——しないのですかな」

「盗むものもないですからな。錠前も心張《しんば》り棒《ぼう》もない。それにさっきのお節介が戻って来るかもしれないんでね。戸だけ閉めておきゃアそれでいいです」

「そうですか」

手を貸されるのは厭だったので気張って歩いた。この男は——。

新選組なのだ。

「弔堂ってのはね、齋藤さん」

あ、今は齋藤さんじゃねえのかと云うとそれで結構ですと云われた。

「まあ、行けば驚かれることと思いますがね、それよりも、どうも勝海舟《かつかいしゅう》の縁者らしいね」

「勝先生の」

「どんな間柄かァ知りませんがね」

「旧幕臣——ではないのですかな」

「元は坊主だそうですがね」

「僧籍にあられた方ですか」

そこで言葉は切れた。

それ以上のことは知らないのである。

関係のないことだから尋いていない。

十歩ばかり歩いて一度振り向いた。侘住《わびずま》いの屋根の上に大きな鴉が留《と》まっていて、またがあがあと啼いた。

暫く無言で進んだ。

別に辛くはない。ただ、平素よりは進みが遅い。

痛いとか、動かし難《にく》いとか云うのではなく、ただ気力がないだけなのである。

横道に入る。

則烏也

「齋藤さんよ」

あんた。

「人を殺したね」

「幾人も——斬りました」

「俺もだよ」

風が冷たい。

「あんた警察だったのだろう。人殺しは捕まえるね。ありゃ罪人だろ」

「それは勿論《もちろん》そうです」

「ならよ」

何故俺達は捕まらない。

「徳川時代と今は違いますよ」

「違うかね。いつの時代だって人殺しは罪じゃあなかったかね。いいや、罪だったのじゃないのかね」

「罪ですよ、しかし——」

「しかし、戦《いくさ》の最中なら良いのかね。ありゃ仕方がないのかね」

「そんなことは」

齋藤は語尾を濁らせた。

「斎藤さん。戦争ってのは、まあ兵隊には止《と》められないよ。敵味方の全員が一斉に止《や》めりゃあ止《や》むんだろうが、そんなことはまず起きねェだろう。片方だけが止《や》めたのじゃあ殺されるだけだ。天辺《てっぺん》が一言、終わりと云えば簡単に終わるんだろうがな。下が何をどう云おうと、終わらない。だから」

まあ人は死ぬ。

「大砲を撃った者はよ、てめえの撃ったその砲弾で何処の誰がどんな風に何人死ぬのかなんて判りやしないよ。いや、そんなことが判ったら撃てないだろ。今の戦はそう云うもんだ。清国《しんこく》との戦もそうだったんだろ。敵は、人じゃねえ。ただの数だ。百人殺しました千人殺しましたで、その一人ひとりが誰であろうと、知ったことじゃあねェのだろうね」

「敵のことは——判りませんからね。でも人殺しは人殺しですよ。ただ」

斎藤は再び口籠《くちご》もった。

「俺はね、斎藤さん。その昔、この国を良くするんだ、正しい世の中を作るんだと、そんなことを思っていたんだ、多分な。そんなに賢くはないから、誰かの受け売りでね。尊王攘夷《そんのうじょうい》だって、まともに解ってたのかどうか怪しいがね。それでも正しいことをしようと思って、そう云う気持ちで生国《しょうごく》を出たのだよ」

命じられただけ——と云うのは多分言い訳だ。断れなかったのだとしても、遣りようは幾らでもあっただろうし、遁《に》げる機会も幾度となくあったのだ。

一旗揚げてやろうと云う浮かれた気持ちもあったかもしれない。それ程強く思ったことはなかったが、まるでなかったかと問われれば、答えは否《いな》である。

少なくとも、己の行いが国に対する反逆となるものであり、延《ひ》いては家族を不幸にするものとなろうなどとは、思ってもいなかった。

何もかも間違っていた――と云うことなのか。

あんたどうなんだいと問うと、齋藤は私は少し違いますと答えた。

「私は勿論《もちろん》、帝《みかど》を奉《たてまつ》り夷狄《いてき》を排すことが正しいと考えてはいた。だが、国を良くしようと考えてはいなかったです」

「ほう」

正しいことが為《し》たかったんだと思いますと齋藤は云った。

「正しい――ことかい」

「私はねえ、弥蔵さん。どうしても、非礼が許せない。不忠、不孝が許せない。特に不義は許せんのです。正しく義が行われれば人も、国も立つ。徳も積める。そうすれば国は栄える。国のために何かするのではなくて、民が正しくあれば国は良くなるのだと、そう信じていたんです。今も信じてはいますよ」

「正義、と、云うことかね」

正義ですねと齋藤は繰り返した。

「それはね、弥蔵さん。間違っちゃいないでしょう。間違っていないからこそ、正義と云うのですからな」

「そうかね」

だが。

「なら、今の世の中はどうですか、斎藤さん。この明治の世は、瓦解前より良くなっているんですかね。改良されていますかね」

ああ、と斎藤は息を漏らした。

「良くなってはいるでしょう」

「そうですか。なら、俺達の為《し》たことも信じたものも、まるきり間違いだったと云うことになりゃしませんかね。あんたも俺も、結局は逆賊なんだよ」

斎藤は何も答えなかった。

「俺はそう思っちまうんだ。俺はさ、斎藤さん。どうしてもこの新しい時代に付いて行けねえのだ。断髪まではいい。四民平等も廃藩置県もいいさ。髷《まげ》落とそうが区分が変わろうが、そんなことはいい。公儀が政府に変わったって、貧乏人の暮らしは変わらねえ。お偉い人には会わないからな。そりゃいいんだ。でも、瓦斯燈《ガスとう》も電気燈も、陸蒸気《おかじょうき》も麦酒《ビール》もね、どうにも馴染めねェんだよ。ただ年寄りで、頭が固くて、偏屈だからそうなのかと思っていたんだが、どうも違うのさ」

「違いますか」

「ああ。それを認めちまうとね、自分が一から十まで間違ってたと、そう認めたことになっちまう——だからそう感じるんじゃねえのかとね、近頃はそう思うのだね。だってね、もし俺達が勝ってたら、この明治はなかったんでしょうよ」

それはどうなんでしょうなあと齋藤は云った。

「幕軍が勝っていても電気は通じ、汽車も走っていた——と思いますがね」

「攘夷が成っていたらどうです」

「それはねえ、能《よ》く考えましたよ。尊王攘夷と云うのは、幕軍も官軍も掲げていたんだ。どっちの遣り方が正しいか、そう云うことだと思っていたが、どうもそうではない。攘夷はいずれも声高に叫んでいたけれど、結局は開国した。いつの間にか攘夷は捨てられた。新選組も洋式の訓練を為《し》たし——箱館戦争なんかはもう何もかも洋式だったでしょう」

「ああ。まあ、鉄砲だの大砲だの軍服だの、どれも苦手だったけれどな。ありゃあみんな洋風だわな」

「つまり幕軍が勝っていても、こうなっていたと云うことでしょう」

「じゃあ攘夷ってのが間違いだったと云うことかね。尊王はまあ当たり前なんだとしても、攘夷の方が声高に叫ばれていたてェ覚えが俺にはあるがね」

「間違い——なんですかな」

「どっちにしろあの頃の俺達は間違っていたのじゃないのか。その、間違いと云うのは、あんたの云う正義不義の区別では——不義になるのかい」

「義は曲がらない。だが、義を立てる相手を間違えることはある。そして義の立て方を間違えることもある。私はそう思います」

姿勢良く、穏やかに、そして決然《きっぱり》と云われると、それが正しいと云う気になるものである。

「なる程な。じゃあ俺達は何を間違えたんだろうな」

何故女房は。

そして子供は。

あんな冷たい雪の降り籠める土地で。

惨めな賊軍の家族として——。

「そうですなあ」

齋藤は天を仰いだ。

「義と云うものは、仕えるべき相手に立てるものですよ。若い頃の私はね、誰にも仕えていなかった。まあ、父は貧乏御家人《ごけにん》で、しかも苦労して成り上がって何とか御家人株を買ったような家だったのでね、それでも御家人は御家人、そう云う意味では将軍家に義を立てるべきだったのかもしれないが——どうもそう思ってはいなかったです」

「どう思っていたのかね」

齋藤は笑った。

「何ですかねえ。そう、天——のようなものに義を尽くそうとしてましたかね」

「天ってのは、その」

見上げる。

冬の空は白い。

「ええ。その天ですよ。私は、誰か、人ではなくて、人の上にある何かに義を立ててたんです な。ま、天と云うのは天子様《てんし》、現人神様《あらひとがみ》のことだろうと謂《い》われてしまえば返す言葉はないのだ が、でも、そうではなくて——そう、もっと抽象のもの——神様とか倫理とか、学がないから よう説明出来ぬが」

何となく解りますよと云った。

「それはどうだね。間違っていたか」

「別に間違っちゃいなかったと思う。私が何かを間違えたのだとすると、その正義の行使の仕 方——ですかな。私は、正義を貫くのではなく、不義を糾《ただ》すことを選んだんですなあ」

「糾す——のかい」

「云い替えですな。殺したのです」

齋藤は刹那《せつな》、暗い眼をした。

「不義者をかね」

「ええ。不義者と云っても密通者ではありません。どうしても許せぬことをした者を――私は殺した。思い上がったことだと今は思いますがね。倒幕派の不逞浪士《ふていろうし》――ま、後に不逞は我我の側になる訳だけれども――あの連中が能《よ》く叫んでいた、天誅《てんちゅう》などと云うのも同じことでしょう。天に代わって――」

殺すか。

「殺しました。結局、新選組もその延長だったんですなあ、私にとっては。ですからね、国家を変えようとか、外国人を排斥《はいせき》しようとか、そう云うお題目は二の次だった――そんな気もしますよ。さっきも云いましたがね、その結果国は良くなると信じてもいたんですが」

「正義のためなら人殺しも許されるってことかい」

とんでもないと齋藤は云った。

「何のためでも駄目なんでしょう。ただどうしても許せないことと云うのは、ありましたからね。あの頃は、そう云う許せない連中の方も、平気で人を殺していたりもしましたから――」

「人を殺すような野郎は殺してもいいと云うことかね」

それもまた違いますでしょうよと齋藤は云う。

「あの頃は命が軽《かろ》んじられていた――などとは思いたくないいんだが、それでもそんな世の中ではあったから、多少なりとも麻痺《まひ》していたのかもしらんです。釈明《いいわけ》ですがね」

「まあなあ」

何人も、何人も死んだ。

「そのうち戦争になってしまった。そうしたらもう歯止めは利かない。二手に分かれた殺し合いですからね。私が瓦解後警察に入ったのは、自戒の意味もあったんですよ。でも、矢張り正義を貫くためでもあったんですがね」

動機は変わらないと云うことか。

「警察は人を殺しませんよ。官憲は特例的にサーベルを持っていますが、あの頃の新選組みたいなものじゃないです。その時は——そう、私は法に義を立てたのか。だから新政府に仕えたと云う意識は持ってなかったですなあ」

天が法に変わったのか。

「法律は人殺しを認めていませんわ。死刑と云うのはあるんだが、それも手続きがある。お裁きなしに斬り捨て御免と云うのは、犯罪です」

なる程。

天だか法だか云う得体《えたい》の知れないものが空にぽっかり浮いていて、それに対してどう振る舞うか、そこが変わった、と云うことなのだろうか。

「あんたの中では筋が通っている、と云うことなんだな」

そう云うと齋藤は困惑したような顔を向けた。

「変節したつもりはないが」

「そりゃ立派だよ。俺の中では、今と昔で、何も筋は通ってないのですわい。筋道は、折れちまってる。今が正しいなら、あの頃は正しくなかったんだ。俺は、ね」

「それは私も同じですよ」

「いいや」

同じではない。

「筋が通っているなら、間違いも正せるんでしょうよ。実際、あんたは正しているじゃないですか」

「あなたは違いますか」

「違うと思いますよ。俺はねえ、齋藤さん。矢ッ張《やぱ》り間違ったんだと思うよ。でもあんたとは間違い方が違うんだ。俺は人殺しを天誅だと思ったことはない。それが正義だと信じていた訳でもないんですよ。そうするべきだと思い込んで人を斬って、これは違うと思った後も、他に進む道が見当たらねェと云うだけで、流されるように戦争に加わっちまったんだから。要するに、間違い続けたのさ。そんなだから、俺はねえ——」

腕が痺れた。

もう戻れない。

「弥蔵さん。あなた」

悔いておられますかと齋藤は暗い声で問うた。

「悔いてはねえですよ。後悔先に立たずとか謂うんでしょう。年寄りが悔いたところで誰も喜びやしねえでしょう」

「ならば」

責《せめ》を感じられておるのかなと齋藤は重ねて問うた。

どうだろう。

「責なんてもんは何をしたって付いて回るもんでしょうよ。何であれ自分の為《し》たことだ。跳ね返って来るなあ当たり前、それは仕方がねェことだ。俺が引っ掛かっているのはね、それが罪かどうかじゃあねェんですよ齋藤さん。だって、あんたの云う通りそりゃ罪だ。考えるまでもなく人殺しはいけねえことでしょう」

齋藤は大きな眼を見開いて、口を一文字に噤《つぐ》み、首肯《うなず》いた。

「同じく人殺しである私などが申しても詮方《せんかた》なきこととは思いますが——その通りでしょう」

「俺やあんたと同じような人殺しの成れの果てってなァ、この明治の御世《みよ》にも、大勢居るンでしょうね」

「ああ。居る」

「新政府の中にも人斬りは居ますね」

「居《お》りますな。すると、あなたは彼らが何の罪の意識もなく地位や名誉を得て威張って生きているのが——気に入らないのですかな」

「そうじゃねえですよ」

そんなことはない。

ないと思う。

「他人様眺めて僻《ひが》む程に、てめえのことに執着はねェんでね。誰がどんな風に生きていようとも、そりゃ俺には関係のねえことでしょうや。感じ方も償《つぐな》い方もそれぞれだ。それに肚《はら》の底までは判らねェことですからね。偉そうに踏《ふ》ん反《ぞ》り返ってる御仁でも、独りの時にゃ泣いているのかもしれねえ。怖がってるのかもしれねえでしょう」

「そうですな」

ならそう変わりませんぜと云った。

「甘酒屋だろうが侯爵様だろうが、銭ィ持ってようが貧乏だろうが、心の持ちようにそう変わりはねえ。良いべべ着てるか襤《ぼ》褸《ろ》着ているか、腹空かせてるか満腹かの差だ。でも、俺とあんたは違う」

「違うとも思えぬが」

「あんたは筋を通してて納得してるじゃねェですか。別にてめえでてめえを騙《だま》してる素振りもねェ。だから——そう、先を見てるじゃあねえですか。俺はね、どっかで間違って、曲がっちまった。だから先が見えねえ。ずっとどこで間違ったか考えてる。わからねえから後ろばかりを見てる——」

矢張り利吉の云った通り、覗いているのかもしれぬ。

覗いているのに蓋を為《し》ているから見えぬのか。

「柄にもなく益体《やくたい》もねェこと語っちまって申し訳ねェ。ま、あんたのような人でねェと、他に語れる者が居ねェのだ。勘弁してくれ」

人殺しだと告白しただけで、敬遠される。恐れられる。蔑《さげす》まれる。

なァに構いませんよと云って齋藤は淋しそうに笑った。

「まあ、同じような境遇であっても人それぞれですよ、弥蔵さん。杉村君——永倉君も、私とはまた違いますからね。彼は、今でも立派な武士だけれども、私が思うに、過去を勇猛なものに書き換える癖《へき》があるのではないかと思う。美化するとでも云うのかな」

「自慢話にするのかい」

「自慢するようなことはしないが、でも人斬りなどと云う行いは、そのまま受け入れられるものではない。ですから、そう、自分が認められる形に読み替えてしまうのかもしれないですなあ。彼は正直者だし、潔い男ですよ。だから嘘は云わん。でも、ものは言い様と云うことはあるでしょう」

そう云うことか。

「だから、本人に尋《き》くのじゃなくて、その備忘録とやらに何が書かれているか、直接読んでみてェと、齋藤さん、あんたそう思ったのかい」

「ああ、そう——かもしれませんな。文など読み方次第で曲解《きょっかい》も誤解も出来るものですからな。都合良く書き都合良く読めば、黒いものも白くなる。その講談師とやらがどう読んだのかは計れませんし、どう書いたのかはより判らん。そもそも永倉がどのように書いたのかも判らない。私は同志として彼を信用するべきだし、信用してもいるのだけれど、何しろ昔のことですからなあ。細部までちゃんと覚えているかと問われれば、私だって自信がない」

「そうよなあ」

自分の目も耳も信用は出来ない。

その上に、昔は遠い。

「お互い齢だ。色色弱って来るなぁ当然だろうぜ。物忘れもする。俺なんざ、寝てるだけで三途《さんず》の川の水音が耳許で聞こえるくらいだからね」

があがあ。

鴉か。付いて来たのか。

声のする方に顔を向けると。

弔堂だった。

「着きましたぜ。齋藤さん」

齋藤は足を止め、それから大きく辺りを見回し、噫《ああ》と息を漏らした。

「何と奇態《きたい》な——」

聳《そび》え立つ巨大な陸燈台《おかとうだい》――それは古今の書物を弔う霊廟である。

「これが書舗《しょほ》ですか」

「そうだ。道中つまらねえことを話しちまって済まなかったな、齋藤さんよ。我乍《なが》らどうかしていたよ。ほら、あの、喪中の簾《すだれ》みてえなのを潜れば――」

指差そうとした途端、指先までぴりりと痺れた。

「少し休まれては如何《いかが》かな」

「いや、俺は――」

帰ると云っておき乍《なが》ら、いつも店に這入《はい》ってしまうのだが。

踵《きびす》を返そうとすると戸が開いた。いつもの如く小僧が出て来るのかと思ったのだが、予想に反して現れたのは主人の方だった。

「弥蔵様」

「ああ。専属の客引きが客連れて来た。俺はこのまま帰る」

足を出すとふら付いた。

透《す》かさず齋藤が支えてくれた。

「どうなさいました弥蔵様。ああ、貴方《あなた》様は藤田五郎《ごろう》様――とお見受け致しますが」

「如何《いか》にも藤田です。あなたはご主人かな。この弥蔵さんは、体調が優れないのですよ。そこを圧《お》して案内《あない》してくださったのだ。少しばかり休ませては戴けませぬかな」

「それはいけない。さあ裡《なか》へ」

弔堂は小僧の名を呼び、それから簾を上げて急ぎ出て来た。

屋外でこの男を見るのは初めてではないか。

何でもねえと云い張ったのだが、二人掛かりで担がれるようにして仄暗《ほのぐら》い本の墓壙《はかあな》の中に運び込まれてしまった。

裡《なか》では小僧が椅子を持って待ち構えていた。

慥《たし》かに多少怠かったので座った。

それで幾分楽になったような気がしたのだから、矢張り軆の何処かに負担が掛かっていたのだろう。更に楽になるべく背筋を伸ばすと、頸《くび》から背中、そして指先にまで痺れが伝わった。

どうにもいけない。

齋藤は世話を焼くために下を向いていたらしく、暫くしてから、驚いた。

「これは――」

驚くだろう。

何度も来ているが、いまだに見慣れた感じはしない。

主は齋藤に向けて一礼した。

「藤田様。ようこそお出《い》でくださいました。寺田様より承《うけたまわ》っております。こちらが杉村様の覚書を元に書かれたと思われる講談速記本『新撰組十勇士傳《しんせんぐみじゅうゆうしでん》』で御座《ござ》います」

そして主人は包みを渡した。予《あらかじ》め本を包んでおいたのだろう。

「残念乍《なが》ら、作者である松林伯知《しょうりんはくち》様の行方《ゆくえ》は摑めておりません。ですから原典となる杉村様の書き付けの方は確認出来ませんでした。お望みとあらば」

それは結構ですと齋藤は云った。

「人捜しは、あなたのお仕事ではないでしょう」

「文字が書いてあるものをお捜しするのなら渡世《とせい》の内で御座いますけれど」

「そうは云うが――」

「噂では伯知様は杉村様の書き付けを筆写なされた由《よし》。ならば、原本と複製の二冊がある筈で御座いますが」

杉村君もそんなことを云っていましたと齋藤は云う。

「書き写したら返す約束だったとか」

「ならばあるのでしょう。それは捜し甲斐《がい》も御座います。確約は致し兼ねますが気に懸けておきましょう」

「そんなものまでお捜しになりますか」

此奴《こいつ》は何でも捜すんだと云った。

「宿痾《しゅくあ》ですよ齋藤さん。日記でも大福帳でも字が書いてありゃ何でも買うんだとか。そうなんだろう」

茶を持って来た小僧にそう云うと、小僧は頬《ほほ》を攣《つ》らせた。

「甘酒屋さん、お加減が悪いと云うので心配しましたが、そんな憎まれ口が叩けるなら安心ですよ」

「撓《しほる》」

お前こそ軽口を叩くのではないよと弔堂は云った。

「お客様に失礼ですよ」

「おいおい。俺は客じゃあねえだろよ。こちらの齋藤さんはお客様だが、俺は客じゃあなくて客引きだ。道に迷った客を引いて来るだけの甘酒屋の爺だぜ。何より俺は一度も本を買ったことはねえぞ。冷やかしどころか、棚を見てもいねえ。買う銭もねえし、読む気もねえのだ。それにな――」

俺は人殺しだ。

どうも、今日は余計なことが口を衝く日だ。

「弥蔵様」

「今、道道話していたんだ。おい、弔堂よ。あんたは勝海舟の昔馴染みだろ。この齋藤さんが新選組だってことも識《し》ってるのだろ。なら、そこはどうなんだ。俺達は皆、人殺しだ。どうなんだ。人殺しにも色色あるのか。それともそうじゃあねえのか。あんた坊主だったんだろ。教えてくれ」

「私は還俗《げんぞく》しておりますから僧侶では御座いませんが、仏家《ぶっけ》では御座います。ですから法で縛られる以前に不殺生《ふせっしょう》戒《かい》は厳守すべき戒《いまし》め。殺してはならぬのは人に限ったことでは御座いませぬが」

「俺もな、この齋藤さんも、その戒めを破ってる。なら、地獄行きかね」

それは方便ですと弔堂は云う。

「地獄も極楽も生者の胸中にあるだけのものに御座いましょう。普《あまね》くそれは現世のことかと」

「まあそうだろう。でも俺は別に地獄を生きているとも思ってもねえがね――」

小僧の呉《く》れた茶は熱く、飲むと人心地付いた。

今日は茶ばかり飲んでいる。

「おい弔堂」

呼ぶと主はこちらに向き直った。

「俺は、遠からず死ぬ。今日明日じゃあねえが、死ぬ」

「人は皆、必ず死にましょう」

「そうだな。ただ。もう此処に来られるかどうか判らねえからよ。いつもいつも入り口で帰るつもりが、こうして這入《へえ》り込んじゃあ茶をご馳走されてな。俺は客とあんたの問答を横で聞いてた。お前さんの説教は面白《おもしれ》えよ。俺は客じゃねえから、面と向かって話す機会もねェと思っていたんだがね」

立派なお客様ですと主は云った。

「そうかい。なら、話聞いて貰えるかい」

何を云っている。何故《なぜ》——そんな気になった。

「お聞きしましょう」

主は厳かにそう答えた。

「そうかい。どうも今朝から調子が外れていてね。そこに齋藤一が来たのも何かの縁と、思って思えねえこたァねえ。くだらねえ爺ィ《じじ》の昔語りだ。退屈だろうがな。今しか語れねえ気がする。齋藤さん、居合わせたのが身の不幸だ。あんたにも聞いて貰いてえ」

お聞きしましょうと齋藤は云った。

「そうよな。齋藤さんあんた、鳥羽伏見の後に、大坂から軍艦に乗ったかい」

「乗りましたが」

「俺は近藤さんなんかと一緒の、富士山丸《ふじやままる》に乗った。あんたは別の船かな」

「違っていたと思いますよ」

「そうかい」

俺は。

「俺はね、齋藤さん。あんた、佐々木只三郎《ささきたださぶろう》を識《し》ってるね」

「京都見廻組《みまわりぐみ》の佐々木さんかな」

「その佐々木さんだよ。怪我ァして瀕死だった佐々木を担いでな、何とか富士山丸に乗せたのは、俺なんだ。船の上で死んじまったけれどもね。砲弾抱かせて重石《おもし》にして、海に沈めたのも俺さ」

「あんた――」

見廻組ですかと齋藤は云った。

「正式には見廻組じゃあない。京都見廻組は、旗本御家人で作られた組だ。御所と二条《にじょう》のお城を護《まも》るんだからな。俺は会津の下級藩士の三男坊で、しかも無役みてェなものだったから、組には入れなかった」

「では」

「俺はね、佐々木只三郎の、影だ」

「影――とは」

「表向き出来ねェ仕事をする、手下《てか》として雇われた男ですよ」

「そう――でしたか」

「俺の他に三人居たが、全部死んだ。仕事はね、主に暗殺だ。いいかい、天誅でもねェ。取り締まりでもねェ。暗殺なんだ。新選組はそれでも御上《おかみ》の認めた組でしょう。なら合法だ。でもね」

俺は。俺達は。

「俺達はそうじゃない。夜陰に紛れて人知れず殺すんだよ。表沙汰になれば当時だって罪になる。殺しちゃいけねェ邪魔者を消す、そう云う汚れ仕事をさせられていた――いや、為《し》ていたんだ」

「だが弥蔵さん。あんた、それだって上から指示があったのでしょう。見廻組は会津中将《ちゅうじょう》のご配下だし、佐々木さんはその与頭《くみがしら》でしょう。ならば」

「ご藩主は関係ねェのさ。俺達への指示は佐々木か、その兄貴で会津藩公用方の手代木直右衛《てしろぎすぐえ》門《もん》が出してたんだ。見廻組の命令系統とは別だった。佐々木只三郎は見廻組が出来るずっと前から、そうした特別なお役目をしてたんだ。佐々木の上に誰が載ってるのか、それは俺達には知らされなかったがな」

「それは」

知らなかったと齋藤は云った。

「俺は佐々木只三郎とはやっとうの同門なんだよ。神道精武流《しんとうせいぶりゅう》よ。腕前は五分だったがな、彼奴《あいつ》は幕府の御家人の家に養子に行ってからどんどん出世した。俺の方は武家だか百姓だか判らねえような暮らしをしてたのさ。それでも女房貰って、子が出来てね。そこで」

呼ばれた。

「江戸で浪士組か。浪士隊か。あの召し寄せがあったろ。あの時のことよ」

「その頃なら私は――多分、もう京に居たかもしれないが」

「そうかい。齋藤さんなら能《よ》く知ってるだろうが、会津ってのは親幕藩ってだけじゃなく、武士の沽券《こけん》を矢鱈《やたら》と大事にする土地柄でよ。大君の儀、一心大切に忠勤に励み、列国の例を以《もっ》て自ら処《しょ》する《す》べからず——会津家訓《かきん》十五箇条なんてのを唱えさせられるんだ。当然、下知《げち》を断れるような土地柄じゃねえ。名指しでお引き立て戴き、ご公儀のお役にも立てると云うなら、命を張れと、親にまで云われたよ」

子供が生まれると云うのに。

妻子と離れて。

「手柄立てるまで帰って来るなと送り出されたんだ、俺は」

「しかしあなたは浪士ではない。江戸に居た訳でもないのではないですか。召し寄せには関係ないのでは」

「その通りさ。一応藩士の端くれでも無駄飯喰らいだったから、脱藩して浪士扱いにした上で組に入れられるのかと思ったんだが、違った。まあ藩士は辞めさせられたがな。あのな、俺達の仕事はな、浪士どもの後始末だった」

「後始末——と云うと」

「文字通り後始末だよ。莫迦《ばか》の不始末の尻拭いだ。あんたの知ってるあの芹沢鴨《せりざわかも》だって、もう少し暴れてたら俺が——斬っていた。そうしたら新選組はなかったぞ」

「そうだが」

「浪士どもの素行は悪かった。そもそも侍じゃねェ者も大勢雑《ま》じってた。俠客《きょうかく》や無宿人も居たのだろうよ。そんな烏合《うごう》の衆を大勢、ぞろぞろ京くんだりまで連れて行くんだぞ」

問題を起こさぬ訳はないのだ。

「手に負えねェ者、罪を犯した者は隠密裏に始末した。揉めごとの後始末もした。死体の後片づけもしたぜ。芹沢の乱暴狼藉《ろうぜき》は目に余ったが、何故か佐々木は殺させなかった。京で使う算段があるのだとか聞かされたがな。その後、江戸に戻った清河八郎《きよかわはちろう》を殺したのも――実質的には俺達だ」

「左様か」

「現場にゃあ隠密廻りを始め公儀の連中が何人も居たが、清河ってのは強かったからね。騙し討ちにするよりなかったんだよ。首落としたのは只三郎だがね」

　齋藤は顔を強張らせている。

「どうだい。闇討ち騙し討ちの暗殺だ。卑怯《ひきょう》な振る舞いばかりだぜ。齋藤さんの云う正義たァ掛け離れてらァ。こんななァ、義でも何でもねェのじゃないですか。どうです」

「そう――ですな。しかし」

「俺の所為《せい》ではねェなんて――云わねェでくだせえよ。慥《たし》かに俺達は佐々木に命令されて為《し》てたんだ。でも手を下してるのは誰でもねェ、俺達なんだ。遺恨もなく、理由も知らされず、だから大義もなく、云われるままに命奪ったのは――俺だ、俺のこの」

手だ。

俺がこの手で殺した。

「そしてある時、俺ァ察したんですよ。俺達は決して表に出ることはねェんだと。名前も捨てろと云われた。だから捨てた。そうすることがこの国のためになるのだと、只三郎に云われたからだ。俺は――」

名なしだ。

「名なしのままじゃ女房子の処《とこ》へは戻れねえ。でも、名前を取り戻すことも出来やしねえんですよ。この手に染み込んだ血は落ちねえ。なら陽の当たる道歩くこたァ、金輪際《こんりんざい》出来ねえ。そう思った。だから必死で働いた。倒幕派を煽動《せんどう》するために、町人も斬った。裏切り者も、斬れと云われれば味方でも斬った」

殺して。

殺して。

「それが国のためだ、それが尊王だ佐幕だ攘夷だ、そう云われて信じたよ。信じる他に道がねえと思ったからさ。信じて、信じ込んで働いて、その揚げ句に賊軍になったんだ。俺の歩いた道は間違ってたんだ。だから齋藤さん、あんたと俺は違うのさ。あんたは――」

世間と巧く折り合いが付いていいるじゃないか。

「折り合い――ですかな」

「俺は何一つ折り合いが付いてねえんですよ。弥蔵と云うのも拾った名でね。本当の名前なんざ忘れちまった。俺はこの三十五年、人と関わらねえよう、世間様と関わらねえように、世の中から顔を背けて生きて来た。死んじゃいねえから供養もされねえ。貶《けな》されることもねえが讃えられることもねえ。逆賊の人殺しとして裁かれてた方が、どれだけマシか判らねえ」

そんな人生よと云った。

「何だか妙な具合だが、恨み言を繰ってるつもりじゃあねェ。そこんとこは勘違いしねェで欲しいがね。そう聞こえるかもしれねえが、俺はこれっぽっちもそんなことを思っちゃいねェんだ。何もかも己の仕出かしたことだからな」

ただ。

「俺はね、俺の為《し》たことで、俺が人を殺したことで、世の中の方も曲がっちまったのじゃねえかと、それが気に懸かっているんだろうと思うのよ。芹沢を生かし、清河を殺したことで、あんたは新選組に入ることになった訳でしょう」

「将《まさ》にそうです」

そう云うことはあンだろうと、弔堂に向けて云う。

「御座いましょうな。凡百《あらゆる》ものごとは何処《いずこ》かで交わり関わっておるもの。因が果となり果が因となる、これを縁起と申しましょう。縁なく起きることはなく、起きたことは縁となる。他の事象と関わることなく孤立して在る在り方などは御座いますまいよ」

「縁な。縁ってな、そう云うことかい」

弔堂はそう心得ますと云った。

「どれ程些細なことであっても、それは何かの因。そして何かの果。何をしようと、何ごとも無関係で済むことなどは一つも御座いません。この世は普《あまね》く縁に拠って起き縁に拠って成るもので御座います」

「なる程な」

「弥蔵様の仰せの通り、新選組が結成されていなければ藤田様も当然入隊は出来ない。同時に藤田様と弥蔵様とが出会うこともない。ならば今、お二人でこの場にいらっしゃることも御座いますまい」

「ふん」

まあ、そうだろう。

「多かれ少なかれ、人の行いなんてもんはそう云うもんなんだろうぜ。それが縁だてえならそうなんだろう。でも、てめえの仕出かしたことで、てめえの裁量じゃ賄《まかな》えねェくらい大きな何かが起きちまったンだとしたら――どうだ。そう云うこたァ」

ありえ得るでしょうなと弔堂は云う。

「千丈の堤《つつみ》も蟻《あり》の一穴より崩るると申します。勿論、蟻の力だけで堤防が崩れることなどはない。様様な要因が幾重にも折り重なった結果ではあるのでしょうが――」

「蟻が留《とど》めェ刺したってこったろ。だがな、弔堂。蟻がそこに穴ァ掘らなきゃ、崩れなかったかもしれねえだろうよ」

「それはその通りかと」

「でもな、蟻ンコにゃあ崩れた堤は直せねえ。いや、崩れたならそン時に蟻は流されちまってるのじゃねえのかよ。そう云うこととってな、あるだろ」

「御座いますでしょうね」

「てめえの行いがてめえに返って来る――そりゃいいさ。便所のお釣りみてえなもんだ。報いだよ。甘んじて受け止めるさ。だがよ、てめえの裁量をうんと越えちまった撥《は》ねッ返りが来たなら、しかもてめえじゃなく大勢に返って来たなら、その結果世間が大きく曲がっちまったのだとしたら、そん時ゃどうすりゃいいんだ。どうも出来ねえんだとしてよ、なら、どう受け止めりゃいい」

あんたはどうだと、齋藤に問う。

「正義を信じ正義を貫いて来たあんたにゃ、そんな戸惑いはねえのかい。でもな、どうであれ俺もあんたも間違ってはいたんだよ。人殺しだからな。人ォ殺すなァ、どんな時でも間違いなんだろうよ。違うのか」

「あなたの云う通り、人殺しは正しい行いではない。私もあなたも、その間違いを犯したのです。それを正当化するつもりは微塵《みじん》もありません。しかし――」

「まあな。官軍だって人殺しにゃあ変わりねえさ。でも勝っただろ。そして、その結果が今なんだろ。ならよ」

「仮令《たとい》勝っても」

弔堂が響く声で云う。

「どれだけ正しかろうとも、殺生が罪であることに変わりは御座いませんよ。そこは変わりのないこと」

「だがよ」

「行いの善悪正否に拘《かかわ》らず、官軍賊軍、勤王佐幕、立場　志《こころざし》の差異に拘らず、凡ての者の凡ての行いが縁となって出来上がったのがこの今の世、明治の世に御座いますぞ」

「そうだな。蟻が堤を壊したんだとして、蟻は一匹じゃ巣穴ァ掘らねえ。俺一人が責めを負うようなことじゃあねえし、そんな風に思うなァ俺の驕《おご》りだろうぜ。俺なんざ、蟻の一匹にもならねえ、蟻ンコの脚一本だよ。それは承知さ。でもな、俺はよ——俺も、この齋藤さんも、堤を壊そうとしていたのじゃねえ。堤を護ろうとして穴ァ掘ってたんだよ。結果は正反対、堤は決壊したんだ。決壊して、それで大勢が喜んでらあ。世の中良くなったんだろ。そうじゃあねえのかい」

「今の世が良いものなのか、悪いものなのか、それは私には判じ兼ねることで御座います。良きところもあれば悪しきところも御座いましょう。それはいつの世も同じかと」

「そらそうだろ。だがよ、弔堂よ。あんたの云う通り、まあいつの世にも良いところも悪いところもあるだろよ。でもな、この明治の世ってのは、改良されているのだろ。改良ってのは良く改めるってことじゃねえか。何だか知らねえが便利になったんだろ。瓦斯《ガス》だの電気だのが行き渡って、町も綺麗になってよ、良くなっているのだろうよ」

何もかもが改良されて行く。

つまり、これまでは良くなかったと云うことだ。

「俺は、改良される方なんだよ。文明開化してねえのよ。古いもんは駄目なんだろ。改めなくちゃ良くなれねえのだろ。その上俺は、人を殺してまで改良の邪魔ァしようとしてた屑なんだぜ。違うか。負けたから——良かったんだ。そうだろ」

違いましょうと弔堂は云った。

「申すまでもなく、争いごとと云うのは愚かなもの。特に人命を損なうような諍《いさか》いはあってはならぬもので御座いましょう。戦《いくさ》は、勝敗とは無関係に愚かしいもの。勝者も敗者も御座いません。戦争は、防げなかった段階で双方負けのようなものに御座いましょう。仕掛けられた方は勿論、仕掛けた方にも善きことなどない」

「そりゃそうかもな。だが起きちまったんだ。それが」

「ええ。国が割れた。大勢が亡くなった。しかし——その結果が今なので御座いますよ」

「どう云うことだ」

「官軍が勝ったから、幕軍が負けたから、だから今があると云う訳ではないのです。実際に愚かで不幸な戦いはありました。しかしそれは終わった。その結果としてこの明治の世は出来上がっている。もし、佐幕派が、勤王派が居なかったら。攘夷運動が起きなかったら。戦は起きなかったでしょう。しかしその場合は、この、明治の世はなかったのです。いえ、御一新《ごいっしん》がなかったとしても某《なにがし》か変わってはいたでしょう。でも、今の形にはなっていなかったことでしょう。つまりは、貴方様達が負けたからこうなったのではなく、貴方様達が抗《あらが》ったからこそ、今の世の中は出来上がったのだと、私は考えます」

「間違っていたのにかい」

「隠遁者《いんとんしゃ》である私などに偉そうなことは申せませんが、間違っていたと云うなら双方間違っていたのではないですか。同時に双方共に義もあったので御座いましょう。思想信条と云う点に於《お》いては、大きな差異は認められません。忠義を立て、世の仕組みを改良しようと云う想いに違いはない。一方で、それを実現するための手法は、共に間違っていた。仏者としては間違っていたと云うよりない」

「戦――人殺し、か」

はい、と弔堂は答えた。

掌《てのひら》を見る。

弔堂よと主を呼ぶ。

「お前さんとこにはお調べ書きなんかはねえのか」

ずっと、尋こうと思っていたことだ。来る度に。

「奉行所やら所司代やら――今は警察だか何だか、そう云う処《とこ》の、調べ書きだよ」

「公的記録は、それこそ書写でもしない限りは手に入りませぬが。古いものなら別ですが」

「そうかい。あのな、土佐《とさ》の下士《かし》崩れで、坂本《さかもと》と云う男が居たな」

坂本龍《りょう》馬《ま》ですかと齋藤が云った。

「その坂本だ。あの男が死んだのは、新選組の仕業ってことになっているのか」

「それは噂だ。坂本と中岡慎太郎《なかおかしんたろう》が暗殺された時、私は御陵衛士に在籍していたが、近藤先生や土方さんとは連絡を取っていた。そんな事実はないです。薩摩《さつま》藩の仕業と云う者も居《お》ったようだが」

「その一件は」

弔堂が云う。

「勝先生からも聞いています。慥《たし》か、明治三年、元京都見廻組の今井《いまい》と云う方が見廻組の公務として行ったのだと自供された――と伺いましたが。今井様は禁錮刑に処され、恩赦に拠って少し早く出所されたのだ、と勝様が仰《おっしゃ》っておられました」

「公務――か。そうかい。結局はそう云うことになってるのか。実際、あれは見廻組の仕切りだった。今井ってのは今井信郎《のぶお》だろう。勤勉で生真面目《きまじめ》な男だ。でもあれは見張りだぜ」

「そう供述されたようですが」

「仕組んだのは佐々木だ。新選組の仕業に見せ掛けたのも佐々木だ。でも見廻組は直接手を出してねェぞ。佐々木も見てただけよ。坂本龍馬を斬り殺したのは」

俺だ。

「何ですと」

齋藤は眉間《みけん》に皺《しわ》を刻んだ。

「俺がこの手で斬ったんだ」

それは真実《まこと》ですかと云い、齋藤は口を開けた。

「醬油屋の二階でな。俺達名前のねえ者が斬り殺したのよ。俺の、最後の暗殺仕事だ。俺はその男が何を為《し》たのか、どんな男だったのか、全く知らなかった。今日みてえな寒い日でよ。四人で乗り込んで、四人斬った。坂本を斬ったのは――この俺だ」

「見廻組は」

「見張ってただけだ」

「それは――何故に」

「さあな。あの男が凶状持ちだってことは後から聞いたが、それだって捕まえるのが筋だろうよ。それに、そりゃ見廻組の仕事じゃあねえ。だから、殺したかったんだろ」

誰かが邪魔に思ったのだろうと云った。

「そう云う汚れ仕事は俺達の役目だったからな。見廻組にしてみりゃ、公務と云えば公務なんだろうが、そう云う体裁が整うまではただの闇討ちだ。手を下すのは俺達、疑われるのは新選組よ。そう云う絵を描いて、二重三重に逃げ道作っておいて、時ィ稼いでよ、その間に根回しするのが佐々木の遣り口だ。でも、その後直《す》ぐに幕府が倒れちまったから、どうでも良くなっちまったんだろうよ」

あの。

死に際の顔。

「額を横に割ってやったが死ななかった。袈裟懸けに背中を斬ったよ」

死にたくなかったか。当たり前だ。

「ずっと夢に見る。他にも大勢斬ったのに、何故か思い出す。最後の仕事だったからかもしれねえがな。それで、俺は厭になった。辞めたくなった。でも辞めるも何も、見廻組もなくなっちまって、戦争になっちまったのよ。佐々木も死んだ。命じる者は居なくなった。仲間も全員死んじまった。戦争になりゃ、もう、暗殺だ何だと云う状況じゃあねえわな。敵味方で殺し合いだよ。俺は京から蝦夷まで戦って――結局死ななかったがね」

「そう云うことでしたか」

齋藤は眼を閉じた。

「弥蔵さん、あなたは――」

「どうなんだろうな。あの坂本とか云う男が死んで、それで世の中は変わったのか。あれが生きていりゃ、また違っていたのかよ。殺すのが世のためだ人のためだ、国のためだと云われたが、そうなのか。そうならそうで、俺は厭なんだ」

お厭ですかと弔堂が問う。

「ああ。あんたが何と云おうとな、俺は賊軍だ。この明治の世が前よりも改良された良い世の中なら、どんな理屈を捏《こ》ねたって俺の為《し》たことは全部間違いだ。一方で、俺が人を殺したことで今のこの世があると云うのなら、俺は」

知らず知らずに世の中の行く末を曲げちまったことになる。

「俺はちっぽけな蟻の脚だがな、それでもそりゃ、堤崩した脚なんだよ。この手はな、坂本を叩き斬った手なんだ。何であろうとよ、人を殺して成った世なんて、それこそ間違《まちげ》えじゃねえのか弔堂。今の世が良かろうが悪かろうが、どっちにしたって俺は厭なんだ。だから俺は、そこに蓋して生きて来たんだ。齋藤さんには正義と云う誇りがあんだろ。だから、前が向けるんだろ。死んでった同志を供養したりも出来るんだろうよ。人殺しが大罪であっても、胸張れるところだってあンだろうよ。でも、俺にはそれが、ねえ」

何もない。名前もない。

あるのは汚れた掌と、朽ちた軀《からだ》と、死にかけて腐りかけた心だけだ。

微昏《うすぐら》い、薄ら寒い、血に塗《まみ》れた、穢《きたな》らしい、後ろ向きの記憶《おぼえ》だけだ。

「だから蓋して、見ねェようにして、罰を受けるように後ろ向いて生きて来たのよ。それを地獄と呼ぶならそうなんだろう。そんなに辛《つら》くもねェけどな。ただ、俺はもう長くねえ。このまま冥土に持って行くのも癪《しゃく》だから、死ぬ前《めえ》に誰かに語っておきたかっただけだよ。でも俺には話す相手なんざ一人も居ねェからよ」

あの若者はどうなのですと齋藤が問うた。

「ありゃただの客だ。関係ねえ」

「そうですかな――」

「弥蔵様」

弔堂が割って入った。

「貴方様が蓋をされたのは、人を殺した過去ではない、と拝察致しますが」

「何だと」

「寧《むし》ろ、その人殺しの記憶こそが、蓋になっているのでは御座いませぬか」

利吉もそんなことを云っていた。

「能《よ》く解らねえ話だがな」

「貴方様が蓋をして見ぬようになさっているのは、本当は名前を失う前の貴方様なのでは御座いませぬか」

「名前を失う前の俺――だと」

「故郷。家族。想い出。そうしたもので御座いますよ。会津のご家族は、その後はどうしていらっしゃるのですか」

「知らねえ」

子供が無事生まれたのかどうかも。

生まれたのだとしても顔も知らぬ。

生きているのかどうかも解らない。

「知らねえし、知っても今更どうにもならねえだろ」

「ええ。時が経ち過ぎている。しかし、覚えておられることはありましょう。想いを巡らせることも出来るのでは御座いませぬかな。貴方様は、頑《かたく》なにそれをしないでいらっしゃるようで御座いますが――貴方様が夢に見るなら、先《ま》ずは」

ご家族の顔でしょうと、主は云った。

「だから知らねえんだよ。知ってても忘れた。何も――覚えてねえ」

「そうでしょうか。知らずとも、覚えておらずとも、想像くらいは出来る筈」

「想像――だと」

「はい。弥蔵様。想像と云うのは凡て、来し方の記憶《おぼえ》で作られるもので御座いますぞ」

「だから、俺にはあの、人殺しの記憶しか――」

それが蓋になっているだけで御座いますと、弔堂は厳しい声で云った。

「弥蔵様。前を向くと云うことは先を見ると云うこと。行く末を知ることは誰にも、神仏にさえ叶わぬことに御座いますぞ。行く末は、想像するよりないものなのです。ならば、その暗い蓋を開け、きちんと後ろを見詰め直すしか、前を向くことは出来ぬと存じますが」

「おい、こんな老い耄《ぼ》れに先なんざねえぞ。あ――明日死ぬかもしれねえんだぞ」

「一日でも先は先。ですから貴方様が見るべき夢は、懐かしき昔の夢。悪夢の蓋を除《の》けて、懐かしい、愛おしいものを夢に見る――そう、夢に見るが宜しかろうかと存じます」

「そんなよ、夢なんざ――見ようとして見られるもんじゃねえだろう。あんなものは」

「凡ては心の持ちようで御座いますよ。残り僅《わず》かと仰せなら、良き生をばお送りください」

それもまた改良に御座いましょうよと主は穏やかに云った。

「扠《さて》――」


本日、貴方様にお売り出来る本は御座いません――。


弔堂はそう云った。

「貴方様が、元のお名前を取り戻されたならば、その時はどんな本でもお売り致します。貴方様の一冊も必ずやこの書物の墓場に眠っておりましょう。その時が参りましたら、是非ともお手伝いさせて戴きとう御座います。ですからその日が訪れますまで、何卒《なにとぞ》」

お身体をお労《いたわ》りくださいと、弔堂の主はそう云った。

そして主は、小僧に人力を二台喚《よ》んで来るように申し付けた。そんな小洒落《こじゃれ》たものには乗り付けないから、乗った途端に何だか奇妙な気分になった。

家に戻ると、利吉が居た。


齋藤一こと藤田五郎は、その後も達者で長生きをし、天寿を全うしたそうである。

永倉新八《しんぱち》こと杉村義衛《よしえ》も同じく健康に生き永らえ、北海道に骨を埋《うず》めたのだと聞く。

永倉は、地元の新聞に新選組に関する談話を連載したのだとも聞くが、勿論そんなものは読んでいない。ただ、永倉の許に例の覚書とやらが返却されたと云う話は聞かない。齋藤の許にも渡らなかったのだろう。ならば弔堂も見付けられなかった、と云うことか。

甘酒屋は結局、利吉に任せた。

そして、俺——弥蔵こと堀田《ほった》十郎《じゅうろう》がどれだけ生き、そして死んだのか、それは書き残すことでも伝えることでもないだろう。そんなことは。

知ったことではない。

書楼弔堂　待宵・了

本書はフィクションであり、
実在の個人・団体等とは
無関係であることを
お断りいたします。

初出　小説すばる
探書拾参　史乗　二〇一七年〇二月号
探書拾肆　統御　二〇二一年一〇月号
探書拾伍　滑稽　二〇二一年一二月号
探書拾陸　幽冥　二〇二二年〇二月号
探書拾漆　予兆　二〇二二年〇四月号
探書拾捌　改良　二〇二二年〇六月号

装画提供　アフロ
オスカー・ワイルド『サロメ』一八九四年
オーブリー・ヴィンセント・ビアズリー「ヨカナーンとサロメ（サロメ挿絵）」

掲載図版
毛利梅園『梅園禽譜』天保一〇（一八三九）年序
〇四九頁「鳩」
一五三頁「燕」
二〇一頁「翡翠」
二六九頁「伯勞」
三四九頁「掛鳥」
四七三頁「烏」
国立国会図書館デジタルコレクションより
※使用させて戴いた図版には処理が加えてあり、本来の色とは異なっております。

京極夏彦（きょうごく・なつひこ）
日本推理作家協会 第一五代代表理事。
世界妖怪協会・お化け友の会 代表代行。
一九六三年 北海道小樽市生まれ。
一九九四年『姑獲鳥の夏』刊行。
一九九六年『魍魎の匣』第四九回日本推理作家協会賞長編部門受賞。
一九九七年『嗤う伊右衛門』第二五回泉鏡花文学賞受賞。
二〇〇〇年 第八回桑沢賞受賞。
二〇〇三年『覘き小平次』第一六回山本周五郎賞受賞。
二〇〇四年『後巷説百物語』第一三〇回直木三十五賞受賞。
二〇一一年『西巷説百物語』第二四回柴田錬三郎賞受賞。
二〇一六年 遠野文化賞受賞。
二〇一九年 埼玉文化賞受賞。
二〇二二年『遠巷説百物語』第五六回吉川英治文学賞受賞。

書《しょ》楼《ろう》弔《とむらい》堂《どう》　待《まつ》宵《よい》

二〇二三年〇一月一〇日　第一刷発行

著者／京極《きょうごく》夏彦《なつひこ》
発行者／樋口尚也
発行所／株式会社集英社
東京都千代田区一ツ橋二丁目五番一〇号
〒一〇一－八〇五〇
電話　〇三－三二三〇－六一〇〇（編集部）
〇三－三二三〇－六〇八〇（読者係）
〇三－三二三〇－六三九三（販売部）書店専用

印刷所　凸版印刷株式会社
製本所　加藤製本株式会社

定価はカバーに表示してあります。

ISBN978-4-08-771820-1 C0093